国家社科基金
后期资助项目
GUOJIA SHEKE JIJIN HOUQI ZIZHU XIANGMU

早期抗日文学期刊研究
（1931—1938）

Early Anti-Japanese Fascist
Literature Journals in China(1931-1938)

韩晗　著

九 州 出 版 社
JIUZHOUPRESS ｜ 全国百佳图书出版单位

图书在版编目（CIP）数据

早期抗日文学期刊研究：1931—1938 / 韩晗著. --
北京：九州出版社，2018.4
　　ISBN 978-7-5108-6928-0

　　Ⅰ．①早⋯　Ⅱ．①韩⋯　Ⅲ．①中国文学－现代文学－
期刊－研究－1931-1938　Ⅳ．①I206.6

　　中国版本图书馆CIP数据核字(2018)第078040号

早期抗日文学期刊研究：1931—1938

作　　者	韩　晗　著
出版发行	九州出版社
地　　址	北京市西城区阜外大街甲 35 号 (100037)
发行电话	(010)68992190/3/5/6
网　　址	www.jiuzhoupress.com
电子信箱	jiuzhou@jiuzhoupress.com
印　　刷	北京九州迅驰传媒文化有限公司
开　　本	787 毫米 ×1092 毫米　16 开
印　　张	14
字　　数	240 千字
版　　次	2018 年 7 月第 1 版
印　　次	2018 年 7 月第 1 次印刷
书　　号	ISBN 978-7-5108-6928-0
定　　价	58.00 元

国家社科基金后期资助项目
出版说明

　　后期资助项目是国家社科基金项目主要类别之一，旨在鼓励广大人文社会科学工作者潜心治学，扎实研究，多出优秀成果，进一步发挥国家社科基金在繁荣发展哲学社会科学中的示范引导作用。后期资助项目主要资助已基本完成且尚未出版的人文社会科学基础研究的优秀学术成果，以资助学术专著为主，也资助少量学术价值较高的资料汇编和学术含量较高的工具书。为扩大后期资助项目的学术影响，促进成果转化，全国哲学社会科学规划办公室按照"统一设计、统一标识、统一版式、形成系列"的总体要求，组织出版国家社科基金后期资助项目成果。

全国哲学社会科学规划办公室

2018 年 6 月

推荐短序

　　韩晗的《早期抗日文学期刊研究（1931—1938）》一书，研究抗战文学期刊文本内外复杂的脉络。作者钻研不同阵营、领域的史料，梳理战时文艺的意识形态以及情感结构，辩证理念话题，并思考战争与文艺之间千丝万缕的关系。全书史识丰赡，论述详实，诚为探讨抗战时期政治与文化互动的重要著作，有心读者不容错过。

哈佛大学东亚语言与文明系讲座教授　王德威

二零一八年六月三十日

樊星：一部以史为本的学术著述

——序《早期抗日文学期刊研究（1931—1938）》

韩晗是我指导的博士生，这次他的博士论文重新增补修订成书，受到国家社科基金后期资助项目出版，是一件大喜事、大好事，韩晗邀我作序，作为这篇博士论文的指导老师，我非常乐意。

2010年，由武汉大学原党委书记任心廉同志（现已故）与著名作家陈应松先生联名推荐韩晗考我的博士，当时我只知道他是湖北省一位年轻的"八零后"作家。但入学之后，韩晗展现出了他在学术研究上的潜力。短短的三年时间里，除了坚持文学创作之外，他还发表了近六十篇学术论文，总被引近百次，并相继出版了多部学术专著。2013年，韩晗获得博士学位之后，我与中国社会科学院原副院长刘吉同志共同推荐他到中国科学院自然科学史研究所从事博士后研究工作。在站两年多里，他再接再厉，在科学思想史、近代文化史研究领域又取得了一定的成绩，并且获得赴美留学深造的机会，2016年破格获得了中国科学院的副研究员职称，同年又被时任深圳大学副校长的李凤亮教授邀请南下至该校文化产业研究院任副教授、特聘研究员。这对于一个三十岁出头的年轻人来说，是他有志从事学术研究、文学创作的重要基础。

韩晗的这篇博士论文，就是他潜心学术研究的一个证明。早期抗日文学期刊，是国内学术界一个较少涉及的课题，当中很大一个原因就是因为史料难寻。尤其是散佚的书信、日记、期刊、电报等一手史料，在经历了数十年的战火摧残与七十余年的历史变迁之后，在这个信息爆炸的时代，还能幸存多少？这恐怕是束缚该领域深入研究的一个桎梏。

在写这篇博士论文之前，韩晗就有心收集了许多学术期刊，打下了坚实的史料基础。如《狮吼·复活号》一刊，在当下学界可谓是一册难寻，邵绍红女士为其父邵洵美先生编文集，就曾找韩晗复印过该刊；在《现代文学评论》《絜茜》等珍稀刊物中，韩晗钩沉史料、挖掘真相，协力翻译家、抗战战地记者杨昌溪先生的哲嗣杨筱堃女士编辑出版了《杨昌溪文存》，并在《外国文学研究》《浙江社会科学》等刊物上发表杨昌溪研究的专门论文多篇，成为了目前学界对杨昌溪最早、最全面的研究。在对史料的占有上，韩晗先人一筹，因此，他对早期抗日文学期刊的格局、状况与历史得失，显然有一定的把握与研究，也为《早期抗日文学期刊研究（1931—1938）》一书的撰写打下了坚实的基础。

在该著中，韩晗选取了"第三党"创办的《絜茜》杂志、"左联"背景的《夜莺》杂志、国民政府官方背景的《越风》杂志与人道主义知识分子主办的《呐喊（烽火）》杂志为研究对象，对当时社会思潮与知识分子众志成城、同仇敌忾的抗日救亡精神做了深入浅出的阐述，在重提抗战精神的当下，有着鲜明的时代意义。

而且，该著敏锐地建立起史料与史实之间的内在逻辑联系，未被前人的观点所束缚，以史为本，敢于突破并寻求创新，体现出青年学人尊重历史的良好学品与学风。譬如该著通过对《夜莺》杂志的系统研究，并对"两个口号"之争中胡风、周扬、冯雪峰等人的"话语权力"进行完整梳理，颠覆学界既成观点，因此有着填补空白的学术价值；而对于《絜茜》杂志的研究，则从"第三党"抗日办刊的文学活动入手，结合具体的史料，提出了与《中国现代文学三十年》（钱理群、温儒敏先生主编）不同的学术观点；而就《呐喊（烽火）》出刊情况的总结与研究，修正了胡风在回忆文章中对该刊有成见的评价。上述这些都证明了该著是一本以史为本、敢说真话、见解独到的学术力作。

哈佛大学王德威教授用"全书史识丰赡，论述详实，诚为探讨抗战时期政治与文化互动的重要著作"来称许该著，且又能在诸多申请者中脱颖而出，获得国家社科基金后期资助的立项，可见该著的学术意义有目共睹。称道的话我不再赘述，最后我想说的是，"年方而立"的韩晗还很年轻，前方的学术道路仍可谓是"路漫漫其修远兮"，希望他以这本书为一个新的起点，勇于开拓、敢于否定、乐于思考，在做学问的道路上矢志不移、继续前行。

曾记得五年前韩晗离开武汉时，我曾借唐人王湾的名句"风正一帆悬"题赠给他，希冀他以端正之学风、朴正之文风与守中持正君子之风在治学、创作与的人生道路上勇往直前。在这篇序的最后，我仍用这五个字作为对他的期许，因为，他依然很年轻。

是为序。

戊戌立春 于武汉大学

樊星，男，1957年出生，武汉大学中文系教授、博士生导师。

目　录

引　论

一、研究意义

　　"十四年抗战"是近年来以习近平同志为核心的党中央高瞻远瞩、放眼历史，顺应时代潮流而提出的一个重要学术论断，目前受到学界、社会的高度重视与认可。具体来说，抗战是一场全民族的救亡运动，除了作为中流砥柱与"抗战先行者"的中国共产党之外，"第三党"、国民党主战派与无党派知识分子们的抗战同样可歌可泣。在"九·一八事变"与"卢沟桥事变"之间，以"古北口七勇士"、李学忠、邓演达、陈三立为代表的抗日先驱，用生命谱写了一曲又一曲中华民族救亡图存的不屈之歌。因此，对"十四年抗战"这一历史时期文学史状况的总体梳理，理应提上研究界的日程。

　　但毋庸讳言，受制于现有史料的不足与长期以来学术热点的变化，且莫说对"十四年抗战"文学史的研究与重写，仅就传统意义上的"抗战文学"研究而言，现在仍面临着严峻的困境。除了像纪念抗战胜利七十周年这样重大的历史活动外，全国性的抗战文学研讨活动日渐减少，曾经影响一时的专门性学术杂志如《抗战文学研究》早已停办，中国现当代文学研究生培养中的"抗战文学方向"因为招生困难而叫停，大学本科选修课《抗战文学研究》无人问津。[1] 而且，某些海外中国文学研究学者甚至还认为"抗战文学在今天可能不仅难以引起兴趣，甚至还招致反感"。[2] 因此，现代文学研究界应当借助"十四年抗战"这一新思路、新视野，重启抗战

---

[1] 吴伟强、李怡：《中国抗战文学研究的新的可能》，《西南师范大学学报（人文社会科学版）》，2006年第11期。

[2] [德] 顾彬：《二十世纪中国文学史》，范劲等译，华东师范大学出版社，2008年，第201页。

文学研究之门。

"抗战文学"之所以热度不够并形成研究困境，很大程度是对于"抗战文学"这一词的理解，甚至对于抗战文学时间起讫点这一基本问题都有争议，譬如有学者认为，"抗战文学"纵然在广义上也不过是"即1937年至1945年间的文学创作"，狭义上则是"以抗战为题材的文学"①，但也有学者认为，从时间上看，抗战文学理应从"九·一八"事变这一"第二次世界大战的起点性事件"算起，②据笔者不完全统计，关于"抗战文学"时间起点，学界几乎长期各执一词，这在相当大程度上束缚了抗战文学的深入研究。

因此笔者认为，必须对抗战文学的时间有一个基本的界定，这是研究抗战文学的前提，"十四年抗战"的提出为这一问题赋予了定论。因此，在此基础之上，势必要关注当时中国知识分子们如何以笔为枪、在抗日救亡的洪流中寻找共识的历史进程，从中探索出"十四年抗战"中国文学与社会思潮相辅相成的变迁规律，这是抗战文学研究界在当下迫在眉睫的任务。

但是，不同社会力量在早期抗战期间特别是"文化抗战"中的合作与贡献，其研究仍显不足。因此，如何超越对抗战文学史的片面理解，从"十四年抗战"的高度出发，审理作为一个文学场域的抗战文学中所蕴含不同的力量与因素之间的关系，进而将抗战文学上升为对一个属于全民族乃至人道主义文学体系的理解，这是摆在现代文学研究者面前的一个共同问题。

当然，作为现代文学研究领域中的一个重要观照对象的抗战文学的研究，本身是对一段过去历史的追溯，因此我们离不开对于一手史料的钩沉。事实上，现代文学研究在某种程度上是"现代文学史研究"，即其在研究范式上必须是历史研究、文学研究与文学社会学研究等多重研究范式的结合，而不只是纯粹的文学研究。但这不但诉求于研究方法的多重性，更受到史料的制约。

正如前文所述，作为一个相对成熟，但又存在着较大重构空间的文学史研究领域，现代文学尤其是抗战文学研究，作为研究材料的史料显然不

---

① 曹万生、李琴:《中国"抗战文学"特点之再思考》,《四川师范大学学报（社会科学版)》,2007年第3期。
② 逄增玉:《"九·一八"国难与东北抗战文学中的长篇小说》,《广东社会科学》,2016年第6期。

可或缺。周传儒[①]曾这样论述史料之于一门学科的意义：

> 近代治学，注重材料与方法，而前者较后者尤为重要。徒有方法，无材料以供凭借，似令巧妇为无米之炊也。果有完备与珍贵之材料，纵其方法较劣，结果仍忠实可据。且材料之搜集，鉴别、选择、整理，即方法之一部，兼为其重要之一部，故材料可以离方法而独立，此其所以可贵焉。[②]

因此，对抗战文学的重新审理，无法无视一手史料所扮演的重要角色。但当下研究界对于抗战文学关注不足的原因之一便是一手史料的缺乏。经历了战争的史料，本身很难寻到。尤其是一些期刊、书信与档案等原始的资料，大多零散不齐，这无疑给后来的研究者带来了较大的困扰。

前文之所以论述抗战文学的研究状况、研究意义及重新审理的价值，是为了介绍本著之意义。本著的题目为"早期抗日文学期刊研究"，乃是"抗战文学"这个宏大学术命题之下的一个小的分支研究。之所以选择"抗战前期"乃是这段时间之于整个抗战时期有着重要意义，[③]它既是从局部抗战向全国抗战的转变时期，也是国共两党从分歧到合作的变革时期，更是中国社会各界从"众声喧哗"逐渐走向"统一战线"这个统一趋势的历史

---

① 周传儒（1900—1988）四川江安县人。1918年毕业于北京师范大学史地系，入商务印书馆任编辑。1925年考取清华大学研究院，1928年毕业，入北京师范大学等校任教。曾赴英、德留学，1936年获博士学位。1937年回国，后任东北大学、西北大学，辽宁大学等校教授。著有《中国古代史》《甲骨文字与殷商制度》《书院制度考》《中国历史学界的新派别、新趋势》等著述。

② 周传儒：《甲骨文字与殷商制度》，开明书店，1934年，第1页。

③ 学界根据日军侵略中国的不同区域，通常将"十四年抗战"分为两个时期，一个是"局部抗战时期"，即从1931年的"九·一八"事变到1937年7月7日的"卢沟桥事变"（中共中央党史研究室第一研究部、中国人民抗日战争纪念馆，李忠杰主编，《中国抗日战争图鉴·上》，湖南人民出版社，2005年，第39页。），在这段时间里，日军相继吞并了东北、华北，并爆发了十九路军淞沪抗战、山海关战役与古北口战役等正面战场上的抗日战争，以及1936年12月的"西安事变"；第二个时期是"全面抗战时期"，即在1937年7月7日的"卢沟桥事变"至1945年8月15日日本宣布无条件投降，这段时间形成了以国共两党合作为基础的抗日民族统一战线，中国共产党领导的中国工农红军主力改编为国民革命军第八路军（后改为第18集团军），南方8省14个地区（不含琼崖）的红军和游击队改编为国民革命军陆军新编第四军。国共军队及各地方武装统一编制，开赴抗日前线，开始了神圣的民族自卫战争。期间，在山西会战、淞沪会战、徐州会战、武汉会战、长沙会战与滇缅中国远征军等正面战场的大型战役中，中国军队以牺牲数十位陆军将校级军官与数百万士兵的惨重代价重创了日军主力部队，作为同盟国军队的中国军队成为了第二次世界大战中反法西斯的主要力量之一。而"早期抗日文学期刊"中的"早期"即"抗战前期"，在本著中则是指从"局部抗战"向"全面抗战"的过渡期。

时间段,①在"十四年抗战"中有着重要的历史地位,而作为一手史料的文学期刊又是当时文学的载体、文学状况的最真实反映,因此,这段时间内的抗日文学期刊是可以小中见大地管窥当时中国文艺思潮及其本质的。从这段时间内的文学期刊尤其是抗日文学期刊出发,亦可以对"抗战文学"这个大的文学体系有所把握。

本著所选取的早期抗日文学期刊一共四种,按时序排列分别是:"第三党"背景、社会民主主义文学期刊《絜茜》(张资平主编,上海办刊)、中国共产党背景的左翼文学期刊《夜莺》(方之中主编,上海办刊)、官方背景、民族主义文学期刊《越风》(黄萍荪主编,杭州办刊)与无党派知识分子背景,人道主义文学期刊《呐喊(烽火)》②(巴金、茅盾主编,上海、广州两地办刊)。上述四种刊物分别在杭州、上海与广州三个不同的重要城市办刊,影响波及全国各地,先后代表了当时最主要的四种思潮与四种不同的社会话语力量。③而且,这四份刊物创刊的时间前后相隔仅六年(最早为1931年底创刊的《絜茜》,最晚为1937年8月创刊的《呐喊(烽火)》,几乎涵盖了整个抗战前期)。

综上所述,本著的意义有如下五点:

第一,对于一手史料尤其是细微史实、珍稀史料的挖掘,有助于还原一段重要文学史的现场。

目前的研究界对于抗战前期这一重要历史时期的文学史研究,成果较少,而且以抗日文学期刊作为一手史料为研究资料的探索,几乎为空白(这将在"文献综述"部分予以详述),因此,本著的内容有着一定的开创性意义。

作为一手史料的早期抗日文学期刊,最为客观、真实地反映了当时的文学格局、社会思潮、话语权力的分配、知识生产以及写作者的创作范式及其意识形态,因此,意图对这段时期不同社会话语权力拥有者所构成的

---

① 从"局部抗战"到"全面抗战"过渡期,国内各界空前团结,原本有分歧、矛盾的社会各阶层也开始团结起抗敌。如工人、工商业者、留学生、学生、文化人与退伍军人纷纷组织团体,请愿抗日,这在之前是从未有过的。见吴雁南、冯祖贻:《中国近代社会思潮(1840—1949):第三卷》,湖南教育出版社,1998年,第540—552页。

② 为行文方便,若是两刊合论,下文概统称为《呐喊(烽火)》周刊,若是单论其中之一,则只称为《呐喊》或《烽火》。

③ 在由局部抗战向全面抗战的节点上,具备话语权力的全国抗日力量大致可以分为四种:国民党爱国人士与地方实力派、中国国民党临时行动委员会(又称"第三党"或中华民族解放行动委员会)、中国共产党领导的左翼抗日力量与如中国民权保障同盟、上海文化界救国会等为代表的无党派知识分子。见《中国近代社会思潮(1840—1949):第三卷》,第520—550页。

"文学场域"进行还原性研究，则必须要通过对这些重要刊物进行审理。

而且，本著并非单纯只研究四种早期抗日文学期刊，而是结合其他珍稀期刊、罕见报纸、新发现的电报、档案与回忆录等辅助研究对象一道，进行互证研究。值得一提的是，其中部分原始资料为海外回流，在研究界为第一次披露。

任何宏大的历史都是由细微的史实所组成的。因此，本著尤其注重对细微史实的澄清、重评与钩沉。譬如《絜茜》月刊与国民政府当局的关系、鲁迅在"两个口号"之争中所扮演的角色、《呐喊（烽火）》周刊是否是一个"缩小的刊物"等史实，在本著中均一一做了相应的阐释。

第二，本成果打破"抗战八年"的抗战文学史研究，认识到"十四年抗战"的整体性，将"九·一八"事变之后的抗日文学活动纳入到本论的重要研究范畴。

习近平同志在在中共中央政治局第二十五次集体学习上曾就抗日战争研究作出重要指示，"要坚持正确方向、把握正确导向，准确把握中国人民抗日战争的历史进程、主流、本质，正确评价重大事件、重要党派、重要人物。要从总体上把握局部抗战和全国性抗战、正面战场和敌后战场、中国人民抗日战争和世界反法西斯战争等重大关系"、"我们不仅要研究"七七事变"后全面抗战八年的历史，而且要注重研究"九·一八"事变后十四年抗战的历史，十四年要贯通下来统一研究"。

"九·一八"事变、"一·二八"事变、济南惨案等均发生于"卢沟桥事变"之前，中华民族的抗战活动，自然也在"卢沟桥事变"之前相继发生。对于这段时间的抗日政治斗争、武装斗争，学界已经开始重视，但对于早期抗日文艺活动，却较少涉及，部分甚至是空白。本成果即集中这一问题进行研究与论述。

第三，在两岸关系重新站在历史转折点上的关键时刻，回顾文化阵线上全民族抗敌的意义，有着打击"台独"、促进统一的积极作用。

本著所研究的四种刊物，其实均拥有相互交叉的撰稿者。在从"局部抗战"向"全面抗战"的转折点上，"抗战"逐渐成为了全民族念兹在兹的社会生活主旋律。四份刊物虽然分属于曾经有过纷争、矛盾的四个不同的力量阵营，但是在大敌当前的时刻，他们都选择了抵抗的文化姿态——尽管有些走向失败，有些日趋壮大，但这些大都反映了当时中国知识界捐弃政见、党派之争，同仇敌忾的民族气魄。

在两岸关系重新站在历史转折点上的关键时刻，再度审理那段文学史，显然可以激发民族热情、唤醒民族共识、打击"台独"势力，有着促进统

一、团结民心与凝聚民族向心力的重要作用。从文化传播的角度来看，从史料出发的真实历史叙事，其感染力显然远远要大于各类杜撰的"抗战神剧"，因此对于早期抗日文学期刊的研究，除了文化、学术价值之外，还有着较强的社会现实意义。

第四，有助于对中共党史中若干被忽视的问题进行重新发现，使得"现代文学史"对"中共党史"产生互证性的时代意义。

自中国共产党建党以来，一直重视文化宣传工作，并积极参与新文学运动的建设，以及通过对一些文学社团、文学运动的领导，繁荣了中国新文学事业。因此，"现代文学史"在某个侧面上也反映了中华人民共和国成立之前中国共产党进行文学、艺术宣传的历史。本著从第一手史料出发，还原一段文学史，自然也不免涉及对于党史中关于文学宣传事业的史料钩沉。特别是对于《呐喊（烽火）》《夜莺》等刊物的研究，有助于重新发现党史中若干被忽视的问题。

以新方法、新史料进行党史研究，近年来已经成为人文社科界的一个重要议题。2010 年，中共中央召开全国党史会议，全国党史工作会议规格之高，在党的历史上是第一次；"十号文件"下发，在党史上也是第一次。这两个"第一次"对于党史事业发展具有里程碑的意义。[①] 习近平同志对党史研究的问题曾做专门指示，"要充分发挥党史以史鉴今、资政育人的作用"，中共中央党史研究室原副主任李忠杰也指出，"新形势下，要继续抢救新民主主义革命时期的党史资料"，[②]"成就写够，错误写透"构成了当下党史研究的重要指导精神，因此，本著在这个特定的历史语境下，有着一定的时代价值。

第五，对于当下中国知识分子如何承担社会责任有着深度反思的价值。

以人为鉴，可以知得失，以史为鉴，可以知兴替。对于全面抗战前后抗日文学期刊的研究，在一定程度上还可以回答"知识分子如何承担社会责任"这个重要话题。一批杰出知识分子在国难当头之际，筚路蓝缕、千辛万苦完成着文化的赓续，既以笔为枪，痛斥汉奸卖国贼，唤醒国人抗敌的斗志；又苦心笔耕，完成了一篇篇至今仍有影响的理论著述与经典文学作品。这种可歌可泣敢于承担社会责任的精神是值得在当下被重提、被弘扬的。

"天下兴亡，匹夫有责"、"国事家事天下事，事事关心"，从古到今，中国知识分子都有着承担社会责任意识这一优良传统，纵使在炮火连天、

---

① 李忠杰：《90 年党史"以史鉴今、资政育人"》，《瞭望》，2011 年第 5 期。
② 同上。

颠沛流离的抗战时期，中国知识分子都敢于承担社会责任，不惧牺牲。这种献身时代、敢当道义的精神对当下的知识界无疑有着一定的启示与反思的价值。

二、核心概念

通过对上文的分析可以获悉，对于"早期抗日文学期刊"的研究，必然会涉及不同的学科领域。因此，在此要对一系列构成本著中核心关键词的概念进行定义。这里的定义，并不是生造、扭曲一些概念原有的含义，而是在这些概念原有内涵基础上限制其外延。借此，针对本研究的核心，笔者特提出七个概念并试图对其进行定义：抗战前期、左翼、人道主义、社会民主主义、官方、民族主义、抗日文学期刊。

抗战前期

"抗战前期"的所指"十四年抗战"中的前七年，即本著标题"早期抗日文学期刊研究"中的"早期"。历史地看，"抗战"是一个历时十四年的时间段，这里所说的"抗战前期"实际上是指"全面抗战"即1937年7月7日"卢沟桥事变"爆发前后。据笔者所见，目前国内并无任何一部工具书对"抗战前期"这个词的具体起止时间有过定义。就"抗战前期"这一时间段而言，结合所研究对象的创刊时间与社会影响，笔者认为，"抗战前期"应是自1931年"九·一八事变"爆发至1938年10月25日"武汉会战"结束——即历史学界公认的"抗战相持阶段"的起点为止。

值得一提的是，关于"抗战前期"这一名词，在学界有多重定义，有学者认为，抗战前期应为1937年"卢沟桥事变"至1942年"太平洋战争"爆发，也有观点认为这一时期应从1931年"九·一八"事变算起，直至1937年"卢沟桥事变"爆发，但随着"十四年抗战"这一观点的提出，以及将中国的抗日战争作为世界反法西斯远东战场的主战场等史学观点被认可，这一时间段也随之获得了新的定义。

在目前笔者力所能及所检索在中国大陆、台湾与香港三地已发表的学术论文（含硕博论文）中，近十年内以"抗战前期"为主题的共有93篇，其中有45篇将"抗战前期"这一概念延伸到了1931年的"九·一八"事变，其中以河北大学何建立的硕士论文《〈光明〉杂志研究》、苏州大学阎志海的硕士论文《全面抗战时期国际红十字组织对华援助研究》等等为代表，另外有 48 篇则将"抗战前期"定为"1937—1941"甚至"1938—1942"等特殊年份为界限，但我们可以看到的是，在海内外学界，认同抗日战争特别是"抗战前期"是从"九·一八事变"开始的已渐成主流。

左翼

本著所称之"左翼"并非"左翼文学运动"，而是对于"左翼文学运动"本质精神的定义。笔者认为，就当时而言，"左翼文学"广义上属于在政治上与中国共产党联系紧密，在情感上狂飙激进，在叙事对象上贴近底层的文学意识形态。因此，其他学者对于"左翼（文学）"的定义实际上在此也有着一定的指导作用，譬如林伟民认为，（左翼文学）揭露了当时沉重的阶级压迫下农民、工人与城市贫民的极度贫困和反抗要求，揭示了现代中国社会的基本矛盾和种种不公，启示进步青年以至一般读者做人生道路、政治立场的选择。[1] 王寰鹏也曾定义"左翼文学"是"英雄主义""现实主义创作"与"浪漫主义叙事"相结合的文学样态，[2] 作家苏雪林则认为抗战文学是透过左翼文学史观和美学表现出来的文学。这方面的作家和作品，有其复杂的一面也有不同程度的倾向……但左翼文学运动是一个世界性的文学运动，中国不过是其中一个环节。[3] 这些论断实际上都证明了作为文学意识形态的"左翼"，并不受具体某段时间的限制。

人道主义

在本著中所指的人道主义，主要是指一种文学意识形态，特指"反法西斯的人道主义"，这是当时许多中国许多知识分子都持奉、信仰的一种社会思潮，其滥觞源自于蔡元培，代表人物就是作家巴金。"反法西斯的人道主义"之基础是中国古代的"义战""诛不义"与西方人权观的结合，尤其主张在战争中用人道主义来激起斗志、化解矛盾，并且认为人道主义是可以跨越党派、国家甚至民族的界限。

社会民主主义

在本著中所指的社会民主主义，是"中国国民党临时行动委员会"

---

① 林伟民：《中国左翼文学思潮》，华东师范大学出版社，2005 年，第 382 页。
② 王寰鹏：《左翼至抗战：文学英雄叙事的当代阐释》，齐鲁书社，2005 年，第 264 页。
③ 苏雪林：《抗战时期文学回忆录》，台北文讯月刊回忆录，1987 年，第 346 页。

（简称"第三党"①）的行动纲领,它是"一种非马克思主义的、改良主义的政治思潮"。②其政治理想的实现方式是非暴力,核心旨在"纠正会破坏人们在公共生活中平等地位的不平等"。③而这亦是《絜茜》月刊及其办刊者所主张的文学意识形态。

官 方

除特指之外,本著中的"官方"特指"国民政府",并且专指"训政"时期的国民政府,即南京国民政府（1927—1937）与抗战迁都的重庆国民政府（1938—1946）。这段时期的国民政府主席为负责国内全面抗战的国民党总裁蒋介石。本著论及"官方"一词主要为了阐释国民政府所领导的文化抗战工作。

民族主义

本著所述之民族主义,主要是用来阐述《越风》月刊的一种文学意识形态。作为 20 世纪中国最为重要的社会思潮之一,发轫于 20 世纪初的"民族主义"影响至今未退,颇受各界非议。④但在 20 世纪 30 年代,作为一种文学意识形态的"民族主义"却是受到官方推崇的。在民族主义文艺支持者们的纲领性文献《民族主义文艺宣言》中,认为"文学的原始形态"基于"民族的一般意识","文艺的最高的使命,是发挥它所属的民族精神

---

① 第三党的正式名称是"中国国民党临时行动委员会",是大革命失败后出现的一个异于国共又介乎国共之间的政派。它对中国出路的探索主要体现在邓演达发表的《中国国民党临时行动委员会政治主张》、《中国到哪里去》等一系列文章中。1935 年 11 月,该党改名为中华民族解放行动委员会。1941 年 3 月,该会参与组织中国民主政团同盟。抗战胜利后,积极参加争取和平民主、反对内战独裁的斗争。1947 年 2 月,改名为中国农工民主党,成为中国大陆的民主党派之一。本著为叙述方便,除非特指,统一以"第三党"代之。

② 丛日云,"社会民主主义"词条,中国大百科全书,第 1 卷·政治（网络版）。

③ [加] 威尔·金里卡（Will Kymlicka）:《当代政治哲学导论》,刘莘译,台北联经出版公司,2003 年,第 649 页。

④ 20 世纪 80 年代末的"新民族主义"成为了中国大陆的主要社会思潮之一,最早是由国内学术界对马克思·韦伯"政治不成熟"（political immateriality）的争论,即"一个长期积弱国家迅速崛起为经济大国时,如果不能及时实现政治的转型而成为'政治成熟'的民族,那么这种经济崛起将极其危险"。随后,何新、萧功秦、甘阳等学者重新又将"民族主义"提上日程,使其成为了重新树立国家形象、唤醒民族认同的意识形态工具,其核心在于对西方世界梦幻的破灭以及对于全球化负面、消极影响的自我抵御。当然,这与 20 世纪初的"民族主义"在本质上的相同点都是由中央政府所赞同、鼓励的。见于甘阳:《走向"政治民族"》,《读书》,2003 年第 10 期。

和意识。换一句说，文艺的最高意义，就是民族主义。"①因此，民族主义在现代文学中的表现其实只是一种"进行外国文学研究、整理国故与翻译理论的指导思想"，作为具体的方法论则是"洋为中用"。作为一种强调民族意识、昌明国粹的文学思潮，民族主义文学意识形态在抗战时期曾起到一定的积极作用，但它却属于在国民政府官方意识形态的推崇下应运而生的产物，所以在大陆现代文学研究界曾长期受到批判与排斥。

文学期刊

学界一般认为，"杂志"和"期刊"属于两个无明显差别内涵的概念，"期刊，又称'杂志'。根据一定的编辑方针，将众多作者的作品汇集装订成册，定期或不定期的连续出版物。每期版式大体相同，有固定名称，用卷、期或年、月顺序编号出版。而'杂志'是大众传播的一种媒介，是提供大众阅读各门各类知识材料宝库的一种工具，它是介于新闻（报）与著作品（书）之间的一种产物。"②

本著所研究的文学期刊（literature journals），主要是指文学出版物。它们确实也存在"定期"或"不定期"出刊的特质——尽管《絮茜》月刊仅不定期地出版两期便宣告停刊，但这仍属于期刊这一概念的范畴之列。

就现代中国而言，文学活动在文艺活动当中占有主要地位，文学期刊无疑亦是文艺期刊（literary journals）的重要组成，这一特征在抗战时期尤其明显。不言而喻，文学期刊主要刊登文学作品，而文艺期刊除了文学作品之外还刊登其他作品（如摄影、绘画、书法等等）。在全面抗战爆发之前，最先号召抗日的文艺形式正是文学，因此，在早期抗日文学期刊中，几乎绝大部分都是文学期刊。

早期抗日文学期刊当然不止本著所列举四种，其中也包括在东北、华北、西南、华中甚至东南亚地区的抗日文学期刊，但从"社会变迁为视角"这一角度来看，当以上海、广州等主要城市为研究中心。本著所列举的四种期刊，是以点带面、具备代表性的早期抗日文学期刊，它们虽然多半集中在上海、广州等地发行，但却在相当程度上反映了当时全国社会思潮的变迁。

---

① 《民族主义文艺运动宣言》，《前锋周报》，第2、3期，1930年6月29日、7月6日。

② 张觉民：《现代杂志编辑学》，中国书籍出版社，1987年，第1页。

三、文献综述

抗战文学研究相对成果丰硕，但抗战文学期刊研究却是抗战文学研究中的冷门，据笔者不完全统计，国内外关于抗战文学期刊的研究的学术论文大约有 200 余篇（含硕博论文），当中有 53 篇是回忆文章、口述史，而有关学术专著大约在 8 部左右，当中有 2 部为工具书。从研究方向来看，目前学界关于抗战期间文学期刊的研究主要分为如下几个方面。

一是关于全面抗战时期国家文化治理与宣传动员的研究，这类研究在抗战文学期刊研究中占主流，约有一半涉及此课题，譬如对《新华日报》、《大公报》等报刊副刊的整理与探索等等；二是关于抗战相持阶段知识分子道路选择、观念变迁的研究，这大约占了所有研究的三分之一，如对《独立评论》《万象》等刊物作者群的研究等等；三是对于孤岛、沦陷区与"大后方"知识分子特别是珍稀刊物与"失踪者"的研究，这主要是近年来受海外学界影响而形成的新热点，其总体成果量在国内学界而言并不算多（甚至不如国外与港台学界），但总体研究方法较新、内容也比较全面，在一定程度上起到了考镜源流、填补空白的意义，最后一种是关于解放区抗战文学期刊的研究，这也是近年来的新兴学术热点，但受制于史料、档案的散佚，总体数量与代表性的成果凤毛麟角。

因此宏观地看，本著所研究之早期抗日文学期刊特别是《絜茜》《夜莺》《越风》与《呐喊（烽火）》四家期刊基本上属于学界较少关注的"冷点"，国内有代表性的研究几乎为空白，只有一些硕士论文或散文随笔涉及上述刊物的粗略介绍，在国际学界，仅有一篇论文对当中一种刊物有较为全面的研究，即剑桥大学苏文瑜（Susan Daruvala）教授的《越风：一份 1930 年代的文学期刊》（Yuefeng: A Literati Journal of the 1930s）[刊登于俄亥俄州立大学的《当代中国文学与文化》（Modern Chinese Literature and Culture）2006 年秋季卷]。

不难看出，学界多半集中关注于"十四年抗战"中后七年文学活动的研究，但"前七年"的研究不但有着相当大的挖掘空间，而从社会思潮变迁的发展史对其进行系统性探索，不但有着学术研究的重要性，而且有着时代的必要性。

第一章　概述

第一节　抗战前期中国社会思潮述略

欲研究早期抗日文学期刊，必先从文学期刊的角度审理抗战前期社会思潮。这里所说的抗战前期，即本著所研究的 1931 年"九·一八"事变至 1938 年"武汉会战"这七年间。众所周知，20 世纪二三十年代可以说是整个现代中国社会思潮波澜壮阔的历史阶段，众多阶级、社会力量在不同历史语境中的互动，导致了这一时期社会思潮呈现出多元化的态势，但是我们又必须认识到，它们是"五四运动"的产物，这些社会思潮既代表了中国社会不同力量、反映了不同力量的政治需求，又围绕着一个核心——如何为积贫积弱、内忧外患的现代中国寻求出路。

与先前的鸦片战争、中日甲午战争等中国近现代史上的历次战争、事变一样，爆发于 1931 年 9 月 18 日的"九·一八"事变，构成了现代中国社会思潮的一个重要转折点。思潮与政治向来又是紧密相连的，不了解时局语境，则无以解读社会思潮之变迁。

本节意图从因果两个方面来阐释抗战前期的社会思潮。首先是抗战之前的中国社会思潮之格局，及其对当时文学期刊之影响，此为抗战前期中国社会思潮形成之因；其次则是"九·一八"事变之后这些思潮的发展以及与当时文学期刊之关系，此则为前因之果。

首先是抗战之前的中国社会思潮之格局及其对文艺之影响。在"九·一八"事变爆发之前的 20 世纪 20 年代，中国社会思潮大体上因政治意识形态的不同被分为两类，一类属于当时国民政府官方领导的"新三民主义"

思潮①，另一类则是中国共产党成立之后所推行的"新民主主义"思潮，这两大对立性的思潮，直接决定了抗战前期中国社会思潮的格局及其对文学期刊、文学体制的深远影响。

"新三民主义"形成的主要原因是由于孙中山革命思想的转变，因受"陈炯明兵变"的刺激而觉醒的孙中山看到了俄国"十月革命"的声威并经历了"五四运动"的波澜，深深地知道旧式的"三民主义"无法挽救当时中国之危局，单靠对法、美等国资产阶级革命的仿效，对于当时中国的社会体制并不能产生任何的实质性变革意义。在俄国"十月革命"与"五四运动"均已相继爆发之后的1922年，孙中山便认识到"法、美共和国皆旧式的，今日惟俄国为新式的。吾人今日当造成一最新式的共和国。"②在从旧三民主义向"新三民主义"过渡时，以孙中山为代表的国民党中央认识到了"民族主义"作为"三民主义"之一核心的重要性。在"十月革命"之后，"五四运动"爆发的1919年，孙中山写下了《三民主义》一文，这篇文章实际上为日后国民政府的官方思想主潮奠定了理论基础：

> 汉族当牺牲其血统、历史与夫自尊自大之名称，而与满、蒙、回、藏之人民相见于诚，合为一炉冶之，以成一中华民族之新主义，如美利坚之合黑白数十种之人民，而冶成一世界之冠之美利坚民族主义……中国人只有家族和宗族的团体，没有民族的精神，所以虽有四万万人结合成一个中国，实在是一盘散沙，弄到今日，是世界上最贫弱的国家，处国际中最低下之地位。③

---

① 作为国民政府官方思潮的"三民主义"历经了两个阶段。开始为"旧三民主义"，即孙中山在1905年提出的资产阶级民主革命的纲领，包含民族、民权、民生"三个主义"，当时孙中山把民族主义解释为"驱除鞑虏，恢复中华"；民权主义是"建立民国"；民生主义是"平均地权"。"旧三民主义"主张用革命的暴力推翻清朝统治与封建土地制度，建立资产阶级共和国。而作为第二个阶段的"新三民主义"是在1924年国民党召开"一届全大"之后被提出，"新三民主义"理论中将民族主义解释成为对外反对帝国主义，对内要求各民族一律平等；民权主义是建立平民共有的政权而非少数人所有的政权；民生主义是耕者有其田、节制资本。毛泽东认为，新三民主义和旧三民主义的根本区别在于新三民主义有联俄、联共、扶助农工三大政策。三大政策没有或不全就是伪三民主义或半三民主义。此处主要讨论时间段为20世纪30年代，因此当时官方思潮是"新三民主义"。参见高狄主编《马克思恩格斯列宁斯大林毛泽东著作大辞典·中》（长春出版社，1991年，第1561页）、王进、齐鹏飞、曹光哲主编《毛泽东大辞典》（广西人民出版社，1992年，第660页）与余克礼、朱显龙主编《中国国民党全书·上》（陕西人民出版社，2001年，第353页）。

② 孙中山：《在桂林广东同乡会欢迎会的演说》，见于《孙中山全集·第六卷》，中华书局，1985年，第56页。

③ 孙中山：《三民主义》，见于《孙中山全集·第九卷》，中华书局，1986年，第188页。

孙中山认为，"三民主义"的核心，便是建构在捐弃"汉族中心主义"之上的民族团结，从而形成一个新的"中华民族"，实际上这一理论基础与后来《中华人民共和国宪法》中所颁布的民族政策是一致的。新三民主义的核心是民族主义，这和孙中山所发现中国存在"亡国灭种"之虞有着密切联系。倘若民族不能独立，那么民生、民主的实现全是空中楼阁。因此，在20世纪20年代以降，国民政府官方思潮的价值内核一直是"民族主义"这"一民"。

在孙中山提出"新三民主义"理论之后，一批国民党内的政治家、理论家开始不断地对"新三民主义"进行补充修正，使得20世纪30年代作为官方思潮的"三民主义"思潮产生了分化，进而促使后来的"新三民主义"已经与孙中山所提出的"新三民主义"已有了较大的分歧，但是这些分化甚至分歧一直没有抛弃"民族主义"这个精神内核。

在20世纪20年代末、30年代初，高举"民族主义"为"三民主义"核心之大旗的是邓演达，作为国民党左派以及日后"第三党"的领袖，提倡"平民政权"的邓演达认为，"恢复中断的中国革命，只有使三民主义更加具体化，使它更加切实地适应大多数平民群众的要求。具体说来，民族主义是反对帝国主义到底，要得到中国民族的自由和独立，并使国内各弱小民族能自由独立"，[1] 但邓演达认为民族主义是形成平民政权的重要过程，他提出了四种力量之于催生中国民族主义的意义。一是作为敌人的帝国主义，他们逼迫中国必须出现民族主义；第二是苏联，认为苏联对于世界弱小民族的协助，乃是自我本位主义的体现，因此，对于苏联，我们既要学习，也要警惕；其三是第二国际领导下的各国社会党，这些社会党虽然执掌政权，但是对于弱小民族却无同情心，迫害弱小民族与帝国主义者沆瀣一气；第四则是以中国、印度为领军的世界弱小民族独立力量，这些弱小民族还包括波斯、埃及、土耳其与阿富汗等等，这些民族才是中国实现民族独立的盟友。[2] 邓演达讲求平等、民主的"新三民主义"与国民政府所推行的训政国策显然不一致。因此，最后他不得不另起炉灶，自成一家，发展成为了日后有一定影响的"社会民主主义"。

但这并不妨碍"新三民主义"为官方所用、所修饰与所推行，在其后的戴季陶、胡汉民与蒋介石那里，"新三民主义"获得了进一步阐释。戴季陶认为，民生主义乃是三民主义之核心，但民族主义却是实现民生主义

---

① 邓演达：《中国国民党临时行动委员会政治主张》，见于《邓演达文集》，人民出版社，1981年，第348页。

② 同上，第362页。

的前提。所谓民生便是"民族之生存"，这是一个首要、根本的问题。而且他和其后的蒋介石共同认为"民族主义"的前提乃是儒家精神的复兴，这是民族自信力提升的标志，同时这也是与孙中山的观点一脉相承的。戴季陶就此曾具体说明，"民族的自信力不能恢复，则此弱而且大之古文化民族，其衰老病不可救，一切新活动，俱无从生。"[1] 在戴季陶之后，另一位理论家胡汉民则认为民族为三民主义之本位，"个人的生存不成问题，成问题的是民族的生存。"[2] 并且认为革命的意义是"所谓各个民族不受屈辱，即世界各民族的平等，亦即实行人民有四权而政府有五权的民权主义之全世界各民族的平等，亦即实行满足人民衣食住行四大需要的民生主义之全世界各民族的平等。"[3]

戴季陶、胡汉民是"训政时期"最具影响力与权威性的两位官方理论家，蒋介石接过他们的火把，继续将"三民主义"中的"民族主义"大旗扛起，进一步提出"国魂"理念，"凡是一个民族，能够立在世界上，到几千年不被人家灭亡，这个民族一定有其立国精神的所在，就是所谓'国魂'……'国魂'是什么，就是民族的精神。凡一个国家总要有民族的精神，然后他的民族性才能养成。"[4]

随着蒋介石成为中国的最高领袖，以"民族主义"为宗的三民主义成为了当时国民政府的官方思想。我们也清楚地看出，邓演达的"新三民主义"尽管也高扬"民族主义"的大旗，但他的目的却是"平权主义"，因此在蒋介石成为中国实际最高领导人之后，"新三民主义"基本上分化为了以邓演达等为代表的"左派新三民主义"（日后发展为"社会民主主义"）与戴季陶、胡汉民为代表的"右派新三民主义"。

因为文艺思潮的产生具有深刻的社会根源，是经济变革、政治斗争与社会思潮的派生物，也是一些充满智慧的文艺家、理论家主观努力的结果。所以一般来说，社会思潮常常会成为文艺思潮的先声，在"三民主义"这一思潮下，国民政府在 20 世纪 20 年代推行了一系列旨在宣传政见的文艺思潮，也就是说，作为"意识形态之上的意识形态"的文艺思潮，同时也是社会思潮的衍生物。在"三民主义"的官方思潮中，"三民主义文艺"

---

① 戴季陶：《孙文主义之哲学的基础》，见于彭明主编：《中国现代史资料选编，第四卷》，上海社科院出版社，1989 年，第 245 页。

② 胡汉民：《三民主义的连环性》，见于《胡汉民先生文集，第二册》，"国民党党史会"（中国台湾），1978 年，第 225 页。

③ 同上，第 268 页。

④ 蒋介石：《革命哲学的重要》，见于蔡尚思主编：《中国现代思想史资料简编，第三卷》，浙江人民出版社，1983 年，第 586 页。

与"民族主义文艺"最为重要。

所谓"三民主义文艺",在本质上是国民政府制定的、用来管制文艺的工具性思潮。1929年6月国民党中央宣传部召开全国宣传会议,通过《三民主义文艺决议案》,确定三民主义为"本党之文艺政策"。叶楚伧曾解释说:"三民主义就是三民主义文艺。三民主义文艺,就是三民主义。"[①]"三民主义文艺"强调主义统辖文艺,文艺为了主义,尤其反对1928年后兴起的无产阶级革命文艺。为了贯彻执行三民主义文艺政策,国民党中央在南京成立了中国文艺社(主要成员有王平陵、钟天心等),攻击左翼文艺运动,宣扬人性论和天才论,否定文艺的时代性和阶级性。[②]

因为"新三民主义"的核心依然是"民族主义",因此"民族主义文艺"亦成为了当时国民政府当局及其宣传人士为了对抗左翼文艺运动的蓬勃发展而提倡的另一个重要的文艺思潮。这一思潮以1930年6月1日发表的《民族主义文艺运动宣言》为起点。其主要代表人物有潘公展、叶秋原、黄萍荪、朱应鹏、范争波、傅彦长、黄震遐等人。民族主义文艺的基本理论主张都包括在《民族主义文艺运动宣言》中。其他如《从三民主义的立场观察民族主义的文艺运动》(潘公展)、《民族主义文艺运动的使命》(朱大心)、《民族主义文艺之理论的基础》(叶秋原)、《以民族意识为中心的文艺运动》(傅彦长)等,都是对《宣言》的阐述和具体解释。其理论主张首先把矛头对准正在蓬勃兴起的普罗文艺,意图以民族主义的文艺主张替代无产阶级文艺。《宣言》说,"中国的文艺界近来深深地陷入于畸形的病态的发展进程中",面临着"危机","呈着零碎的残局","陷于必然的倾圮",成了一片"废墟",其原因盖出于"多型的文艺意识",而没有民族主义为"中心意识"。他们认为民族主义乃文艺的"最高意义"和"伟大的使命"。[③]

"民族主义文艺"与"三民主义文艺"成为了20世纪20年代末30年代初因"新三民主义"而兴起的文艺主潮,如果说"新三民主义"是"在朝思潮"的话,那么"新民主主义"则是"在野思潮"。就在"新三民主义"不断获得完善、开拓的20世纪20年代,因为中国共产党的建立,另一种有别于"新三民主义"的思潮即"新民主主义"思潮开始呈现在中国

---

① 叶楚伧:《三民主义文艺观》,《民国日报(上海)》,1930年12月2日。

② 马良春、李福田主编:《中国文学大辞典,第二卷》,天津人民出版社,1991年,第161—162页。

③ 同上。

社会意识形态的视野当中。[①]

"五四运动"爆发之后，一批知识分子开始讨论中国未来的出路问题。李大钊、陈独秀等学者看到了帝国主义与本国军阀狼狈为奸的实质，陈独秀曾指出："在资本主义帝国主义的大海中，没有一滴水是带着正义人道的色彩。"[②]彭湃则批判"我们蒙昧时代，以为'政府'统治我们，可以维持我们的安宁幸福。我们现在晓得'政府'利用法律，来榨取我们的财产，扩充军备。不问我们的负担如何，完粮、税契、饷项、军需、公债，种种无不大铲特铲，以供给政府、贵族、军阀——享福之资、嫖赌饮吹之用"，[③]最后彭湃高呼："我们供给政府，反来侵害我们，我们要保全我们，就应当破坏政府！"[④]

1921 年，中国共产党成立，《中国共产党纲领》在第一次代表大会上通过，成为了当时全党的共识。《纲领》主张"革命军队必须与无产阶级一起推翻资本家阶级的政权"、"承认无产阶级专政，直到阶级斗争结束"、"生产资料归社会公有"与"承认苏维埃管理制度，把工农劳动者和士兵组织起来"。[⑤]

《纲领》实际上反映"五四运动"之后中国社会的阶级矛盾，其深刻原因在于中国民族工业在"五四运动"前后的"一战"时期获得了发展，使得工人阶级人数激增。纵观当时社会语境，民族工业发展主因有二。一是因"一战"缘故，帝国主义国家无暇东顾且忙于制造军火，给中国的民

---

① 自 1919 年 "五四运动"之后 1937 年 "卢沟桥事变"之前，中国社会处于前所未有、风云变幻的 16 年。"五四运动"爆发之时，正值皖系军阀控制北京政府，次年的直皖战争与"癸亥政变"将中国政局进一步推向了混乱的深渊。1921 年中国共产党成立后，为平定政局，1924 年国民党一大的《改组宣言》既宣布了"新三民主义"的诞生，亦昭告了国共合作的开始，更为 1926 年的北伐奠定了基础。实际上，"新三民主义"与"新民主主义"在 1937 年之前，有着相似之处。有学者认为，孙中山提出的"新三民主义"是第一次国共合作的理论前提，见于王进、齐鹏飞、曹光哲主编的《毛泽东大辞典》（南宁：广西人民出版社，1992 年，第 660—661 页）。尽管如此，但是"新三民主义"还是与"新民主主义"有较大差异，这也是为何在北伐成功之后，中国共产党与中国国民党又分道扬镳的根本原因。在北伐成功的 1927 年，爆发了国共分裂的"四·一二"政变，政变后的北伐军总司令蒋介石进行了"第二次北伐"，东北易帜以后，蒋介石在名义上完成了对全国的统一。但由于权力的竞争、分肥的不均，导致了蒋桂战争、中原大战等国民党内部战争频繁爆发，政治阵营也分裂为改组派、西山会议派与政学系等等不同派系。在这样的历史环境下，"新三民主义"被分化甚至产生分歧，便不足为怪了。

② 陈独秀：《太平洋会议与太平洋弱小民族》，见于《陈独秀著作选，第二卷》，上海人民出版社，1993 年，第 318—321 页。

③ 彭湃：《告同胞》，见于《彭湃文集》，人民出版社，1984 年，第 3—4 页。

④ 同上。

⑤ 《中国共产党第一个纲领》，见于《中共中央文件选编·一》，中共中央党校出版社，1989 年，第 3 页。

族工业带来了巨大契机与发展空间；其二由于1913年西方列强增加了他们在中国和印度等采用银本位币制的国家的采购，以及墨西哥国内的革命工潮，刺激了墨西哥银矿在1913年的关闭，国际银价随之飙升。作为银本位的中国的货币变得更加坚挺，数年之内，它在西方市场上的购买力提高了三倍。[①] 在这得天独厚的社会语境下，民族工业进入了白吉尔（Marie Claire Bergere，1933— ）所说的"黄金时期"，工人总数也从战前的100多万猛增至260多万，这为中国共产党的成立以及新民主主义传播、完善奠定了阶级基础。

但是我们也必须看到，民族工业的发展与产业工人的增加，导致了中国一批商埠迅速进入到城市化的进程当中。产业工人增加，新的管理者、教育者也随之产生并增加，而这种专业的管理者与教育者则是有别于传统绅士的新的"知识分子群体"，对于产业的所有者来说，他们是工人，但是对于工人来讲，他们却是权力的所有者，这样一批生活在"夹层"中的人群，他们拥有知识、技术以及一定的社会地位与财富，这一阶级与工人阶级一样，在传统中国的农耕社会是不曾出现过的，白吉尔曾如是描述并总结这群新兴阶级：

> 城市的迅猛扩展既不是因为内地碰到了饥荒，也不是由于社会动荡特别恶化。这实质上反映了新的发展中心对农业社会的吸引。贫苦农民、农业社会中的闲杂人员都到市内的作坊和新建的工厂里找工作。他们到码头当搬运工，当苦力或者拉洋车。许多乡村的名流也被吸引到省城或者本地区的大城市里居住……市区向外扩展；建设起郊区，困难地通过古老城墙的牌楼式城门而与市中心区交通……在这些迅速发展的城市里，人口从未停止增长，各个社会集团变得更加复杂，互相间的分化也更加明显。出现了工业无产阶级，从城市精英（绅商）中诞生了现代知识阶层和现代资产阶级。[②]

"现代知识阶层"与"现代资产阶级"是和"工业无产阶级"在一定程度上有所对立的社会阶层，这样的阶层有着自己的精神追求，此问题当

---

① 白吉尔：《中国资本主义的黄金时代：1917—1923年》，杨品泉、孙开远、黄沫译，见于费正清等主编：《剑桥中华民国史·上卷第12章》，中国社会科学出版社，1998年，第16页。

② 费正清：《中国资本主义的黄金时代：1917—1923年》，杨品泉、孙开远、黄沫译，见于《剑桥中华民国史·上卷第12章》，中国社会科学出版社，1998年，第20页。

18 | 早期抗日文学期刊研究（1931—1938）

留后文再叙。在此，笔者主要论述"新民主主义"思潮的产生及其背景，中国共产党在建立之初便师法苏俄，建立并孕育于知识分子，发展壮大于工人阶级，这便是时至今日国内主流学界都认为"新民主主义"乃是资产阶级革命的原因所在。

工人阶级的迅速发展与中国共产党的建立几乎是同时的。在 1920 年代，中国的工人阶级日益贫困，城市失业工人开始骤增，中国共产党随之逐渐日益壮大，[①]这是"新民主主义"可以孕育之土壤。在 1920 年 5 月，列宁《民族和殖民地问题提纲初稿》一文中指出了"民族与殖民地问题"，即包括"民族与殖民地革命运动的性质与前途问题""革命对象与任务问题"以及"关于革命动力与民主联合战线的策略问题"这三大问题。在列宁讲话的指导下，中共召开了"二大"并结合本国国情与客观的形势发展初步提出了"新民主主义"纲领，纲领指出中国革命的对象是"世界资本帝国主义"，号召"中国人民与世界人民联合起来，打倒共同的敌人——国际资本帝国主义"。[②]"二大"所通过的纲领，意味着中国共产党的责任从之前单纯的"阶级斗争革命"转向了"民族独立革命"，是中国共产党在探索"新民主主义革命理论中的一个重要里程"。[③]

就红色理论家们而言，自中国共产党成立以来，就始终在不断深入研究新民主主义理论并将其与中国具体国情相结合。作为早期理论家的李大钊，就曾论述新民主主义应包括两个方面，一是"发动农民"，一是"团结资产阶级"，他高度评价孙中山的贡献在于"亚洲的民主主义运动的代表者，他的一生的事业在指挥中国民众向那掠夺中国，在中国援助民主主义和自由的仇敌进攻。"[④]不难看出，李大钊主张中国共产党革命的目的在

[①] 笔者认为，造成这一结果的原因有二：一是帝国主义在战后卷土重来，对华贸易输出增加，1919 年仅比 1913 年增加 13.6%，但是 1924 年却比 1913 年增加 78.6%，而且随之银行资本在中国迅速扩张，从平均一年两家增至平均一年五家；二是国际资本市场对中国的倾销面粉与棉纱这两大中国民族工业支柱产品，1922 年前曾维持七年出超，但是到了 1922 年又变成入超，1919 年每包棉纱均利润达到 70.56 元，但到了 1922 年则均利润成为了 –20.63 元，期间世界银价跌落，造成中国外贸业损失惨重。在这样的情况下，外资企业勃兴，大量民族工业却日益萎缩，不得不"减员增效"使得大量失业工人产生，社会贫富分化严重，劳资矛盾日益尖锐（严中平：《中国棉纺织史稿》，科学出版社，1955 年，第 165—166 页；杨大金：《现代中国实业志·上》，商务印书馆，1940 年，第 630 页）。

[②] 《中国共产党第二次全国大会宣言》，见于《中共中央文件选编·一》，中共中央党校出版社，1989 年，第 115 页。

[③] 吴雁南、冯祖贻：《中国近代社会思潮（1840—1949），第三卷》，湖南教育出版社，1998 年，第 27 页。

[④] 李大钊：《中山主义的国民革命与世界革命》，《李大钊文集·下册》，人民出版社，1984 年，第 883 页。

于民族独立。

在李大钊之后，另一位红色理论家瞿秋白指出了"民主主义"为中国共产党的建党之宗，并指出了中国革命的本质乃是资产阶级革命，"中国革命的主要目标是打倒帝国主义和封建军阀，取得民主主义的自由与民族经济的解放"、"中国客观的政治经济状况及其国际地位，实在要求资产阶级性质的民主革命。"[①] 但瞿秋白坚持认为"阶级革命"不应给"民族革命"让道，并且认为"资产阶级"与"知识阶级"并不能代替"农工民众"进行革命。

譬如瞿秋白与戴季陶在国共合作时的争论，其实正反映了"新民主主义"与"新三民主义"在本质上的分歧。瞿秋白指出，戴季陶对三民主义的修正即"建立纯粹三民主义"的思想，便是与阶级斗争、共产党唱反调，"只要诱发'资本家仁爱的性能'和知识阶级'智勇兼备以行仁政'的热诚，来代替农工民众革命。"[②]

是阶级斗争，还是民族独立，这两个命题谁为先？成为当时中国共产党的核心命题之争。在李大钊、瞿秋白之后，中国共产党开始将自身革命的参与者定位为"工农"而不是其他阶层。此时，另一位红色理论家邓中夏集中阐释了"新民主主义"与"新三民主义"的分歧，他较为系统地论述了中国工人阶级的状况、发展过程与工人在革命中的地位问题，认为工人阶级是中国革命的主体，阶级斗争在当时中国仍有着不可忽视的重要作用。

无论是李大钊、瞿秋白还是邓中夏，都只是对新民主主义提出了初步的观点，并未成系统。在经历了二大、三大之后，中国共产党开始对"新民主主义"相关理论有了更成熟的思考，这一阶段的代表人物是毛泽东。他在 20 世纪 20 年代陆续完成的《中国社会各阶级的分析》《国民革命与农民运动》与《湖南农民运动》等文稿分别先后论了中国革命的性质、中国革命的对象、中国革命的领导阶级以及对中国资产阶级、农民阶级的分析。在此基础上，1927 年"八七会议"之后的毛泽东又提出了"枪杆子里出政权""工农武装割据"与"农村包围城市"三大思想，大大丰富了"新民主主义"的若干理论。

与"新三民主义"催生"民族主义／三民主义文艺思潮"一样，在"新民主主义"这一政治思潮下，"左翼文艺思潮"应运而生。该思潮滥觞于邓中夏、李大钊等早期共产党人的主张，出现于 20 世纪 20 年代初期、勃兴并流行于北伐时期。"左翼文艺思潮"认为作家应该深入工农民众的

---

① 瞿秋白：《自民权主义至社会主义》，《瞿秋白选集》，人民出版社，1985 年，第 85 页。

② 瞿秋白：《中国国民革命与戴季陶主义》，同上，180 页。

生活、参与实际阶级斗争、并培养出革命感情，进而写出反映暴风雨时代和伟大民族精神的文学作品来，最终为人民革命运动服务。"八七会议"后，该思潮得到了鲁迅、茅盾、蒋光慈及叶圣陶等诸多作家的呼应和实践，直至1930年"左联"的成立，标志着中国共产党对文艺工作的领导的重视，并开始逐渐建立健全以中国左翼文学为核心的"新民主主义文学观"。

通过上文所论不难看出，"新三民主义"与"新民主主义"在20世纪20年代是有着交集的，即在"民族独立"这个问题上，两者皆以其为宗。但同时也有着不可调和的矛盾，尤其随着时局变动与政党纷争，使得"新三民主义"趋向于"国家主义"，而"新民主主义"趋向于"阶级斗争"，两者日渐分歧，则不足为奇了。

前文还曾论及，在民族工业发展之时，一批城市化的"现代知识阶层"与"现代资产阶级"随之诞生。这些新兴阶层的出现，有着深刻的社会背景，同样也为另一种思潮的形成奠定了基础。他们既是被剥削的"工薪阶层"，同时他们也是"有钱有闲有修养"的"新贵阶层"，尤其是在20世纪初至20年代，因为战争、工业革命与教育改革造成留学生的激增，[①] 他们也是城市化建设的主力军。绝大部分留学归来的中国留学生受到基督教文化与欧美民主思潮的影响，尝试用"自由主义""无政府主义"与"人

---

① 民国初建，百废待兴，政府开始依靠民间、国外与官方等力量，大力培养出国人才，为我国所用。当时有两种留学渠道，一种是"全民留学"，一种是"精英留学"；所谓全民留学，乃是1912年，蔡元培、吴玉章与李石曾等人兴起"留学俭学会"，并在北京成立了"留法预备学校"；1916年，法国需要大量华工，蔡元培等人又在北京成立了"华法教育会"；而"精英留学"则主要是官方的"庚款留学"，"庚款"出资方主要包括美英俄法四国，1911年初，利用庚款而专门为培养赴美留学生的清华留美预备学校正式成立。在此后十多年间，据统计，由清华派出的留美学生就达1000多人。1928年8月17日，清华学校改名为清华大学，罗家伦出任校长。那一年开始公开招考留美公费生。1933年，又开始公开招考第一批庚款留英学生。1924年，美国国会通过决议，将其余的庚子赔款用于中国，成立"中国文教促进基金会"（或称"中国基金会"）。在美国影响下，英国也宣布将庚款作为中国的教育经费，1926年初，英国国会通过退还中国庚子赔款议案（退款用于向英国选派留学生等教育项目），即派赔款委员斯科塞尔（W.E.Scothll）来华制定该款使用细则。当时胡适是"中英庚款顾问委员会"中方顾问，十月革命成功后，苏俄政府宣布放弃帝俄在中国的一切特权，包括退还庚子赔款中尚未付给的部分。1924年5月，两国签订《中俄协定》，其中规定退款用途，除偿付中国政府业经以俄款为抵押品的各项债务外，余数全用于中国教育事业，由中苏两国派员合组一基金委员会（俄国退还庚子赔款委员会）负责处理；1924年，法国也决定将部分退还的"庚款"用作教育，1920年初，李石曾与蔡元培、吴敬恒，利用庚子赔款，于北京创办中法大学，蔡元培任校长。同年冬，蔡元培再度赴法，与法国里昂市长赫礼欧、里昂大学医学院院长雷宾等合作设立里昂中法大学协会，决定在里昂成立中法大学。在20世纪20年代，中国留学生人数激增，形成了国内的新的知识阶层，大大超过了之前任何一个时代。

道主义"等思潮改良中国政局。

从 20 世纪 20 年代末中国的现代知识谱系来看，在当时思想界先后产生过一定影响的有以罗隆基、王造时为代表的"人权法派思潮"（又称"新月派"）、梁漱溟、晏阳初为代表的"乡村建设主义"以及丁文江、张申府为代表的"科学主义"等社会思潮，但是，其中在当时知识分子界影响最大的依然却是人道主义思潮，笔者认为，原因有三。

首先，产生于 18 世纪理性启蒙运动的人道主义是与"五四精神"相符合、一致的。"五四运动"是"人的发现"，"五四文学"是"人的文学"，卡西尔（Enst Cassirer）说，"作为一个整体的人类文化，可以被称作人不断解放自身的过程。"① 当时人道主义的代表白璧德（Irving Babbitt）、罗素（Bertrand Russell）等人，也是"五四"之后影响中国思想界的重要人物，人道主义作为一种主张、信仰，几乎是每一个"五四青年"都心向往之的。

其次，人道主义有机地将中西文化融为一体，成为了西学与国学互通的精神表现。在"五四"爆发之后，"文言白话"之争论、"科玄之争"与"《学衡》《甲寅》论争"等一系列文化现象均反映了"中西文化之辩"这一问题，但人道主义却可以以更高的高度来将这一问题融合，这也是胡适、周作人、梁实秋与巴金等一批有着西学背景的知识分子信奉人道主义的缘故。中国传统文化中的"兼爱""非攻"精神与西方基督教精神的"爱人如己""信望爱"思想，在人道主义这里完成了伦理精神的对接，因此广受当时知识分子所认可。譬如学者、作家梁实秋就是一个坚定的人道主义者，从年轻时对其师白璧德之人道主义的呼吁到老年时对孔孟"仁爱"的推崇，思想虽有变迁，但其人道主义思想本质却没有变化。②

最后，无政府主义、自由主义甚至"乡村建设派"皆由人道主义所衍生，且人道主义与民族主义最容易结合，形成一种具有广泛影响力与凝聚力的社会思潮。新兴知识分子他们凭借自己的知识，能够普遍认识到剥削、侵略与殖民的不公正性，并力图依靠改良的手段来解决这些问题。须知人道主义传入中国最久，影响最大，且最具普适价值。尤其是在战争爆发的抗战前期，与民族主义相结合的人道主义有着更为强大的向心力。

确实，民族主义与人道主义有着一定的分歧，毕竟民族主义不可避免地具有一种相对狭隘的世界观，而人道主义则是一种普适的自由理想。③但是在事关民族存亡的战争到来时，代表着启蒙的"人道主义"与代表着

---

① [德]卡西尔：《人论》，甘阳译，上海译文出版社，1985 年，第 5 页。
② 宋益乔：《梁实秋传》，天津：百花文艺出版社，2005 年，第 472 页。
③ 张承志：《无援的思想》，华艺出版社，1995 年，第 353 页。

革命的"民族主义"却在根本立场上产生了"合谋"。

"人道民族主义"是 20 世纪二三十年代在中国知识界影响颇大的一股思潮,这一观点由哥伦比亚大学教授海斯(Carlton Hayes)在著作中所提出,被其学生蒋廷黻翻译整理为《族国主义论丛》一书并由"新月书店"出版发行。在译者序中蒋廷黻指出,只有"人道的民族主义""方是中国同世界兴盛和平正路"。① 该书 1930 年 11 月出版,而在中国知识界造成一定影响时,正是"九·一八"事变爆发的抗战前期。值得注意的是,为这本书题写书名的人恰是著名人道主义领袖胡适,因此,"人道民族主义"在抗战前期对知识分子的影响不言而喻。

可以这样说,抗战前期一批重要、活跃的知识分子都曾以人道主义为宗旨,譬如罗隆基的"人权法派"就主要是提倡唤起人类同情心的人道主义,② 而且其"人权概念"是以人道主义和功利主义的结合为其基础的;③ 与此同时,主张"乡村建设"的晏阳初则是基督教与人道主义的坚定拥护者;但这些知识分子中,巴金的人道主义却是最完善、最与时俱进的,巴金深刻地认识到了传统儒家人道主义与资产阶级人道主义的局限性,并在战争中高举"反法西斯人道主义"大旗,让人道主义为特定的时代所用。④

---

① 蒋廷黻:《〈国族主义论丛〉中文译本特序》,见于《国族主义论丛》,新月书店,1930 年,第 4 页。

② 王宗华:《中国现代史辞典》,河南人民出版社,1991 年,第 833 页。

③ 胡伟希、高瑞泉、张利民:《十字街头与塔:中国近代自由主义思潮研究》,上海人民出版社,1991 年,第 358 页。

④ 人道主义是巴金终生从事创作实践与其他文学活动的一个主要指导思想,这既源于他留法时所受克鲁泡特金无政府主义、卢梭人道主义的思想影响,也与他童年的教育经历息息相关。他曾希望"在我的心里藏着一个愿望,这是没有人知道的:我愿每个人都有房住,每个口都有饱饭,每个心都得到温暖。我想揩干每个人的眼泪,不再使任何人落掉别人的一根头发"(《巴金全集·第 12 卷》,人民文学出版社,1989 年,第 452 页)。这与他童年受到的教育是分不开的,巴金曾如是回忆他的母亲:"她很完满地体现了一个'爱'字。她使我知道人间的温暖,她使我知道爱与被爱的幸福……她教我爱一切的人,不管他们贫与富……"(《巴金选集·第 10 卷》,四川人民出版社,2003 年,第 98 页)在"五四运动"之后,他义无反顾地选择了站在人道主义的立场关心底层的利益与疾苦,号召建立一个人人平等自由、不再压迫的理想社会。1927 年,巴金在赴法国的邮船"昂热号"上庄严地写下了自己的生活信仰:"我现在的信条是,忠实地生活,正当地奋斗,爱那些需要爱的,恨那些摧残爱的,我的上帝只有一个,就是人类,为了他们准备献出我的一切……"(巴金:《巴金选集,第 10 卷》,四川人民出版社,2003 年,480 页)这种"人类至上"的思想是其毕生奋斗的座右铭,也是其人道主义思想的基本核心。巴金的人道主义是多重的,既与无政府主义、马克思主义与基督教精神有着密切的关联,更与巴金自己幼年时受到儒家传统的思想密不可分。他的人道主义源于童年时对于弱者、贫苦人群的同情怜悯,成长于自己在青年时颠沛流离、深受国难的特殊境遇,成熟于 20 世纪时局多变的政治运动。因此,巴金的人道主义是多元、独特且自成体系的。

在这里，笔者要提前解答一个或许存在的预设疑问。"新三民主义"与"新民主主义"乃是国共两党分别推行的意识形态，作为当时中国社会思潮之主潮则无疑。但"人道主义"与"社会民主主义"何以可以与前两者相提并论？

从思潮的归属来看，无论是"新民主主义""社会民主主义"还是"新三民主义"均是由政党提出来的"政治思潮"，但人道主义却是源于"西学东渐"、舶来的"社会思潮"。与"政治思潮"相比，"社会思潮"往往更具备普泛性。事实上，人道主义早在 19 世纪末就通过传教士、洋务派与维新改良派人士的译介传入中国，并与中国传统儒家思想中的人本思想相结合，产生了积极的影响，并较为广泛地应用于司法改革、立宪实践与科举制度的废除当中。①

而"新民主主义""社会民主主义"与"新三民主义"则是在 20 世纪 20 年代初才形成体系的。因此，人道主义在一定意义上为这三者起到了铺垫性的作用。以"民族主义"为核心的"新三民主义"其实就是在世界民族之林得到尊重的人道主义，它是强调"民族性"的人道主义；以"平权社会"为奋斗宗旨的"社会民主主义"是面向社会最多数人群的人道主义，它是强调"公平性"的人道主义；而"新民主主义"则是使国内的工农阶级获得人的地位的人道主义，它是强调"阶级性"的人道主义。由此可见，人道主义是"新民主主义""社会民主主义"与"新三民主义"的逻辑基础与精神资源。只是由于中国各种社会矛盾的尖锐与国难的步步迫近，才有了强调并推行"新三民主义""社会民主主义"和"新民主主义"的必要。

而且，从当下的影响来看，自"人道主义"与"社会民主主义"分别自 20 世纪上半叶产生并形成气候以来，至今仍在国内意识形态领域有着深远的影响。作为一个宏大的普适性命题，人道主义曾在 20 世纪 80 年代掀起中国的新启蒙运动，并形成了知识分子阵营里的话语对立与力量抗

---

① 杜丽燕：《西学东渐中的人道主义》，见于《"2006·学术前沿论坛"北京市哲学会分论坛论文集》，2006 年，第 44 页。

衡;而"社会民主主义"到了20世纪50年代则更名为"民主社会主义"①，并在冷战之后的北欧等地开花结果，作为"社会主义"分支之一的"民主社会主义"，尽管在20世纪以"修正主义"之名受到前所未有之批判，但在近年来却成为了中国社会意识形态界普遍关注的一个热门问题，而受到学界的普遍争议与官方的高度关注。② 因此，本著中对于"人道主义"与"社会民主主义"在华早期传播、衍变的影响研究，至今看来仍有着一定的借鉴与反思意义。

正如前文所述，"社会民主主义"在20世纪二三十年代的中国影响确实不可谓之不小。作为一种思潮传入中国之后不但影响中共党内人士，更

---

① 社会民主主义（social democracy）一词产生于19世纪40年代欧洲大陆的工人运动中。它把"社会"一词附加在当时流行的"民主主义"概念上，用来表达激进民主派在争取民主的斗争中，把政治改革与有利于劳动群众的社会改革结合起来的要求，其早期代表人物为伯恩斯坦，代表组织为"社会主义工人国际"。"社会民主主义"反对苏联社会主义模式，批评苏联没有民主，扼杀自由，力图走一条在资本主义与苏联社会主义之间的第三条道路。主要代表人物有伯恩施坦、考茨基与拉斯基等人。"二战"之后，社会民主主义有了进一步发展。1951年，原"社会主义工人国际"成员建立了"社会党国际"。社会党国际的纲领性文件《民主社会主义的目标和任务》（1951）第一次正式将"社会民主主义"更名为"民主社会主义"并将其作为政治纲领（期间拉斯基曾提出将"民主的社会主义"作为两者的过渡阶段）。历史地看，民主社会主义是社会民主主义在战后的继续和发展，它被社会党国际各党所遵循。"民主社会主义"主张意识形态多元化，拒绝把任何一种思想体系作为唯一真理，反对把马克思主义作为指导思想；它放弃马克思主义的阶级斗争和无产阶级专政理论，主张通过议会道路，平稳地进行社会变革；它放弃无产阶级政党的领导，把无产阶级政党改变为人民党，主张实行多党制。其目标是走第三条道路，具体内容是实现自由、平等、正义和互助。它几乎承认所有自由主义和民主主义的基本价值，把自由和民主作为社会主义的本质特征，主张扩大自由民主权利。同时，它坚持政治民主必须与经济民主和社会民主结合起来。要求建立一种在社会监督之下的经济制度，通过将关系国计民生的部分企业收归国有、国家限制和调节私人资本、实行福利国家政策、工人参加企业管理等措施，使经济为全社会服务。保障人民的社会权利，消除性别、社会集团、城乡、地区和种族之间的歧视。其本质是一种非马克思主义、改良主义的政治思潮。见丛日云："社会民主主义"词条，《中国大百科全书》，网络版。

② 近年来，关于"民主社会主义"的"研究热"，是由于国内自由主义、激进主义知识分子面对改革阵痛期的贫富差距、政府腐败等现象不满，进而提出对政治体制改革的理论构想。其代表论为中国人民大学前副校长、已故著名学者谢韬在《炎黄春秋》（2007年2月）所刊发的政论文章《民主社会主义模式与中国前途》，该文发表后，引起中国大陆意识形态界的高度重视与反响，形成了关于"民主社会主义模式"的广泛争议。五年来，关于这一问题的代表性研究论文竟达百余篇。如王东的《民主社会主义是马克思主义正统吗？》（《中国教育报》，2007年6月12日）、高放的《百年来科学社会主义与民主社会主义关系的演变——兼谈"只有社会主义民主才能救中国"》（《理论月刊》，2007，6）、新疆大学丁宁的博士论文《民主社会主义与中国特色社会主义比较研究》（2010年）与徐崇温的《如何认识民主社会主义》（《毛泽东邓小平理论研究》，2010，4）等等，在中国大陆思想界影响巨大。

在国民党内高层产生反响。于是，这一思潮竟嬗变为了"左派眼里的右派，右派眼里的左派"的"中间思潮"而使得两头不讨好。而且当时以斯大林（Stalin, Joseph）为代表的苏联共产党认为"社会民主党"乃是背叛马克思信条的师门犹大，这一偏见在当时中国亦有存在。如陈独秀、郑超麟、刘仁静等人一度被打为开除出党的"托派"；而国民党内信奉该主义者如邓演达等人，也成为国民党阵营中受到打压的"第三党"。

前文所述，乃是抗战之前的中国社会思潮之格局及其对文艺之影响，在后文，笔者将着重论述这些思潮在"九·一八"事变至1938年之间的发展以及与当时文艺体制之关系。

在"九·一八"事变之后，"抗日救亡"成为了一个中国全民族、社会各阶层念兹在兹的社会主题，并且渗透到了文艺思潮当中，形成了新的社会思潮，但是这些社会思潮仍与他们先前的政见有着密不可分的渊薮关系。"抗战"作为一个全民族的战争，使得原本有着一定分歧的社会力量走向了统一，不同的政治力量在保留自己政治主张的同时，开始不约而同且有选择地进行沟通。

首先是"中国国民党临时行动委员会"的思想转变及其救亡抵抗，"九·一八"事变后两个月，邓演达被杀害，该党遂更名为"中华民族解放行动委员会"，并发表了《对时局的宣传大纲》，痛斥日军侵略罪行以及国民政府不抵抗之妥协，既疾呼"民族独立"，又高呼建立"平民政权"，意图建立"社会民主主义"的新政权。1932年3月2日发表了《对上海事件紧急宣言》，谴责蒋介石破坏抗战，"南京反动的统治阶级不仅是压迫民众的工具，而且是帝国主义的工具"。[①] 除此之外，他们还积极援助十九路军在福建的抗日活动，甚至他们在上海办的抗日文艺刊物（亦是其机关刊物）《絮茜》还遭到了日军的轰炸而停刊。

其次，是中国共产党所直接领导的救亡抵抗。1936年初，为了适应抗日救亡运动的新形势与建立文艺界抗日民族统一战线，"左联"自行解散。上海文艺界为响应这一号召，也提出了"国防文学"的口号，这一口号曾在一系列左翼刊物上引起争议——继此之后，"左联"理论家们在文学艺术各分类均相继提出了"国防戏剧""国防诗歌"等主张，号召各阶层、各党派的爱国作家，都来创作抗日救国的作品，把文学上的运动集中到抗日反汉奸的总潮流里去。"国防文学运动"成为了当时文艺界一个颇具影响的小高潮。

---

① 《对上海事件紧急宣言》，见于《中国农工民主党历史参考资料，第二辑》，中国农工民主党党史资料研究委员会，1982年，256页。

再次，知识分子在意识形态领域内的救亡抵抗也值得重视。作为主张人道主义的进步知识分子，他们对于时局是相当敏感的。早在"九·一八"事变之后的1932年，宋庆龄、蔡元培、许德珩、侯外庐等人就成立了"中国民权同盟"；同年，"一·二八"事变后的上海文化界如茅盾、鲁迅、郁达夫、丁玲等人就发布了《上海文化界告世界书》，痛斥日军的侵略与政府的不抵抗，巴金提出"文化救亡"的口号，出任上海文艺界救亡协会机关报《救亡日报》的主编之一；1935年，马相伯、沈钧儒、章乃器等知名知识分子联合成立了"上海文化界救国会"，他们广泛地将人道主义与民族主义结合起来，利用办刊、演讲等形式发动抗日活动，在当时中国的社会产生了较大的影响；1937年，茅盾、巴金并上海集结上海四大文学社，兴办《呐喊（烽火）》周刊。

从时间上看，最后才是国民政府的抵抗，在抵抗的同时，开始号召全国文艺界同仇敌忾、抗日救亡。国民政府在"九·一八"事变与"七·七"事变之间，一直处于消极的状态，但在1935年11月之后，国民政府随着局势的日益紧迫，以及党内有识之士的迫切要求，蒋介石在"国民党五次全国代表大会"上曾宣称"和平未到完全绝望之时，决不放弃和平；牺牲未到最后关头，决不轻言牺牲"、"抱定最后牺牲之决心，而为和平最大之努力，期达奠定国家复兴民族之目的。"[1]并在全国通缉汉奸、伪"冀东防共自治政府主席"殷汝耕。在官方的推动下，民族主义文艺与三民主义文艺思潮开始转向抗战救亡，以"民族主义"为宗的新三民主义信仰者开始在全国各地未沦陷的地区积极进行"守土抗日"，经济、政治、文化与军事等各条战线开始逐渐进入抵抗状态。从南京到全国各个城市，一批有着良知、操守与爱国主义情怀的知识分子与开明士绅，开始用手中的笔杆子进行抗日救亡的宣传。有的针砭时弊，有的以史为鉴，但目的都是为了中华民族的独立与抗日救亡的胜利，其中又以集中国内一批国学大师如黄侃、章太炎以及著名作家如郁达夫、茅盾为主力撰稿人的文艺刊物《越风》为代表。

综上所述，自20世纪20年代以来，中国社会思潮主要由两大主潮与两大支潮（或曰潜流）所组成。主潮为"新三民主义"与"新民主主义"，而支潮则是"社会民主主义"与"人道主义"，但是这些思潮都基本围绕着"民族独立"的核心，在民族救亡战争爆发时，这一核心的作用愈发显得更加重要与明显。20世纪二三十年代时局纷乱、思潮争鸣毕竟反映

---

[1] 蒋介石：《在中国国民党第五次全国代表大会上的讲演》，见于彭明主编：《中国现代史资料选编，第四卷》，上海社科院出版社，1989年，422页。

第一章　概述 | 27

了不同社会力量在话语权力上的争夺——但无论是"革命"还是"启蒙"，在"救亡"面前，作为中国人的各种思潮捍卫者们其内心所倾向的仍是事关民族存亡的社会主旋律。

因此，笔者之所以赘述抗战前期中国社会两大思想主潮及其附庸、影响，乃是在于审理抗战初前期中国社会思潮阵营何以因战争而"四分天下又归一"的原因。在 1931 年之前，官方推行的新三民主义、中国共产党所信奉的新民主主义、知识分子界的人道主义以及"第三党"的"社会民主主义"成为了中国社会影响最大、或明或潜的四股思潮，在"九·一八"事变爆发之后，这四种社会思潮的支持者凭借自己的话语权力，依靠文学期刊这一现代传播手段，既为自己的政见观点所鼓吹，亦为全民族的救亡图存而呐喊，成为了中国现代思想史上值得关注的一片重要风景。

第二节　期刊发展格局与抗战前期中国社会思潮

自晚清以降，随着传教士在华传教的普及（从士绅到民众）、密集（从点状到面状）与广泛（从通商口岸、西南边陲到全国各地），一批被命名为"统计传"的出版物应运而生，这些即是中国期刊的雏形。如《察世俗每月统计传》《东西洋考每月统计传》等月刊，为中国新文学开创了新的传播形式：期刊传播。从晚清至"五四"，期刊业不断在中国社会、时局的大变革中扮演着传播知识、更新意识、传递观念的重要角色。

从格局上看，中国在 20 世纪初的前 30 年，是各类政治力量通过各类思潮进行权力抗衡、博弈的年代。因此，随着辛亥革命、中共建党、军阀割据等政治事件的爆发，各类思潮风起云涌，掌握知识的文化人与掌握军队与政治权力的军人进行着利益上的合作，形成了所谓的"军绅政权"（陈志让语），持不同主张的文人与军人共同形成了"政客"这个特殊的官僚群体，兼之近代城市的繁荣、都市文化的勃兴，应运而生的期刊杂志亦因此而变得发达起来。当然，"抗日期刊"又是"九·一八"事变之后一批先知先觉的社会力量（以上述四种思潮之力量为主）所引导之舆论产物。

前文所述四种思潮之力量，其实为四种社会力量，其中三种为政治权力，一种为知识分子的意识形态。因此，这四种力量必须借助期刊这一新媒体推广自己的主张与见解，期刊自然而然成为了当时作为新媒体的首选工具。[①]

作为不同社会力量所把持的早期抗日文学期刊，其格局实际上也由当时正面的社会力量所决定。笔者认为，早期抗日文学期刊之格局大致亦可反映当时社会话语权力的分配，亦能揭橥当时文学期刊的道路选择及政治取向。因此，笔者在本章节拟从四种分类入手，从办刊者、办刊思想、办刊形式与办刊状况这四点，来分别概述早期抗日文学期刊之大致格局特征，借以诠释其在抗战前期进行转型的文化特质。

本节所论述的第一个问题是抗战前期代表"社会民主主义"思潮的、由"第三党"主办并操控的文学期刊之格局。

尽管"第三党"影响不大，但其推崇、信奉并予以实践的"社会民主主义"，却在国内影响深远。"第三党"唯一在文学期刊上的实践活动就是《絜茜》月刊的创刊，这是"第三种政治力量"在文化宣传中唯一一次实践，尽管因"一·二八"事变只出刊两期便宣告停刊。

从办刊者与办刊思想来看，《絜茜》的办刊者"第三党"，其滥觞则是1929年由谭平山、章伯钧两人创办的"中华革命党"，[②]作为中共创始党员的谭、章二人，曾因为在中共建党初期主张"社会民主主义"，响应苏联"托派"或"修正主义者"如伯恩斯坦（Eduard Bernstein）、[③]考茨基（Karl Kautsky）[④]与托洛茨基（Trotsky Leon）[⑤]而被中共中央政治局开除党籍（章

---

① 在期刊蔚然成风的20世纪二三十年代，广播电台也开始蔚然成风，但电台主要分为官方电台、商业电台与宗教电台三种（中共的延安新华广播电台及至1940年才成立），由于电台半导体属于奢侈品，故影响力较小，因此政治势力或知识分子并未且将其作为一种工具，而是当作一种都市生活的消遣。而且据统计当时官方电台不足商业电台的一半。所以电台并未如期刊一般受到广泛的使用与重视。

② 章伯钧之女章诒和在《一片青山了此身：罗隆基素描》一文中，曾如是回忆："中国民主政团同盟，即中国民主同盟之前身，原是三党三派，是为组成最广泛的抗日统一战线，在中共的积极支持下，1941年于重庆成立。三党是指父亲领导的第三党（即今日之中国农工民主党）、左舜生领导的青年党、张君劢领导的国家社会党"、"邓演达与家父过从甚密。邓演达从德国归来，他们便一道在上海筹建中国国民党临时行动委员会（今日中国农工民主党之前身），人称第三党。如邓演达、黄琪翔；一部分是从中共脱离出来的知识分子，如章伯钧、张申府。"由是可知，"第三党"确实早由章伯钧所创办、领导的，并吸纳了一批脱党的中共早期党员，因此，其信仰社会主义但却主张改良亦不难理解了（章诒和：《最后的贵族》，台北：时报文化出版公司，2003年，第353、443页。）

③ 伯恩斯坦（1850.1.6—1932.12.18），德国社会民主主义理论家及政治家。德国社会民主党成员。为社会民主主义的创建者之一。

④ 考茨基（1854.10.16—1938.10.17），德国工人运动理论家，先为奥地利社会民主党成员，1877年加入德国社会主义工人党（后为德国社会民主党）。

⑤ 托洛茨基（1879.11.7—1940.8.21）俄国与国际历史上最重要的无产阶级革命家之一、社会民主主义运动的创始人，他以对古典马克思"不断革命论"的独创性发展闻名于世。斯大林曾猛烈地批判过托洛茨基主义，并认为托洛茨基犯的是"社会民主主义错误"。

伯钧系"南昌起义"后被迫"自行脱党")。在"中华革命党"成立后，一批国民党左派如邓演达、黄琪翔等人亦参与加入，及至1930年5月，邓演达从国外秘密回到上海之后即开始了紧张的组建新党的工作，着手讨论制定纲领、发展党员、筹建机构等事宜。经反复争议，多数建党者同意将"中华革命党"更改为《莫斯科宣言》中提出的"中国国民党临时行动委员会"（下文简称"行动委员会"）。同年8月9日，邓演达在上海主持召开了第一次全国干部会议，通过了"行动委员会"的纲领《中国国民党临时行动委员会政治主张》，提出反对帝国主义，肃清封建势力，推翻南京反动统治，建立以农工为重心的平民政权，通过国家资本主义进入社会主义的政治纲领。中央机关设在上海爱麦虞限路（今绍兴路）159号。

在这种环境下，文学期刊《絜茜》月刊应运而生。其发起人是"第三党"的领袖邓演达，但实际创刊主编却是当时颇具影响的畅销书作家、时任"行动委员会中央宣传委员"的张资平。其实在张资平办《絜茜》之前，"行动委员会"出版过一种机关内刊，亦叫《絜茜》，出版了四期，只是主要刊登一些通知文告，未有什么影响。张资平将作为文学期刊的《絜茜》创刊之后，集中刊登了一批强调"社会民主主义"改良思潮的作品，如张资平的《十字架上》、李则纲的《牧场》等，并敏锐地发现了日本侵华的野心，提出了"第二次世界大战"即将爆发的观点，反映了尽管由于该党在国共两党之间均不获得认可，但仍在一定程度上保持了自己的社会批判意识与时代责任感的办刊精神。可惜的是，由于该刊办刊者的阶级局限性，过于强调自身的纲领，而使得该刊没有很好地承担起"抗战文学"前期主力刊物的历史责任。

再从办刊形式、办刊状况来看，《絜茜》月刊的办刊形式是简单、草率的，因此其办刊状况也影响不够。仅在1932年全年创刊了两期，且第二期出版前张资平由于害怕战事，竟选择了退党。第二期由副主编丁嘉树完成。丁嘉树在编辑第二期时不但弄丢了第三期的稿件，甚至他对于战争之恐惧比张资平有过之而无不及。在第二期出刊后，丁嘉树步张资平之后尘，选择了"弃刊逃跑"。"第三党"在文学活动中的实践竟以此虎头蛇尾了事。但其经验教训与历史价值却是不该被忽视的。

本节所论述的第二个问题是对抗战前期代表"新民主主义"思潮的、有着中共意识形态背景的"左翼文艺"抗敌期刊格局之简述。

从办刊者与办刊思想来看，"左翼文艺"期刊的办刊者呈现出"统一——分裂—统一"的趋势。茅盾所称1934年的"杂志年"实际上反映了"左翼文艺"盛极而衰的转折。纯粹的"左翼文艺"在中国主流文坛真正意义上的影响其实不过茅盾所说的"左联十年"而已。[①] 正如前文所述，在 20世纪 30 年代前五年，乃是"左翼文艺"唱主流的年代，以"左翼剧联"（1930 年成立）、"左翼美术家联盟"（1930 年成立）、"左翼电影运动"（活跃于 1932 年—1937 年）、"新木刻运动"（活跃于 1930 年—1933 年）等事关不同文艺题材创作的左翼文艺运动在 20 世纪 30 年代风起云涌、蔚为大观，但随着国难的加剧，1934 年底之后，原本强调阶级性、忽视民族性的"左翼文艺"却在左翼文学界呈现出了两种分流——其标志便是 1934年底至 1935 年初的"国防文学"和"民族革命战争的大众文学"（下文简称"大众文学"）两个口号之间的论争，这个分流使得 20 世纪 30 年代的左翼文艺受到了较大的打击。

学界一般认为，这两个口号在捍卫民族尊严、救亡图存、建立抗日民族统一战线这些问题上是基本上没有分歧的，其分歧在于如何建立统一战线。周扬、茅盾是"国防文学"的支持者，但胡风、冯雪峰却支持"大众文学"，这一论争在表象上反映了"左翼文艺"在国难当头之际因为如何转型而产生了分裂，但在本质上却是对"左联"领导权的你争我夺。整个论争期间，双方都没有对鲁迅予以应有的尊重。因"左联"的内部分歧，"左翼文艺"期刊也呈现出了不同派系的办刊者，形成了不同观点的门派，并迅速分化成两个阵营，如《现实文学》《文学丛报》等支持"民族革命战争的大众文学"口号；而"国防文学"口号的拥趸则由《文学界》《光明》《质文》等刊物组成。

尽管由方之中主编的《夜莺》月刊奉命推出了"民族革命战争的大众文学特辑"，但方之中本人却未参与到两个口号当中。并且，在短短四个月内《夜莺》月刊集中推出了一批有代表性的评论、译文、小说、诗歌与散文，尤其有几篇反映东北、华北沦陷之后，民众渴求收复失地的文学作品，这在 1936 年尤其是"左联"后期文学期刊中，并不多见。

值得注意的是，因"民族革命战争的大众文学"的支持者胡风、冯雪峰、吴席儒等在 1949 年之后受到了不公正的迫害，而周扬、田汉等"国防文学"的支持者却成为文艺政策的执行者之故，长期以来学界对"国防文学"批判有加——通过对《夜莺》月刊的研究我们发现，"两个口号"之争时，"民族革命战争的大众文学"派却是在"左联"里得势之时，"国防文学"派是无法与其抗衡的，而且也是"民族革命战争的大众文学"派主动向"国防文学"派挑战，引起的内部分歧。这是鲁迅所不愿意看到

---

① 茅盾曾说"实际上左联十年……取得了巨大的胜利，并且成为了中国革命文艺的中坚"（见于夏衍：《懒寻旧梦录（增补本）》，生活·读书·新知三联书店，2006 年，206 页）。

的，因此，病中的鲁迅曾两次撰文恳求"两个口号"之争停止，希望争论双方可以做点"批评与创作"的"实际工作"，但真正遵照鲁迅要求去做的，只有方之中的《夜莺》月刊。因此，研究左翼文学期刊尤其是文学期刊在左联后期、抗战前期的文学活动，《夜莺》月刊是一个非常有鲜明特色与解读意义的观照对象。

再从办刊形式与办刊状况来看，绝大多数左翼文学期刊始终因为国民政府的高压政策处于"地下出版"状态。尽管其颇受大多数城市居民的欢迎，但它依然不敢"面向大众"，更谈不上"连续出版"①如创刊于左联成立之前的《大众文艺》《萌芽》与《拓荒者》等，基本上都是地下办刊且屡遭查禁，创刊于左联鼎盛期的《北斗》《文学导报》（原名《前哨》）、《海燕》与《沙仑》等亦受到当时国民政府新闻管理部门的查禁、封杀。这些刊物因为宣传阶级斗争、为劳苦大众底层代言，一批颇有影响的青年新人作家如蒋光慈、叶紫、艾芜、萧红、萧军等均由其推出，以及对高尔基（Maksim Gorky）、②法捷耶夫（Alexander Alexandrovich Fadeyev）、③肖洛霍夫（M.A.Sholokhov）、④小林多喜二（Kobayashi Takiji）⑤等外国左翼作家作品的译介等等，因此受到了底层知识分子等劳苦大众的响应与支持。

值得一提的是，左翼文学期刊与左联并不完全同步，有些文学期刊在"左联"解散或出现危机之后才创刊。但这些刊物很重要，因为1935年之后，"左联"逐渐走向分崩离析，它们实际上反映了强调"阶级性"的左翼文学在"民族性"的语境下进行思想转变、重新选择的过程。

本节所论述的第三个问题是抗战前期代表"新三民主义"思潮的国民党背景的抗日文学期刊之格局特征。

从"办刊者"来看，各类新近涌现出的文艺社团、文化组织承担着办刊的重任。作为国民党文学期刊的办刊者，这些社团基本上都有着国民政府官方资助或是有官方背景（有些被称为"中间派"但仍属与官方有着一定的关联）。这些社团在建立伊始，实际上都是或多或少针对左翼文艺"唱反调"的团体。如"中国文艺社"（1930年成立）、"前锋社"（1930年

---

① 左文、毕艳：《论左联期刊的非常态表征》，《文学评论》，2006年第3期。

② 高尔基（1868.3.28—1936.6.18），苏联无产阶级作家，代表作《海燕》《童年》等。

③ 法捷耶夫（1901.12.24—1956.5.13），苏联无产阶级作家，代表作《毁灭》《逆流》等。

④ 肖洛霍夫（1905.5.24—1984.2.21），苏联无产阶级作家，代表作《静静的顿河》，首倡社会主义现实主义写作，因其"在描写俄国人民生活各历史阶段的顿河史诗中所表现出来的艺术力量和正直品格"获得1956年诺贝尔文学奖。

⑤ 小林多喜二（1903.12.1—1933.2.20），别名乡利基、堀英之助、伊东继，日本著名作家，日本无产阶级文学的奠基人，日本无产阶级文学运动的领导人之一。代表作《蟹工船》《防雪林》等。

成立）、"黄钟社"（1932 年成立）与"越风社"（1935 年成立），这些社团一般都有专门的组织者如王平陵、黄萍荪、李赞华、朱应鹏、范争波、黄震遐与傅彦长等人——这些人不算知名作家、艺术家或学者，但属于有着官方背景的文学活动家，因为他们直接与潘公展、张道藩与叶楚伧等国民政府主管新闻、文化的高级官员有着密切的联系，这些官员会以赞助人、名誉社长等身份，参与社团的相关活动。这些社团操控了当时最为知名的官办文学期刊，如《前锋周报》《文艺月刊》《现代文学评论》与《越风》等等。

从办刊思想来看，这些国民党文学期刊体现了当时"文艺政策"与"文艺活动"的双向合谋。正如前文所述，"新三民主义"的核心事实上便是"民族主义"。作为一直被大陆学界否认、批评并被鲁迅称之为"宠犬派"文学的"民族主义文艺运动"与"三民主义文艺运动"，[①] 恰恰依托这些社团、刊物而推广。

"民族主义文艺"肇始于 20 世纪 30 年代初，作为一种理论体系的"民族主义文艺"，譬如其弘扬"国粹"文艺、强调"中华民族"整体观与文艺"起源于民族意识"等观点，在 1935 年之后对中国文艺尤其是抗战前期文艺的生产确实产生了一定的影响。特别是在"卢沟桥事变"之前、国难当头的 1936 年，对于"民族主义文艺"的强调是有益于反侵略、救亡图存的。毕竟，当时国人越来越感受到民族危机的巨大压力，民族主义逐渐成为文坛乃至整个社会的公共话语。因而，不仅民族主义文艺阵营有扩大之势，而且其刊物也吸纳了自由主义作家、民主主义作家、甚至左翼作家的作品；在自由主义、民主主义与左翼的出版物中，民族话语也逐渐

---

① 笔者在此需将"三民主义文艺"与"民族主义文艺"做一个概念上的界定。学者张大明在《国民党文艺政策：三民主义文艺与民族主义文艺》（台北：秀威资讯科技，2009 年）一书中，将这两个概念并论，认为其同为国民政府当局在 20 世纪 30 年代推行的文艺政策。但是这两个概念仍有一定区别，"三民主义文艺"口号由 1929 年 9 月国民党中央宣传部召开的全国宣传会议所提出，并由中央宣传部出资，在南京办"中国文艺社"，刊行《文艺月刊》进行推广；而作为中国二三十年代较为重要的文学思潮之一的"民族主义文艺"，则是以 1930 年 6 月发表在《前锋周报》上的《民族主义文艺运动宣言》为行动纲领，其主要宗旨就是"文艺底最高使命，是发挥它所属的民族精神和意识。换一句话说，文艺的最高意义，就是民族主义。"仅从这句话上讲，民族主义文艺有着一定积极意义。但是之所以民族主义文艺更被后世（主要是左翼文学思潮）所诟病，原因在于此运动肇始时的"党派性"——其主要领导者清一色为国民党党员，部分还是中央要员，而且这一由官方推进的思潮提出了对"三民主义文艺"的取代，形成了一种类似于政党纲领性的文学思想，从而证明了国民党对于文学体制的管理与统治，这种"党管文学"的形式很容易遭到自由派文人以及其他当时的合法在野党派（如中国共产党）的反对。总而言之，"民族主义文艺"是"三民主义文艺"的更高阶段，是国民政府当局进一步"党化文艺"的象征，因此，"民族主义文艺"更容易被大陆官方所批评。

增多，如臧克家、萧红、端木蕻良与张恨水等作家，均在创作上呈现出了"民族话语"的文化转型。这一现象其实早已被部分大陆学人所认可。[①] 因此，部分为"民族主义文艺"张目的文学期刊也开始一改之前的态度，努力捐弃党派政见、一致对外。譬如刊登了大量"借古喻今"文稿的《越风》月刊不但刊登了大量古代民族英雄的事迹，更将鲁迅的手迹、遗稿刊登在期刊里，其中部分文章还受到鲁迅的首肯。

从办刊形式与办刊状况来看，20 世纪 30 年代弘扬"民族主义文艺"的期刊实际上是一个"由低潮走向繁荣"的大趋势，而这一趋势却又是和"左翼文艺"在 20 世纪 30 年代"由繁荣走向衰败"相共生的（这将在后文予以详述）。其实该状况是由整个民族救亡大环境所决定。

"民族主义文艺运动"与"左翼文艺运动"共生于 20 世纪 30 年代。甫一开始，"民族主义文艺运动"与"左翼文艺运动"一起争夺社会影响力。但事实上，在 30 年代前五年，因为"左翼文艺"贴近生活、为劳工代言。兼之当时民族矛盾未上升到中国社会的主要矛盾，故左翼文艺有着比只谈口号、代表"党化文艺"的"民族主义文艺"更大的传媒市场与文化影响力。如鲁迅的杂文、柔石与蒋光慈的小说、袁殊的报告文学左翼文学作品以及 1932 年"文艺大众化讨论"、1934 年"大众语与拉丁语的论争"等文化事件在社会上都引领一时之风骚。1934 年国民政府查禁"左翼刊物"时，不少书局、书店竟不得不宣布破产。但相比之下，"民族主义文艺"的刊物却在 20 世纪 30 年代的前七年步履维艰。用茅盾的话来说，这些是"谁都不要看的小刊物"，如《前锋月刊》停刊前的一期，仅仅销出了三册，这与当时左联期刊的畅销有着云泥之判。[②]

确实，民族主义文艺的部分实践者带有维护党化文艺的明确意图，但多数作家、编辑家则更倾向于救亡图存的旨归。尤其在 1935 年"华北事变"之后，一批来自社会不同意识形态的作家纷纷投身于民族主义文艺运动，使民族主义文学日益壮大。但"左翼文艺"却因为鲁迅的去世、左联内部矛盾的加剧而逐渐式微。"民族主义文艺"在社会影响上一举超越了"左翼文艺"。秦弓先生曾认为，这一趋势实际上早在 1931 年"九·一八事变"爆发前后就已显端倪，如黄震遐的《陇海线上》《黄人之血》（1930年）、李辉英的《最后一课》（1932 年）、《万宝山》（1933 年）、张天翼的《齿轮》（1932 年）、林箐的《义勇军》（1933 年）与老舍的《猫城记》（1933 年）等等，这些作品影响在当时甚至今后都不算小，只是它们发表

① 秦弓：《鲁迅对 20 世纪 30 年代民族主义文学的评价问题》，《南都学坛》，2008 年第 3 期。
② 左文、毕艳：《论左联期刊的非常态表征》，《文学评论》，2006 年第 3 期。

时国难尚未严重至亡国灭种之虞，因此未曾形成一种全民族的思潮。但其后如萧军《八月的乡村》（1935 年），萧红《生死场》（1935 年），周贻白《苏武牧羊》（1938 年）等作品，则开"后期民族主义文艺运动"之先河。[①]笔者认为，此说是有一定道理的。创刊于 1935 年的《越风》月刊集中反映了民族主义文艺在抗战前期如何走向民族救亡的转变过程。这一转变促使原本为党派之争的"民族主义文艺"与"左翼文学""人道主义文学"、强调"民主社会主义"的"平民文艺"等其他文艺思潮相碰撞、彼此砥砺演进，共同奏出了"卢沟桥事变"后抗战救亡文学之先声。

最后，为抗战前期，代表人道主义思潮的、集中了当时中国大多数进步知识分子的文学期刊之格局。

从办刊者与办刊思想来看，这类刊物其实最难定义。因为这类刊物在很大程度上都涵盖了前面三种，但本著所称之代表人道主义思潮，实际上暗含的另一层所指即是超越党派之争、站在泛人类高度之上的一种知识分子思潮。毋庸置疑，前文所提三种期刊，均为"党派办刊"的体现。但此处所论及的第四种期刊，则与"党派"无紧密联系。

这些刊物包括上海职业救亡协会主办的《救亡》周刊、生活教育社编辑的《战时教育》旬刊、上海编辑人协会主办的《文化战线》旬刊、上海漫画界救亡协会主办的《救亡漫画》五日刊以及由文学月刊社、中流半月刊社、文季月刊社与译文月刊社合编的《呐喊（烽火）》周刊等等，当中既有文学期刊，也有漫画、摄影画报，可谓多种多样。

纵观民国时期的各种办刊，从办刊者的身份上看，从大体上可分为五类。第一类为社团办刊，即志趣相投、专业相近的学者、作家等知识分子所办的同人刊物，既可盈利，也有很强的文学、学术意义，如狮吼社的《狮吼》、新月社的《新月》、现代书局的《现代》等；第二类为党派（含执政党与在野党）资助办刊，即有一定党派背景，但仍由知识分子主管、主办的刊物，他们或多或少集中地反映了党派的意识形态，如中国共产党指导"左联"主办的《夜莺》、有国民党浙江省党部背景的《越风》、有国民党中央宣传部背景的《现代文学评论》与有着汪伪政权文化宣传部背景的《古今》等；第三类为纯粹为党派（或官方）所兴办的刊物，仅仅只是一种文告通知的宣传品，如中国共产党的《共产党月刊》、国民党中央军校的《力行》、国民党中央执行委员会的《中央半月刊》、"第三党"的前期《絜茜》与中国共青团的《中国青年》等；第四类为高校、企业、地

---

① 秦弓：《鲁迅对 20 世纪 30 年代民族主义文学的评价问题》，《南都学坛》，2008 年第 3 期。

方、群团组织与各类机构的刊物，既有大众传播的宣传性，也有内容所制的局限性，如商务印书馆的《东方杂志》、禹贡学社的《禹贡》、武汉大学的《武汉大学文哲季刊》、上海歌舞会的《大路》、中华自然科学社的《科学世界》、中华基督教青年会的《救恩》、柯达公司的《柯达杂志》与飞利浦公司的《飞利浦无线电》等；第五类则是纯粹的商业机构为盈利而办的"摩登画报"，主要以图片、娱乐新闻、吃喝玩乐的信息与广告等时尚消遣内容为主，如《上海风》《玲珑》等等。

但这些期刊总体可分为两类，一类是与党派有关，一类则是与党派无关。与党派无关的刊物但多半又以后三种——即专业类、文艺类与时尚消遣类为主。本著所涉及的代表人道主义的、集中了当时大多数进步知识分子的文学期刊即属于"与党派无关"的期刊，而不是如前述三种期刊那样，有着特定的政治力量作为办刊背景。

正如上文所述，"无党派背景"即反映了这些知识分子跨越党派、国家甚至民族的"泛人道主义"精神。这与大部分知识分子因留学欧美而受到的自由主义、无政府主义以及基督新教泛爱论的影响是分不开的。正因为此，在侵略战争爆发、民族危在旦夕时，他们会积极地寻求救民救国的出路，而这却是基于民族主义、人道主义而非党派政治利益，这也正是他们缘何可以创办一系列有影响、有价值并有鼓舞性的刊物之原因。

这类刊物主要集中在上海、广州等地，尤其是受到1932年"一·二八"事变与1937年"八·一三"淞沪战事两次战火侵略的上海，本身又是知识分子云集之地与中国出版业的中心，"九·一八"事变之后，抗日救亡宣传成为了这些知识分子进步期刊的编辑方向，据统计，从抗战前夕到抗战胜利，上海地区就创办了230多种抗日进步期刊。[①]

虽然依托一些社团、组织而办刊，但主持这些刊物的办刊者基本上都是不隶属于任何政党、主张人道主义、热爱和平的进步人士。如金仲华、华君武、巴金与邹韬奋等人，在当时均为名噪一时的无党派知识分子，[②]因此，这些刊物本身并不具备政治党派的背景，而这些知识分子在当时也构成了一支与其他话语力量不同的、与政治权力保持一定距离的独立力量。

从办刊形式、办刊内容来看，许多进步刊物都因为"八·一三"事变

---

① 徐楚影：《上海影响较大的抗日进步期刊》，《新闻研究资料》，1981年第4期。
② 虽然华君武1940年加入中国共产党，但1937年他主办《救亡漫画》时却是无党派知识分子，巴金则终生未曾加入中国共产党，另一位报人金仲华在1949年之后虽以民主党派人士身份担任上海市副市长，但其终生未曾加入中国共产党，著名报人邹韬奋则是在1944年病逝之后被追认为中共党员。

而停刊，但《呐喊（烽火）》周刊则显示出来其坚强、独特的一面——它创刊于其他刊物停刊之际，中流砥柱般地越办越大，因而也就更具备了一定的研究价值。

关于此刊的研究现状除了笔者在前文所称"提到的多，研究的少"之外，还存在着"既不批评，赞誉也少"这一问题，而这则是拜《七月》主编、作家胡风的言论所赐，他曾这样说：

> 1937年上海发生"八·一三"事件，抗战开始了硝烟弥漫，战火纷飞。当时上海原有的一些刊物的主办人都认为现在打仗了，大家没有心思看书，用不着文艺刊物了，所以都纷纷停刊。只剩下一个缩小的刊物《呐喊》（后改名《烽火》），却陷入了一种观念性的境地，内容比较空洞。我认为这很不够，不符合时代的要求；这时候应该有文艺作品来反映生活、反映抗战、反映人民的希望和感情。[①]

这段话后来被收入了《胡风文集》，此对话曾刊登于《书林》杂志1983年第2期并获得了封面推荐，标题为《关于〈七月〉和〈希望〉的答问》，此答问完成于1982年。[②] 而这一年恰恰是茅盾去世后的第二年，一批在上海参加过"文化抗敌"的老作家、老学者与老出版人都在历次政治斗争中相继病故，而作为饱受政治迫害"幸存者"与"孤岛文学"见证者之一的胡风，其发言自然就有了一定的权威性与真实性。自此之后，大多的文学史学者在提及《呐喊（烽火）》周刊时，多半就从胡风的这段话出发阐释。

但胡风此说乃是由于与协助巴金的该刊另一位办刊者茅盾在20世纪30年代以来所积累的个人恩怨所致，因此该刊虽然重要，但却因胡风之

---

① 胡风：《关于〈七月〉和〈希望〉的答问》，见于《胡风全集，第七卷》，湖北人民出版社，1999年，第216—217页。

② 晓风的《胡风年表简编》认为，这是胡风在1982年接受美国威斯康星大学（University of Wisconsin）东亚系硕士研究生柯丝琪访谈时的发言。但笔者发现，在对话中采访者称胡风为"胡风同志"与柯丝琪美国人身份不符，而且在《胡风文集》中亦未提到柯思琪的名字，但柯丝琪除了访问胡风之外，亦访问过吴奚如，她自称自己在南京大学学习中文并正在准备博士论文。就此问题，笔者曾向威斯康星大学东亚系主任（2016年）黄心村教授求证，黄教授表示没有听说过"柯丝琪"这个名字，而1982年获得该校比较文学系博士学位的王德威教授亦向笔者表示"有来往的同学间似乎也没有听说过这位学生的名字"。此外，1982年在威斯康星大学东亚系硕士班入学的Christopher Lupke（陆敬思）教授也表示"根本不知这位柯丝琪是谁"。因此，柯丝琪是谁？她为什么采访胡风？这成为了中国现代文学研究史上的一个待解之谜。

论断，一直处于被忽视、被边缘的地位。实际上，创立于"八·一三"事变之时的《呐喊（烽火）》乃是当时上海抗日战场上的"一枝独秀"，在许多进步刊物相继被迫停刊之际，《呐喊（烽火）》从弱到强，辗转上海、广州两地出刊，并开始刊登广告、支付稿酬，在当时形成了较大的文化影响，团结了一大批有声望、有影响的各阶层进步知识分子，这是值得后来者关注并研究的。因此，对于《呐喊（烽火）》办刊状况与办刊内容的研究，对于抗战前期进步知识分子的思想状况、政治主张与表达方式的研究有着代表性的价值。

不容忽视的是，上述四种文学期刊影响实际上不尽相同。在"九·一八"事变之后，虽有国难但国内战争频繁，社会内部矛盾重重，因此，强调阶级矛盾的左翼文学期刊在当时颇具影响，但随着国难的深入，1935年"华北事变"之后，如《越风》这种主张民族主义、强调救亡抗日的文学期刊则一跃而上，受到了读者的欢迎。与此同时，左翼期刊如《夜莺》也开始逐渐改变自己的立场，既从民族大局计，亦从办刊影响考虑，开始宣传抗日救亡的思想。

在抗战开始后，由于各政党精力有限，他们将重心不再放在文艺宣传上，而是落实到具体的战役、战争与政治斗争的合作中，因此办刊的重责便落到了当时进步知识分子的头上。作为现代中国文化中心的上海，因"八·一三"淞沪战事而促使大量知识分子刊物不得不选择停刊，但主张人道主义的《呐喊（烽火）》周刊却在"孤岛"中创刊、突围并日渐壮大，拥有了大批的读者群与当时风头无二的影响力，成为了文化战线"抗日救亡"的代言人。

创刊较早、影响最小的《絜茜》月刊显示了一个关键的问题：除国共之外的"第三种政治力量"其实也曾想过参与并投身到中国政治主流当中。但因为他们自身的懦弱与革命的不彻底性，虽拥有当时一流的编者、办刊条件与较为充裕的办刊经费，但却因为"一·二八"事变竟仓促停刊。《絜茜》期刊证明了，"第三党"虽然有心改变中国时局，并具备自身的敏锐洞察力，但因其自身的局限性，反映了"社会民主主义"并不适应中国国情的失败必然。

正如"导论"中所述，抗战前期社会思潮波谲云诡，文学期刊五花八门，当中唱主角的文学期刊当然构成了当时中国社会思潮的重要缩影。本著首次以实证的形式论举了"四种思潮"在早期抗日文学领域内的实践，而且所涉及的《絜茜》《夜莺》《越风》与《呐喊（烽火）》在四种不同的政治、社会思潮中确实有着较为代表性的意义，但目前海内外学术界对其的研究还是较为不够的，因此这一选题不但有着以古鉴今、重读历史、反思知识分子精神状况的学术分量，而且在一定程度上还有着填补空白的研究价值。在随后的章节中，笔者将分别从这四份期刊入手，从办刊背景、办刊缘起、办刊形式、办刊内容、办刊影响、作者群与办刊风格等不同层次、不同角度来论述它们各自的具体特征。

第二章 "第三党"文学期刊的文化品行

——《絜茜》月刊研究

由于连年战争与国内局势的不稳定，国民政府几乎顾不上对于新闻出版行业的整顿。① 这一问题在抗战前期尤甚。特别随着局部抗战的兴起、国共两党的斗争，以及中国社会贫富差距与阶级矛盾加剧，这一切使得国民政府难以顾及对于新闻出版的管制。在如此的历史语境下，抗战前期的中国曾经出现过数百种转瞬即逝的文学刊物，有的刊物办了四五期却因战争、人事变故或政治原因不得不宣布停刊，有的杂志甚至只办了一期就草草收场，成了名副其实的"一次性"期刊——这在世界文学史、新闻史上都是奇闻。

在这些刊物中，只办了两期的《絜茜》月刊是颇为传奇的。

其一，"传奇"之缘由便是这份刊物的在研究界"曝光率"低但在广大青年学子中"知名度"高，这一问题笔者已在本著的"引论"中有过介绍，在此不再赘述。值得一提的是，在广大青年学子中的"知名度"与研究界的"曝光率"是两个不同的概念，后者着重于研究界对该刊的关注程度，而前者则关注于该刊在青年学子中被知晓的程度，说它在青年学子中"知名度"高乃是因为这一刊名曾见于钱理群、温儒敏诸先生的笔下，在他们的代表作《中国现代文学三十年》中有这样一段话：

> 1929 年 9 月，国民党中央宣传部召开全国宣传会议，提出"三民主义文艺"的口号，并由宣传部出钱，在南京办起中国文艺社，刊行《文艺月刊》；在上海则有《民国日报》的文艺周刊与《觉悟》副

---

① 本著在此只是概述，纵观中国现代新闻史，国民政府对于新闻媒体一直处于"既打压，又利用"的策略，一方面，国民政府多次开放新闻自由，力图利用民间新闻舆论来对抗共产党与日本侵略者，为其战争服务，另一方面，左翼甚至中共新闻媒体也随之勃兴，与国民政府的主流意识形态发生冲突，使得国民政府又不得不实行新闻书报检查政策，"时紧时松"遂成为了国民政府在中国大陆执政时期的新闻政策。

刊，以及《絜茜》月刊，公开宣言打倒"革命文学"和"无产阶级文学""建设三民主义的新文学"。①

笔者相信，当《中国现代文学三十年》成为全国各大高校中文系的"重点教材"或"必读书目"之后，使得许多现代文学研究者甚至包括中文系的学生们接触到《絜茜》这个奇怪刊名。因为"絜茜"两字的组合非常怪异，一个生僻字加一个多音字，很多人容易读错，对于许多人来说，这种造词法很容易过目不忘，但《中国现代文学三十年》里并未详述这份杂志的一二三四。因此，对于绝大多数现代文学研究者来说，它属于"容易眼熟但叫不出名字"的文学期刊。

值得注意的是，这一论断不但出现在《中国现代文学三十年》的1987年版、1998年版，同时在2004年版即作为"普通高等教育'九五'教育部重点教材"这一版中，仍未做一字修改（见于2004年版第192页）。由此可知，《絜茜》这一刊物的定性，虽历经数十年但仍未被"翻案"。

其二，"传奇"之处还在于，从史料上看，除文学史研究界之外，近代史研究界、党史研究界对这份刊物的评价仍是存在着争议的。

因为，如果只根据文学史的相关研究内容来判断这份刊物，我们可以判断这份刊物的倾向及其文学意义：有国民党中央宣传部背景的右翼期刊，整体水平不高。但是，在另外一份史料中，笔者却看到了这样一段话：

> 一九三一年十一月二十九日，邓演达同志被蒋介石杀害后，中国国民党临时行动委员会（引者按：后来更名为中国农工民主党）遭到了重大的挫折，各省市的地方组织也陷于涣散，北平市的组织也不例外。一九三二年初秋的一个下午，杨允鸿同志陪同一位四十岁上下的女同志突然来到我的住处。杨系上海行动委员会的成员，在上海和另一个成员丁丁又名丁夜莺的创办了一个文艺月刊《絜茜》，经季方同志介绍和北平行动委员会成员万斯年（我的兄长）相识，以后在北平成立了"絜茜"分社，并创办了一个文艺刊物《飞瀑》，出版几期就停刊了。杨允鸿首先谈到季方同志仍在北平孤军作战，坚持斗争。随后即向我介绍那位女同志叫任锐，系孙炳文烈士的遗孀。她准备在北平办一个中学，因初来北平，人地生疏，希望有人协助她。季老想到

---

① 钱理群、温儒敏、吴福辉：《中国现代文学三十年》，北京大学出版社，1998年，第202页。

第二章 "第三党"文学期刊的文化品行 | 41

我，希望我能帮助她办学……①

英国现代历史学先驱伯林·布鲁克（Boling Broke）②认为，在没有其他历史文献佐证的前提下，当后人的纸质史书与当时亲历者的口述史发生冲突时，口述史有着可信任的优先权。③因此，上述这段史料无疑有着较重要的参考意义。该文的撰文者万鸿年，当时是大众书店的编辑，后来担任过农工党北京市宣武区工委第一、二、三届主任委员，文中所提到的季方后来曾担任全国政协副主席，是"农工民主党"的创始人，孙炳文与任锐的女儿则是话剧表演艺术家金山的妻子、周恩来的养女孙维世，而杨允鸿却是国民政府的政治犯，有过被当局拘押的经历，属于当时比较进步的知识分子——需要说明的是，万鸿年所提到的另一位主编"丁丁"并非名为"丁夜莺"（笔者按：疑为"夏莺"之口误），而是另一位作家丁嘉树的笔名。④

从这段话来看，《絜茜》月刊属于"进步"的刊物，甚至还有农工党成员杨允鸿作为"操控"者协办，其幕后"总导演"乃是被称为"新四军老战士"的季方。既然如此，这份刊物缘何还会受到《中国现代文学三十年》的否定？

当然，笔者还可以提供一些零星的史料，让这个问题看似更难理解。该刊的创始人之一张资平是被毛泽东斥责为"汉奸文人"的典型，甚至有些大陆学者还用了战争化的语言称"《絜茜》等杂志自此以后配合着对中央苏区的军事'围剿'，国民党有组织有计划地发动了对革命文艺的文化'围剿'。"⑤事实上，这份刊物却刊载了不少关于工农群众疾苦生活的稿子，且在约稿函中还声称"尤其是以工农劳苦生活为题材的作品，当尽先

① 万鸿年：《我帮任锐办北辰中学》，见于《纪念季方》，中国农工民主党、中央党史资料研究委员会，1990年，第147页。
② 伯林·布鲁克（Boling Broke，1678—1751）英国现代历史学研究先驱、政治家、作家。他的政治生涯跨越斯图亚特王朝（托利党当权）至汉诺威王朝首位国王乔治一世（辉格党当权）的转变时期。曾因功勋卓著被敕封子爵，赐国姓，享受王室成员待遇，因此史称亨利·圣约翰（Henry St. John）。
③ Henry St. John：Lard Viscount Bolingbroke, Letters on the study and use of history, London Cadell Press, 1779年，第99页。
④ 丁嘉树（1907—1990），作家、出版家。曾用名丁雨林，笔名丁淼、丁丁、林梵、马克巴、凌云、野马、金马、夏莺。在上海受初等教育。后毕业于上海大学。1926年由泰东书局出版《革命文学论》，对文坛颇有影响。曾任中学校长、大学教授、报馆主笔及总编辑。1948年携妻（女作家何葆兰）儿南下香港，后在新加坡任南洋中学校长。主要作品有诗集《红叶》与长篇小说《浪漫的恋爱故事》等。
⑤ 赵福生、杜运通：《从新潮到奔流》，河南大学出版社，1992年，第292页。

刊载。"①——但作为左翼理论家的唐弢又对其提出了批判:"这就是所谓的'絮茜派',编辑了《絮茜》月刊,反对普罗文艺。"②

第一节 "三个"张资平

要想解读《絮茜》月刊,必须要先解读其创刊人、核心编辑者及其主力撰稿作家张资平。

近年来,随着现代文学研究界"重读二张"(另一位是张爱玲)渐成热潮,张资平在现代文学界的知名度也逐渐高了起来,缘由乃因他是毛泽东笔下两位"汉奸文人"之一(另一位则是鲁迅的胞兄周作人)。笔者在这里对于他的生平不再赘述,但目前学术界所关注的却是"第三个张资平"——即 1937 年参加"兴亚建国会"并担任中日文化协会出版组主任的张资平。而他变节投敌则是由其曾经的好友郁达夫在 1940 年 4 月 19 日《星洲日报·晨星》上揭发的,在文章中郁达夫训斥其委身日伪之举乃"丧尽天良的行为",继而毛泽东在《在延安文艺座谈会上的讲话》上又对其点名批判,③使得张资平文化汉奸之名远播海内外,成为众矢之的。以至于抗战结束后,不但遭到中国共产党的批判、民众的唾弃,更受到国民政府的追究,连有些交情的胡适、陈立夫都拒绝为他说情。最后因"汉奸罪"险些身陷囹圄,几乎沦为流落上海滩的流浪汉。但是 1949 年之后没多久,他仍然因"汉奸罪"被投入监狱,最后死于狱中。

笔者认为,投敌前的张资平创作生涯大致可以分为两个阶段,从1922 年作为创造社创始人之一的他出版中国现代文学史上第一部长篇小说《冲积期化石》至 1930 年他完成小说《天孙之女》为第一阶段,这个阶段的张资平是一位在上海滩是首屈一指的言情小说作家,其代表作《梅岭之春》《糜烂》与《青春》等作品风靡当时的少男少女,堪称中国"青春文学"之鼻祖,由于是留日学生,其文风又多受谷崎润一郎、厨川白村

① 《编者的话》,《絮茜》,第 1 期,1931 年。
② 唐弢:《西方影响与民族风格》,人民文学出版社,1989 年,第 530 页。
③ 毛泽东批评"文艺是为帝国主义者的,周作人、张资平这批人就是这样,这叫作汉奸文艺。"(毛泽东:《毛泽东选集,第一卷》,人民出版社,1964 年),在延安文艺座谈会召开后,中共报刊上又再次点名批评张资平与国民政府推崇的"民族文学":"这些自以为是为自己或为全人类而创作的作家,其实都在他们的作品中客观地表现了他们正是为了某一些人某一个阶级而创作的。周作人、张资平的汉奸文艺,玫瑰蝴蝶的'民族文学',无论他用了多少美丽的化装,总不能掩饰掉他们的主人是谁,他们是为侵略者统治者而创作的。"(《在延安文艺座谈会上讲话的简介》,《新华日报》,1944 年 1 月 1 日第 6 版)。

等日本唯美主义作家影响，颓废而又哀艳，其作品一时一版再版，遂在上海文坛暴得大名、陡然致富，甚至还购置了别墅作为专门的创作室。

1930 年，张资平在邓演达的推荐下加入了"第三党"（即"中国国民党临时行动委员会"的别名，次年邓演达遭到国民政府当局的暗杀），这是"第二个张资平"创作生命的开始，其中期代表作《天孙之女》一改以前的哀艳风情，而是"以其人之道还治其人之身"的笔触，用日式的唯美主义辛辣地讽刺了日本军队的暴虐、偏狭、淫乱与愚蠢，兽性大发时甚至连自己将军的女儿都不放过，[①] 此时"九·一八"事变尚未发生，堪称国内抗日文学之滥觞，面对日本人的横蛮，张资平痛心疾首地说："最痛心的是在自己的国土内，居然任日人如此蛮横地不讲道理。"[②]

该书出版后，三年里再版五次，甚至还被译介到日本去，引起日本社会的强烈不满，日媒甚至把张资平的照片刊登出来，意图号召在华日本人"寻仇"，很长一段时间张资平都不敢在位于上海北四川路的日租界区活动，害怕遇到暗杀。1933 年，日军进犯山海关，张资平又根据 1932 年的"一·二八"事变创作了小说《红海棠》，讲述了上海市民遭受战乱的痛苦，该小说发表后，大大鼓舞了人心，张资平成为当时颇具盛名的"抗战作家"。1936 年，他又在《东方杂志》上直指日本侵略中国的意图："第一步，先略取满州以控制内蒙。第二步，略取内蒙以控制华北。第三步，占据华北，以黄河为境，俯窥长江流域。"[③] 期间，他还撰写了《欢喜坨与马桶》与《无灵魂的人们》两部抗日小说，并遭到"驻沪日使馆情报部及日本海军陆战队之书面及口头警告"。[④]

如果照此路数发展下去，张资平应该会成为"抵抗文学"中的领军人

---

① 苏雪林对此书颇有微词，她评论称：（张资平的）作品中常有作家不良品格的映射。一是欠涵养，譬如他憎恨日本人，对日本人没有一句好批评，作《天孙之女》乃尽量污辱。其人物名字也含狎侮之意：如女主角名"花儿"又曰"阿花"，其母与人私通则偏名之曰"节子"；其父名曰"铃木牛太郎"，伯父则名"猪太郎"。书中情节则陆军少将的小姐沦落中国为舞女，为私娼；大学生对于败落之名门女子始乱终弃，帝国军人奸骗少女并为人口贩卖者，巡警在晒台雪中冻死小孩，以及妓院老板凶丑淫乱的事实，均令人闻之掩耳。听说此书翻译为日文登于和文的《上海日报》，大惹日人恶感。为惧怕日人之毒打，张氏至不敢行上海北四川路。其后又曾一度谣传他被酗酒之日本水兵殴毙云，我并不愿替日本人辩护，但我觉得张氏这样丑诋于日本人痛快则痛快了，他情绪中实含着阿Q式的精神制胜法成分在。见于苏雪林，《多角恋爱小说家张资平》，《青年界》，1934 年 6 月，第 6 卷第 2 号。
② 德娟：《张资平怕走北四川路》，《现代文学评论》，第 1 卷第 1 期，1931 年。
③ 张资平：《中日有提携的必要和可能吗》，《东方杂志》，34 卷·1 号，1937 年。
④ 张资平：《张资平致胡适信》，见于中国社会科学院中华民国研究室：《胡适来往书信选，第三卷》，中华书局香港分局，1983 年，446 页。

物。抗战军兴时，他亦有民族气节，曾与竺可桢、李四光、李达、陈望道、王力、陈寅恪等其他知名学者一道奔赴广西大学任教，结果日军轰炸广西，不善于为人处世的他遭到同事们的排挤，旋遭广西大学的解聘，不得已又从广西躲避至越南，最后乘船从越南仓促逃回了上海——选择回沪的张资平等于在逻辑上终结了自己"抗战作家"的生命，"第三个张资平"遂粉墨登场，"汉奸"这一头衔远远大于之前的任何文学贡献所给他带来的名声。

回到上海的张资平开始遭到"吉斯菲尔路七十六号"汪伪特工总部的骚扰、恐吓与利诱，日军希望通过他的"变节"瓦解中国的抗战知识分子阵营。开始他非常坚决地拒绝，后来不堪其扰，被迫屈服，允诺只担任伪"农矿部技正（工程师）"这一虚职。自此之后，生性孱弱的张资平一步错而步步错——一方面受到良心的煎熬（他曾辞去日中文化协会出版部主任一职），一方面又面临生命的威胁，于是便在威逼利诱之下逐渐愈陷愈深。虽然他没有汪精卫、周佛海等人的危害程度大，但是由于之前其知名度太大，遂成为名噪一时的"文化汉奸"。笔者在这里详叙张资平在抗战前后的创作活动及其分野，乃是为了审理《絜茜》月刊的创刊背景及其思想立场。

《絜茜》创刊于1932年1月15日，通过张资平的上述经历我们可以知晓：在创作上，此时的张资平正是因为《天孙之女》大红大紫时，人生中最华美的一段刚刚启幕；在政治上，他又是"第三党"的新成员，而且该刊创刊前一个月的11月29日其好友兼"入党介绍人"邓演达又遭到当局暗杀，甚至在该刊流产的"第三期"预告中还准备刊发邓演达的遗稿——因此，于情于理来讲，作为《絜茜》主编的张资平此时都没有做"御用文人"的可能——甚至对于国民政府当局是充满不满情绪的。

那么，从《絜茜》的解读，应该从对张资平"去蔽"的文学史本身开始。

长期以来，大陆的现代文学研究界认为"民族主义文学"与"三民主义文学"和代表国民政府观点的"前锋社"所提倡的"民族主义文艺"在理论构建、文学主张与创作风格上具有某种相似和重合，并在客观上起到了国民政府的"帮闲"作用。须知"民族主义文艺"或"民族主义文学"是两个在国内文学史界长期"臭名昭著"的语汇，所以纵然有少量提及《絜茜》月刊的论文，也将其当作"民族主义文艺"或"民族主义文学"的刊物——从具体的史料上看，张资平与"民族主义文学"的一批作者确实存在着较密切的关系，这也是不争的史实。"民族主义文学"核心刊物

《现代文学评论》主编李赞华的遗稿现在几难寻见，但在仅出了两期的《絜茜》月刊上却可以看到李赞华的批评文章《女人的心》，以及《现代文学评论》主力作者如杨昌溪、赵景深等人的作品。

当然，仅凭几篇文章便认为该刊有"官方背景"甚至进而认为被国民政府收买，难免有失公允。在该刊创刊号里，有这样的一段话，这既是约稿函的第一段，也是该刊在外宣传的广告语（由于该刊似乎失之校对，多篇文章语句不通，不知何故，为求甄辨，笔者摘录时谨遵原文，一字不改）：

> 本刊绝不空谈什么主义，是纯文艺的刊物，作品的选择，以艺术价值为前提；不过，我们相信，在这个时代里的人，既不能做狂诞的超时代者，也不能做顽执、时代落伍者，所以在文字的内在意识上，以切合时代需要为标准。我们要相信，老作家能写出优美的作品，新作家也有写出优美作品可能，所以本刊除了特约作家及絜茜社全体社友撰稿外，欢迎任何人的投稿。我们愿本刊是所有爱好文艺者底共同垦殖、共同欣赏的共有园地。①

当然，广告之言或许不可信，在创刊号的"征稿函"中，又有了另外一段话：

> 现在本刊在难产中终于产生了，而且计划着以后能按期出版；希望真切爱好文艺的读者们予我们诚意的批评和指教，还望给我们同情的爱护，使本刊在客观的环境和事实上普罗文艺没落消声、民族主义文艺无可进展的中国消沉的土壤上，开出一朵灿烂的花来，贡献给大众欣赏。②

这段话是后世研究者对《絜茜》月刊诟病、批驳的原因，张大林甚至还将其归纳到了"国民党文艺"当中——确实，由于与"第三党"文学活动相关的一手史料没有被发掘。尤其在国共矛盾尖锐对立的 20 世纪 30 年代，《絜茜》月刊既非共产党领导下的左翼刊物，又与大陆现代文学界"臭名昭著"的"民族主义文学"有了一定的关系，那么这刊物被贬斥、无视，甚至"被遗忘"也就不足为奇了。

---

① 《编者的话》，《絜茜》，第 1 期，1931 年 12 月 21 日。

② 同上。

但是从表面上看，与《狮吼》《语丝》一样，这份刊物只是一份"社团刊物"。正如在广告语里所说的"絜茜社"就是主编这份刊物的团体。而且在这份刊物第一期明文刊登了《絜茜社简章》，该简章第二条"宗旨"上就声明：以研究文艺提倡平民文化为宗旨。正如张大明在《国民党文艺思潮：三民主义与民族主义文艺》中所总结的那样，通过对《絜茜》月刊所刊发文章的分析，该刊两大特点一目了然：一是"平民文艺"，另一是"新农民文学"。

那么，"民族主义文艺"的核心价值体系又是什么呢？

在"民族主义文艺"的纲领性文献《民族主义文艺运动宣言》中，有这样的一段话：

> 艺术，从它的最初的历史的记录上，已经明示我们它所负的使命。我们很明了，艺术作品在原始状态里，不是从个人的意识里产生的，而是从民族的立场所形成的生活意识里产生的，在艺术作品内所显示的不仅是那艺术家的才能、技术、风格、和形式，同时，在艺术作品内显示的也正是那艺术家所属的民族的产物。这在艺术史上是很明显地告诉了我们了……（省略号为引者所加）文学之民族的要素也和艺术一样地存在着。文学的原始形态，我们现在虽则很难断定其为何如，但可以深信的，它必基于民族的一般的意识。这我们在希腊的《伊里亚特》和《奥德赛》，日耳曼的《尼贝龙根》，英吉利的《皮华而夫》，法兰西的《罗兰歌》，及我国的《诗经·国风》上，很可以明了的……（省略号为引者所加）以此我们很可以从这些文艺的纪录上明了文艺的起源——也就是文艺的最高的使命，是发挥它所属的民族精神和意识。换一句说，文艺的最高意义，就是民族主义。[①]

之所以引用这样长一段话，原因乃是为了归纳出"民族主义文艺"的核心价值体系："文学的原始形态"乃是"基于民族的一般的意识"，在这里所强调的是"艺术家所属的民族的产物"，而并非"是那艺术家的才能、技术、风格和形式"。换言之，作家本人的创作也被融入"民族"这个宽泛、空洞的大概念当中了。

由是观之，从文学理论的逻辑上看，"民族主义文艺"的主张事实上与《絜茜》的发刊词中"本刊绝不空谈什么主义""纯文艺"与"以艺术

---

① 具体文章见于 1930 年 6 月 29 日和 7 月 6 日《前锋周报》第 2、3 期。

价值为前提"是相违背的。至于该刊的核心宗旨，其实还在上述的一句话中可以看到——"普罗文艺没落消声、民族主义文艺无可进展"。

这句话可谓是"一言泄露天机"，《絮茜》既不倾向于"为政治代言"的左翼文学——普罗文艺，亦对"以民族主义为纲"的官办文学——民族主义文艺没有兴趣，用他们的原话说，前者"没落消声"，后者"无可进展"。

话说到这份上了，若还说《絮茜》是为当局帮腔的"民族主义刊物"似乎有些过分，难道他们自己会自投罗网地走进"无可进展"的"民族主义文学"体系当中？

那么，《絮茜》究竟是什么样的刊物呢？

请注意——

在邱钱牧的《中国民主党派史》中，有这样的一句话：

> 此外，国民党临时行动委员会的地方组织也发行了《絮茜》《飞瀑》《低潮》等刊物，宣传反蒋。[1]

值得一提的是，在上述几种刊物中，《絮茜》是当中最有影响力的一种，原因大致有三。一是该刊由知名作家张资平主编，使其在中国现代文学史中理应有一席之地；二是上述几种由"第三党"创办的刊物中，唯有《絮茜》既是机关刊物，又是文学期刊，属于抗战前期有代表性的文学期刊之一；三是《絮茜》曾刊登了"第三党"的文艺纲领性文件，综合地反映了"第三党"在抗战前期的文化选择，有着重要的研究意义。

据该刊征稿启事中说，《絮茜》月刊之前曾出版了四期半月刊，这个半月刊按道理至少应该是与《絮茜》月刊是同一个核心，即张资平[2]（但是《絮茜》月刊的终刊号的"主编"却从张资平变成了丁丁，此问题后文再叙）。

从目前所掌握的史料看，《絮茜》半月刊在大陆学界的知名度要稍微高于《絮茜》月刊的知名度，因为这个半月刊曾见于大陆文坛领袖茅盾的笔下，在《茅盾文集》中有这样的一句话：

---

[1] 邱钱牧：《中国民主党派史》，浙江教育出版社，1987年，第366页。

[2] 民国文学社团所主办的刊物较少有更换主编的情况，如《学衡》《笔谈》《论语》《语丝》《新月》《矛盾》与《莽原》等刊物都是由创始人"一编到底"的局面，唯一较明显的"核心更替"便是"狮吼社"主办的《狮吼》杂志曾因经费以及核心成员出国等客观原因不得不更换主编。而张资平在当时的政治地位、知名度与经济实力皆不会出现《絮茜》从半月刊到月刊存在着"易主"这一变动。

> 我们看了四册的《絜茜》半月刊以后，才知道是"匐匍在现统治阶级的裤下作培养劳动阶级身心的平民文艺！"这是不折不扣的中国式社会民主党的把戏！①

茅盾谓是一语道破天机。所谓社会民主党，在政治学上特指由德国社会主义活动家卡尔·李卜克内西（Karl August Ferdinand Liebknecht，1871—1919）在 1869 年所创立的共产党性质的政党，在政治制度上，该党主张实行"民主社会主义"，并且作为"第二国际"的创始成员在当时全世界具备强大的政治影响力。就这一问题笔者在"引论"中有过粗略的介绍，具体内容将留待后文再叙——但值得注意的是，中国始终未成立过一个以"社会民主党"命名的党派。②

《絜茜》半月刊与《絜茜》月刊有着一脉相承性，在《编者的话》中，有这样一段：

> 过去我们曾经出版过四期《絜茜》半月刊，后来为了经济上的困难，与出版社和发行上的种种不便及麻烦，所以现在交由书局（引者按：群众图书公司）办理，而且改为月刊，这是为了实行扩大与充实。③

茅盾虽然对《絜茜》颇有微词，但是他并没有称这刊物是国民政府的言论喉舌，更没有将其与"三民主义文艺""民族主义文艺"挂上钩，只是斥责其是"中国式社会民主党的把戏"。由此可知，若称《絜茜》与国民政府当局有关联甚至张大明先生还将其列入到国民党官方文艺期刊体系中，显然值得商榷。

在短短两期《絜茜》月刊中，共发表了 42 篇作品，与同时带其他刊物一样，涉及译介、小说、散文、诗歌、书评、通信与理论批评等等诸多文体。其中，两期均是 21 篇（不含通信与编者的话）。

两期刊物最大的变化，便是第二期的主编变成了丁丁一人，张资平的

---

① 茅盾：《茅盾全集，第 19 卷》，人民文学出版社，1988 年，第 32 页。

② 但这并不意味着近现代中国知识分子一直未对"民主社会主义"或类似政治理念进行实践尝试与理论探讨，早在辛亥革命前，维新派学者江亢虎就曾与加拿大医生马林一起不但创建了"中国社会党"，甚至还在南京近郊开辟了"地税归公试验场"；民国初年刘师复亦曾在新安赤湾成立"无政府主义村社"等等（皮明麻：《近代中国社会主义思潮觅踪》，吉林文史出版社，1991 年）。

③ 《编者的话》，《絜茜》，第 1 期，1931 年 12 月 21 日。

名字不见了。停刊的原因在于第二期出版时正值1932年9月15日，恰是"一·二八"事变刚刚结束，由于国际帝国主义势力的"调停"，导致日军在上海有恃无恐，此变故致使上海大量的文学刊物或迁址办刊，或干脆停刊、休刊——《絮茜》月刊第一期和第二期竟相隔9个月的时间。我们不禁要问，张资平名字被去掉，究竟说明了什么问题？

在《张资平年谱》里，可以看到一条隐约的信息，1931年10月，张资平当选为中国国民党临时行动委员会中央委员兼中央宣传委员，负责"第三党"的宣传工作，但是因为年底邓演达遭到刺杀，张资平本想化悲痛为力量，但是后来实在不堪国民党特务机构、日军驻上海特务机关"特一课"的骚扰与恐吓，到了1932年6月竟然选择了退党，跑到了上海郊区隐居专事创作。

不言而喻，《絮茜》月刊第一期乃是张资平尚有血性时，"站在烈士的血迹"上的一次贡献，待到第二期出版时，张资平已然成为了一位既怕当局报复，又怕战争牵连的"隐士"，于是将整个刊物全扔给了丁嘉树负责编辑，自己逃命去了。

在作家曾今可的随笔《在战乱中》中，就有这样的一段：

> 午后，丁丁携女友三人同来访我，说："电影院通通关了门，真苦恼！"他又告诉我，张资平已逃往苏州。[①]

孰料张资平所托非人，这个在战乱中还惦记着携女友看电影的丁嘉树更非血性男儿，贪生怕死比张资平有过之而无不及。在第二卷的最后，丁嘉树一方面不甘心就此停刊，还做了一个虚张声势的"第三期要目预告"，一方面赶紧刊登了一个宣布停刊的《丁丁特别启事》，结尾竟是这样令人啼笑皆非的一段：

> 而最痛心的，是六七年来收到好多个女朋友的上千封信，平时是如何的珍视，现在也损失了。啊！国家是如此的不争气，我辈小百姓，哑巴吃黄连，只有痛心的眼泪来自悼！[②]

---

① 曾今可：《在战乱中》，《读书杂志》，1932年第4期。
② 丁丁：《丁丁特别启事》，《絮茜》，第2期，1932年9月15日。

第二节 作为话语实践的"呐喊诗"

综上所述，作为"第三党"刊物的《絜茜》虽非"左倾"，但也未见"反动"。客观地说，该刊在出刊两期中，所着重提出的"呐喊诗"这一话语实践以及刊载的"呐喊诗"诗歌作品，在当时还是起了一定积极意义的。尽管作品不多，也缺乏名家名作，但从整体质量来看，无论是诗论还是诗作，都有着鲜明的特征与统一性，综合地反映了该刊甚至"第三党"的诗歌主张与文学、政治立场，因此，本节特意将其当作学术考察的中心，意图以此为一个支点，进而进一步管窥该刊的"平民文艺"主张与历史影响。

纵观两期《絜茜》月刊，仅在第二期刊发诗评一篇，名为《呐喊诗和叙述小说》，该评论在刊发时无作者署名，在陈平原、吴福辉与夏晓虹合编的《二十世纪中国小说理论资料·第三卷》（北京大学出版社，1997年）中，亦称该文章为"佚名"，由是可知，就目前研究状况而言，该文作者尚待考证。

在这篇文章中，作者提出了鲜明的学术观点——在当时中国，文艺要想承担政治意义，就必须与中国读者的国情相结合。其中有一段，是这样说的：

> 这是事实，文化落后的中国，教育是如此的不普及，尤其是民众教育的贫弱，简直可以说，我们每个工农劳动的同胞，都是文盲，都没有享受文艺的能力，所以所谓大众文艺，还是以很少数布尔乔亚的知识分子为对象。他们以为一种出版物有了一万或是八千份的销路，便是了不起的惊人事，认为是民众普遍的要求了，便戏台里喝彩、自己大吹大擂起来，眩人耳目；这样的不想想实际，不知拿四万万人来做比例，就是百分之三十的识字者来作比，也是一种失败的事实，怎不使他们只好生了一次热病一样的不久就无声消失了呢？[1]

作者话虽难听，但说的却句句在理。不过在普罗文艺、平民文艺正当兴盛，工农群众刚刚登上政治舞台的20世纪30年代初，竟然在公开发行的刊物上说出这种话，难怪作者不署名抑或是不敢署名。如此直白的批评，

---

[1] 佚名：《呐喊诗和叙述小说》，同上。

不啻狠狠扇了当时的文学家、编辑家们一记响亮耳光。在这段话之后，作者随即话锋一转，又带出了这样一段话：

> 然而，我们如果为了一次挫折，甚至是一次失败，而便灰心的不再努力，这也是差误的，我们应该再接再厉的做去，我们应该自己来检讨自己，自己来批判自己，如果认定是不对的地方，便应该竭力的改去，如果此路不通时，便应该另辟新路。[①]

作者认为，当时中国的问题是"教育的官僚化和资产化"，知识掌握在"士大夫、洋学生"或"住洋房的作家"等少数既得利益者的手中，在这种情形之下，唯有"普遍的教养"并"提高欣赏力和兴趣"为原则方能实现文学的政治功能——毕竟"纯文学"或"雅文学"是服务于少数人的，而政治是面向大多数人的。

但是，短期内在战乱频繁、地广人多且积贫积弱的中国实现这全面性的教育，无异于痴人说梦。当不能改变社会时，唯有改变自己。从这个角度出发，作者提出了"呐喊诗"与"叙述小说"的主张，当然，这一主张是依据前两个原则为基准的。

"所谓呐喊诗，就是要放弃过去一切的矫揉造作、铲削时下流行的生涩奇僻"是"呐喊诗"的基本定义，在这个定义下，作者论及了四个可操作的方面"一、文字的通俗浅显；二、词句的爽直畅快；三、情绪的紧凑热烈；四、思想的明达准着。"[②] 这四个方面从四个层次由表及里地构成了"呐喊诗"的写作范式。

从这些主张我们可以看出，"呐喊诗"其实是对"普罗文学"的一种极端性发扬。当然，从语言浅显的程度上说，"呐喊诗"确实更符合当时中国的国情，操作起来也更有效，但这却又是对诗歌艺术的伤害。就像作者在其后提出的"叙述小说"这一概念一样，"一、趣味平坦的叙述；二、明晰的简单的结构；三、思想的点发。"[③] 小说也好，诗歌也罢，《絮茜》月刊的主张其实是一致的。

不宁唯是，在《絮茜》中，关怀平民这一精神确实获得了彰显、发扬，在当时任何一本期刊中都难以找到如他们这样的底层情怀，无论是发刊宣言还是所刊发的文章，都体现了办刊者对于底层平民的人道主义关怀与热

---

① 同上。
② 同上。
③ 佚名：《呐喊诗和叙述小说》，《絮茜》，第 2 期，1932 年 9 月 15 日。

爱。在约稿函中，主编亦强调——"尤其是以工农劳苦群生活为题材的作品，当尽先刊载"。①

在这篇短小精悍的《呐喊诗和叙述小说》中我们可以看到作者对于文学政治性的认识，以及对于底层民众文学诉求的把握。

将文学下放给大多数人，要求作家写广大人民群众——尤其是文化水平不高的劳苦大众喜闻乐见的作品，这在当时是对"平民文学"这一"五四精神"的继承与左翼"普罗文学"的弘扬。诗歌在中国有着深远、广阔且悠久的民间文化传统，但是宋元以降，理学勃兴，诗歌逐渐呈现出精英化的雅化趋势，颠覆了唐以来中国传统诗学的民间意识，"新文化运动"之后的十余年时间虽然短暂地将"平民文学"提上日程，并呈现出了"到民间去"的文学思潮发展趋势——这将在下一节会被提到，但是很快因西方"形式主义文论"以及相关诗歌作品的大量译介，导致一批中国诗人在创作初期呈现出了不成熟的模仿，在这一过程中，使得新文学树立起来的新诗传统难免又受到重形式、轻内容甚至玩弄辞藻的负面影响，这显然并不利于文学的政治功能的执行。②

《絮茜》的这篇诗论，很大程度上反映了"第三党"的政治立场，但由于这一政党及其刊物在中国现代思潮史上处于"被边缘"的状态，所以这一切并不广为人所知。但其重视底层、客观描摹中国社会的矛盾，并强调"文为民所用"的文学观，在其发表的诗作中，却有较为鲜明的体现。

除却少量译作之外，两期《絮茜》月刊一共刊发了九篇原创诗作，第一期刊发的是女诗人虞岫云③的《海南沙》、罗晓魂的《我漂流到了香港》、

---

① 《编者的话》，《絮茜》，第 1 期，1931 年 12 月 21 日。

② 传入中国较早的西方文论便是形式主义文论，"中国对现当代西方文论的兴趣可以追溯到 1930 年代。这时正是新批评在英国的兴盛时期，而中国对新批评的了解与英国新批评家瑞恰慈和燕卜荪有很大关系。瑞恰慈曾在清华大学任教（1929—1931），推广他发明的'基础英语'（Basic English），并教授比较文学等课程。而他的批评观念也随之传入中国。"说是大量译介，亦是不过分的，譬如"钱锺书在 1930 年代初就论及他的《文学批评原理》（1924），曹葆华在 1937 年译出了他的著作《科学与诗》。燕卜荪在他的影响下也到北京大学（1937，1947—1952）和西南联大（1939）任教。"，而且《武汉大学文哲季刊》上亦曾刊登了张沅长、陈西滢等人论述新批评的文章，与此同时，T.S. 艾略特、I.A. 瑞恰慈和 I. 温特斯等人的诗歌亦相继被译介到中国（周小仪、申丹：《中国对西方文论的接受：现代性认同与反思》，《中国比较文学》，2006 年第 1 期）。在此之后的1930—1940 年代，唯美主义、现代主义等受形式主义文论影响的西方文论相继被介绍进入到中国。一批诗人如邵洵美、卞之琳、李金发、朱湘等人均受到这些思潮影响，并创作了大量的诗歌。

③ 虞岫云（1910—？）上海人，上海金融大亨虞洽卿之孙女，女诗人、戏剧演员，上海名媛，曾在《玲珑》杂志上刊登过自己的照片与诗作，因其诗歌擅长抒情，遂被鲁迅在《登龙术拾遗》中讽刺为"阿呀呀小姐"。曾以"虞琰"为笔名出版诗集《湖风》。

白涛的《屹立在你面前的是什么时代?》；第二期所刊发的是丁嘉树（署名丁丁）的《晨》、赵书权的《席上》。侯汝华的《恳求》以及三篇无署名作品——它们分别是《寄》《别后》与《拒》。

正如上节所述，该刊第一期的主编为张资平，第二期的主编为丁嘉树。因为张资平在 1931 年底就在上海的寓所里避难不出，根本无法参与组稿，并且在第二期中的《丁丁特别启事》中，称张资平为"张资平先生"。似乎这些都说明，第二期《絮茜》的编辑工作，已然与张资平无干。

而且，本著对两期杂志所刊发的诗作的分析，也可以佐证前论。

首先，从内容上看，第一期中所刊发的均为时政诗，第二期所刊发的均为情诗。虽然前者内涵为公共语言，而后者为私人言语，但两种诗歌都反映了"文字的通俗浅显"与"词句的爽直畅快"这两大"呐喊诗"原则。

在虞岫云的《南海沙》中，有这样一段：

> 啊，当我初次遇见你 / 我便深深地把你记忆 / 昨夜大地加了白雪的披肩 / 我冒着寒风又来到你的面前 / 你可爱的脸已被摧残的黢黑 / 清幽的香味也被踩躏的无遗。[1]

当然，虞岫云作为一位女作家，其言辞之清丽、含蓄，乃是必然本色，这一特点在此化为了"呐喊诗"的内在表现。罗晓魂的《我漂流到了香港》则将"呐喊诗"激昂、通俗的风格体现得一览无余，诗人作诗时咬牙切齿，对帝国主义痛恨入骨。

> 这层层的高楼多堂皇 / 这条条的大路实康庄 / 是帝国主义者的殿堂 / 是弱小民族们的监房 / 帝国主义者真如虎狼 / 弱小民族们便是羔羊 / 遍体受满着牙痕爪伤 / 血肉丧尽以饱他皮囊！
> 红色的火焰照着西方 / 东边的战鼓也已高响 / 我们应该快起来反抗 / 打倒这般人类的魔王 / 我们都有热血与刀枪 / 我们是要死力谋解放 / 致帝国主义者以死亡 / 重建设我们自由之邦！[2]

白涛的《屹立在你面前的是什么时代》更是振聋发聩，纵然是口号性质的"左联"诗歌，恐怕以难以与其口号性的"呐喊"相比：

---

① 虞岫云：《南海沙》，《絮茜》，第 1 期，1931 年 12 月 21 日。
② 罗晓魂：《我漂流到了香港》，《絮茜》，第 2 期，1932 年 9 月 15 日。

听呀！那全宇宙被压迫者的洪大的呼声／在号召他们那铁蹄下地层下的同志／奋起精神吧，握住这旗帜，朋友／前进，前进，前进呀，不要回头！①

这三首事关时局的"呐喊诗"，都比较短小，且言辞激烈、感情充沛、语言明白晓畅，能看出其在努力践行"呐喊诗"的诗作原则，但另外的六首爱情诗却属"私人言语"。纵观这些诗句，从形容到内容上皆具"呐喊诗"的特色——修辞简单，极度的口语化，譬如佚名的《乞爱》，便是如此：

我要借一支穿云箭，射落了，射落了天顶的太阳／拿来装饰你，装饰你暗无天日的夜气正浓的心房。②

与同时代唯美主义、象征主义的诗作相比，《乞爱》琅琅上口的语句，简单白描的手法，确实可以让更多的读者读懂并接受诗歌里的内容。而侯汝华的《恳求》则更是用通俗的语句表现出了一个失恋者对于恋人的眷恋：

深夜我是害了相思／流洒了过多量的眼泪／我伤心哟！是你忍心把我摈弃？
摈弃，摈弃，摈弃／害了的相思难治。③

如果说《恳求》是直白到"通俗"的话，那么赵书权的《席上》倒是有些直白到"艳俗"了：

你柔唇微动／你双颊微红／你两眼惺忪／怎不令人狂热的情绪／潮样地汹涌？④

一旦文本涉及人性本能欲望与感官的刺激，就根本不需要依赖文学素

---

① 白涛的《屹立在你面前的是什么时代》，同上。
② 佚名：《乞爱》，同上。
③ 侯汝华：《恳求》，同上。
④ 赵书权：《席上》，同上。

养与文本解读能力来评判，凡是心理、生理正常并粗通文墨的人，都能看懂，写诗直白到这个地步，对于当时中国社会大多数有点所谓"羞耻感"的读者来讲，恐怕不是看不懂，而是不敢看了。

《絜茜》所刊登的无论是情诗，还是政治诗，实际上都是对"呐喊诗"这一概念的努力践行，所以且不论内容为何，单就语言、风格来讲，都是直白、浅显的，目的只有一个：能让大多数人看得懂就行——而且是大多数没有受过教育，审美水平也不高的底层平民。

"第三党"所竭力推行的"社会民主主义"投射到文学中，就是推行近乎民粹主义的大众文学并落实到实处，即"呐喊诗"与"叙述小说"，而其诗歌理论观点则集中体现在"呐喊诗"上。尽管张资平青睐时政诗歌，而丁嘉树热衷于爱情诗歌，但是他们在组稿、约稿时，都在"呐喊诗"这个范畴内可谓是殊途同归。

对于"呐喊诗"的相关理论、产生背景、存在意义及其影响，学术界尚无相关研究与定论，当然笔者不知道延安时期著名的"呐喊诗人"柯仲平[①]是否受到这一影响。但是从中国现代诗歌史这一宏大语境来看，"呐喊诗"总体是不受关注、欢迎的，"口号诗""标语诗"不少，真正符合"呐喊诗"四项创作原则的却委实不多。

但从当时特定的语境来看，"呐喊诗"又有着一定的现实意义。当今的我们正视这一文学史上特有产物，也有着必要性与必然性。笔者认为，《絜茜》所提出的"呐喊诗"这一概念及其创作尝试，有着如下的几个积极的现实意义值得探索、思考。

首先，"呐喊诗"虽然不符合传统意义上的诗歌创作原则，但是符合中国特有的社会、政治语境。这是文学为公共理性服务这一现代思想的诗论表述。

从诗歌创作原则看，"呐喊诗"并非从作者自我的意图出发，而是从当时的社会语境出发，为写诗而写诗。这与中国传统诗学中的"言志""我手写我口"以及西方现代诗论中的"诗句是思想的外衣"（E.庞德）、"诗人之所以为诗人，是因为他是一个纯粹、自我的人"（T.S艾略特）大相径庭。但是，随着现代社会"公共理性"概念的提出，文学的意义逐渐从"书写策略"转向了"传播（接受）策略"，即不在于"怎么书写"的内涵性而在于"为谁而写"的目的性。尤其在当时战乱频发、国民教育层次

---

① 柯仲平（1902—1964）云南宝宁（今广南）人。北京政法大学肄业。著名诗人，作家。1949 年之后，历任西北军政委员会文教委员会副主任兼西北艺术学院院长、中国作家协会。

低下的中国，文学的意义理所当然要被政治功利性与实用主义所取代。那么，象征主义、唯美主义、表现主义等诗歌形式，在当时的中国，只能是诗人自己的"浅吟低唱"，而不能在公共领域内起到"呐喊"的作用。确实，要想让自己的诗作在当时的中国获得更多的受众，达到更大的影响效果，非"呐喊"不可。

其次，"呐喊诗"并非忽视诗歌的文学性，相反，它对于诗歌中的文学性有着相当的肯定与要求。

正如《呐喊诗和叙述小说》中定义那样，"呐喊诗"之所以会被提出，实际上是对"大前年与前年曾热闹一时的枪弹、刺刀、火、血的诗歌与所谓大众文艺"的检讨，期望从"他们失败的场合去创作出有效的作品来。"①并且作者还认为，这类文艺作品并非是错误，而是"不健全"。

纵观前文所述"呐喊诗"的四原则，看似简单，实际上其操作性是相当有难度的。文字的通俗浅显，请注意——通俗而非庸俗，如何把握这个度数？笔者相信这是摆在古今中外所有诗人面前的问题。从写作学的角度看，晦涩好写，通俗难说，所谓"真佛才说平常话"便是这个道理。

至于词句的爽直畅快，这亦是对于一首诗作的极高诉求。一方面，语言要通俗，另一方面，又要求词句爽直畅快，从语言学上讲，这是介于"文学语言"（书面语）与"生活语言"（口头语）之间的"第三种"语言，对于诗人来讲，是对其语言功力的极大考验；而"情绪的紧凑热烈"与"思想的明达准着"，这更是让绝大多数诗人——尤其是受到西方现代派熏染，且处于白话文尚未完全发展成熟时的中国诗人，更觉得难于上青天，毕竟在当时对于他们中一部分人来讲，拖沓、啰嗦甚至循环往复的语句，是被视作有审美价值的。

总体来讲，"言之有物，用笔精炼，通俗易懂"乃是"呐喊诗"诗作四原则的要求。这一要求对于当时的中国诗坛而言，是对于"别求新声于异邦"模仿欧化诗歌的反驳，是对中国传统诗歌理论尤其是"言之有物"的精神继承，因此从这个角度看，有着其积极的一面。

最后，"呐喊诗"对于"文学功利性"的提出，在当时有着一定的正面价值与意义。

在《呐喊诗和叙述小说》的最后一段，作者讲了这样一番话：

而我们写呐喊诗或叙述小说的时候，有一点是要特别注意的，就是，

---

① 佚名：《呐喊诗和叙述小说》，《絜茜》，第 2 期，1932 年 9 月 15 日。

像过去一般所谓带有革命性的作品，至多不过是一些呼天喊地的叹息，使人对之表同情，其描表痛苦的情形，希望读者予他可怜；然而，我们现在则不然，我们不能那样的懦弱，我们应该奋勇起来，我们就是写到痛苦，我们不仅要使读者表同情，而且要激发读者，使读者也走上"做"的道路；我们不要写哀弱的，我们是要写有力的；我们不要写待救的，我们是要写自救的；我们应该在我们浅显率直的表现里，强有力的指示读者走向光明的生路上去。[①]

作为"第三党"，他们没有武装、政府，甚至连活动经费也困难，他们所拥有的是"兼济天下"的政治理想——有时候这种理想会不自觉地变成一种根本无法实现的空想，他们这种政治理念很大程度上是"君子不党""君子在野，小人在位"与"在国曰市井之臣"等中国传统政治观念与现代西方公共知识分子的独立性意识的双重结合。这种政治理念的贯彻及对"社会民主主义"这一思潮的推广，使得作为"平民文艺"核心的"呐喊诗"与其他政治主张一样，成为了"第三党"用来贯彻其政治目的的"改良性"手段——"指示读者走向光明的生路上去"，而这恰恰又是"左翼文艺"与"右翼文学"都反对的。

毕竟，"呐喊诗"只是"呐喊"而无具体的行动，这在当时黑暗、禁锢的政治语境下，"铁屋"里能发出这样的"呐喊"其实已殊非易得。但是从根源上看，"呐喊诗"既是因特殊的社会、政治背景所生成，又是《絮茜》月刊倡导推行"平民文艺"这一理想的具体表现，上述几点，乃是"呐喊诗"的积极一面，但以"呐喊诗"为代表的"平民文艺"却有着自身不可忽视的缺陷与致命的阶级局限性，这将在后文予以详述。

第三节 "平民文艺"理想的破灭

在洪长泰的《到民间去：1918—1937 年的中国知识分子与民间文学运动》一书中，有这样一段话：

"到民间去"逐步变成 20 年代中国知识分子的一个响亮口号，也与他们的忧患意识有关。他们担心祖国被帝国主义列强瓜分和军阀割

---

① 佚名：《呐喊诗和叙述小说》，《絮茜》，第 2 期，1932 年 9 月 15 日。

据的命运。许多 20 年代的有名报刊如《晨报》副刊、《京报副刊》（引者按：英文原著提及该刊，但中文版译文脱漏）、《努力周报》等都登载过"到民间去"一类的文章，提倡青年学生投身乡村改革的洪流，担负起教育农民的义务……"首先，我们必须依靠我们的双手，运用讲演的风格和白话小说的形式去编辑通俗小册子，其次，我们必须依靠我们的口，使用浅显易懂的语言去教育农民。"[1]

在书中，洪氏还援引了俄国民粹主义哲学家拉夫罗夫[2]的观点，拉氏认为青年知识分子乃是因为"自己意识到人与人之间的不平等所带来的众多社会不合理现象和人民的苦难，才产生了一种负疚心理"。[3]借此，洪氏认为此心态乃是当时中国知识分子缘何主动"贴近民众"的内在心理动因。因此，以洪氏之论来分析《絜茜》月刊所倡导的"平民文艺"这一文学思想，是有着借鉴意义的。

前文已经从两个侧面来叙述《絜茜》月刊的办刊特征，一方面，作为"第三党"一力扶持的文学期刊，在抗战前期确实有着想干一番事业并"踏着烈士的血迹前行"的愿望，并提出了"呐喊诗"这一"平民文艺"的主张，但另一方面，作为主编者无论是张资平还是丁嘉树，作为"有钱有闲阶层"的他们，在面临生与死的革命考验时，比作为"无产阶级"的底层工农民众有着更为贪生怕死、享乐的精神缺陷（尽管他们或许或多或少也存在着拉夫罗夫所说因怜悯而"负疚"的心理），所以在"一·二八"战事正酣的 1932 年，这份刊物会因主编的相继逃遁而仓促停刊。

结合上述史实，称《絜茜》的编辑者为"语言的巨人，行动的矮子"毫不过分。除却"呐喊诗"之外，在两期《絜茜》月刊所刊发的稿件中，还包括小说、散文、译文、评论与通信等其他文体文章，这些文章特别是小说所打着的旗号是有些故弄玄虚的"叙述小说"，但是从行文内容、撰写意图与社会影响上看，所谓"叙述小说"实质上也与"呐喊诗"有着共同性，只是"叙述小说"更追求写作技巧且情节设置上更具备可读性一些。

---

[1]　[美]洪长泰：《到民间去：1918—1937 年的中国知识分子与民间文学运动》，董晓萍译，上海文艺出版社，1993 年，第 21 页。

[2]　拉夫罗夫（Пётр Лаврович Лавров，1823—1900），俄国哲学家、民粹主义思想家，1842 年毕业于米哈伊洛夫斯基炮兵学校，曾参加巴黎公社运动。著有《黑格尔实践哲学》等著作，对后世影响巨大。

[3]　[俄]拉夫罗夫：《历史学的通信》，见于[美]洪长泰：《到民间去：1918—1937 年的中国知识分子与民间文学运动》，董晓萍译，上海文艺出版社，1993 年，第 296 页。

其实，这一切又是由主客观原因共同组成，主观原因是当时中国大量底层民众确实无法阅读内涵更为深刻的作品，唯有语言通俗的诗歌或情节性强、修辞简单的小说才可以满足大多数读者的需求；客观原因则是，按照"第三党"的执政纲领，欲在文盲遍布的中国践行"社会民主主义"的"平权社会"，则必先倡"平民文艺"。

首先，笔者从两个方面来谈谈《絜茜》月刊的"平民文艺"理论及其创作实践。

论及"平民文艺"之理论，不得不提的是邓演达亲自撰写的《平民主义的原则提纲》（署名"仲侃"）一文，该文作为"平民文艺"的专题系列文章刊发于《絜茜》月刊第一期，系统地反映了"第三党"对于"平民文艺"这一文学思潮的相关主张。[①] 除此文章之外，还包括署名"钟流"的《由平民文艺说到 Nationalism》与署名"伯达"的《由民族主义至三民主义》。

这篇《平民主义的原则提纲》，堪称是"第三党"在抗战前期进行文学实践的纲领性文献，在这篇文章中，邓演达用两个部分分别回答了"什么是平民文艺""平民文艺在题材上之着眼点"这两个问题。

在"什么是平民文艺"这一部分中，邓演达如是说：

> 平民文艺是代表广大的被压迫群众之要求，代表着被压迫的平民群众要求解放的理想，一方面对过去及现存的制度加以批评——对于现实生活的批评，一方面为将来创造——由平民大众的革命达到无阶级差别的社会而加以描绘及推动。故平民文艺是具有"浪漫性"的，因为它要以高超蓬勃的热情去反抗一切的压迫，反抗旧制度之虚伪黑暗，而达到人的解放。同时它又是带有"理智性"的，因为它要求生活的合理，以合理的生活代替虚伪的生活，代替"劳而无功"的生活，

---

① 在中国现当代思想史上，署名"仲侃"最著名的则是中共党史专家马仲扬、李侃二人联合署名"仲侃"撰写的《康生评传》，但马仲扬与李侃分别出生于 1922 年、1931 年时他们才 9 岁，显然《平民主义的原则提纲》与此"仲侃"无关，但在季方（署名方述）的回忆录《拾脚印》（中国农工民主党中央委员会，1983 年，第 42 页）中曾提及"邓演达先生的生活"一文中，专门提到了"自 1930 年五月归国至 1931 年八月被捕，中间仅一年余，（邓演达）写的文章也已着实不少，最重要的如：《平民文艺的原则提纲》……"，以及在丘挺、郭晓春的《邓演达的生平与思想》（甘肃人民出版社，1985 年，第 293 页）一书中亦论及"（邓演达）起草的文件宣言有 20 多篇，近 20 万字，这些文章文件大部分发表在《革命行动》月刊上，重要的有：《平民文艺的原则提纲》……"因此，"仲侃"应为邓演达的笔名无疑。

使生活的效能提高，使生活丰富化。[①]

在这里，邓演达为"第三党"在抗战初期鼓吹、推行的"平民主义"定下了基调，他定义"平民文学"乃是为"被压迫的平民群众"而代言的文学，既批评现实，又创造将来，既是浪漫的，又是理智的，旨在"达到无阶级差别的社会"。

"旧制度之虚伪黑暗"是"平民文艺"着力批判的对象。因此，"平民文艺"首先在理论上具备着观照现实、批判社会的不公正。这实际上与洪长泰所说在20世纪二三十年代知识界所流行的"到民间去"之思潮有着密切的联系，从时间的影响上看，"平民文艺"当是受到"到民间去"这一社会思潮而生成。但"平民文艺"之精神渊薮来自于何呢？

邓演达在"什么是平民文艺"这一部分中，还说到了这样一段话：

> 平民文艺是"人"的文艺，不是机械的文艺，它反抗一切特权阶级，反抗"奴视人""役使人"的特权阶级。故平民文艺在主观上虽是广大的被压迫群众的文艺，而其最高鹄的是"人"的文艺。因之平民文艺的理想是：创造的劳动、自由、平等、博爱。[②]

实际上，"平民文艺"的精神，乃是从"新文化运动"周作人所强调"人的文学""平民文学"赓续下来的。周作人曾指出，"平民文学不是专做给平民看的，乃是研究平民生活——人的生活——的文学。"[③] 因此，在周作人看来"平民文学"即"人的文学"。这构成了"五四"以来新文学的精神主潮。在这里，《絜茜》月刊也承认"'平民文艺'是'人'的文艺"，实际上暗含了他们对于"新文化运动"精神的继承。

邓演达还认为，"平民文艺"在题材的着眼点上，应该有若干个注意事项，即厘清"对于现社会的描写""对于广大贫民群众在过渡时代的悲哀与希望之深刻的描写""关于伦理的批评与积极的主张""关于文字上的注意""对于中国古典文艺的态度"以及"平民文艺与普罗文义及民族文艺"之关系。因此，邓演达所提出的"平民文艺"一方面注意到了对于"新文化运动"优秀精神资源的继承，一方面还有着符合"社会民主主义"

---

① 仲侃：《平民文艺的原则提纲》，《絜茜》，第1期，1931年12月21日。
② 仲侃：《平民文艺的原则提纲》，《絜茜》，第1期，1931年12月21日。
③ 周作人：《平民文学》，见于胡适主编：《中国新文学大系·建设理论集（1917—1927年）》，上海文艺出版社，2003年，第211页。

的独特观点。

在"关于伦理的批评与积极的主张"这一节中，邓演达如是阐述：

> 整个的中国旧时代的伦理，我们认为是宗法的封建的。至通商口岸的买办阶级们所实行的基督教伦理，则是拜金主义的奴隶伦理。故我们在消极方面是要"反孔教，反基督教"。[①]

在"关于文字上的注意"中，邓演达又提出了这样的观点：

> 我们的平民文艺，自然是主要的以广大平民群众为对象，故文字务求浅显，凡非日常用语及语法，务须避去，只求其平易而能表现微妙深切的情感。对于外国语法应在浅易的范围内，逐渐引用，因为由此可以增加中国文字的质量及分量。[②]

对于官方提出的"民族主义文学"与左翼文学提出的"普罗文艺"，邓演达亦有着自己不同的看法：

> 我们认为普罗文艺本身是否能够成一个整然的系统，尚是问题。即使勉强能成为一个系统，也不过是一个过渡的象征——反抗资产阶级文化的"口号"而已。何以言之？因为社会主义社会是无阶级的，故普罗文艺在社会主义社会是无对象的……故单纯的民族文艺亦是不合于中国社会之要求的。因为它将不自觉地沦为资产阶级的工具（在德法两国，此种例最多）及带有复古的落伍性。[③]

这三段话基本上可以概括了邓演达在《平民文艺的原则提纲》中对如何实践"平民文艺"之核心观点。但据此也可知，"平民文艺"之诸多思想均在当时不算新观点。如关怀底层、强调"人的文学"、反孔、强调文学通俗易懂甚至引进西方语法等等，先前均被周作人、胡适、陈独秀等人提过，"反基督教"尽管看似有新意，但这却与20世纪20年代青年学生、

---

① 仲侃：《平民文艺的原则提纲》，《絮茜》，第 1 期，1931 年 12 月 21 日。
② 同上。
③ 同上。

爱国知识分子中兴起的"非基督教运动"①密切相关,这一运动反对带有文化侵略性质的基督教在华传播,并驱逐学校里的基督教会,提倡基督教在华传播的"本色化",意图建立"本色化"的中国教会。因此,在"平民文艺"的"原则提纲"中,唯一可见其原创性新意的,便是其对于"民族文艺"与"普罗文学"的看法。

这一看法亦显示出了"第三党"作为一个政治党派在抗战前期推行"平民文艺"的意图所在。他们不但在政治思想上独立于国共之外,在文艺上也是"第三种力量"。既不赞同官方推行的"民族文艺",亦不认可左翼文艺的"普罗文艺"。除却邓演达这篇《平民文艺的原则提纲》之外,署名"钟流"的另一篇文章《由平民文艺说到 Nationalism》则在一定意义上为《平民文艺的原则提纲》做了注解。

"钟流"这样说:

> 对仲侃君的提纲,若勉强地加以一种主义的解决时,则他似乎是最纯粹的最正确的三民主义文艺吧? 因为他在第二段之第六节明白地申明不赞成普罗文艺,同时亦说明民族文艺之不备,因为民族主义只是三民主义之一部分。②

如果说邓演达提出非"民族文艺"亦非"普罗文艺"的"平民文艺"是一种独立的、新兴的文艺形式的话,那么"钟流"的这篇文章看似将邓演达的观点在形式上又拉回到了"三民主义文艺"的窠臼当中——但我们必须注意的是,"钟流"的这一句话是一个反问句,其中有"似乎"、以及两个"最"最后再加上一个问号。因此,"平民文艺"是不是"三民主义文艺",在"钟流"看来还是待定的。

但这恐怕是钱理群、温儒敏与张大明等学者认为《絜茜》月刊是有着

---

① 即"非基运动",是20世纪二三十年代中国青年、知识分子对于基督教的排斥与抵抗运动。学界普遍认为,该运动的本质是反神权的民族主义文化运动,是与五四新文化运动一脉赓续的。该运动由1922年爆发,起因是周作人、钱玄同等人反对"世界基督教学生同盟大会"在清华大学召开,知识分子要求基督教在华传播需走"本色教会"之路,即服从中国特色与国情,"非基运动"发生之后在很长一段时间里影响并决定了中国教会的"本色化"传播。赵紫宸、诚静怡、王治心与贾玉铭等人先后在中国发起并建立了"本色教会"。也有学者根据新近发现的档案认为,"非基运动"与中国共产党当时的支持有一定关系。见于周东华:《联共(布)档案所见中共与1922年"非基"运动关系辨析》,载于《宗教学研究》,2009年02期;顾卫民:《中国天主教编年史(635—1949)》,上海书店出版社,2003年;吴雁南等:《中国近代社会思潮》,湖南教育出版社,1998年。

② 钟流:《由平民文艺说到 Nationalism》,《絜茜》,第1期,1931年12月21日。

国民党官方背景的原因之一。在这里，我们必须要厘清两个"三民主义文艺"的概念，一个是"钟流"所提到的"三民主义文艺"，一个则是国民政府当时所主张的"三民主义文艺"政策。这两个概念，实际上是截然不同的。

在"中国大百科全书"的"民族主义文艺"词条中，有这样一段话：

> （民族主义文艺）是一种文学主张和派别。1929 年国民党中央宣传部制定"三民主义的文艺政策"，推行所谓"党治文化"。1930 年，面对无产阶级革命文学的兴起，国民党的上海市党部组织了一批政客和文人王平陵、朱应鹏、范争波、黄震遐等，提倡"民族主义文艺运动"。他们先后发行《前锋周报》《前锋月刊》等，并于 1930 年 6 月发表《民族主义文艺运动宣言》。宣言把无产阶级文艺运动与"保持残余的封建思想"的文艺列为"两个极端的思想"，认为无产阶级革命文学运动将使新文艺"陷入必然的倾圮"。提出要突破"新文艺的危机"，就要努力于"中心意识底形成"。而他们所说的"中心意识"，或所谓"文艺的最高意义"，就是民族主义。[①]

尽管这段文字存在着政治意识形态的色彩，但从中我们可以看到，"三民主义文艺"这一政策乃是"民族主义文艺"政策的先声。从常理上看，作为反蒋的"第三党"刊物，《絜茜》月刊断然是不会自命为"三民主义文艺"的传声筒。所以"钟流"否认了"平民文艺"就是"三民主义文艺"的说法。而且值得注意的是，作为抗战前期的主张抵抗文艺刊物，《絜茜》并未回避对日本侵略者的关注与反思，因此在《由平民文艺说到 Nationalism》一文中，"钟流"还这样说：

> 因为单提倡民族主义文学，无论如何是易于资产阶级化、军国主义化的。若以此次革命（引者按：应为北伐战争之胜利）拟之于明治维新，那就是大错特错。当明治维新时，即提倡民族主义、经中日战争、日俄战争后，由民族主义转变为 Chauvinism（引者按：意为狂热爱国之沙文主义）了。所以日本在相当的时间内，受了世界各国的排斥。至大正末年昭和初年，日本政治家对于世界的经济关系，稍稍觉悟了，逐渐改弃了他们的传统，Chauvinism 的态度，小者如改称"支

---

① 林志浩，"民族主义文艺"词条，《中国大百科全书》（网络版）。

那共和国"为"中华民国"当然我们不稀罕——大者如对美国之让步及反美国言论之渐次减少。无论如何，我们不能相信：三民主义是和中国将来之资产阶级化，军国主义化能够连接在一块的。真正的三民主义他是为被压迫平民群众要求解放的理想。但是我们的平民文艺不即是三民主义文学。因为我们不赞成有目的意识的文学。①

在这里，"钟流"认为"民族主义文艺"乃不可取。因为日本就是从民族主义转为非理性、狂热的"沙文主义"，他同时也主张"不即是三民主义文学"，毕竟第三党"不赞成有目的意识的文学"。当然，值得肯定的是，诞生于抗战前期的《絜茜》月刊，其编者、作者一直未曾放弃对全民族抗战这一历史性课题的研究与阐释，譬如张资平早在1931年就提出了"第二次世界大战"这一概念。但可惜其"呐喊诗"诗歌理论与"平民文艺"文学主张，并未在实际上为抗战文学之"呐喊"起到应有的积极作用。

通过上文对"平民文艺"这一理论的深入解析我们看到，《絜茜》月刊乃是"两个拳头出手"，当时中国两大政治势力——代表左翼政治力量的共产党与国民政府的执政党国民党之政见，均被《絜茜》月刊一一否定，这明显不符合建立"抗战统一战线"的社会现实需要。尽管《絜茜》月刊希望喊出自己的独立之声，但"平民文艺"这一概念却来源于当时各门各类的社会思潮（如非基运动、乡村运动与新文化运动等等），自身缺乏独创性的理论构建，这与逡巡于"左右"之间的"社会民主主义"又如出一辙。

"第三党"在弘扬"社会民主主义"时，曾发表了《政治主张》这一纲领文件。它的基本主张是进行"平民革命"，推翻南京政府的统治，建立"平民政权"的国家，进而"实现社会主义"——当然，这个"社会主义"是"第三党"所推崇的"社会民主主义"。在社会政策上，"第三党"注重对于底层平民现状的改良，主张改善工人的生活，确定八小时工作制和工人罢工的权利，使工人逐渐参加生产管理。而且《政治主张》中还十分注意农民的土地问题。它制定的土地政策是："原则上主张土地国有，而用耕者有其田为过渡的办法"。② 由是可知，"平民文艺"这一文学主张乃是服从于《政治主张》的辅助性纲领。

---

① 钟流：《由平民文艺说到 Nationalism》，《絜茜》，第 1 期，1931 年 12 月 21 日。
② 《政治主张》，见于曾宪林、万云主编：《邓演达历史资料》，华中理工大学出版社，1988年，第 402 页。

谈完《絮茜》月刊在文学理论上的若干主张之后，笔者再从《絮茜》月刊所刊登的文学作品来分析其"平民文艺"之创作实践。历史地看，随着现实主义文艺思潮的传播，底层叙事在 20 世纪 20 至 30 年代各类文学体裁与文艺思潮中均有所体现，而《絮茜》月刊则率先成为较早的参与者之一。因此，抛却乡村运动、"到民间去"等若干具体、客观的思潮导引之外，这里还有一个深层次的原因已被舒衡哲（Vera Schwarcz）所阐释：

> 到了 1930 年代，受过教育的精英们，已经可能在拥有他们在1910 年代所曾经具有的权威来向平民布道。他们对自身解释历史的能力缺乏自信，更不用说去指导历史的进程了。"五四"老将选择了一个小得多的文化活动范围。由于已经承认自身见识的局限性，现在自称为"知识分子"的人们，开始缓慢而又谨慎地向"大众"靠拢。①

通过舒衡哲的分析便不难看出，当时的"知识分子"之所以选择"向'大众'靠拢"的原因，乃是为了将启蒙的对象转向底层平民。其实在《平民文艺的原则提纲》一文中也早已看出，对于话语权的争夺也是《絮茜》月刊提出"平民文艺"之初衷。

从本质上说，《絮茜》月刊所强调的"平民文艺"之实践不外是一种意在"启蒙"的"底层叙事"，作为中国现代文学中一个宏大命题与重要概念，"底层叙事"一直贯穿中国文学现代性发生、形成的全过程。一般来说，现代文学的"底层叙事"有两条大的脉络：一条是以鲁迅、许钦文与叶圣陶等人的作品为代表的乡土文学，主要描写近代中国农村现代化进程中的农民的生存问题；另一条则是以郁达夫、蒋光慈与成仿吾等人的作品为代表的城市文学，主要描写"五口通商"之后中国城市中产业工人与小知识分子在外来资本、官僚资本与禁锢的高压政治下，如何面对理想破灭、贫富分化的现实生活困境。这类叙事的意义并非只是在于唤起社会各阶层的"同情"，更是以"启蒙文学"之姿态，在"努力获得阶级意识"、"接近农工大众的用语"与"以工农大众"为目标受众的前提下，以浅显但又必要超越"浅薄的启蒙"的语言，完成"从文学革命到革命文学"的跃进。②

---

① [美]舒衡哲（Vera Schwarcz）：《中国启蒙运动：知识分子与五四遗产》，刘京建译，新星出版社，2007 年，第 232 页。
② 成仿吾：《从文学革命到革命文学》，见于霁楼：《革命文学论文集》，上海书店出版社，1986 年，第 121—134 页。

不宁唯是，20世纪30年代的中国"底层文学"多半以"普罗文学"为实现形式，强调文学叙事内容与功能的阶级属性。但在两期《絮茜》月刊中所刊发的小说来看，他们所主张的"平民文艺"特别是"新农民文学"恰有着自己的特点，准确说，是"第三党"政治主张的文学实践。譬如第一期《絮茜》月刊所连载的张资平的小说《十字架上》就是一个典型。[①] 这部小说中的主人公雷宾星是一个乡村破落官僚子弟，出生于由农而仕之家的他，从小顽劣叛逆。这样的个性使得雷宾星在今后的生活中不断地尝试着追寻、质问甚至试图打破自己所处的环境。

作者对于"平民意识"尤其是农民的意识形态，有着自己独到的看法：

> 宾星的增族兄弟忘记了他的父亲是逐什一之利的商人，而极力提倡孔孟之学，以重利的商人为贱丈夫，以耕田作地的农民为下流阶级，不许他们的子孙业商，或务农。他们以为所谓商，所谓工，所谓农，是专为供奉他们一类的高贵绅士而生存的。他们并没有得到他们的生活是全操在农民的手中。（引者按：武汉大学）[②]

这种为农村劳苦大众鼓与呼的文字在《絮茜》月刊中并不鲜见，譬如在李则纲的小说《牧场》中，主人公放牛娃面对东家的剥削与责罚，曾有着这样的呼号：

> 我们为什么要看牛？为什么要替人家看牛？是不是牛要人看才得生活？人要看牛才有饭吃？但是别人的儿子是不是像我们一样看牛？是不是像我们一样风吹雨打？假使我们都不看牛，世上要怎样？假使人们都看起牛，世上又要怎样？[③]

这样的排比性的呼号，大有"恨世界未大同"的气魄，但是这两位作家都没有颠覆世界的意图，张资平认为"布尔乔亚"是改变世道的法宝，而李则纲则用"呵！牛是要看的，我们是要看牛的！"这个"想了很久的

---

① 这部小说并未写完，据丁嘉树在《丁丁特别启事》中称，是因为日军对上海的轰炸导致了张资平《十字架上》手稿的佚失，这部小说遂成了一部残章。
② 张资平：《十字架上》，《絮茜》，第1期，1932年12月21日。
③ 李则纲：《牧场》，同上。

一个简单的结论"①作为解决问题的出路。

《十字架上》与《牧场》在《絮茜》月刊中决非零星的个案，在另一部小说《烟苗捐》中，作者杨昌溪用极富现代主义风格的笔触，展现出了一个单线条、单场景的叙事文本，小说情节跌宕但修辞浅白，讲述了新军阀师长张焕廷与参议吴白林两人关于"烟苗捐"的对话。在小说中，吴白林曾是受"五四"精神影响的热血青年，但后来由于受到腐败政治的误导，堕落为新军阀之帮凶，甚至土匪出身的张焕廷还按照吴白林的建议，增设掠夺民财的"烟苗捐"。但是，在讨论的过程中，吴白林开始反省自己的所作所为，而良知未泯的张焕廷在潜意识中步入梦境，看到自己最终的结果是被暴动的农民群起攻之而杀掉，从梦中张焕廷遂惊醒，最终决定废置"烟苗捐"。

小说中的冲突，其实是张焕廷与吴白林的"昨日"与"今日"之冲突。"昨日"之吴白林，乃是"还以××党的革命青年自命"，"谁愿意去为军阀走狗而剥削民众呢"，只是因为"过去的理想已行死灭"，自己终于被"叛道者的决心所主宰"，成为"贪官污吏"，之前自己亦曾"在狂热的××党的时候，睥睨着一切"，"稍带着土豪劣绅和贪官污吏味的人都耻与为伍"，而自己堕落的原因则是"不能摆脱小布尔乔亚的意识。结果，使自己与思想成了个极端矛盾的人。"②

在油灯下，自我反省与批判的吴白林说了这样一段话：

> 一个人本来是莫名其妙的东西，比猴子玩把戏还更可笑，一戴上异样的面幕便做出不同的罪恶来。现在我还是有点灵性么？呵，我还有点人性么？我几乎不能回答了……什么叫布尔乔亚和普罗塔尼亚呵，现在我是倦于分别了。因为资产阶级和无产阶级要求的都是衣食住行性等等的解决，不过是在欲望上有大小罢了。其实动机还是一样的。早前我何尝不是卷着舌子为××阶级的革命摇旗呐喊呐，但我始终是不为革命牺牲，我不过是他们的同路人，对他们同情罢了。然而我相信那是自己也为革命冲动过，但我一占到敌人的阶级时，一切美梦都破灭了。我相信许多人占到我的地位也就不再革命了！③

与其说这段话是吴白林的自我认识与解剖，倒不如说是"第三党"知

---

① 同上。
② 杨昌溪：《烟苗捐》，《絮茜》，第1期，1932年12月21日。
③ 同上。

识分子们对于自身的嘲讽与鞭挞。但土匪出身的张焕廷则没有这样的思想深度，在梦中，他梦见自己被暴动的农民杀死。醒来之后，他猛然醒悟"现在的农民不可轻视"、"他们受了什么革命党的煽动，要起来反抗是容易的，你说你有枪，他们还有呢，不过他们没有团结罢了"。最后，张焕廷承认"这点逆钱我不要都没有关系，我要保全我的队伍"。[1]

无疑，杨昌溪认识到了当时受压榨农民的革命性，但却将农民问题的解决出路放置到了一个相对温和、妥协的策略上，即寄托于军阀们自身人性的萌发，进而仁慈到对农民"高抬贵手"。这也是社会民主主义者们的"社会改良"政治主张。

除却对农村贫民的描写之外，对于城市底层平民的关注，《絜茜》月刊也颇为出力。在第二期中，刊登了一篇无署名的短篇小说《负负》，这篇小说讲述了B君、C君、E君、K君、H君与G君六个底层上海市民，因为穷困至极，而不得不铤而走险去合谋抢劫的故事。小说虽短，故事却曲折跌宕。一开始是C君萌生抢劫之意，约B君商议，但疑其会出卖自己，遂踟蹰不定，但后来实在无人可候选，C君遂约另外几位说服B君，六人一起确定抢劫目标之后，因C君临时有脚伤，剩余五人一致让C君在家留守，C君当时本身对抢劫这一选择亦心生悔意，因而亦愿呆在家中。C君许久后迟迟等到不到他们回来，疑心五人坐地分赃后逃逸，在家中咒骂不止，结果，在次日报章上C君看到了五人抢劫时被巡捕就地击毙的新闻，自觉对不起朋友，竟不自觉咬伤自己右指，受惊昏厥过去。

这部小说使用了现代主义修辞手法，一开始便采取"闪回"（flash-back）的蒙太奇镜头法叙事，在当时来说是新颖的。当然，我们可以看作这部小说乃是中国传统文学中"官逼民反"的精神延续。这类带有"造反意识"的作品在中国文学史中并不鲜见，从汉乐府的《东门行》到明清的"荡寇""侠义"话本小说，绿林好汉们的"揭竿而起""啸聚山林"构成了中国通俗文学叙事题材中的重要一脉。

但《负负》却不同，它书写了一个主人公注定失败的悲剧结局。故事的冲突由来自于平民阶层内部的矛盾所推进——首先是提议抢劫的C君怀疑B君会出卖他，然后，最后留守在家的C君仍然对另外五人产生了不信任。他们虽然来自于底层，但是却相互存在着疑心与提防，最终，他们则不是被巡捕击毙就是受惊晕厥。这仿佛预示了底层民众在一个法制、文明的城市社会里选择"拔剑东门去"的必然结果。

---

[1] 同上。

小说意味深长之处在于，六个抢劫者对于当时中国社会，有着一定的认识，譬如 K 君便有"现在的世界完全是个矛盾的世界。现在的社会，完全是整千整万的矛盾事实造成功的。"并进而认为"像这种社会不给他改革一下，怎么得了！"①

在讨论是否该去抢劫时，E 君说了这样一番话：

> 妈的，什么人格，名誉，道德，这些都是鬼话；这些都是要我们永久屈服在权威之下，不准动一动，反抗一下的鬼话。我们没有饭吃，没有钱用，动一动，反抗一下，就是不道德，没人格，试问他们有钱的人，钱是从哪儿来的？还不是从一般人身上剥削去的吗？他们这样没有人格，有道德，为什么我们再向他们身上夺些过来，就是没人格，不道德呢？我们不要人格，名誉，道德，这些都是资产阶级麻醉被压迫神经的迷药，我们要铲除他，我们要不遗余力地铲除他！②

就《絜茜》月刊所刊发的文章而言，上述这类对旧社会剥削、压迫与欺骗导致社会不平等之呼号的著述并不罕见。这反映了他们对于"平民文艺"这一文学理论的努力实践。在这些反映底层平民的文学作品里，我们看到的是题材来源在地域上的多样化——不只是乡村、小镇，还有城市、郊区。

从文化地理学的"景观理论"来看，无论是农村还是城市，都是"文化景观"。在雷蒙·威廉斯（Raymond Williams，1921—1988）的《乡村与城市》（*The Country and the City*）中，乡村与城市二者之间的矛盾关系被重新界定了，两者之间悖论的本质乃是意识形态与权力博弈之语境的不同，因此，无论城市还是农村，其差异不过是社会建构所导致的结果不同而已。③

正如小说修辞学理论所界定的那样，在《絜茜》月刊的编者与作者看来，大家普遍关注的是"谁"（Who）这一问题，而不是"什么地方"（Where），无论是乡村还是城市，都是雷蒙·威廉斯所言之"社会与意识形态建构结果的不同"。④ 在同一种集权制的社会制度下，无论是城市，还

---

① 佚名：《负负》，《絜茜》，第 2 期，1932 年 9 月 15 日。

② 同上。

③ Raymond William：The Country and the City，London Chatto & Windus，1973 年，第 173 页。

④ 佚名：《负负》，《絜茜》，第 2 期，1932 年 9 月 15 日。

是乡村，都无法规避其制度性的矛盾——即剥削、压迫、欺骗甚至镇压而导致的社会冲突。除却上述的一系列文本之外，刊发于《絜茜》第一期的《城市的悲哀》（杨大荒著）即用白描的手法讲述了发生在一对进上海打工的乡下人"小无锡"与"阿妹"之间的故事，开酒馆的"阿妹"为了迫于生计竟然甘愿成为富商、贪官与军阀们的玩物，"小无锡"的结局也不知所踪。

根据上文对于《絜茜》月刊中不同文本的分析，笔者得出三点结论，首先，这些文本都有着一个共同的特点，即对"平民文艺"这一理论的文学实践。写作者们竭尽所能批判政府腐败、揭露阶级矛盾并痛斥社会不公，其用力显然易见，但所有的文章都未曾提供一个可行的出路——且无论是暴力革命，还是非暴力手段，作者均未有所论及。几乎所有小说最后的结局都是消极的，被压迫的平民们不是"被迫消失"、被处死、茫然地自怨自艾，就是获得贪官们的"高抬贵手"而获得一丝一毫的生活改进。试想，这样的作品，纵然语言再浅白、内容再通俗，又岂可以在平民中获得任何的正面宣传意义？

实际上，这些作品在本质上是"社会民主党"对社会问题解决方法的文学性阐释，社会民主党所强调的"社会民主主义"实际上认识到了资本主义社会中的贫富分化与社会危机。但它并不认同"暴力革命"与马克思的"卡夫丁峡谷"理论，而是主张充分经历资本主义这一阶段之后然后再进入社会主义，[①] 在时机未到来之际，受压迫的底层平民对于这类压迫有控诉、申辩甚至咒骂的权利，但是在行动上唯一能做的只有"忍耐"。因为在资本主义制度的公民社会里，公民以服从宪法、法律与政府的管理为首要前提，而绝无颠覆政府的权利。

而且，《絜茜》月刊"提出理论"在前、"发表作品"在后的文艺指导原则是不合常理的。所提出的"理论"必须要符合文学创作规律，与大时代背景相吻合，是对于具体文学创作实践与经验的科学总结，而《絜茜》月刊所提出的"平民文艺"理论与这三点并无太大关系。因此"平民文艺"这一理论很难走远，也是情理之中。

恩格斯（Friedrich Von Engels，1820—1895）曾认为，如果"散文家或者是诗人，都缺乏一种讲故事的人所必需的才能，这是由于他们的整个世界观模糊不定的缘故。"[②] 清代文论家袁枚也认为"盖诗有从天籁来者，

---

① 谢韬：《民主社会主义模式与中国前途》，《炎黄春秋》，2007年第2期。
② [德]恩格斯：《诗歌和散文中的德国社会主义（1846—1847年）》，见于[德]马克思、恩格斯：《马克思恩格斯全集，第4卷》，人民出版社，1957年，第237页。

有从人巧得者，不可执一以求。"[1] 而另一位俄国形式主义文论家杜勃罗留波夫（николай але ксандрович добролюбов）[2] 则对于文学的理论批评与创作之间的关系做了相应的阐释，他认为文学理论批评所存在的意义在于"说明隐藏在艺术家创作内部的意义"，并"没有权利在诗人的理论见解上纠缠不清"。[3]

由此可知，写作者的世界观、个人体验与灵感决定着其创作实践，纵然某种"理论"可以指导创作出一些不错的作品，但这些理论也必须要符合文学创作规律并与切合于时代背景，是对于具体文学创作实践经验的科学总结。但以邓演达为主要领导的"第三党"却企图首先按照该党所遵循的"社会民主主义"的若干政治主张，推出"平民文艺"这个文学理论，使得《平民文艺的原则提纲》成为服从于《政治主张》的"次纲领"。然后再凭借这个先行的、具体的条条框框理论，期望产生出一批好的作品——但须知邓演达本人并不熟悉文学规律，加上《絜茜》月刊办刊时间短、作者又算不得国内一流的作者群，鉴于此，这一理论的流产亦是预料之中了。

但公正地说，《絜茜》月刊刊发的一系列作品，其实还算有一定功力的，虽然作者除张资平之外均无太大名气，但也显示出了他们的用功之处。因此，无论是"呐喊诗"还是一批关于城乡底层平民生活境遇的"叙述小说"，都在不同的层面反映了一定的现实社会矛盾，并有着不算差的文学功底——这是可圈可点的，但可惜在于，由于"理论先行"的错误引导，兼之自身小资产阶级在政治上的思想局限性，以及创作资源过于单一，使得"平民文艺"理论无法获得深入发展的机会。

通过如上的阐释，笔者得出第三个结论："平民文艺"之所以会失败，很大原因乃是因为《絜茜》月刊以一个不切实际的理论来指导文学创作，显示出了"第三党"在文艺上漠视客观规律，在政治上不成熟的局限性。

在叙述 20 世纪 30 年代的中国思想史时，陆弘石所下的论断在这里或许有着一定启示意义，"1931 年的'九·一八'事变和 1932 年的'一·二八'事变，已然把整个中华民族逼到了生死存亡的危险关头。同时，政治

---

① 袁枚：《随园诗话·卷四》，见于胡经之：《中国古典美学丛编·中册》，中华书局，1988年，第 479—480 页。

② 杜勃罗留波夫（1836—1861），19 世纪俄国著名的革命民主主义者和文艺批评家。曾在彼得堡中央师范学院学习，1857 年从中央师范学院毕业后参加《现代人》杂志的编辑工作。他在这个杂志上发表了一系列才华横溢的优秀论文，产生了广泛而深远的影响。

③ [苏联] 杜勃罗留波夫：《真正的白天什么时候到来？》，见于《杜勃罗留波夫选集，第 2卷》，辛未艾译，上海文艺出版社，1959 年，第 262 页。

的腐败与经济的凋敝，又使广大民众与统治者的矛盾越来越趋于尖锐化。但'民族危机激发了全民性的爱国意识和救国愿望'使得'民族矛盾'逐渐超越了'阶级矛盾'，发展为中国社会的主要矛盾。"①作为一个与国民党右派分道扬镳，但又不亲近共产党的"第三党"却未在《絜茜》月刊的办刊中体现出这种未雨绸缪的矛盾转变——在两期《絜茜》月刊中，除却寥寥一两篇论及抗战救亡的文字之外，我们看到的依然是通篇的阶级矛盾，以及对社会贫富分化的不满。

纵观"第三党"党史，从创立伊始直至后来"农工党"成立之前，该党一直不受国、共两党欢迎。因为该党本身就是由"国民党的左派"与"共产党的右派"合作组成。"在国民党左派邓演达和共产党个别领导人之间，就曾有解散共产党，再次改组国民党，另组第三党的酝酿。"②因此，在抗战前期民族矛盾开始呈现出尖锐化这一特定的历史时刻，从局部抗日转向全面、全民族抗日乃是大势所趋。"第三党"的政治主张虽然有自身的独立性，但是却与大时代、大环境与大趋势相脱节。在一个"民族矛盾"即将上升为"主要矛盾"的时代，过分强调"阶级矛盾"，实属逆潮流而动，反弹时代之琵琶——尽管《絜茜》月刊的编者们非常前瞻性地预见到了全面抗战甚至第二次世界大战即将爆发的可能性。但他们却未将办刊的方向盘打到"抗战文学"这个大方向上，结果迫使自己在强调阶级斗争的"平民文艺"空想理论中越走越窄，最后终于走进了历史的死胡同。

实际上这与"第三党"的自身阶级局限性有一定关系。无论是邓演达，还是张资平，在其本质上都是带有小资产阶级情结的革命者，他们自身不具备作为政治领袖的意志力与雄才大略，其革命行为亦不彻底、完全。在全民族救亡的大时代语境中，"第三党"及其刊物却被阶级局限性所指引，不但提出一个不切实际的口号，而且还竟意图使作家创作屈服于与现实脱节的理论，因此它们共同走入短命的怪圈，亦不足为奇了。

所谓"小资产阶级"，即小布尔乔亚（petite bourgeoisie），最早出现在现代工业与资本主义萌芽的 19 世纪上半叶，这是当时社会所造就的一批特有人群——他们拥有稳定的收入，服从工业社会的精神与秩序，追求生活品质、内心体验与精神享受。在《德国维护帝国宪法的运动》一文中，恩格斯如是定义并批评"小布尔乔亚"这一特有的阶级：

---

① 陆弘石：《中国电影史：1905—1949》，文化艺术出版社，2005 年，第 62 页。
② 北京师范大学中国现代史教研室：《中国现代史：1919—1949，第 1 卷》，北京师范大学出版社，1983 年，第 286 页。

这个阶级（指小资产阶级）在它还没有觉察出任何危险的时候，总是吹牛，爱讲漂亮话，有时甚至在口头上坚持最极端的立场；可是一旦面临小小的危险，它便胆小如鼠、谨小慎微、躲躲闪闪；一旦其他阶级郑重其事地响应和参加由它所发起的运动，它就显得惊恐万状、顾虑重重、摇摆不定；一旦事情发展到手执武器进行斗争的地步，它为了保存自己的小资产阶级的生存条件，就预备出卖整个运动，最后，由于它的不坚决，一旦反动派取得胜利，它总是特别地受欺骗和受凌辱。①

　　在这里，恩格斯一针见血地指出了"小资"的一个基本、显著的特征：爱喊口号，本质软弱。而这对于"第三党"及其所主办《絜茜》月刊之短命覆亡命运，也有烛照的意义。作为"第三党"早期的宣传领导者，张资平孱弱胆小、虚张声势、敷衍塞责的本性在办刊的过程中已然获得了显示。因此，"平民文艺"作为一种建构在虚空口号上的文学构想，势必因为"第三党"这种特殊的阶级局限性而注定破灭。

第四节　作为早期抗日文学期刊的《絜茜》月刊之经验与教训

　　如果说，《絜茜》月刊的编辑者乃是"躲进小楼"的"抗战无关论者"，那么，对其批评或许还有一定的回旋余地——毕竟我们无法强求文学必须要为社会、政治服务，"为艺术而艺术"何尝不也是一种艺术的自然境界？但是我们看到的是，《絜茜》月刊乃是一个新兴政治党派的"机关文学刊物"。作为政党为了一己之"阶级理想"而忽视全民族之利益，实在是过于局促偏狭；而且，《絜茜》月刊第二期刊发了无署名文章《吊今战场记》，这篇有着不凡洞察力的文章从史实上反映了该刊的编辑者并非缺乏政治眼光，而是下笔力度不够。因而在一定意义上有意地回避抗战这一社会主题。②

　　《吊》文以历史的眼光准确地预言了"九·一八"事变乃是"日帝国主义者整个的侵略我国计划中的各个步骤"之一，并进一步认为"一·二

---

①　[德] 恩格斯：《德国维护宪法的运动》，见于中国历史唯物主义研究会、中国社会科学院历史唯物主义研究室主编：《马克思恩格斯列宁斯大林毛泽东论历史唯物主义，第2卷》，北京师范大学出版社，1983年，第1607页。

②　中国现代文学史上以"吊今战场记"为名且颇有名气的另一篇文章为王统照所写，但王统照一文则完稿于1937年。因此，该文与王文应是两篇毫不相干的文章。

八"事变乃是"资本主义的矛盾""是他（资本主义）崩溃前夜之必有的现象"甚至是"第二次世界大战的第一响信号"。[①] 这在当时来看，应是文艺界论述即将"全面抗战"的较早声音，理应有着一定的研究意义。

这篇文章以散文的笔触，描述了"一·二八"事变之后整个上海陷入一片战火、难民流离失所的悲壮景象，但作者仍不失"呐喊诗"之表达形式与"平民文艺"之文学追求。值得研究的是，该文虽写成于1932年，但却对日本今后的侵华动向甚至抗战全景有着清醒的预见性判断，是一篇颇为重要的抗战文献。这反映了"第三党"对于时局是有着相对正确认识的。

在《吊》文的前三段中，是这样的三段话：

> A.D. 一九三二年一月二十八日晚，日帝国主义者的暴军进犯我上海，我驻军英勇的十九路军能尽保国卫民的职责的与之接战。日军先后在屡屡的失败中运到十万余人。无限的新式战斗利器，而我十九路军只三万人，器械又大都是陈旧的，以少抵众，以弱抵强，总因我方政府当局的腐败，在奴隶的柔软外交之下，不但不遣派军队援助，反而阻止了为了爱国心激发而自动要前来援助的军队，所以不得已的在二月一日晚及二月二日早撤后退守了第二防线。
>
> 在这里，我十九路军，在我次殖民地的一阶段历史上造成了一页光荣的记录。
>
> 在这里，我违反民意的政府，城下盟的与之签订停战协定，又造了国家的一个奇耻大辱。[②]

《絜茜》月刊的编辑者、撰稿者们极度愤恨国民政府在上海实行的不抵抗政策。尤其是对于中日在英、美、法、意各国调停之下签署《淞沪停战协定》，更斥之为"城下盟""奇耻大辱"。在这篇文章中，从他们对于国际形势相对准确的判断，更能看到他们有才无略的一面——过于"重视口号"的"第三党"在面对各类社会矛盾时，喊口号并不落后于人，但在实际行动时却犹犹豫豫、孱弱偷生，使其丧失了作为政治党派的基本品格。

值得注意的是，《吊》文虽有一定的前瞻性，但却依然是"呐喊诗"的路数。诗歌般的段落或是短促、激情的语言贯穿全文。譬如在该文的第

---

① 佚名：《吊今战场记》，《絜茜》，第2期，1932年9月15日。
② 同上。

二部分"虹口公园"一段中，就有悼念朝鲜抗日志士尹奉吉（Yun Bong-gil）的短诗，诗歌中有这样的几段：

> 尹奉吉！你不是一个朝鲜人／你不是朝鲜的一个战士／呀！你是世界上的人／你是被压迫阶级的战士！
>
> 尹奉吉！勇敢的尹奉吉！／你造成了人类革命的奇迹！／你一个炸弹的掷抛／震动了全世界革命的怒潮！①

作者也承认，在写这首诗之前"我的情绪激荡了"，这样老妪能读的"呐喊诗"或类似于"呐喊诗"的口号式短促、排比性语言在《吊》文中几乎随处可见。譬如在第六部分"炮台"一段中，作者写下了"心痛得一阵一阵的荡了！扬子江只能永远的怒号了！黄浦江只有永远的哀鸣了"②这样的诗句，再譬如在第七章"江湾上海大学"中，作者对于上海大学受到日军的摧残而悲愤亦写下了"你随着革命的高潮而发达／也为了革命中挫而被封闭／如今是被资本帝国主义者的大炮／轰炸而造成了这个奇迹"③等诗句。

这类口号性的诗作、激昂短促的语言，在《絮茜》月刊中，并不鲜见。作为"平民文艺"理论的主要表现形式，在对抗战这一问题的阐述上，"呐喊诗"也被派上了用场，发挥了新的作用。

但纵观该刊的创刊与停刊，结合当时语境与历史影响，并据具体文本的分析审理，作为早期抗日文学期刊的《絮茜》月刊，在"抗战"这个宏大语境中，有着如下几点时代意义与历史经验教训，作为启示。

首先，《絮茜》月刊敏锐地发现了日本侵略全中国的意图，并就这一历史主题做出了相对准确的判断。但由于自身的阶级局限性，使得其在论述、介入这一主题时依然采取了空洞的口号与强调阶级矛盾的范式，这是其注定失败之直接原因。

作为抗战前期的文学期刊，《絮茜》月刊所刊登的《吊今战场记》一文，揭露日本推进性侵华之阴谋，并预言"第二次世界大战"即将爆发，这在知识分子界属于前所未有之先声，是值得肯定的。但是在阐述这一问题时，《絮茜》的编辑者却又未能利用自身的眼光与文学期刊的号召力量，召集当时一批有影响力、号召力与创作实力的作家撰写专题类文章，推出

---

① 同上。
② 同上。
③ 同上。

"抗战文学专号"。而是仅仅只刊登了一篇文章，便"弃刊逃走"。从历史的角度看，这篇文章在当时并未造成应有的影响，这既是一件非常可惜的事情，也是"第三党"自身阶级局限性所造成的历史悲剧。

而且，就从《吊》文本身来看，除却其"呐喊诗"的口号性之外，该文本身对于抗战这一问题的论述，亦观点鲜明，深度不足。尽管一方面作者敏锐地捕捉到了日军从东北、华北再到上海的分段性侵略乃是日军侵华的不同步骤，且认识到欧美国家就此事的"调停"乃是牺牲弱小国家利益、保全大国利益的绥靖主义之举，更发现了这是资本主义危机的政治表现，但作者依然却缺乏相应的深入研究。譬如并未将之后的抗战战局做相关的预测，以及就如何抵御日本的入侵而提出自己的建议，同样，也没有在文章中体现出所提观点之原因及依据，这些都是值得惋惜的。

其次，通过对《絮茜》月刊命运的综合分析，证明了"社会民主主义"及其相关纲领并不适合中国的具体国情，这是其办刊失败的本质原因。

作为在中国进行"社会民主主义"较早的尝试，"第三党"在政治上用血的失败教训证明了这条道路在中国行不通。《絮茜》月刊则从文艺的角度来辅证了这一教训。正如前文所述，《絮茜》月刊只办两期便匆匆停刊，这从本质原因上暴露了中国早期"社会民主主义者"们的历史局限性。

《絮茜》月刊的创办者、主力撰稿者与编辑者均为小资产阶级的代表。他们拥有较为渊博的学识、较为舒适的生活与一定的社会地位。但长期以来，自命"精英"的他们却养成了唯我独尊、患得患失、追求享乐、缺乏责任感的小资产阶级政治家禀性。须知代表少数人的"精英"是盛世的产物，但乱世则需要的是敢为天下先的"先驱"。擅长高喊口号的它们，一旦在面临自己利益受到损害甚至毁灭时，一定会权衡利弊，最后放弃自己的社会责任与理想追求，这种气度注定无法成为时代的"先驱"。

但政治斗争甚至民族战争则是残酷的。当战争发展到威胁他们的利益即将受损甚至生命受到威胁时，他们则会毫不犹豫地选择自保。在《絮茜》月刊第一期，张资平尚且意图"踏着烈士的血迹前进"，但到了第二期便将刊物扔给丁嘉树，自己躲到上海郊区做职业作家，其变化显然与"一·二八"事变导致上海地区战事的加剧有着直接性的关系。但他的所作所为，实在与一个政党宣传工作领导者的标准相去甚远。

在此，章诒和描述罗隆基（罗隆基非"第三党"成员，但他所在的"国家社会党"最后选择与章伯钧的"第三党"合并为"民盟"）的一段话却可以构成对20世纪二三十年代"小资产阶级政治家"们普遍禀性的基本定义：

> 他雄才大略，但又炫才扬己；他忧国忧民，但也患得患失。他思维敏捷，纵横捭阖，可性格外露，喜怒于形。他雄心勃勃有之，野心勃勃亦有之。他慷慨激昂，长文擅辩；也度量狭窄，锱铢必较。有大手笔，也耍小聪明。他是坦荡荡之君子，也是常戚戚之小人。[①]

而且，《絜茜》月刊过于强调"阶级矛盾"而忽视"民族矛盾"，这并非是他们眼力不足，而是过于追求自身的政治信仰，在"阶级矛盾"与"民族矛盾"之间产生了厚此薄彼的错误判断。

这或许看起来有些吊诡，但是纵观现代中国社会，"民族矛盾"与"阶级矛盾"一直是此消彼长的两大矛盾，他们交替构成了 1949 年之前中国社会的主旋律。无论是国民党、共产党还是第三党，都曾在这两个矛盾之间进行着权衡。一方面，"第三党"敏锐地看到了"民族矛盾"即将变成中国社会主要矛盾的大趋势，作为"一·二八"事变的受害者，他们对于日本帝国主义无疑是痛恨的，但另一方面，他们作为一个强调阶级性、意图在中国构建"平权社会"的政党，又必须关注、批判当时中国阶级矛盾日益尖锐这一客观事实。因而他们在办刊中所不得不呈现出这种厚此薄彼、无法回避的致命矛盾。所以，《絜茜》月刊在一定程度上的民族主义立场与历史洞察力值得肯定，但其因自身局限性，使得对"抗战文学"没有贡献应有力量这一史实，也必须予以正视、批评。

同时前文已经提及，通观张资平在 1936 年之前所创作的作品多半以宣传抗日为主，如《天孙之女》《红海棠》等等，在当时都颇具影响力。而且该刊《吊今战场记》一文也敏锐地发现了"九·一八"事变爆发乃是日本全面侵略中国的起始，但囿于阶级局限性，使得他们在看问题时过于关注阶级矛盾，而对于抗战问题关注的力度有所不够。

而且，《絜茜》月刊中所刊登一系列文章既对现政权不满，又不赞同暴力革命，因为这份刊物乃是为"社会民主主义"相关纲领的传声筒。但这样的办刊宗旨又在一定程度上消磨了张资平等"第三党"领导人的救国热情。党派之争的鼓吹反映了"第三党"只顾一党之利，漠视民族大义的狭隘。

再次，《絜茜》月刊证明了 1949 年之前除了中国共产党之外的其他

---

① 章诒和：《往事并不如烟》，人民文学出版社，2004 年，第 301 页。

在野党派（部分在野党派在 1949 年之后改组为参政议政的民主党派）对于文学体制的干预——即"第三种政治力量"与中国现代文学体制的关系问题。

长期以来，象征着其他在野党派的"第三种力量"与现代文学体制关系这一问题在大陆文学研究界一直未能受到重视，原因在于绝大多数较成规模的在野党派都是在 20 世纪 40 年代甚至是抗战胜利的 1945 年成立的，他们与"中国现代文学史"（1917—1949）相伴仅数年。譬如马叙伦、许广平所发起的"民进"、黄炎培、章乃器所发起的"民建"、张澜、罗隆基任创始人的"民盟"等等，但是，它们的成立时间都要大大晚于"第三党"——创建于 1930 年的"农工民主党"，这也是中国大陆官方认可的成立时间。

因此，在野党派中唯有"第三党"与现代中国相伴时间最长，也只有它有更为充裕的时间干预中国现代文学的体制——但鲜有除了中国共产党之外的在野党派与现代文学体制发生关系，因为除了上述的时间原因之外，国共两党在 20 世纪 40 年代高度对立，社会矛盾极其尖锐，其他在野党派只有通过政论、集会等参政形式才能实践其政治理想。但当时新文学的体制基本上已经定型。在这样的一个大环境下，《絜茜》月刊与"第三党"的关系很容易被后来者忽略，以至于对于许多现代文学研究者来说，现代文学中除了红色、左翼的期刊，其余刊物基本上都是反动、右翼的。

文学在中国社会政治现代化中的意义不言而喻，中国社会思潮现代化的逻辑起点是以文学革命为起因的新文化运动。因而笔者认为，作为第三种政治力量的其他在野党派尽管并没有如国共两党一般，直接干预中国文学现代性生成的过程，但两者关系的研究价值仍不容忽视。尤其是对《絜茜》月刊的重读，实际上等于重新认识当时中国在野党派（除国共之外其他政治力量）与现代文学之间的关系。学界公认，无论是国民党，还是共产党，从本质上看都是中国社会政治实现现代化的重要力量。但客观地说，一国社会政治的现代化，并非单纯只依靠一两个政治领袖或是政党去实现的，而是要依靠其他政党、社团、组织甚至起着转折意义的个人的共同奋斗。

《絜茜》月刊就是其他在野党派曾意图依靠文学来改变中国现实的证明，从邓演达介绍张资平加入"第三党"并任命其为中央宣传委员，直至《絜茜》两次创刊，我们都可以看作是"第三党"这个势力微弱的政党在当时的社会语境下勉为其难的文化实践，再从张资平日后"脱党"并把刊物扔给丁嘉树自己"拍屁股走人"的史实来看，张资平确实绝非是"第三党"的忠实信徒，而是邓演达在特殊时机的"政治利用"——张资平优柔寡断的人格与软弱贪生的本性决定了他在历次政治斗争中都处于进退失据的一面，最终落下一个汉奸的名声。

第四，《掎茜》月刊虽然关注底层平民的疾苦，对民生疾苦有着强烈的关怀，但却没有发现当时中国的阶级矛盾尖锐化尤其是上海地区贫民的骤增，实际上日本入侵所造成的。

在 1932 年"一·二八"事变爆发之后，上海地区的国民党地方党部几乎已经失去了控制全城的能力，由于"华洋杂居"与国民党内部的权利纷争，使得当时的上海地区竟然拥有三个不同的管理机构，一个是负责处理租界行政事务的工部局（The Municipal Council of Concession），一个是由上海"青帮"与地方财阀联合组成的"上海市总商会"，第三个是由国民党上海党部执行委员会控制的"上海市政府"，三个管理机构各自为政，在上海地区的各类事务管辖中各显身手。

一朝三主必然会产生权力的空隙，"九·一八"特别是"一·二八"事变发生之后，一些被政府强行解散的反日团体重新浮出水面，并联合组成了反抗日本的救亡联盟，在上海掀起了大规模的"抵制日货"运动。但是在一个已经被强行拖入全球化的城市及其工业，对于日货的抵制会迅速伤害到本国经济的根本性利益，这一举动险些将上海经济拖入崩溃，上海地区的贫富差距骤然激增，安克强（Christian Henriot）研究发现，这场运动导致"针织工业有三分之一的工场被迫关闭"，因此，日本资本家把"数万工人逐出了工厂。"[1]

这场抵制日货的运动显而易见地造成了上海地区的大量工人失业，在1931 至 1932 年这两年时间里，上海地区的工潮不断发生。《掎茜》月刊的编辑者并未在进行"平民文艺"的实践时将这些因素考虑进来。诚然，我们无法否认并回避当时国民党上海执行党部的无能，[2] 但在这个特别时期，作为"第三党"机关文学刊物的《掎茜》月刊对于特殊介入力量的日本确实没有予以应有的认识与关注。

---

① [法] 安克强：《1927—1937 年的市政权地方性和现代化》，张培德译，上海古籍出版社，2004 年，第 47 页。

② 当时上海市长张群因为无力控制局面，而将市长让位给了吴铁城，但吴铁城也没有阻止"一·二八"事变的爆发。事变爆发后，吴铁城代表国民政府与日本签订了丧权辱国的《淞沪停战协定》，断送了上海军民坚持三个月之久的抗战成果。1937 年 4 月，吴铁城被调任广东省政府主席，上海市长由俞鸿钧接任，俞鸿钧积极抗日并组织"八·一三"淞沪保卫战，淞沪战败后的 1937 年 10 月，日军特务部"西村班"先后扶持苏锡文、傅筱庵与周佛海等附逆政客历任伪"上海大道政府"市长兼"督办公署"署长，至此历经"两次抗战"的上海彻底沦陷。

正如上文所言，《絜茜》月刊在文学作品中一味强调社会两极分化、政府无能、官员昏庸而不重视民族矛盾尤其是"抗战"这个日趋成为主旋律的社会话题，已经是一种既定的事实。因为其阶级局限性，使得它纵然有一定的历史洞察力与判断力，仍会导致"一叶障目不见泰山"这一问题。通观全刊两期所刊发的全部文学作品，除却《吊今战场记》之外，仅有罗晓魂的《我漂流到了香港》一诗对国际帝国主义的横行而表达出了自己的不满，两篇与"抗战"有关的文章仅占到两期《絜茜》42篇文章总量的4.76%，作为一个在"一·二八"事变烽火正炽时所创刊的杂志，这个比例显然是很不够的。

由此可知，在东三省沦陷、华北即将沦陷、"一·二八"事变爆发的历史节点上，《絜茜》月刊除了存在回避民族矛盾、强调阶级矛盾这一问题之外，它依然无法正确、全面地认识日本侵略者对于当时中国政治、经济、文化各个层面已造成了无法挽回的严重伤害，这已然决定了《絜茜》月刊的编辑者们最终在敌人到来前不得不弃刊逃遁的悲惨结局，显示了该刊以及"第三党"怯弱庸碌的文化品行与注定失败的历史必然。

最后，《絜茜》月刊反映了"社会民主主义"在中国注定无法实现的深层次原因——因为在中国特定的国情、政治传统与文化背景下，既无这样的政治土壤，亦不可能产生这样的施政群体。

通过《絜茜》月刊所刊发的作品、对"民族/阶级"矛盾的看法以及该刊的创刊停刊过程，我们不难发现，该刊"高开低走"的短命命运，与"社会民主主义"这一施政理想在中国的昙花一现何其相似！因此，《絜茜》月刊之殇，更是"第三党"所主张"社会民主主义"施政理想之殇。

诚然，"社会民主主义"及其后的"民主社会主义"其相关理论虽来源于马克思主义，且在当下北欧一些国家如瑞典确有成功的先例。但是这与这些国家的具体国情、政治背景与文化土壤有着必然的联系。实现"社会民主主义"（或"民主社会主义"），除了需要经历长时间的资本主义体制、工业化与政治民主化过程之外，还需要高效廉政的政府班子、极具竞争力的国家经济实力、非常完善的社会福利保障制度、健全发达的非公有制实体与非政府组织（NGO）进行社会功能的协调，以及高度文明且广泛受过高等教育的公民阶层等等先决条件作为施政的支撑。毋庸讳言，用这些标准来衡量当下中国都基本难以做到，更不用说在积贫积弱、抗战前期的中华民国了。

而且在一个有着几千年封建统治，且自耕农占绝大多数人数的半殖民半封建国家里，意图获得社会各阶层平等，若按照"社会民主主义"的

"非暴力"过渡理论，是纯粹理想甚至是空想的。因此，在抗战前期创刊并终刊的《絮茜》月刊，它的存在意义与历史价值在于：在抗战前期，除了国共两党之外，还有一种具备一定历史洞察力与判断眼光的政治力量希冀运用"社会民主主义"这一施政理论来改良中国社会，并将其投入到文艺实践当中，但由于其自身的局限性，以及该施政理论根本不符合中国国情等主客观因素，最终还是走向了失败，但这些教训对我们后来人来说，却有着不应该被忘却的借鉴意义。

第三章 "左翼"文学期刊的文化选择

——《夜莺》月刊研究

　　创刊于 1936 年 3 月 5 日、作为"左联"重要刊物之一的《夜莺》月刊，曾在"左联"的历史乃至中国现代文学史上扮演了不可或缺的角色。与《絜茜》月刊不同，《夜莺》月刊并非党派或团体的机关刊物，而是由作家方之中主编的一份文学月刊。尽管它有着"左联"的背景并在大局上听命于"左联"的安排，但在编辑、发行上仍具备一定的独立性。

　　虽然它与《絜茜》月刊同曾由"群众杂志公司"负责总发行——但它却因市场化办刊而获得了比《絜茜》高许多的影响。因此《夜莺》曾一度成为沪上诸多畅销文艺刊物之一，并刊登了许多的广告，甚至第一期还再版。到了第二期与第三期，《夜莺》月刊又交由一家有影响力的"新钟书店"代理销售，因当局追查，及至第四期又重新交由"群众杂志公司"负责总经销。

　　"群众杂志公司"是一个与左翼文艺运动有密切关系的期刊图书发行机构，也是当时上海几个大的专门发行公司之一。艾青的诗集《大堰河：我的保姆》、曹聚仁编校的《鲁迅手册》与左翼文学其他刊物《杂文》《芒种》与《海燕》均由该公司发行，纵观该公司所发行的图书杂志，基本上以左翼文艺作品为主，不多涉及其他思想意识形态的书刊。

　　而"新钟书店"在当时上海的杂志图书发行业当中也颇具影响，它曾是中国出版史上第一家"会员制"经销商，一度在全国招募"读者俱乐部"会员，会员每人会费两元，入会后可凭优惠价格购书，并赠送全年会刊《新钟周报》与购书代金券，而且还由书店出面，举办一些聚会与沙龙——这种近似于"贝塔斯曼书友会"的营销方式，莫说是 80 年前的上海，纵然就现在看也不算过时。而且该书店有着"左联"的背景，该书店总编辑、"左联"成员庄启东在 1949 年之后曾担任中国大陆"国家计委劳动工资局局长"，为避风头，《夜莺》月刊编辑部则设在"新钟书店"当中。

销量虽不错，但《夜莺》月刊却因"左倾"思想而受到当局的压力被迫停刊。尽管第四期终刊号上该刊奉命推出了"大众文学"专辑，但主编方之中却能恪守鲁迅的教导与报人的良知，不左不右，与鲁迅站在同一边，在民族危难、救亡图存的关键时刻刊发了一批有影响、有价值的文学、批评稿件。但这却在当时混乱的意识形态领域中无法讨好任意一方且并引起了国民政府新闻检查部门的注意，遂在办刊最鼎盛时不得已而停刊，并在后来的大陆现代文学史中遭到了"隐匿"。

非但《夜莺》的办刊模式有着研究意义，仅就其文学性而言，《夜莺》云集了当时一批最为优秀的"左翼"作家如鲁迅、唐弢、王任叔、葛琴、欧阳山等人，其刊发的一系列作品在中国左翼文学体系中都称得上是佳作——无论是小说、散文还是诗歌、评论，都可圈可点，有着一定的文学性与审美价值。

从历史的角度看，《夜莺》在第四期虽以"大众文学"为切入点并因此停刊，但它所刊发的作品却历史性地助力了"左翼文学"与"抗战"这一民族救亡主题的精神对接。这便决定了《夜莺》的历史意义与研究价值是不可被忽视的。

本章从全套四期《夜莺》月刊这一稀缺史料出发，力图在辨酌史料、正本清源的前提下，从"被无视"原因、刊物内容与抗战前期的影响这些方面入手，诠释该刊物作为抗战前期重要文学期刊之一的历史意义，进而审理"左翼"文学期刊与抗战前期文艺之间的相互联系。

第一节 "被无视"的《夜莺》

关于《夜莺》月刊的基本情况，前文已有详述，这里不再赘述。但对于该刊的主编方之中，还是有必要提一下，因为这与该刊物日后"被无视"有着非常直接的关系。

提到方之中，必然涉及党史中若干重要问题。

方之中这个人名，在中国大陆出版的《中国文学大辞典》《军事大辞海》以及《中国现代文学大辞典》等权威辞书均有收录。在军方出版的《军事大辞海》中，是这样介绍的：

> 方之中（1908—　）中国人民解放军将领。湖南华容人。1925年入黄埔军校第4期学习。1926年参加北伐战争，曾任国民革命军第6

军 19 师政治指导员。1927 年加入中国共产党，同年参加鄂中鄂西起义。土地革命战争时期，任湘鄂西工农革命军独立第 1 师师长。抗日战争时期，任陕甘宁边区群众报编辑。解放战争时期，任张家口卫戍司令部副参谋长，察哈尔军区司令部参谋处长，华北野战军第 2 纵队第 5 旅副旅长，第 20 兵团 67 军 199 师副师长、第 200 师师长。中华人民共和国成立后，任华北军区军参谋长，中国人民志愿军军参谋长，中国人民解放军某军副军长，河北省军区副司令员兼天津警备区司令员。1955 年被授予少将军衔。①

但是，在另一本辞书《左联辞典》中，对于方之中，却是这样介绍的：

方之中（1908—1987）左翼作家。笔名方镜，湖南华容县人。中共党员。早年参加北伐，大革命失败后来上海，入群治大学半工半读，在该校结识李初梨、冯乃超、潘梓年、阳翰笙、田汉等左翼作家，受到他们的熏陶。1930 年 4 月 1 日《萌芽月刊》1 卷 4 期发表他的第一篇杂文《文艺杂观》。同年 6 月，由阳翰笙介绍加入中国左翼作家联盟，从此决心献身左翼文学事业。1934 年 1 月，作《一年来之中国电影运动》一文，认为 1933 年的优秀电影，"第一值得我们大书特书的是由小说改成的《春蚕》"，认为这"是一幅真切的农村画""一首朴素的田园诗"。同年 5 月起，为上海《民报》电影副刊《影谭》撰写电影评论。1935 年，第一部小说集《诗人的画像》(原名《花家冲》)出版，生活书店经售。1936 年 3 月，编辑左翼文学月刊《夜莺》，得到鲁迅的支持，给刊物送来杂文《三月的租界》。在编辑工作中提倡"新闻小说"，认为"在民族解放斗争尖锐化的今日"，作家应当"正视现实"，作品要"有充实的内容""应是英雄行动的赞美"，以"策励"读者"再接再厉的勇气。"同年 6 月，在《我们对于推行新文字的意见》上签名，支持应用、推广拉丁化新文字。同年 7 月，大力协助左翼文学月刊《现实文学》创刊。同年，在以鲁迅为首的《中国文艺工作者宣言》上签名，拥护文艺界的抗日统一战线。同年，小说《速写集》由上海天马书店出版。此外还在《中华月报》《文学丛报》《现实文学》《夜莺》等报刊上发表了许多小说、散文和评论，未收集成册。②

---

① 熊武一、周家法、卓名信、厉新光、徐继昌等：《军事大辞海·上》，长城出版社，2000 年，第 187 页。

② 姚辛：《左联词典》，光明日报出版社，1994 年，第 44 页。

稍微有点判断力的人，或许会从常识出发进而认为，这两份除了人名、出生年份与籍贯等基本信息相同而其余并无丝毫雷同的介绍，应该是关于两个"方之中"的简历：前者是一位资历丰厚、屡立战功的军事将领，而后者则是一名创作丰硕的作家兼编辑家。但是事实上，"两个方之中"却是同一个人。

尽管在李日的《方之中与〈夜莺〉月刊》一文中，对于方之中有了较为明确的介绍。但是本著之所以还将两份方之中的简历拿出来对比，主要是为了说明《夜莺》之所以"被无视"的原因——首先在于方之中"大革命失败后来上海"这一含混不清的史实——在中国大陆军方编写的《军事大辞典》中的"方之中"的词条里，却丝毫不提及他曾有过"来上海"的经历。

将"方之中来上海"作为引子，笔者根据有案可查的史实与新近发掘的史料，可以分析得出《夜莺》之所以被无视，原因可能有三：

首先，是方之中与当时湘鄂西苏区领导人之一夏曦的结怨。

提到此事，就不得不提"鄂中鄂西起义"——爆发于1927年9月10日的该起义比起"八一南昌起义"只晚了40天，但是根据该次起义改编为歌剧的《洪湖赤卫队》却在大陆脍炙人口。起义领导人贺龙、周逸群是一位非常杰出的军事家。方之中作为早年的中共党员，遂被中共中央派遣到鄂西地区参与起义的领导工作，协助贺、周二人担任起义总指挥。

起义成功后，方之中的农民起义队伍自命名为"湘鄂西工农革命军独立第一师"，方自命为师长兼参谋长，其人数与声望均名噪一时。但是在随后当地保安团的"清乡"中，方部由于多是农民出身，缺乏应有的军事训练，损失惨重，最后仅剩下"200余人，30多条枪"，甚至不得不"隐蔽到洞庭湖的芦苇丛中"，终与大部队失散。[①]

在最艰苦的时候，接纳并支持方之中的是红六军军长段德昌，两人遂成莫逆之交。这位介绍彭德怀加入中共的早期军事将领，因功高盖世而引起了夏曦的嫉妒且并与其结怨。在以王明为代表的"左倾"冒险主义者们在1933年推行的"肃反"运动中，靠攀附王明、米夫（Павел Александрович Миф）而担任"肃反委员会副主任"的夏曦竟残忍地将段德昌以莫须有的罪名砍死，追随段德昌的人也在不同程度上受到了打压与惩罚。1952年，中共中央设立烈士追认制度，毛泽东为段德昌平反，追认他为第一号烈士。

---

① 周燕：《文人武将方之中》，《百年潮》，2004年第2期。

遵义会议后，备受党内声讨的他虽受到批评与处分，但其后不久就被王明任命为新成立的"湘鄂川黔"省委委员、军分会委员和革命委员会副主席与红六军团政治部主任，直至其1936年落水身亡。

可想而知，夏曦处死段德昌、周逸群这段事关王明路线的"肃反"历史，或许是方之中不得不"脱党"的原因之一。当方之中敏锐地发现了其直接领导段德昌与夏曦的微妙矛盾后，自己审时度势，最终选择潜往上海——或许这也是我们为何一直在任何一份公开的史料中都找不到方之中为何会"脱党"并且从封闭、落后的鄂西跑到十里洋场办杂志的由头。

其次，方之中在主编《夜莺》时，曾得罪了日后担任中共领导人之一的张春桥。

上述并非《夜莺》"被无视"的唯一原因，更关键原因在于，《夜莺》虽然只出刊四期，但却将矛头对准了当时的上海文坛恶少张春桥——方之中无论如何也不会想到，张春桥日后竟然篡党夺权、窃据高位，官职远在自己甚至当年的夏曦之上。

1935年3月，鲁迅为萧军《八月的乡村》一书撰序之后，引起张春桥的妒忌与不满，并化名"狄克"在《大晚报》副刊《火炬》上撰《我们要执行自我批判》一文借批评萧军之名来攻击鲁迅，意图通过这一"文坛登龙术"使自己暴得大名并混入"国防文学"阵营。鲁迅对其拙劣的炒作伎俩洞若观火，遂在《夜莺》上刊登杂文《三月的租界》，表明了自己的态度。

对于《夜莺》与张春桥结怨的经过，作家叶永烈先生曾有过相关的论述：

> "狄克"之谜，本来唯有张春桥知，崔万秋知。崔万秋自然守口如瓶，不会泄露天机。万万料想不到，道出"狄克"底细的，竟是张春桥自己。1936年3月15日，狄克在《大晚报》上向鲁迅放了一炮之后，鲁迅当即"拜读"了狄克的"大作"。鲁迅横眉冷对狄克，于4月16日写了《三月的租界》，予以痛斥。鲁迅把文章交给了设在新钟书店里的《夜莺》月刊编辑部。《夜莺》编辑当即把鲁迅的这一讨狄檄文，排入5月出版的第一卷第三期上。《夜莺》月刊是委托上海杂志公司（引者按：应是"群众杂志公司"，此处叶永烈叙述有误）发行的。按照上海杂志公司的规定，委托发行的杂志在印出样本（清样）之后，应该马上送一份给该公司，以便老板了解内容，预估销路。老板看毕，让人把样本送还《夜莺》编辑部。送样本者何人？张春桥

也……于是，《夜莺》编辑部知道了狄克之谜。于是，鲁迅知道了狄克是谁。于是，魏金枝、于黑丁也知道了狄克的秘密。①

如果说叶永烈的论述因带有"传记文学"色彩且有笔误之处而稍逊真实性的话，那么老作家周楞伽之子周允中对于此事的回忆，则因"口述史"而有一定的真实性了：

> 到了新钟书局，方之中从皮包里拿出《夜莺》第三期的稿子，摊在台上，第一篇就是鲁迅的《三月的租界》，我父亲不禁好奇心动，趁方之中接洽生意时，取过来先读，原来正是鲁迅抨击张春桥的檄文，笔锋犀利，层层痛斥。这时张春桥刚从外面进来，我父亲说："鲁迅批评你了！"张吓了一跳，忙问："在哪里？"我父亲说："在《夜莺》第三期上。"张露出想看又不敢启齿的神情，还是我父亲去和李铁山商量，将稿子抽出来给他阅读。张一边看一边不停地拭汗，最后又自嘲说："鲁迅误会了，我要去信解释一下。"后来他果然在4月28日去信给鲁迅提及："头几天，偶然地到新钟书店去，看到《夜莺》第三期的稿件，里面有先生底那篇《三月的租界》，是关于我的。"②

但实际上，鲁迅那篇反驳狄克的文字并不是"横眉冷对""犀利"甚至"层层痛斥"的"檄文"——这个问题笔者将在后文予以展开详述。1949年之后，曾经的张春桥从华东新闻出版局副局长一路攀升到国务院副总理兼解放军总政治部主任，这是方之中完全没有预料的，但当时已故的鲁迅已是大陆文艺界的"旗手"，谁要是受过鲁迅的批评，那就是当时极大的历史罪名——张春桥攀登到政治最高点后，最害怕的"政治污点"

① 叶永烈：《张春桥浮沉史》，时代文艺出版社，1988年，第55页。
② 周允中：《鲁迅〈三月的租界〉发表内情》，《世纪》，2002年第11期。

之一便是自己早年对鲁迅的攻击^①（毛泽东去世后，"四五"天安门事件中即有文学研究者将矛头指向当年张春桥攻击鲁迅一事）。1968 年初，张春桥一纸命令，将时任河北省军区副司令员兼天津警备区司令员的方之中，便以"叛徒""特务""假党员""走资派"的罪名，被武装押解到石家庄附近的一个农村实行"专政"。几年后，周恩来得知方之中被残酷迫害达六七年之久的消息后，设法挽救，方之中才幸免于难。^②

其三，方之中在主编《夜莺》时，曾卷入"国防文学"和"民族革命战争的大众文学"（下文简称"大众文学"）两个口号的论争。

这一问题笔者也将在后文予以展开，在此只作简要概述。在这个论争中，方之中一方面受命推出了"民族革命战争的大众文学特辑"，一方面又在抗日救亡的危急关头，编辑推出了一些号召救亡抗敌的文学作品，保持了刊物的民族气节。但"大众文学"的倡导者胡风在 1949 年之后却沦为"反革命集团"的"首犯"且"国防文学"的倡导者正是当时中共文坛核心领导人物的周扬。因此在之前较长一段时间内，大陆现代文学史界对于"两个口号"的研究与探讨都曾被视为"历史问题"禁区，这也是《夜莺》一直被刻意回避、忽视的另一个原因所在。

综上所述，在"左联"历史上有着代表性意义的《夜莺》月刊，由于屡次陷入党内路线斗争的漩涡当中，所以一直被刻意"无视""被遗忘"，以至于多次从现代文学史学者的视域中隐遁。但这是完全不应该的。作为一份有着历史意义的文学期刊，它在抗战前期的出现有着非常独特的历史背景，这也是它应获得学术关注的原因所在。

---

① 纵观张春桥一生，确实是一个非常特殊的政治个案。他一生中就曾有许多反共的行为，甚至早年还参加过国民政府的情报组织，但却在 1949 年之后身居中共政坛高位，这不得不说是中国当代政治史上的一个奇迹。在 20 世纪 30 年代其在上海文坛的所作所为，只是他一生中"政治污点"之一，而同为"四人帮"之一的另一位中共中央委员江青（原名蓝苹、李云鹤）恰恰在 20 世纪 30 年代亦在上海文艺界有着不好的名声（因参加中共地下组织的学生运动而被国民政府逮捕脱党）。当张、江二人在 20 世纪 60 年代成为一个利益集团时，则开始对共同的一段共时性历史予以回避、否定。这是张春桥为何害怕"30 年代"的历史、政治动因。"张春桥做贼心虚，对 30 年代的活动讳莫如深，他利用篡夺的那部分权力，千方百计不让人们知道他当年的情况，严密封锁当时上海出版的报刊，残酷迫害知情人，谁要是知道鲁迅先生批判过的狄克就是张春桥，谁就会遭到残酷迫害，甚至被打成反革命。"见刘之江：《一打一捧，本相暴露》，中央民族学院学报，1977 年第 2 期。而张春桥面对揭露其 30 年代历史、发生于 1968 年的"四一二上海炮打张春桥事件"的参与者则迫害至极。"张春桥对曾经参与炮打张春桥的人，要搞所谓'秋风扫落叶'，必欲置之死地而后快。仅上海大专院校因'炮打'张春桥而受到拘捕、隔离、批斗或者作检查、写鉴定的达 3000 多人，见胡月伟：《四一二，上海滩：炮打张春桥事件揭秘》，香港新秀出版社，1987 年。

② 周燕：《方之中：从潇湘大地走出来的文人武将》，《湘潮》，2007 年第 4 期。

第二节 《夜莺》所刊载文章之文学与理论价值

纵观"左联"诸多期刊，如《北斗》《大众文艺》《新地月刊》《大众文化》《拓荒者》《前哨》与《海燕》等等，以及围绕"左联"周围的中国左翼文学期刊如《文学》《莽原》《文季月刊》《中流》《太白》《芒种》《生生》《今代文艺》等等（甚至"北方左联"还有其机关刊物《文学杂志》），不胜枚举，堪称中国现代文学史上阵容最为强大的期刊体系。但是这诸多刊物都几乎暴露了同一个问题，即大部分刊物在内容上"口号性"大于"文学性"，体现出左联的"亚政治"文化特性，而这恰是中国左翼文学先天而来的思想缺陷。早在1930年1月，"左联"作家殷夫就检讨批评"过去文化运动的缺点"，认为要完成"今后的任务"，首先必须"勇于自我批判"并承认"无产阶级文学为口号标语文学"的缺点，"我们只要能想法把这缺点克服，那就是我们的胜利了。"[1]但这个问题并未因为一些先觉者的努力而解决，相反，它非但始终存在、愈演愈烈，且直接影响、决定了一批"左联"作家、编辑家的文学活动。说到底，这个问题是由于中国左翼文学始终几乎处于配合"革命"的"文学运动"而非遵照文学自身规律展开"文学活动"而导致的。

当然，这种现象有着内因与外因的两方面，内因是有相当一批左翼作家自身资历不足——虽然"左联"领导者鲁迅、瞿秋白与茅盾等人均受过很好的教育，并有着卓异的文学才华，但其他大批中国左翼文学青年却出身贫苦工农家庭，既没有很好的国学功底，亦没有受到很好的西学熏陶，加上创作时间较短，仅凭一腔激情写作，须知这是无论如何都无法攀登到文学金字塔顶端的；外因则是左翼文学在主导思想上片面追求政治功利性而成为"奉命文学"，忽视了文学自身规律与价值。其实，这是由于斗争的需要而决定的，"左联"必须只有时刻清理不同道者以纯洁队伍，才能获得绝对一致的效能感，产生较强的凝聚力、向心力。因此在这样的环境下，"左联"根本无法避免"左倾幼稚病"的顽症屡犯。[2]说到底，这也是"左联"在"左倾"道路的影响下，内部派系分裂、争权夺利从而导致矛盾重重的历史原因。

"左联"内部的矛盾主要分为"国防文学"与"大众文学"两派，"一

---

① 殷夫：《过去文化运动的缺点和今后的任务》，《列宁青年》，1930年第2期。
② 陆咏梅：《论左联的亚政治文化特质》，《浙江师范大学学报（社会科学版）》，2001年第6期。

条战线，两派人马"的现状乃是由周扬、周立波等人主张"国防文学"与冯雪峰、胡风与吴席儒等人主张"大众文学"相争鸣的结果，最后两派几乎到了水火不容的地步，索性直接决裂，遂成左右两派。

面对这样剧烈的内部矛盾，无疑使鲁迅灰心丧气。除了上述原因之外，鲁迅的情绪低落还有一个主要原因，就是对新任左联"党团书记"周扬的不满。但是作为中共领导的重要文学组织，"左联"根本不可能宽容长期保持自身独立性的鲁迅，这使得鲁迅觉得非常孤独。逗留在上海的方之中，主动地向鲁迅提出要重新办一份刊物。当时的鲁迅与方之中并不熟悉——之前唯一的一次有案可查的交往，便是方之中在 1935 年 4 月函请鲁迅为他的小说集《花家冲》撰写序言，但被鲁迅因"身体原因"而婉拒了——但其后方之中并未因此而怨恨鲁迅，而是凭借自己勤于创作的文学热情与不近派系的处事原则，不断获得鲁迅的好感与认可，这一切又加上鲁迅日益加剧的孤独感，便形成了方之中可以走近鲁迅的原因。

而且从身份上看，当时的方之中也是"左联"作家中身份较为纯粹、办刊亦较为合适的一个人。首先，在办刊之前他并未陷入"左联"的内部纷争当中，作为一名从鄂西起义队伍中流浪到上海的知识青年，不但年少有成，且当时没有涉及门派纷争。

更重要的在于，方之中所主编的《夜莺》，虽然在一定程度上奉命对"大众文学"进行了宣扬，但它并未大张旗鼓地对"国防文学"予以批判，因此它没有陷入口号的窠臼里。在方之中主编的《夜莺》月刊上，不但刊登有大量广告，而且创刊号还曾再版，其内容也以文学创作、文艺批评为主。这体现了中国左翼文学追求文学性的一面——虽然《夜莺》并不能作为中国左翼文学的权威代言人。

首先，《夜莺》涵盖文学体裁之广、广告内容之丰，堪称"左联"文艺刊物之翘楚。

《夜莺》月刊的文学性极其浓厚，编者将刊物分为五个部分：漫谈之部、创作之部、理论之部、介绍及批评之部与旧话重提，其作者群云集了"左联"中最为优秀的作家。而且刊物内广告数量之多，门类之广，堪称一时翘楚（见下表）。

体裁篇数 期号	小说	散文	评论	译著	诗歌	广告数量 （均含图书广告）	主要撰稿人
第一期	4	7	1	3	2	21	方之中、唐弢、王任叔、周文[①]
第二期	4	6	5	5	2	10（含律师广告）	以群、欧阳山、丽尼、王任叔、杨骚
第三期	2	3	5	4	2	11	鲁迅、方之中、胡风、周文
第四期	7	3	8	4	3	10	鲁迅、聂绀弩、欧阳山、陈企霞

通过这张表格可以看出，在四期《夜莺》月刊中，各种文体都均衡存在，体现了办刊者的文学专业性视野。更重要的是，这份刊物刊登了相当多的广告，且并不比上海同时代其他类型杂志的广告要少。这些广告遍布医院、律师、橡胶生产、轮船航运、礼服定制与图书出版等各个门类，甚至作家"草明"还在上刊登了澄清身份的《公开启事》，试问若没有一定的影响，又有谁愿意来刊登广告、启事呢？[②]

其次，《夜莺》月刊既不盲目逢迎"大众文学"，也不做"国防文学"的传声筒，在"两个口号"的论争中，基本上做到了态度持中，保持了文学刊物作为大众媒介应有的独立性。

就方之中本人而言，他并非严格意义上的文坛中人，亦不是纯粹意义上的党内人士。在文学与政治两边，方之中都有相对的独立性，作为一份刊物的主编，这种独立性是非常要紧的。毕竟方之中所崇拜、爱戴的只是鲁迅本人。在当时复杂的政治环境下，因共产国际与当时中共党内的矛盾分歧，导致"左联"内部宗派斗争极其复杂。但方之中并未卷入这种宗派主义的斗争。

而且，在方之中编辑"民族革命战争的大众文学特辑"时，自己未撰写一篇稿件，而是邀约胡风、吴席儒等人写稿。在办刊的过程中，方之中又刊发了一批反映救亡图存的优秀作品与一些可圈可点的批评著述。包括他自己创作的《候验室》《一群叛逆的女性》这样有着文学价值的作品。可见，方之中在"两个口号"的漩涡中办刊并非是为了权力纷争，而

---

① 周文（1907—1952），著名作家，原名何稻玉，四川荥经人。1933年参加中国共产党，曾任"左联"党团成员，1949年之后任中央马列学院（今中央党校）秘书长。
② 叶文心对于20世纪上海左翼期刊"广告"的研究在这里有借鉴意义。在叶文心看来，纯粹、彻底听命于左联的左翼期刊是对抗消费社会的，因此它根本不会刊登任何广告；而小资产阶级的期刊，则强调消费社会的现代价值，因此也特别乐于刊登各类广告。因此从这个角度而言，《夜莺》月刊并非纯粹、彻底的"左联期刊"，而是具备都市期刊的部分特征。见叶文心：《上海繁华：都会经济伦理与近代中国》，王琴、刘润堂译，台北时报出版，2010年，第202—203页。

是真正地遵照鲁迅的教导——在"批评与创作"这些"实际工作"中寻求出路。

这种不偏不倚实际上为方之中后来"弃文从军"埋下了心理预设——倘若方之中真的陷入"两个口号"的争论当中并继续从事文学工作，那么无论他选择哪一派，在1949年之后日子都不会好过。

谈到刊物内容，就无法将其文学价值避而不谈。作为一份文学期刊，《夜莺》在办刊中尽量摒弃了"左联"中的派系倾轧，这是值得称道之处，因而其刊载的文章本身有着较强的文学性价值，这亦是本节研究的另一个重点。

首先，《夜莺》所刊载的文学作品所采取的现代性叙事方式，丰富并提升了中国左翼文学的内涵与价值。

在每一期的"创作之部"与"漫谈之部"中，《夜莺》都推出了一批优秀的小说、散文与诗歌作品，虽然这些作品有着较强的时代感，但是并未削弱其文学价值，而且每一期都有数篇优秀代表作——譬如第一期发表王任叔的《雾》、第二期发表丽尼的《行列》与欧阳山的《歌声》、第三期鲁迅的《写于深夜里》以及第四期葛琴的《蓝牛》与田间的《饥饿》，这些作品不但在当时名噪一时，而且分别成为了作家的代表作之一。

尤其是王任叔的短篇小说《雾》，其较为高超的文学性与卓异的叙事策略，堪称当时短篇叙事之翘楚。在《雾》的开篇，王任叔运用了当时仍颇为罕见的白描手法，其细腻的修辞，在当时小说中并不多见。

> 是料峭的春寒天气。
> 驿亭站孤俏地耸立在寒雾里，白马湖旁低矮的土山，淡淡的疏疏的染上了新绿，衬出了这小车站的惨淡。
> 车站的铁轨，无力的躺着。一端隐没在横堵住的土山下，一端向旷野延展着，渐远渐隐，终于和山顶屋顶一般，隐没在寒雾里。①

这段文字所使用动词的多样化，纵然今天来看，也是颇令人玩味的，"耸""染""衬""躺""延展"与"隐没"等，堪称精细入微，而且整篇小说结构精湛，措辞雅驯，情节叙述也颇有曲折。因此从文学的角度看，如此洞见功力的作品在当时可以说是凤毛麟角。

而我们需要注意一点的是，在左翼文坛中，除了郭沫若、鲁迅、茅盾

---

① 王任叔：《雾》，《夜莺》，第1卷第1期，1936年2月5日。

等一批从"五四"走来，有着留洋背景的文学巨匠之外，其余创作者在政治极端对立的时候，会多陷入政治性的桎梏而忽视文学性，促使了其作品的文学水平远低于自己应有的真实水平。而以王任叔的《雾》为代表的"《夜莺》派文学"，则意味着"左联文学"所能达到的另一个文学高度——即对于纯文学价值的追求。值得一提的是，王任叔本人对于这篇文章亦颇为满意，1943 年，他与茅盾、巴金在地球出版社联合出版的短篇小说集《雾》即选录了这篇《雾》并将其作为合集的书名。

当然，《雾》在《夜莺》月刊所发表的作品中并非一枝独秀，其余文学作品中，运用现代小说技法并有着卓异文学表现的，还有吴席儒（署名奚如）《生与死》开篇中对于监狱残酷生活的细腻描写、方之中《候验室》中以"对话"推动故事发展的"非描写性"表达，以及欧阳山在《明天的艺术家》中以细节代替情节的叙事方式。尽管这些作品在当时"左联"青年作家的笔下并不多见，但在《夜莺》月刊中还是能看到不少，因而，称"《夜莺》作者群"凭借其优秀的文学水平与忠于文学本身的写作态度，丰富并提升了"左联文学"创作的文学内涵与价值，实不为过。

除此之外，《夜莺》月刊还刊发了若干篇与"救亡"有关的小说与诗歌，在"七七事变"爆发之前，仅仅只出刊四期的《夜莺》却可以集中发表一批较有文学性、时代感的救亡文学作品，可见以方之中为代表的一批"左翼作家"在抗战前期的思想立场与文化选择是令人钦佩的。

刊登于《夜莺》第三期的小说《守卫》，这部小说以剧场式的叙述方式，讲述了三个士兵在守卫城门时所发生的故事。署名"魏伯"的作者原名王经川，1936 年曾在北京办"浪花社"，1949 年之后一度在地方、企业任职，离休前曾任中国文联副秘书长。《守卫》既是一部现代主义的中短篇小说，也是一部抗日题材的优秀作品，在当时有着鲜明的时代意义。

《守卫》讲述了三位参加过"喜峰口抗日战役"①的二十九军老兵——

---

① 1933 年 3 月 9 日，驻山西阳泉的国民革命军第二十九军奉命开往前线对日作战，受命接管长城喜峰口的防务，喜峰口是北平与热河的交通咽喉。开赴前线之时，军长宋哲元写下了"宁为战死鬼，不作亡国奴"的誓言。当二十九军的先遣团赶到喜峰口时，日军的 500 余名骑兵已经到了长城脚下，勇士们急忙堵上，打退了敌人，保住了阵地。但到了 4 月初，因国民政府的妥协，使得中国军队在喜峰口腹背受战，孤立无援，4 月 13日，宋哲元部奉何应钦之命不得不放弃喜峰口。喜峰口战役是抗日正面战场上中国军队的一次具有转折意义与决定性战略价值的坚守战，虽然战局失败，但仍拖缓了日军入侵整个华北的计划，中国军队亦以数千人的伤亡代价获得了世界反法西斯同盟国的敬重，抗日英雄赵登禹、宋哲元更因此功彪青史。著名抗日歌曲《大刀向鬼子的头上砍去》便取材于"喜峰口战役"，《大公报》刊文称："（我军）虽遭受敌人之强烈炮火，亦不稍退……吾军用手榴弹投掷较远之敌人，较近者则挥大刀砍杀，杀声震天，血光满地。"

班长丁方、东北籍士兵张占魁与江西老兵李大发三人在北方某城守城门，此时该城已基本沦陷于日军。深夜时分，一位东北籍难民请求开门，张占魁因遇老乡遂一时心软，但另外两位则坚持奉上峰命令而不肯开门。事后不久一群日军要求开门，按照上峰命令，反倒可以开门。此事勾起张占魁对时局的严重不满，在与丁方的争执过程中，怒火中烧的张占魁竟掏枪打死城外的日军，事变发生后，张占魁与李大发两人趁夜逃出城池。

从视角上看，《守卫》的视角是独特的，以旧式军人的心理变化为叙述对象，在中国左翼文学作品中无疑不多见；从叙事策略上看，《守卫》又是"剧场式"的，即所有的叙事均在深夜城池之上这"一时一地"，仿佛如一幕古典主义"三一律"戏剧的舞台。主人公张占魁心理的变化构成了小说的几个高潮，而东北籍难民与日本士兵在不同时间的出场，则又决定了这几个高潮的出现时间与始终。

小说的叙事颇为成功，尤其是对于张占魁的心理刻画，可以说在"左联文学"中可圈可点：

> 张占魁默默地，用力盯着一群白亮的星星。城外那个人还在哭着，他想起他村头一条飘在沙上的小河啦，这声音像……是的，名叫杨河的小河，现在想来，是多么地熟悉，又多么生疏哟！一共五年啦！没回过家……天边，星星在闪眼，在扩大，在流变……星星背后，出现了一个个熟悉的面孔，那也五年不见了，五年，整整五年……白头的，是母亲，凄苦着脸的，是弟弟占标，眼泪呀呀地往下流……母亲信上说，寄回的钱……①

《守卫》的结构本身并不复杂，叙事策略却颇具匠心，譬如以心理描写推动情节发展等等。上述这类心理描写方式在《守卫》中不止出现一次。张占魁的东北流民与国军战士这一"双重身份"，迫使他不断地反思、批判自身的存在价值。最终，他做出了反抗的选择，实际上此为其身份所决定——这一切又依赖于作者较为出彩的心理描写。

值得一提的是，《守卫》发表时，"卢沟桥事变"尚未爆发，全面抗战还没有开始，当时的国民政府对日本的侵略却持"不抵抗"的忍让态度，并相继丢失了东北、华北等地。为避免出现相关"敏感字眼"而招致政府对刊物的"封杀"，文中的"日本兵""抗日"一概用"××兵"、"抗×"

---

① 魏伯：《守卫》，《夜莺》，第 1 卷第 3 期，1936 年 5 月 10 日。

等字眼代替，这充分显示了方之中权变的智慧，亦反映了一批爱国作家、编辑家在法西斯铁蹄下的无奈之举。

除了小说之外，《夜莺》所刊发的抗战诗歌，亦颇有文学价值与时代感。譬如雷石榆的长诗《被强奸了的土地上》，用铿锵有力、怒火中烧的笔触痛斥了日本对东三省的霸占侵略，全诗修辞简明，措辞精炼，具备较高的文学性，体现出了左翼抗战诗歌的文学价值。

> 这儿，这儿已公开地强奸了四五年／而且现在还强奸着，加紧强奸下去／广袤的原野／蜿蜒的江滨／青草掩不住新旧的血痕／黄沙埋不完残废的骨肉／人面的禽兽啄噬剩／那不屈服的座隶的残余／让给兽犬来充肠果肠。
>
> 一切女人也像／那原野，那江滨／暴露着压迫者的残忍／虽然不少保留着一具活尸／但那是无期的凌辱／卸不去的痛苦的加深。[1]

雷石榆当时是"左联东京分盟"的成员，也是知名日本文化研究专家。1933 年东渡留学日本，曾在日本的"前奏社"出版诗集《沙漠之歌》，此诗集的广告便附着在《被强奸了的土地上》之后。回国后，雷石榆先后任教于台湾大学、香港南方大学，1952 年，回到大陆的他又受聘为河北大学中文系教授，出版有《日本文学简史》《文艺一般论》等学术专著。

此时的雷石榆，刚刚从日本学成回国，因此他对于日本的唯美主义表现手法比较了解。在诗中，雷石榆把"沈阳长春吉林哈尔滨"比作"女人"，把"九·一八"事变后日本对于东北的肆意侵略，比作一次"公开地强奸"，以及"血痕""骨肉""活尸""兽犬""啮痕""废墟"与"血淋淋的尸首"等审美意象的细节性描写，反映了雷石榆颇为深厚的唯美主义文学功底。

在这里我们必须要厘清两个概念，一是欧洲唯美主义，一是日式唯美主义，这两个概念都几乎曾在同一时间传入中国，但是却有着本质区别，以王尔德、波德莱尔（Charles Pierre Baudelaire）[2]为代表人物的欧洲唯美主义，主张"为艺术而艺术"，追求"超道德"化；但日式唯美主义却是以厨川白村、三岛由纪夫以及谷崎润一郎等人为代表，他们所追求的是一种物化的"非道德"行为。虽两者都讲求文学创作中以细节取代情节，以

---

[1] 雷石榆：《被强奸了的土地上》，《夜莺》，第 1 卷第 4 期，1936 年 6 月 10 日。

[2] 夏尔·皮埃尔·波德莱尔（1821.4.9—1867.8.31）法国 19 世纪最著名的现代派诗人，象征派诗歌先驱，代表作有《恶之花》《1845 年的沙龙》等。

描写取代叙事，但其本质是不同的。雷石榆虽然借鉴日式唯美主义的细节与描写方式，但在诗歌创作中却没有落入日式唯美主义偏狭、哀艳与宣扬肉欲的一面，而是与欧洲的波德莱尔的象征派诗学理论有机地结合起来，通过对大量丑恶意象的捕捉，将东三省"拟人化"，形成了诗歌中独特的审美意象。除此诗作之外，他还运用这一叙事方式，在《夜莺》月刊中发表了《我仍要歌唱》《虽然你的脸上没有奴隶的烙印》等作品，痛斥帝国主义者在"这多难的大地""'半殖民地'的故国"之上的胡作非为。

除了"抗战诗歌"之外，《夜莺》月刊还刊发了一些颇具审美价值的"抗战散文"，譬如钱江的《苏州》、尹庚①的《为民族自由解放》等等，而当中又以《为民族自由解放》这篇散文最具特点。

这篇散文以报告文学的形式，生动地描述了上海地区民众为团结抗战而游行示威的场景：

> 这半殖民地的大都会的街头，这平素为罪恶与不义所统治的街头，如今斗争已经发动，无数的人，与自己的理性以及激情一同，浪与风一般的哗刺哗刺地来了。非常忿怒的，非常沉痛的，从内心的深处吼出正义的巨响。②

流畅雅驯的文笔，反映出了作者爱国之情的"言为心之声"。从结构上看，这篇散文真正地做到了"形散神不散"，蒙太奇般的镜头叙事，描述了上海地区不同位置、不同职业的爱国民众诉求抗日的游行过程。结构紧凑地宛如一部交响乐，而不同节奏、不同内涵的叙事场景近似于乐章中的呈示部、展开部、再现部、行板与终曲。尤其是《义勇军进行曲》在散文高潮部分恰到好处的多次引用，形成了在从"展开"向"再现"的顺畅过渡中一个颇为紧凑的衔接，用这样成熟老练的笔法写成的《为民族自由解放》，无疑是一部短促且有力的救亡史诗。

可以这样说，《夜莺》月刊所刊发的这一系列"抗战文学"作品，算得上"左联文学"在抗战前期的优秀代表。在四期《夜莺》中，与"抗

---

① 尹庚（1908—1997）原名楼曦，又名楼宪，作家。浙江义乌人，青年时曾留学日本，回国后曾在上海参加"国际反帝大同盟"，同时加入"中国左翼作家联盟"，曾任"左联"闸北区支部组织委员，曾被鲁迅视为"有希望的青年作家之一"。也是当年与陈望道、冯雪峰、吴晗、艾青、何家槐、王西彦齐名的"义乌七才子"之一。1957年被打为"胡风反党集团"分子，发配至内蒙古巴彦淖尔临河第一中学担任自然课老师，"文革"时开除公职，乞讨度日，1978年后被平反并参加第四次文代会，1997年病逝于北京。

② 尹庚：《为民族自由解放》，《夜莺》，第4期，1936年6月10日。

战"有关的诗歌、小说与散文总共加起来有十篇，占到原创文学作品（而非理论批评）的 22.73%，与其他同时代同类刊物相比较，这个比例不算少。而且，这些作品都有着一定的代表性意义，在叙事形式、结构设置上也都比较成熟。

其次，《夜莺》对于文学理论的译介以及对文学批评的弘扬，为中国现代中国左翼文学理论体系的建立健全，起到了积极的促进作用。

《夜莺》虽然只出刊四期，但是除了第三期之外，每期都设有的"理论之部"却在同时代的文学期刊中不算多见，因当时有理论学术刊物发行，所以文学期刊一般不负责理论研究。尤其在当时的中国左翼文学体系中几乎没有一本纯粹意义上的理论学术刊物，因此《夜莺》月刊在丰富中国左翼文学的理论探索上，有着颇为重要的历史意义。

一方面，《夜莺》的理论短评极具特色，构成了当时的中国左翼文学理论批评的一道风景线，譬如唐弢（署名"南宫离"）的《从宣传过去到接受未来》《谈集体创作》、李平的《文坛上的眉间尺和黑色人》与张天翼的《什么是幽默》等评论文章，在当时的批评界都产生了一定的影响，尤其为中国左翼文学某些基本概念厘清与定义也起到了积极的促进作用。

正如前文所述，《夜莺》第四期的"理论之部"专门以"大众文学"的专题代之，进行讨论，并刊发了鲁迅的《几个重要问题》、欧阳山（署名龙贡公、龙乙）的《抗日文学阵线》、聂绀弩（署名绀弩）的《创作口号和联合问题》、吴席儒（署名奚如）的《文学的新要求》与胡风《抗日声中的演剧运动》等一系列评论文章。除鲁迅的作品外，其他文章虽然偏激，但在"两个口号"的论争中起到了澄清性的史料意义——关于这一专辑的相关问题，笔者将在后文予以详述。

另一方面，《夜莺》译介的理论文章之丰富，这样集中、批量的介绍在中国左翼文学期刊中也是不多见的。四期中共收入理论译文（不含文学创作）共计十二篇，如下：司各脱·尼尔宁的《托尔斯泰——一个非战的煽动家》（方土人[①]译）、S·玛拉霍夫的《屠格涅夫底现实主义》（谭林通译）、高冲阳造（Takaoki Youzou）[②]的《现实主义与艺术形式的问题》（辛

---

① 方土人（1906—2000）江苏江都人，翻译家、文艺理论家。1927 年肄业于上海吴淞镇国立政治大学。1939 年后历任苏联塔斯社驻华分社翻译员、中国作家协会《世界文学》编辑部副主任，中国社会科学院外国文学研究所研究员。

② 高冲阳造（1906—1999）日本著名形式主义文艺理论家、著有《马克思、恩格斯艺术论》《欧洲文艺的历史展望》等。

人①译)、爱伦堡的《新内容与新形式》(以群②译)、村山知义的《苏联文学与斯泰哈诺夫运动》(格收译)、森山启的《作为意识形态的艺术》(辛人译)、高尔基的《论剧》(屈轶译)③、法捷耶夫的《新现实与新文学》(以群译)以及第四期中关于"却派也夫"(今译《战斗中的恰巴耶夫》)作者孚尔马诺夫④逝世十周年的纪念评论文章(译文共计四篇,分别由克夫、吴明与明之三人翻译)。

其中,以高冲阳造的《现实主义与艺术形式的问题》(辛人译)与高尔基的《论剧》(屈轶译)有一定的历史影响或学术价值。

《作为意识形态的艺术》是高冲阳造的代表作之一,高冲阳造系日本当代知名形式主义文艺理论家,自 20 世纪 30 年代开始发表作品,笔耕不辍至 20 世纪 90 年代,著有《喜剧论》《悲剧论》《戏曲论史》与《艺术学小词典》等各类专著 15 部,堪称著作等身,尤其是晚年口述、太田哲男编撰的自传体回忆录《"治安维持法"下的日常生活:高冲阳造的口述史》(该书由"影书房"于 2003 年 6 月出版),大胆揭露了自己作为一名日共背景的左翼作家在 20 世纪 30 年代遭遇当局残酷迫害的历史经历,一时日本文坛震惊、舆论哗然,使得其人其论在日本甚至世界知识分子界重新产生了一定的影响。

这篇《现实主义与艺术形式的问题》是目前有案可查的、中国学界最早对于高冲阳造的翻译,也是中国较早关于形式主义文论之译介——文中采取了 20 世纪 30 年代在欧美文论界最流行的形式主义文论法则来解读现

---

① 辛人,原名陈辛仁(1915—2005),广东普宁县人。曾为"中国左翼作家联盟北方部"成员,1949 年之后投身政界与外交界,历任中共福建省委副书记兼人民政府副主席、北京国际关系学院院长等职务,之后曾任中华人民共和国驻芬兰、伊朗、荷兰、菲律宾等国特命全权大使。

② 以群,原名叶以群(1911—1966)安徽歙县人。著名作家、翻译家。历任上海文联、文协理事、组织部干部,上海文化局电管处副处长,上海联合电影制片厂副厂长、艺术处处长,上海市文联、作家协会副主席,上海市文学研究所所长,《上海文学》《收获》副主编。1966 年不堪"文革"迫害,悲愤自杀。

③ 屈轶,原名王任叔(1901—1972),另有笔名巴人等,浙江奉化人。1915 年考入浙江省第四师范,五四运动中任宁波学生联合会秘书。1920 年毕业,先后执教镇海、鄞县等地小学。1922 年 5 月始发表散文、诗作、小说,由郑振铎介绍加入文学研究会。1924 年 10 月任《四明日报》编辑,主编剧刊《文学》。翌年任县立初级中学教务主任,主编剡社月刊《新奉化》。中华人民共和国成立后任新中国住印度尼西亚首任大使,1952 年 1 月卸任回国,任外交部党组成员、政策研究委员会委员。同年 4 月调任人民文学出版社任副社长、总编辑,1957 年任社长兼党委书记。"文革"中被迫害致死,终年 71 岁。

④ 今译富曼诺夫(D. Furmanov,1891—1926),苏联作家。著有《战斗中的恰巴耶夫》等。

实主义。① 在这篇文章发表三年之后的 1939 年，前辈学者林焕平 ② 才将高冲阳造的《艺术学》翻译完毕，并由时代书店出版。这是在中国出版的、最早以"艺术学"命名的理论著作。因此，高冲阳造与厨川白村与藏原惟人等日本学者一道，成为较早被译介到中国文艺理论界、并在中国文艺理论体系中起到奠基作用的早期日本文学理论家。

在《现实主义与艺术形式的问题》一文中，高冲阳造提出了"艺术形式"应包括的两样东西，一个是作为精神的"历史性、阶级性"，一个是作为表现的"言语、样式与处理法"。整篇文章分段地诠释了"言语""样式"与"处理法"这三种表现如何诠释"历史性"与"阶级性"这两种精神内涵。高冲阳造认为，"艺术的历史性、阶级性，不仅存在于那意识形态里面，并且存在形式里面另一方面。"③

在文章的第二段"现实主义一般艺术形式"中，高冲阳造将这一话题予以生发。他认为，各国文艺的复兴，首先是"言语革命"，因此，语言应是体现历史性与阶级性的最好手段。"例如莎士比亚、歌德、普式庚（今译普希金）、巴尔扎克等国民文学的创造者，个人都是作为自己所属的国家之言语革命的担承者而登场的。"④ 高冲阳造称，在"言语革命"之后的"样式"又必须不能"与言语切离"。基于俄国形式主义，他还提出了关于文艺形式的新概念。认为所谓"形式"，乃是"指构成以前和今后的艺术家所创造了的和将创造的形式总体之特殊的部分的东西。"在他看来"一

---

① 学界对于"形式主义文论"何时进入中国，有着不同的解释，但均晚于《现实主义与艺术形式的问题》被译入中国的 1936 年。譬如赵稀方就曾认为"在 1979—1980 年间，就有王蒙等人的'意识流'小说的文体实验，这一现在看来微不足道的叙事变革在当时具有革命性的意义，它引起了人们对于文学作品语言形式的注意，从而为西方形式主义理论的引进创造了可能"（赵稀方：《形式主义：从西方到中国》，《中国现代文学研究》（韩国），2000 年第 9 辑）。周小仪与申丹虽然认为"中国对现当代西方文论的兴趣可以追溯到 1930 年代"，但却亦认为形式主义文论被译介到中国是在 20 世纪 70—80 年代（周小仪、申丹：《中国对西方文论的接受：现代性认同与反思》，《中国比较文学》，2006 年第 1 期）。

② 林焕平（1911.9.25—2000.12.19），原名林灿桓，曾用名方东旭、石仲子。马克思主义文艺理论家、作家、教育家。曾为"左联"成员，建国后，历任广西大学、广西师范大学教授、中文系主任，广西文联副主席，中国作协广西分会名誉主席，中国文艺理论学会第三、四届副会长。著有《茅盾在香港和桂林的文学成就》《抗战文艺评论集》《文学论教程》《文学概论新编》等。1992 年被美国传记研究所评为"80 年代最受尊敬的人"。1999 年英国剑桥大学国际传记中心评他为"20 世纪世界杰出作家"、授予"20 世纪成就奖"。

③ [日] 高冲阳造：《现实主义与艺术形式的问题》，辛人译，《夜莺》，第 1 卷第 1 期，1936 年 3 月 5 日。

④ 同上。

些现实主义的作家，都是多样地、纵横地驱使着多样的形式的"。并引用德国浪漫主义文论家施勒格尔（Friedrich von Schlegel）①的名言"形象是由事物而来的精神的救济"，进一步阐释了"形式"与"精神"在文艺创作中的关系。②紧接着，在论述第三个元素的"处理法"时，高冲阳造又批判了古典的现实主义创作手法的"最大的并且是决定的不充分与界限"乃是"社会的描写非常之不彻底。"③

这篇文章从文艺的不同角度论述了"艺术形式"该如何与"现实主义"相结合的新理路。尽管该文的影响力有限，未能让高冲阳造凭此在中国理论界"一炮而红"，但《夜莺》对该文的刊发使得"形式主义文论"在中国有了被译介传播的历史先声。

而高尔基的《论剧》则是一篇在国内戏剧理论界颇有影响的名篇。之后该文曾以《论剧本》的名字再度翻译，并被收入《高尔基文学论文选》一书中，由人民文学出版社于1959年印刷出版——这曾是20世纪60年代中国中文系学生的必读书之一。因这本书的广泛传播，高尔基在该文中所反映的戏剧观，亦与梅耶荷德（Meierkholid，Vsevolod Emilievich）④的"假定性理论"、斯坦尼拉夫斯基（Konstantin Stanislavsky）⑤的"体验基础

---

① 弗里德里希·施勒格尔（1772.3.10—1829.1.12），德国浪漫主义的奠基人。24岁就提出一套浪漫主义的理论。26岁时和哥哥一起创办《雅典娜神殿》杂志，海涅的《论浪漫派》在该刊上发表后，"浪漫派"由此定名。1802年他到巴黎任讲师。1808年皈依天主教，同年进入维也纳政界，1815年被封为贵族。此后担任外交官，并发表大量历史、哲学和文学方面的讲演。1829年在讲学途中病故。

② ［日］高冲阳造：《现实主义与艺术形式的问题》，辛人译，《夜莺》，第1卷第1期，1936年3月5日。

③ 同上。

④ 梅耶荷德（1874.2.9—1940.2.2），苏联导演，演员，戏剧理论家，苏共党员。1913年他的论著《论戏剧》问世，提出了与写实主义戏剧分庭抗礼的假定性戏剧理论。

⑤ 康斯坦丁·斯坦尼拉夫斯基（1863—1938），苏联导演、戏剧理论家。1898年他与聂米罗维奇－丹钦科合作，创办莫斯科艺术普及剧院（1903年起称莫斯科艺术剧院）。同年，与聂米罗维奇－丹钦科共同执导原在彼得堡亚历山大剧院演出失败的契诃夫剧本《海鸥》，轰动了当时的戏剧界，开始成为蜚声世界的戏剧艺术革新家。其著《演员的自我修养》在全世界戏剧界产生了巨大的影响，其建立的"体验派"表演体系与德国的布莱希特、中国的梅兰芳同被誉为"世界三大表演体系"之一。

上的再体现"与丹钦科（Nemirovich-Danchenko Vladimir Ivanovich）[①]的"导演的主体意识"等理论一道，成为中国戏剧理论界被译介的苏联经典戏剧理论之一。

我们需要注意的是，上述这些其他的理论均没有《论剧》中所阐释的观点对未来中国话剧界影响深刻。《论剧》所提倡"为政治服务"的戏剧观，与中国话剧运动发展史几乎不谋而合。正如张庚先生所言"近五十年中国话剧的历史主要不是剧场艺术发展的历史，而是话剧运动如何配合革命运动而发展的历史"。[②] 而且，高尔基的名言"把语言转换为行为，比把行为转换为语言更难"[③] 最早便是出自屈轶所翻译的《论剧》。

但我们必须要承认的是，《夜莺》月刊所刊发屈轶的译文《论剧》，乃是国内目前有案可查的、第一篇关于高尔基《论剧》的中文译本。

在《论剧》的译文中屈轶创造性地用了"剧曲"来汉译俄语"Драма"（即英语 drama）这个名词，这在当时文论界中比较罕见，亦体现出了译者不凡的眼光。纵观当时国内戏剧理论界对于西方美学的研究与译介，仍停留在"剧学"与"曲学"的分野中。一批有着一定西学背景的学者，在"文明戏""新剧"的基础上结合西方美学理论与中国传统的"曲学"，提出了"戏剧"这一译法，强调戏剧自身的"场上之美"，认为中国传统戏曲亦应该用"戏剧"来概括之，譬如周贻白的《中国戏剧史》等著作便是如此；但一批有着传统国学底子的学者如吴梅、王国维等人依然沿用"戏曲"这一名词，认为中国的"曲学"是独立的、有别于西方"剧学"理论的审美系统，且是以音韵、文本为代表的"案头之美"；除此之外，当时还有一批兼具国学底子与西学背景的学者如熊佛西、余上沅等人曾为捍卫传统戏曲的美学体系，一度提出"国剧"的概念，形成了 20 世纪 20 年代的"国剧运动"，但这仍未打通"剧"与"曲"的审美分野。[④]

---

① 聂米罗维奇－丹钦科（1858—1943）苏联戏剧导演，剧作家，戏剧教育家。1898 年与斯坦尼斯拉夫斯基共同创建莫斯科艺术剧院，负责剧目选定，并与斯坦尼斯拉夫斯基联合导演契诃夫的名剧《海鸥》《万尼亚舅舅》《三姐妹》《樱桃园》，以及高尔基的《底层》。通过这些演出，建立了莫斯科艺术剧院的心理现实主义舞台艺术风格。他在 1930、1937 年先后把托尔斯泰的小说《复活》《安娜·卡列尼娜》搬上舞台时，创造性地把朗诵者引入舞台演出。为了实践新的艺术构思，他还于 1940 年重新排演了《三姐妹》。他的最后一部导演力作是《克里姆林宫的钟声》。

② 张庚：《半个世纪的战斗经历》，戏剧论丛，第 3 期，中国戏剧出版社，1957 年，第 103 页。

③ [苏联] 高尔基：《论剧》，屈轶译，《夜莺》，第 1 卷第 3 期，1936 年 5 月 10 日。

④ "国剧"这一词目前国内学界仍在沿用，譬如学者傅谨依然称传统戏曲为"国剧"。

"剧曲"原本指宋元时的"杂剧"与"散曲"。①在这里，屈轶用来翻译高尔基笔下的"悲剧及喜剧"，并认为是"文学里最困难的形式"，②译法可谓颇为传神——既考虑到了"剧学"里的文本及修辞，又兼顾了"曲学"中的音乐与表演。而且该文本身是以"剧本"为研究对象，且高尔基又认为剧本是服务于音乐、表演等元素的，"剧曲"之译可谓是精妙得当。

《论剧》认为"青年剧作家底共通的可悲的缺陷，第一便是语言的贫乏、枯燥无味、没有生气、没有个性。一切登场人物用同一的语法说话，用单调的老调子，惊动观客"，这其中所蕴含的问题便是"跟我们国土里狂风暴雨般的现实不相合致"，因为"艺术从不曾有过那种为自己的'私人目的'而且也不应该有的"。③

就这一问题，高尔基如是阐述：

> 因为艺术已经跟旧的顾客与需要者底阶级一起衰老下去，成为了悲剧的无力化了。但同时艺术又跟新兴的阶级文化底成长而一起急速地成长起来。艺术与宗教同样在布尔乔亚社会中，服务于一定的阶级底目的。在艺术里正和在宗教里一般，也有所谓异端者。这是从阶级的束缚下逃出来，用着不相干的力，甘心盲目地冒着相信小市民层"不动的真理"的耻辱，对于历史的人类底无限的创造力，抱着不信的态度。这也是对于那些历史的人类底破坏与创造——那种难争的权利，抱着不信的态度。④

作为苏联无产阶级代表作家的高尔基，他当然是为新政权鼓与呼。在《论剧》里，他声称"苏维埃联邦现在正诞生着新的人类"，并强调了作家描写大时代、歌颂无产阶级革命的重要性。认为"阶级的特性"必须要深入到文学家的"极其内部"、甚至要"局于脑神经的生理学的"，因为它是"真诚的作家的任务"。毕竟"戏剧所要求的根本事物是现时代所必须的"。除此之外，高尔基还认为"我们年青的剧作家置身于幸福的状态里"，所以要用"正确的眼光来看这新英雄"。⑤

当然，今日的我们会因苏联的解体、对斯大林主义集权的批判而诟病

---

① 譬如前辈学者刘永济就曾出版《宋代歌舞剧曲录要》(古典文学出版社，1957年)。
② [苏联]高尔基：《论剧》，屈轶译，《夜莺》，第1卷第3期，1936年5月10日。
③ [苏联]高尔基：《论剧》，屈轶译，《夜莺》，第1卷第3期，1936年5月10日。
④ 同上。
⑤ 同上。

高尔基在政治上的逢迎之处，但我们同时又必须承认高尔基撰写《论剧》时的真诚。史实证明，20世纪二三十年代——那是无产阶级政党首次在世界上成功的伟大时代，也是伟人列宁重新建设一个强大苏维埃联邦的神话岁月。那个由无产阶级掌权、消除剥削、驱逐外寇并日益强大的苏联，几乎成为了所有中国人——包括国民党、共产党甚至"第三党"政治梦想中的"理想国"。

因此，在日寇已经发动华北事变、并即将全面入侵中国的1936年，高尔基的这篇《论剧》在一定程度上为当时的剧作家们指明了思想上的出路。尽管有些地方不那么具备符合文学自身的客观规律，但我们必须要肯定作为世界左翼作家领袖的高尔基所写的这篇《论剧》对于左翼剧作尤其是抗日时期的演剧活动的指导意义，是不容忽视与否定的。

如上两篇译文只是四期《夜莺》月刊所刊发译文的一部分，除此之外，还有《作为意识形态的艺术》亦在当时产生了一定的现实影响，作者森山启（Moriyama Kei）①是和中野重治、藏原惟人齐名的日本马克思主义文论家，这篇《作为意识形态的艺术》是其论述艺术与政治关系的名篇；而法捷耶夫（Alexander Alexandrovich Fadeyev）②的《新现实与新文学》则是法捷耶夫在第一次全苏作家大会上的演说；第四期中关于"却派也夫"作者孚尔马诺夫逝世十周年的纪念评论文章专辑也有一定的社会价值。

虽然只有四期，但却有如此多的译文，这在当时的文学刊物中可谓是难能可贵，从所占百分比来讲，只有邵洵美等留欧作家主编的《狮吼》可与之比拟，但行伍出身的方之中并非欧美留学生。更重要的是，这些译文翻译到位、文笔雅驯，可谓"信达雅"兼备——毕竟陈辛仁、王任叔、以群、方土人等译者后来皆为中国大陆知名的翻译家、外国文学研究专家或外交官。这些看似篇幅不长的理论文章，却恰到好处地丰富了中国左翼文学理论的体系框架，为今后中国左翼文学理论在中国的发展起到了积极的作用。这一切，都体现了《夜莺》编辑人员开阔的编辑视野及开放的批评眼光。借此，笔者认为，在中国左翼文学理论体系在中国的发展过程中，《夜莺》的此举是有关注价值的。

---

① 森山启（1904.3.10—1991.7.26）日本作家、诗人、马克思主义文论家，原名森松庆治，日本新潟市人，代表作《远方的人》《红莲物语》等。
② 法捷耶夫（1901.12.24—1956.5.13）苏联著名作家，苏联社会主义现实主义文学的杰出代表之一。曾任"拉普"（苏联作家协会）主席、党组书记。代表作《毁灭》《青年近卫军》在国际上有较大影响。

第三节 《夜莺》月刊与"两个口号"之争

> 一九三五年"一·二九"运动爆发后，当时负责"左联"工作的周扬在日益高涨的民族救亡运动的推动下，于年底宣布"左联"自动解散，并提出"国防文学"的口号……不过由于这一口号本身的含混以及对其解释的不当，如除了"国防文学"之外，就是"汉奸文学"仍沿袭了早期"左联"文学工作者简单的二值逻辑，同时也忽视了统一战线"谁统一谁"的问题，因而鲁迅和刚被党中央从陕北派到上海的冯雪峰以及胡风、茅盾等商议后，另外提出了"民族革命战争的大众文学"口号加以补救……但由于胡风没有解释新口号产生的具体经过，且只字未提"国防文学"，再加上原"左联"一些负责人本来就对胡风有成见，因而引起了"两个口号"的论争……不过由于双方要求建立抗日民族统一战线的基本观点是一致的，因而在明确了两个口号之间的关系，纠正了具体主张中的某些不明确性……[①]

这是浙江师范大学教授王嘉良在其主编的《中国现当代文学史》一书中所认为"两个口号"的来龙去脉，由于该文学史被选为"面向21世纪课程教材"，因此这也应算是"官方修史"中对于"两个口号"的阐释。但纵观其他的"官方修史"，如王嘉良这般对这一问题细致的阐释实不多见。在其他一些现代文学史中，对这一问题有的只是一带而过，有的甚至提都不提就回避掉了。譬如在《中国现代文学三十年》（修订本）中，就直接略过了"两个口号"这一部分。

作为中国现代文学史上一桩无法绕开的公案，"两个口号"一直是现代文学研究领域中的敏感、复杂问题，而作为当时率先且唯一推出"民族革命战争的大众文学特辑"的《夜莺》月刊，显然在"两个口号"的出现、衍变过程中扮演了颇为重要的角色。

因此，本节拟从两个问题出发来阐释《夜莺》月刊在"两个口号"的争论中所扮演的角色问题，并进一步分析《夜莺》月刊在抗战前期左翼文艺阵营中的地位。两个问题分别是：萧军的长篇小说《八月的乡村》所引发的"鲁迅狄克之争"如何构成了"两个口号"之争的前奏？鲁迅《几个重要问题》等"大众文学"系列论文作为"特辑"的发表又如何为"两个

---

① 王嘉良等：《中国现当代文学史·上册》，上海教育出版社，2004年，第143页。

口号"之争正本清源？而这两个问题所涉及的主要文章分别在《夜莺》月刊第三期、第四期上获得了刊登。

通过前文对《中国现当代文学史》中如何解释"两个口号"的分析，我们可以至少获悉两个信息：其一，周扬因为"日益高涨的民族救亡运动"才提出了"国防文学"，而"大众文学"是在其后被提出的，应该算是"国防文学"的衍生物，至少对"日益高涨的民族救亡运动"的反应上，不如"国防文学"先知先觉；其二，"两个口号"的争论，是因为"国防文学"派在具体问题上犯了"沿袭""忽视"的错误以及"这一口号本身的含混以及对其解释的不当"而产生了问题之因，为了"补救"这一口号的胡风又犯了"没有解释""只字未提"的错误，并招致别人的"成见"而导致问题之果。好在两派的"基本观点是一致的"，最后以"纠正了具体主张中的某些不明确性"来解决了这一问题。

在王嘉良等当下的文学史家们笔下，无论是"国防文学"还是"大众文学"，皆是"出于好心而办了坏事"，因此均挨五十大板。这种处理法的目的在于可以有效地掩饰"左联"内部不可调和的内在矛盾，但却也掩盖了一些颇为重要的史实。

学界一般认为，"大众文学"这一口号的首次被提出，是胡风在1936年6月1日发表在《文学丛报》上的《人民大众向文学要求什么》一文，而胡风这篇文章的前因则是一位名叫徐行的年轻批评家连发两篇极左的文章，不同意"国防文学"口号，认为"国防文学"的"'理论家'已经陷在爱国主义的污池里面"，[①]朝"国防文学"的提出者大泼污水——这是《中国现当代文学史》没有提及但在其他相关专题论著中却未被忽视的。[②]胡风为了让"国防文学"更加明晰并为了反驳徐行，遂补充性地提出了"大众文学"这一口号。

从前文所提的两个问题出发，本节的研究将包含三重视角：从《夜莺》月刊所刊发内容出发的文学视角、从党史出发的政治视角以及从文学史出

---

① 徐行：《评"国防文学"》，见于中国社会科学院文学研究所现代文学研究室：《"两个口号"论争资料选编，第1卷》，人民文学出版社，1982年，第396页。

② 如刘炎生的《中国现代文学论争史》（广东人民出版社，1999年）、杨联芬的《二十世纪中国文学期刊与思潮》（百花洲文艺出版社，2006年）、十四院校编写组主编的《中国现代文学史》（云南人民出版社，1981年）、张毓茂的《二十世纪中国两岸文学史》（辽宁大学出版社，1988年）、唐弢、严家炎的《中国现代文学史》（人民文学出版社，1984年）、周惜晨、贺宁芳的《中国现代文学史》（江苏人民出版社，1979年）与中共上海市委党史资料征集委员会、中共上海市委党史研究室主编的《上海革命文化史略》（上海人民出版社，1999年）这些著作中，均认为徐行所发表的《评"国防文学"》等两篇文章乃是导致胡风提出"大众文学"的前奏。

发的历史视角。笔者认为，对《夜莺》月刊这一"特辑"的解读，应该可以让这一问题变得更加客观并且接近历史真相。

首先是从《夜莺》月刊所刊发内容而出发的文学视角。那么不应该回避的就是《八月的乡村》这本书，这是东北作家萧军在1935年完成的长篇小说，同年八月，这部小说由上海容光书局出版，出版时萧军署名"田军"。小说塑造了沦陷后东北地区一批不同出身、不同素质、不同觉悟的抗战战士形象，反映了东北地区抗日军民众志成城、驱逐外寇的决心与勇气。当时"卢沟桥事变"尚未爆发但东北已经沦陷，因此"抗战文学"主要以东北地区的战事为主，这与《夜莺》月刊所刊发的《守卫》等抗战作品在题材上是相近的。

鲁迅对《八月的乡村》颇多赞誉并为之代序。称之为"显示着中国的一份和全部，现在和未来，死路与活路。"① 这篇序言随着这本书的出版在全国产生了一定的影响之后，张春桥化名狄克在1936年3月15日天津《大晚报》的《火炬》副刊上发表《我们要执行自我批判》一文，指桑骂槐地对萧军的《八月的乡村》予以批评，认为鲁迅对其撰序乃是言过其实。

但事实上，张春桥对萧军的批判乃是幌子。通过对《我们要执行自我批判》一文的分析我们很容易看出，张春桥的目的全部集中在文章的最后一段：

> 批评家！为了作者请你们多写点文章吧！多教养作者吧！许许多多的人们在等待你们底批判！不要以为那些作家是我们底就不批评！我们要建立国防文学，首先要建立更为强健的批评！我们要结成联合阵线，首先要建立强健的批评！更为了使作家健康，要时时刻刻的执行自我批评！②

"建立更为强健的批评"乃是旨在"建立国防文学"。由此可知，张春桥炮轰萧军，目的竟在于捍卫"国防文学"阵营。但这篇文章却拿鲁迅为萧军的序说事儿，这等于挑战了鲁迅在左翼作家阵营中的"盟主"地位，这让病中的鲁迅颇为愠怒。于是，他写了《三月的租界》一文，以做回应，刊发在《夜莺》第三期。

---

① 鲁迅：《〈八月的乡村〉序》，见于田军：《八月的乡村》，人民文学出版社，1954年，第2页。
② 狄克：《我们要执行自我批判》，《大晚报·火炬》，1936年3月15日。

《三月的租界》全文约两千余字，鲁迅主要反驳了张春桥对萧军以及自己那篇序言的批评。譬如他驳斥张春桥"田军不该早早地从东北回来"、"里面有些还不真实"之论的荒谬，但却只字未提"国防文学"。并且公正地说，鲁迅对张春桥之论只是愠怒，而未到仇恨的地步，毕竟该文的遣词修辞上都用的是颇为温和的词句——譬如"（张春桥的）这些话自然不能说是不对的"、"自然，狄克先生的《要执行自我批判》是好心"并认为"要批判，就得彼此都给批判，美恶一并指出"[①]之类，通篇并没有鲁迅一贯针对论敌讽刺挖苦的语句——这很容易看出，张春桥写《我们要执行自我批判》一文并非旨在针对萧军与鲁迅的序言，而是意图靠对鲁迅的批判，以"文坛登龙术"的伎俩使自己混入"国防文学"的阵营，且该文对萧军的批评也尚属牵强，其目的是为了推广"国防文学"，正因此，一向"痛打落水狗"的鲁迅在回应上的火力也不算猛。但鲁迅一定看到了张春桥在文中对于"建立国防文学"的鼓吹，但缘何没有在回应的文章中针对"国防文学"指名道姓地进行还击？

这个问题必须又要从文学史语境出发的历史视角来解答。须知鲁迅这篇文章刊发于 1936 年 5 月 10 日，此后的 20 天里，胡风、冯雪峰等人就开始酝酿提出"大众文学"这一口号来对抗周扬的"国防文学"。当然，这一口号的提出也是有着自身的背景。据冯雪峰在"文革"期间的回忆，过程是这样的：

> 现在应该根据毛主席提出的抗日民族统一战线政策的精神来提。接着，我又说，"民族革命战争"这名词已经有阶级立场，如果再加"民族革命战争的大众文学"，则立场就更加鲜明；这可以作为左翼作家的创作口号提出。胡风表示同意，却认为字句太长一点。我和他当即到二楼同鲁迅商量，鲁迅认为新提出一个左翼作家的口号是应该的，并说"大众"两字很必要，作为口号也不算太长，长一点也没什么。这样，这口号的最后的决定者是鲁迅，也就是说，这口号是鲁迅提出来的。[②]

该文刊登于《新文学史料》时已经注明，系冯雪峰在"文革"受冲击时的"交代材料"，完稿于 1966 年、修订于 1972 年，曾在"文革"期间

---

① 鲁迅：《三月的租界》，《夜莺》，第 3 期，1936 年 5 月 10 日。

② 周扬：《周扬同志来信》，《新文学史料》，1980 年第 1 期。

"被人广为传抄"，①但作为研究史料则发表于他病逝以后的 1980 年，该文曾对周扬、田汉与夏衍等人进行了批判攻击，甚至还说"（周扬、夏衍等人）用王明的观点来歪曲毛主席提出的抗日民族统一战线政策。"②

冯雪峰的这篇文章在 1980 年的《新文学史料》上刊发以后，引起许多老作家与当事人的不满与抗议，其中的代表就是夏衍。夏衍曾在回忆录中表达了自己的愤懑，"至于'国防文学'这个口号，直至'四人帮'垮台之后，也还有人或明或暗地把它说成是右倾投降主义的口号。"③

但冯雪峰之文所论及"到二楼同鲁迅商量"这个说法却在研究界被当作确凿史实流传至今。笔者粗略统计了一下，大约有近百种研究专著用了这个说法。其中颇具影响者如林志浩的《鲁迅传》（1991 年）、胡平、晓山的《名人与冤案：中国文坛档案实录》（1998 年）、黄乔山的《鲁迅与胡风》（2003 年）、陈早春、万家骥的《冯雪峰评传》（2003 年）等等，从 20 世纪 80 年代初贯穿至本世纪，均有引用。

但是，鲁迅可有一篇"亲笔所写"的文章、一份书信与一篇日记明确支持"大众文学"并鼓动与"国防文学"大唱对台戏？

答案是：没有。

认为鲁迅是"大众文学"的支持者并反对"国防文学"这一结论，只是冯雪峰和胡风"到二楼同鲁迅商量"之后并由冯雪峰转述的结果。冯雪峰和胡风是否上了"二楼"？上去之后鲁迅究竟对他们俩说了什么？这恐怕是中国现代文学史上一个永远的谜。"这样，这口号的最后的决定者是鲁迅，也就是说，这口号是鲁迅提出来的"等论只是冯雪峰的推论，"也就是说"这一推测性的关联片语何以等于确凿的史实？而且，假使"决定者是鲁迅"的话，那"提出者"就一定不会是鲁迅了，哪有自己"决定"自己"提出"之论的道理？因此，"这口号是鲁迅提出来的"之说岂非荒谬绝伦？

而且，这一说法尚且是来自于"文革"期间的"交代材料"，而那时正是江青"代表"文艺宣传界对"国防文学"的代表"四条汉子"——周扬、田汉、阳翰笙与夏衍批判正凶之时。冯雪峰的文章不失时机地利用鲁迅直接点名"揭发"了周扬、田汉与夏衍三人。由此可知，冯雪峰的这篇文章，只是"文革"期间服从于"四人帮"意识形态的交代材料而已，是否完完全全地符合史实，当结合史料分析才能获得结论。

---

① 同上。

② 同上。

③ 夏衍：《懒寻旧梦录》，生活·读书·新知三联书店，2006 年，第 222 页。

我们其实通过对《夜莺》月刊第四期这一"特辑"的史料分析就很容易看出。在这一"特辑"中，一共刊登了六篇文章，分别是鲁迅病中口述的《几个重要问题》、龙贡公（欧阳山）的《抗日文学阵线》、绀弩（聂绀弩）的《创作口号和联合问题》、奚如（吴席儒）的《文学底新要求》、胡风的《抗日声中的演剧运动——关于"星期实验小剧场"》与龙乙（欧阳山）的《急切的问题》。

　　这六篇文章中，有五篇明确声援"大众文学"的文章是这样写的：
　　《抗日文学阵线》里这样说：

　　　　替中国文学运动作出明显的划期的粉线，包含了攻势的全新内容的口号"民族革命战争的大众文学"，可以用下面的电讯证明他的充分的正确性。①

　　《创作口号和联合问题》的论点更强烈：

　　　　最近一期的《文学丛报》上有一篇胡风先生的文章:《人民大众向文学要求什么？》在那文章里头，作者提出了一个新的创作口号:民族革命战争的大众文学。我以为这是值得我们注目的。②

　　《文学的新要求》的火力也不弱：

　　　　由于目前文坛上混乱的情形，提出这一新的、正确的、统一的创作口号"民族革命战争的大众文学"是非常当切合历史整体要求和任务的！③

　　"大众文学"的"始作俑者"胡风在《抗日声中的演剧运动——关于"星期实验小剧场"》一文里，从章泯、赵丹的"星期实验小剧场"演出季出发，也写了这样一段话：

　　　　它（"星期实验小剧场"）是观众直接对面的，这使得它不得不更加敏感地向大众化的路上走。这直接性和大众化使它能够取得最大的

---

　　① 龙贡公:《抗日文学阵线》,《夜莺》,第4期,1936年6月15日。
　　② 绀弩:《创作口号和联合问题》,同上。
　　③ 奚如:《文学底新要求》,同上。

教育群众、启发群众的力量，使它能够在民族革命战争运动中成为很强的武器。①

在《急切的问题》一文中，作者展示出了比《抗日文学阵线》中更鲜明的态度：

> 因此，我们除了需要一个更有代表意义的口号，我们还急迫地需要一切优秀的作家起来参加理论与创作的实践，使我们底"民族革命战争的大众文学"更加丰富起来，更加负起文化斗争的大众任务……"民族革命战争的大众文学"这一口号的提出，是有无比的正确性，愿意一切文化战斗愿为着民族的生死存亡集中到这一口号下面努力。②

"特辑"一共包括六篇文章，五个作者。其中，四个人所写的五篇文章分别用了"充分的正确性""值得我们注目的""新的""最大""很强"与"无比的正确性"等夸大修饰性辞藻为"大众文学"唱赞歌，唯独鲁迅在《谈几个问题》中只字不提"大众文学"与"国防文学"这两个词。而是从文字改革、学生运动等几个方面谈了谈对时局的看法，《夜莺》月刊将鲁迅的文章放在这个"专辑"里面，应该也不是鲁迅的本意。

需要注意的是，在"两个口号"之争前后，鲁迅先是因为"国防文学"派的周扬等人对他的不尊重，进而双方产生龃龉，最终导致鲁迅亲近并信任于冯雪峰、胡风等"大众文学"派，但胡风、冯雪峰亦利用了鲁迅的信任来借鲁迅之名打压异己，种种事端让身体每况愈下的鲁迅更加气闷。这大致是鲁迅在"两个口号"之争前后的心路历程。

由于新近史料的被挖掘，上述问题在近年来的鲁迅研究领域已为个别学者所关注。譬如鲁迅博物馆研究员周楠本结合新发现的史料，论述病重期鲁迅与冯雪峰、胡风之间的关系：

> 冯雪峰在鲁迅重病之际，凭着与鲁迅的亲密关系，以及中共特派员的身份，自作主张地为鲁迅接连代笔写了这两篇文章（引者按：其中一篇是关于"两个口号"的《论现在我们的文学运动》）并公开发表，其效果并不佳……冯雪峰代笔的当时即感觉到了这一点，他曾向胡风埋怨，说鲁迅不如高尔基听话，所以仍然不行。③

---

① 胡风：《抗日声中的演剧运动——关于"星期实验小剧场"》，同上。
② 龙乙：《急切的问题》，《夜莺》，第4期，1936年6月15日。
③ 周楠本：《这两篇文章不应再算作鲁迅的作品》，《博览群书》，2009年第9期。

事实上，纵观鲁迅一生，只在两篇所谓的"署名文章"中点名提到过"大众文学"与"国防文学"的关系，一篇是在 1936 年 7 月——即《夜莺》所推出的这个"特辑"的下一个月，此时鲁迅已经被看作对抗"国防文学"的"大众文学"阵营里的领袖。按照冯雪峰的说法，当时鲁迅口述，由他整理成了《论现在我们的文学运动》一文，里面这样评价"两个口号"：

> 民族革命战争的大众文学，正如无产革命文学的口号一样，大概是一个总的口号罢。在总口号之下，再提些随时应变的具体的口号，例如"国防文学"、"救亡文学"、"抗日文艺"……等等，我以为是无碍的。不但没有碍，并且是有益的，需要的。自然，太多了也使人头昏，浑乱。不过，提口号，发空论，都十分容易办。但在批评上应用，在创作上实现，就有问题了。批评与创作都是实际工作。[1]

另一篇则是颇具代表性的《答徐懋庸并关于抗日统一战线问题》，这是鲁迅对文学青年徐懋庸来函的批评，但这篇文章也非鲁迅原创，亦是冯雪峰根据鲁迅的口述整理而成，在文中有这样一段话：

> 其次，我和"民族革命战争的大众文学"这口号的关系。徐懋庸之流的宗派主义也表现在对于这口号的态度上。他们既说这是"标新立异"，又说是与"国防文学"对抗。我真料不到他们会宗派到这样的地步。只要"民族革命战争的大众文学"的口号不是"汉奸"的口号，那就是一种抗日的力量；为什么这是"标新立异"？你们从那里看出这是与"国防文学"对抗？拒绝友军之生力的，暗暗的谋杀抗日的力量的，是你们自己的这种比"白衣秀士"王伦还要狭小的气魄。我以为在抗日战线上是任何抗日力量都应当欢迎的，同时在文学上也应当容许各人提出新的意见来讨论，"标新立异"也并不可怕。[2]

这两篇文章均冯雪峰所起草，由鲁迅口述，两文算是鲁迅对"大众文学"的有一定支持性的看法，其实说到底也不算太支持。而且严格地说，这两篇文章在"作者为谁"的真实性问题上还依然存疑。

《论现在我们的文学运动》有问题，后一篇《答徐懋庸并关于抗日统一战线问题》也有问题，该文基本上可以认定为冯雪峰所写，因至今仍有

---

① 鲁迅：《论现在我们的文学运动》，《现实文学》，第 1 期，1936 年第 7 期。

② 鲁迅：《答徐懋庸并关于抗日统一战线问题》，《作家月刊》，第 1 卷第 5 期，1936 年 8 月。

手稿传世。据史料记载，"共15页，约6000多字"的手稿，其中竟有"11页为冯雪峰字迹"①——而且这个统计数据尚且来自于为冯雪峰辩白的文字。因此，这两篇文稿纵然基本符合鲁迅的本意，那么里面一些对"大众文学"赞扬褒奖的话，抑或夹杂着冯雪峰自己的意图。

值得注意的是，已经有老作家结合自己的亲历回忆，对这两篇稿件作者的真实性提出了自己的看法，譬如夏衍曾就《答徐懋庸并关于抗日统一战线问题》是否为鲁迅的本意而表示出了怀疑，"正如冯雪峰所说，这封信（即《答徐懋庸并关于抗日统一战线问题》）最初是冯起稿的，因此有些事情是写的失实的"。②而且夏衍还在文中指出了一系列不符合常理与史实的硬伤。

如果说夏衍对《答徐懋庸并关于抗日统一战线问题》一文"作者为谁"的揭露，乃是因为他与冯雪峰多年有隙之缘故，那么和冯雪峰当时一起"到二楼"的胡风对《论现在我们的文学运动》一文是否系"鲁迅委托冯雪峰所写"的揭发，则有着自我批判的坦诚性了：

> 《论现在我们的文学运动》并非鲁迅委托冯雪峰所写。当时鲁迅在重病中，无力起坐，也无力说话，连和他商量一下都不可能，更无法仔细思考问题了……（为省篇幅，此处省略号为引者所加）鲁迅病的这样沉重，应该尽一切可能抢救他，应该尽最大的努力避免刺激他打扰他。至于口号的理论问题，雪峰早已懂得不应成为问题；当然也应该从理论上解决问题，但这不是马上能得到解决，不必也不该马上求得解决，更不应该用鲁迅的名义匆忙地作出断语……（为省篇幅，此处省略号为引者所加）到（鲁迅）病情好转，恢复了常态和工作的时候，我提了一句："雪峰模仿周先生的语气倒很像……"鲁迅淡淡地笑了一笑，说，"我看一点也不像。"③

且不说这篇连语气"一点也不像"的《论现在我们的文学运动》一文是"在发表后才请鲁迅过目的"，④就胡风所言，亦有史料可对证，当时鲁迅确实是在离大限不远的重病当中。据其日记记载，"自此以后（笔者按：

---

① 赵英：《一件总想否定但又否定不了的事实》，《鲁迅研究动态》，1980 第 3 期。
② 夏衍：《一些早该忘却而未能忘却的往事》，《文学评论》，1980 年第 1 期。
③ 胡风：《鲁迅先生》，《新文学史料》，1993 年第 1 期。
④ [日] 丸山升：《由〈答徐懋庸并关于抗日统一战线问题〉手稿引发的思考——谈晚年鲁迅与冯雪峰》，《鲁迅研究月刊》，1993 年 11 月。

指 1936 年 6 月 5 日以后）日见委顿，终至艰于起坐，遂不复记。其间一时颇虞奄忽。但竟渐愈，稍能坐立诵读，至今则可略作数十字矣。但日记是否以明日始，则近颇懒散，未能定也。六月三十下午大热时志。"[①] 而冯雪峰代写的这篇《论现在我们的文学运动》，竟是鲁迅在六月十日"所写"。这恰是鲁迅处于"终至艰于起坐"甚至"一时颇虞奄忽"这一接近谵妄的半虚脱状态，试问他如何能说，又如何能写？

事实上，周扬等人提出"国防文学"本无可厚非，而且也应当时全民抗战、统一战线之景。而胡风带头提出"大众文学"却有些吹毛求疵，首先，这两个口号在本质上并无差异，胡风之所以提出这一口号，乃是为了压制周扬、周立波等人的话语权；其次，胡风、冯雪峰等人为抬高自己的话语地位，利用鲁迅对周扬等人的不满以及对他们的信任，企图拉拢鲁迅进入"大众文学"阵营当中。只是鲁迅终其一生并未进入两帮阵营中的某一方，尽管他反感周扬在"左联"里的霸道作风，亦表露出冯雪峰为自己代笔的不满，但他仍坚持了自己在文品、人格与思想上的"独立性"，这是本论必须要认同的。

最后，还必须注意一个从党史出发的政治视角，在"文学场"中博弈的论辩双方，实际上存在着"权力场"上力量的悬殊与转换。虽然胡风、冯雪峰与吴席儒在 1949 年之后因言获罪而遭遇政治迫害，同时周扬、周立波却作为文艺的掌管者出现。但我们必须承认的是——1935 年时，胡风、冯雪峰在党内的实际权力，要远远大于周扬、周立波等人。

当时有着六年党龄的胡风担任着"中国左翼作家联盟宣传部长、行政书记"这一要职，有着八年党龄的冯雪峰则担任"中共中央宣传部文化工作委员会书记"兼"中华苏维埃政府中央执行委员会候补执行委员"这些实职。作为"中共特派员"的冯雪峰堪称胡风的领导，而作为"行政书记"的胡风又是当时"左联"的实际领导者之一——除此之外，就连"大众文学"派的边缘人物吴席儒在 1935 年都曾担任"中共湖北省、河南省军委秘书长"。而且，作为"左翼作家"精神领袖的鲁迅，一开始在个人感情上都是倾向于胡风、冯雪峰一边的。

而"国防文学"派呢？发起人周扬因"脱党"而在 1932 年"重新入党"并刚刚担任左联的"文委书记"，纵然当时他掌握了"左联"的一定权力，但也不足与冯雪峰相抗衡，另一位支持者周立波只是一个党龄不足一年，且只负责编辑左联秘密会刊《时事新报》副刊与《每周文学》编辑

---

① 鲁迅：《鲁迅全集，第 16 卷》，人民文学出版社，2005 年，第 610 页。

的文学青年。即使当时作为"左联"实际领导之一的周扬在工作作风上有霸道、太过于自我并且对鲁迅不尊重的诸多问题，但在 1935 年的"左联"里，究竟是"国防文学"派权力强大，还是"大众文学"派权力强大？两相对比后，相信自有分晓。

因此，《夜莺》月刊推出"民族革命战争的大众文学特辑"，应是"左联"党团机关的指令，而非方之中情愿而为之。毕竟作为作家、评论家的主编方之中却未写一篇文章与之保持"同一阵线"，而是在"奉命"的同时又保持了自己的独立性——这是他与鲁迅在精神上保持一致性的原因。简而言之，方之中既不是"大众文学"派，也不是"国防文学派"，而是一个信仰崇拜鲁迅精神、不折不扣的"鲁派"。

冯雪峰借鲁迅之名写成的文章，有一个观点是出自客观的，那就是：无论什么口号，必须要做的是"批评与创作"这些"实际工作。"这句话方之中听进去了，他亦相信这是鲁迅的本意。从创刊到停刊的四个月里，恰恰是"两个口号"论证最为猛烈的四个月，但以方之中为代表的《夜莺》月刊编辑人员却集中邀约、刊发了一批有着一定意义与价值的创作与评论作品，反映了当时全国文艺界抗日图存、收复失地的思想主潮，在一定程度上也为中国左翼文学在抗战前期开启了如何从"革命"走向"救亡"的时代新路。

结合上文所论，对《夜莺》月刊的重读，之于"两个口号"的研究，有着如下两个研究意义。

首先从史料的角度有力地证明了，从本质上看，鲁迅并未介入到"两个口号"之争，他既不属于"国防文学"派也不属于"大众文学"派，在"两个口号"之争中，不尊重鲁迅的不但是周扬、田汉等"国防文学"派，也包括胡风、冯雪峰等"大众文学"派。

"左联"发展到了后期，鲁迅与周扬等人产生了矛盾，甚至鲁迅一度还曾辞去"左联"的执委一职，可见鲁迅是不愿意卷入"左联"内部争论的。因此，周扬等人提出"国防文学"这一口号，鲁迅并不感冒，所以也没有去刻意关注，更未曾写多少文字去批驳它——即使化名狄克的张春桥一边批评鲁迅对萧军评价过高，一边鼓吹"国防文学"，鲁迅都未曾在写《三月的租界》顺带着把"国防文学"奚落一番，而是就事论事地反驳了张春桥对自己的批评。

而胡风、冯雪峰等人却抓住了鲁迅与周扬的私人矛盾，意图依靠鲁迅打倒周扬等人，进而巩固自己在"左联"里的领导权，这便是胡风、冯雪峰等人仓促地抛出"大众文学"这一口号的深层次心理动因——但这一口号本身与"国防文学"就没有本质上的差异。作为在文坛成名多年的鲁迅，不会看不到他们内心深处的这一招数，因此在"两个口号"的提出、以及争论的高潮期，病中鲁迅都未曾亲自发表任何言论来表示自己支持哪方并反对哪方。

但无论是周扬还是胡风、冯雪峰，都曾是受过鲁迅恩惠、提携的"文学青年"，病中的鲁迅看到曾经团结一致的左翼青年文学阵营最后竟然如此派系林立，其内心之痛楚可想而知。因此在最后，鲁迅在口述的文章中呼吁争论的两边把精力放到创作与批评这些"实际的工作"上来，而不是盲目的用口号来争论——可见鲁迅并不觉得"大众文学"这一口号比"国防文学"有多大的优越性。

若说鲁迅对"国防文学"真有什么看法，最大的两个原因只是他本人对张春桥、徐懋庸先后对他的攻击以及周扬等"左联"干部对他"不尊重"（笔者按：毛泽东语）的不满罢了，而且，周扬、田汉等人在提出"国防文学"这一口号时"他们曾将那些文件的抄件给郑振铎、陈望道、茅盾、傅东华等人阅读，这些作家表示赞成周扬他们的主张"但却未让鲁迅过目，这让一向自尊心极强的鲁迅大为光火，[①] 周扬自己也承认"'国防文学'口号的提出，并没有经过党内充分的酝酿讨论，也没有向鲁迅请教，这是不妥当的"。[②]

纵观"两个口号"里的不同阵营，其实对鲁迅的态度都可谓是"不尊重"：徐懋庸、张春桥意图靠"骂鲁迅"这一"文坛登龙术"而暴得大名；周扬、田汉等人又在工作中过于霸道且有些擅权地将党性原则片面化，甚至还抨击鲁迅"不懂得统一战线"，这触犯了鲁迅本人长期以来保持思想"独立性"的人格底线；冯雪峰、胡风等人又趁鲁迅在病中，利用其信任进而假借其名发表文章、攻击异己。种种这些都证明了：鲁迅长期对文学青年们的提携、扶持，换来的却是对自己的攻击、抨击与利用。确实，晚年鲁迅因周扬的霸道作风，而有心与冯雪峰、胡风等人走得更近一些——借此恰恰给了冯雪峰、胡风利用鲁迅信任的机会，而且从内心来讲，鲁迅并不想卷入"两个口号"之争，这也是他长期以来在文品、人格与思想上保持"独立"这一批判性姿态的缘故。

而"独立"的这一批判性姿态，恰也是鲁迅之加入"左联"的原因，当时中国共产党是作为"反对派"的"在野党"。鲁迅作为一名有着独立

---

① 倪墨炎：《来自本阵营的冷箭：田汉周扬为何跟鲁迅过不去》，《文汇报》，2006年1月10日。

② 周扬、陈漱渝：《周扬谈鲁迅和三十年代文艺问题》，《百年潮》，1998年2月。

思想、人格的知识分子，他意图通过与"在野党"的合作来完成知识分子的社会批判理想，这是他与"左联"靠近的心理动因。同时，他也做出了在精神上将为"左联"予以有条件付出的思想准备。"倘若用得我太苦，是不行的"、"要专指我为某家的牛，将我关在他的牛牢内，也不行的"、"如果连肉都要出卖，那自然更不行"。① 但"左联"的宗派主义、党性原则与左联内部人员的素质、作风问题交杂在一起，却无视鲁迅这种付出。这一切不但触犯了鲁迅长期以来的思想底线，而且还对晚年且病中的鲁迅造成了心理伤害，这是鲁迅当时加入"左联"时所未料到的。

其次，"两个口号"之争本身是内部权力倾轧之争，本质是"左右"两派的政治权力斗争，这基本已为学界所公认。因此在这一"分裂'左联'"的斗争中，胡风、冯雪峰等人应该承担不可推卸的历史责任。

尽管"两个口号"之争之后不久，鲁迅病逝。在成立全国抗日联合统一战线的呼声之下，周扬、冯雪峰等"两个口号"的不同派别最终还是在形式上获得了联合。但这一争论曾一度涉及毛泽东，徐懋庸曾回忆毛泽东在延安时曾批评"两个口号"的争论者对鲁迅的态度——"你们是有错误的，就是对鲁迅不尊重"。②

长期以来，研究界对"两个口号"之争，颇多偏袒于胡风、冯雪峰与吴席儒的"大众文学"这一边，原因不外乎他们一直被视作鲁迅的"纯正门徒"且在 1949 年之后受到过批判，而与鲁迅产生过龃龉的周扬、田汉与周立波等"国防文学"派却成为 1949 年之后国家文艺政策的执行者，再加上冯雪峰在"文革"期间对于"四条汉子"又有过所谓的史料性批判材料。因此，研究界曾呈现出"褒大众贬国防"的不公正倾向，亦不足为奇。

通过对《夜莺》月刊所刊发稿件的文本内容。写作姿态等因素综合考量，不难看出，在抗战前期这个亟需团结一致抗敌的关键历史时刻，胡风、冯雪峰等人利用鲁迅的信任，进而抛出"大众文学"口号用来对抗"国防文学"，显然出于私益而非公利。在《夜莺》月刊的"特辑"上虽有一篇鲁迅的口述之论，但却与"两个口号"之争无甚关系。因此笔者认为，作为对当时政权一直扮演反对派且与周扬等人并不和睦的鲁迅来说，虽一开始对"国防文学"中"联合统一战线"的观点颇为不满，但随即能够做出一定的让步，并从抗战大局考虑认为"国防文学"有合理之处，已然算难能可贵。而且，在鲁迅同时看来，"大众文学"充其量算一个"总口号罢

① 鲁迅：《鲁迅论创作》，上海文艺出版社，1983 年，第 14 页。
② 徐懋庸：《徐懋庸回忆录》，人民文学出版社，1982 年，第 104 页。

了"。在民族存亡形势越发紧迫之时，病中的鲁迅不得已恳求左联内部的争论者不要停留在口号之争上，要多搞文学创作与批评实践——鲁迅与胡风、冯雪峰等人情操境界霄壤之判，高下立见。

综上所述，"两个口号"之争，实际上是胡风、冯雪峰等人挑起的。尽管有张春桥披着"国防文学"的外衣对鲁迅进行批驳，但仅凭张春桥的劣迹，我们仍无法将"国防文学"打入历史的另册（更何况张春桥乃是假借"国防文学"之名）。而且必须要看到的是，以周扬为代表的"国防文学"派与以胡风为代表的"大众文学"派的山头主义宗派矛盾，却一直延续到了20世纪70年代，成为了1949年之后中国大陆文艺界斗争最激烈、涉及人数最广、影响最大的文艺系统的派系路线斗争，可事实上无论是胡风、冯雪峰，还是周扬、田汉，包括意图浑水摸鱼分得一杯羹的徐懋庸、张春桥，在"反右""文革"与其后"粉碎'四人帮'"的政治运动中不是深受摧残、迫害致死，便是坐牢多年、妻离子散，均成为政治斗争的受害者，可见在"两个口号"之争的两派中，并无真正的赢家。

第四节 《夜莺》月刊之历史价值

本节拟结合前文所论，采取文学社会学的研究范式，从两个方面来解析审理《夜莺》月刊之历史价值。作为文学杂志的《夜莺》月刊，它首先具备的是文学的历史价值，即在抗战前期以及其后的文学层面上，它可以扮演一个什么样的角色？同样，作为大众传媒的《夜莺》月刊，它是社会的产物并服务于当时的社会，那么它在抗战前期的以及其后的社会里，又产生了一种什么样的影响？

孙绍谊曾经在《想象的城市——文学，电影和视觉上海（1927—1937）》里写过这样一段话：

> 1935年春节后不久，茅盾便在一篇题为《狂欢的解剖》的短文中，提出了他认为可能导致狂欢的两种相悖心态：第一种是"向上的健康的有自信的朝气蓬勃的"作乐，另一种是"没落的没有前途的今日有酒今日醉的"放纵……第二种心态则以西历1935年除夕夜为表征。茅盾引用路透社电文称，尽管"世界危机"的阴霾挥之不去，欧美各国"庆祝新年"的热烈却比任何时候都更"狂欢"和"进步"……不过，与这些"太平景象"截然相对的是，日本宣布废除《华盛顿海

军条约》，而美国则通过了扩充军备的预算，"二次世界大战的'闹场锣鼓'是愈打愈急了"。作者认为，正是这两幅对立的世界图景，揭示了 1935 年新年狂欢的本质：今日有酒今日醉。①

这是孙绍谊申请南加州大学（University of Southern California）博士学位论文中的一段，作为该论文第二章"民族国家与全球城市：左翼作家的上海话语"的开篇。这段话阐释了 1935 年这个特定年份的气质：狂欢性。作家一方面感知到了整个国际大趋势所带来的灾难正在步步迫近——在国际上，亚洲军国主义的复兴正推向中国逐步朝着"二次世界大战"靠拢；而在国内，由于农村土地的被兼并、民族工业的短暂性复苏使得整体社会消费能力呈现出了增强的趋势，这直接导致了社会各阶层两极分化的加剧，都市消费社会的特征被凸显，一批富人——尤其是上海地区的富商、买办、高级知识分子、金融寡头甚至帮会首领，他们完全可以尽情地享受现代都市生活。之于生活在"孤岛"上海的他们而言，只要可以成功地在上海的地方政权与外国人之间周旋，战争之于他们利益的损害并不太大。

这种语境恰恰为中国左翼文学提供了纵深发展的社会文化土壤，作为"后五四"时期重要的文学思潮的中国左翼文学，它源于俄苏，但却在中国本土形成了自己独特的理论体系。就中国左翼文学运动而言，以上海为中心、深受俄苏现实主义影响的城市文学与青年创作成为中国左翼文学体系的重要组成。这种创作虽然立足于底层、民间与对腐败政权的抨击，但是它的精神渊薮则是租界文化繁盛、出版体系健全、政治气氛宽松以及城市文明发育颇为成熟的上海，这就决定了以青年知识分子、贫苦产业工人为创作主体的中国左翼文学②之内涵始终无法回避"劳资冲突"、"城市贫民"等书写内涵，③但当时中国社会的主要矛盾并非在城市，而是在乡村。

可是，自"五四"以来的底层文学叙事却是根植于乡村问题之上的叙事，如王统照、鲁迅、叶圣陶等人的小说、散文，均是取材农村，立足现实，这是与中国当时的现实相贴切的。但"左翼文学体系"中却不以这样

---

① 孙绍谊：《想象的城市——文学，电影和视觉上海（1927—1937）》，复旦大学出版社，2009 年，第 39 页。

② 王尧山在《忆在"左联"工作的前后》中认为，"'左联'盟员来源大致有：作家、失掉党的关系找到'左联'的、青年工人、青年志愿学徒、中小学教员、女工夜校中的积极分子等等"，见中国社会科学院文学研究所《左联回忆录》编辑组：《左联回忆录》，中国社会科学出版社，1982 年。

③ 李永东：《租界文化与三十年代文学》，三联书店，2006 年，第 83 页。

的作品为主，^① 这也是中国左翼文学体系中的"城市叙事"与当时中国现实脱节的原因所在。不容忽视的是，《夜莺》月刊对"五四"以来的乡土文学传统的继承，在一定程度上丰富了中国左翼文学的精神内涵。

在《夜莺》月刊里，虽有以学生、产业工人、小市民甚至军人为主题的文学作品，但同时也发表了一篇非常优秀的、以农村生活为题材的文学作品，即葛琴的《蓝牛》（第四期），在以"工人阶级"主要为叙事对象的中国左翼文学体系中，这篇小说展示了其更为贴近中国社会现实的一面。更重要的是，这篇小说同时反映了大时代背景下"救亡／革命／启蒙"这"三重奏"，这在中国左翼文学作品中不可多得。因此，《蓝牛》对中国左翼文学体系的丰富是有贡献的，使其在"农村题材"的创作实践中有了更具分量的作品。

作为中国左翼文学代表人物邵荃麟的夫人、原名孙瑞珍的女作家葛琴曾因在丁玲主编的《北斗》杂志上发表军人题材小说《总退却》而闻名左翼文坛。就她本人来说，其创作内容普遍以市民、军人与学生生活为主，几乎不涉及"农村题材"。但《蓝牛》这篇小说却以农村青年"蓝牛"为主人公，讲述了当时中国农村饱受战争之苦以及农民如何"自我拯救"的现实问题。当然，这篇文章得以发表应也与《夜莺》的主编方之中来自于农村并发动过农民起义等丰富的乡村生活阅历有着不可分割的原因。

从结构与叙事上看，《蓝牛》是一部现代主义小说。整部小说基本由对白、独白与内心描写所组成。来自东北农村的主人公蓝牛是一个笨拙、愚昧的文盲青年，被旧军阀蛊惑参军之后，不但没有改变家中贫穷的面貌，相反越来越穷，最终一贫如洗，妻子生病竟都无钱医治。已从旧军队里出走的蓝牛在东北沦陷后最后索性赌气离开家乡。小说最后以蓝牛多年后寄回家的一封信结尾，告知自己的目前"在念书了，已经识了很多的字"并且"还有一支很新式的枪，时常擦的像眼睛一样亮"。^②

蓝牛去了哪里？又做了什么？相信无论是 80 年前的读者，还是当下的看官，都能一眼知晓。曾经的蓝牛笨拙且愚昧，后来的蓝牛不但识字而

---

① 客观上说，中国左翼文学的精神开端应是乡土文学中关于农民"失去土地"从而形成"漂泊者"的现代性悲剧命题，实际上这反映了中国现代农村迈向现代性的社会发展必然。在 20 世纪 30 年代左翼文学体系中，其实仍不乏有相对较为优秀的农村题材文学作品，譬如萧军《八月的乡村》、阳翰笙的《暗夜》、柔石的《二月》与叶紫的《丰收》等等。曹清华认为，左翼文学创作最大"身份难题"就是"言说者"与"言说对象"究竟是"工人阶级"还是"知识分子"的问题，而这恰恰反映了现代左翼文学生产过程中对于乡村问题的有所忽略。见曹清华：《中国左翼文学史稿（1921—1936）》，中国社会科学出版社，2008 年。

② 葛琴：《蓝牛》，《夜莺》，第 1 卷第 4 期，1936 年 6 月 10 日。

且有了一把枪。在这里，"革命"与"启蒙"成为了几乎同步的一种叙事策略。而在抗战前期这个关键时刻，蓝牛最终的选择又有了"救亡"的意味。值得关注的是，他所在的"东北农村"本身就体现了一种"被拯救"的历史语境——毕竟共产党的革命策略是从农村开始的。将"启蒙／救亡／革命"融入"农村社会"这个大背景的《蓝牛》，实际上反映了中国左翼文学在救亡的大背景语境下所呈现出历史转折的趋势。

因此《蓝牛》所携带的内涵意义，大大超越了其叙事技巧。长期以来，我们关注中国左翼文学多半在于这两个方面———建构在工业文化、都市文明、社会分层之上的批判，或对于"阶级革命"的单纯性、口号性的文学表达。而夜莺所刊发的这篇《蓝牛》，却超越了这两个简单的层面，深层次地反映了中国左翼文学在抗战前期在对象上的内涵性转变。

其次，《夜莺》月刊反映了左翼文学在抗战前期这一特殊时期所扮演的文化角色与所承担的历史责任，尤其是作为主编的方之中，有着自身的独特个性。

正如前文所述，《夜莺》月刊奉命推出"民族革命战争的大众文学特辑"，曾为"两个口号"之争推波助澜，但这也泄露出了一个不容忽视的史实：鲁迅与"大众文学"之间并无什么关系，并不是后来研究者依据冯雪峰那篇文章所记述的那样，认为这个口号是鲁迅提出来的，并且鲁迅还站在"大众文学"的阵营里里反对"国防文学"。

而且，尽管涉及"两个口号"之争，但《夜莺》月刊还在一定层面上保留了自己独特的品格。作为"左联"体系刊物的《夜莺》，主编方之中不能违抗命令，只有按照"左联"党团的指示。因此，方之中属于名副其实"戴着镣铐跳舞"的编辑者。最终，方之中还是放弃了自己为之奋斗的文坛，重新投身军界，他一度从将军到文人最后又回归将军的身份。在上海滩主编《夜莺》月刊的岁月成为了方之中生命中的一段意味深长的插曲，或许，经历了"两个口号"论争的方之中真的对权力倾轧、尔虞我诈的"左翼"文坛几乎已近乎绝望？

综上所述，通过对《夜莺》月刊的重读，结合如上两点历史意义，本节所得出之结论亦有两点。

首先，通过对《夜莺》月刊的重读可以发现，"左联"这一文学体制引起争权夺利的内讧，对中国左翼文学创作的伤害确实很大。中共党内早期根深蒂固的山头主义、宗派主义所导致的内讧，实质是致使"左联文学"缺乏佳作的重要原因。但保持相对"独立性"的《夜莺》月刊中所刊载的一些小说、诗歌、散文与评论，从历史的眼光看，其实都是现代文学史上非常优秀的作品。

其次，《夜莺》所刊发的文章实际上是对"五四"新文学传统的赓续与发扬，这见证了"左联"文学并非全然是"口号文学"，而是因为其权力分配不均导致的轮番内斗以及优秀创作者的不断流失，使得"口号"之争甚嚣尘上，但是在这种混乱之下，仍有值得关注、好评的文学作品与创作思想存在，而且恰恰是符合"五四精神"的。作为"左联"晚期刊物之一的《夜莺》，不但推出了一批好作品，更发表了数篇优秀的译著，无疑这些也应算是"左联"文学期刊体系的重要组成之一。

值得一提的是，史料证明，《夜莺》月刊的停刊，其实毫无先兆，就在第四期方之中还刊登了"约稿规约"，在规约中明确表示"千字概以一元至五元之笔金，但不得事先约定"。但旋即停刊方之中却无法预料，[①] 在《夜莺》停刊之后，方之中又约上尹庚——这位《夜莺》月刊的老作者，重新创刊了与《夜莺》风格一脉相承的《现实文学》，但这份刊物最后也不幸只维持了两个月就草草夭折了。

---

① 在方之中唯一的一篇关于《夜莺》的回忆录中，他如是回忆《夜莺》的停刊，缘故是他本人受到"政治上的压迫与生活上的困难"，其停刊属于"内外交迫的情况"。见方之中：《记〈夜莺〉月刊》，《新文学史料》，1982 年第 1 期。

第四章　官办文学期刊的文化策略

——《越风》月刊研究

由黄萍荪主编，1935 年 10 月创刊于杭州仁和路乙一号（今杭州市解放路 131 号"东方金座"附近），至 1937 年 4 月（第二卷第四期）停刊的《越风》月刊（第一卷为半月刊，自第二卷改月刊，期间曾断续停刊多次，故本著统称为《越风》月刊），在抗战前期现代文学史、思想史上有着颇为重要的研究意义，它虽办刊于浙江杭州一地，却造成了短暂的全国性影响。

该刊虽在杭州出版、印刷，但却在第十期至第二十一期交由"上海杂志公司"总经销，其余各刊期均自办发行。在发行上，该刊运用新的促销方式，堪称当时期刊发行界一大创举。在第十二期上刊登的"本刊优待订户办法"中，就有这样三条：

一、凡一读者介绍常年订户五人本人可免费阅读本刊一年。

二、凡在同一地方学校、机关、团体、党部订阅本刊十五份以上者九折，卅份以上者八折，五十份以上者七折。

三、曾订阅本刊半年之读者如已满期而仍将原订单寄至本社续订者，一律八折优待。[①]

这样一份有着独特个性的刊物，"发行方式"只是其表，其内涵当有更为深刻的研究意义。因此本章拟从《越风》月刊全二十八期（自第一卷第一期至第二卷第四期）[②] 出发并以其为研究核心，试图审理三个问题并予以回答：第一，若是还原文学现场，《越风》月刊的本质究竟是一个什么

---

① 越风社：《本刊优待订户办法》，《越风》，第 12 期，1936 年 4 月 30 日。

② 由沈云龙主编，台湾文海出版社出版的"近代中国史料丛刊续编第六十六辑"中，曾影印了《越风》月刊第一卷，并未影印第二卷第二卷共出四期。笔者在此所研究系含第二卷的全套《越风》月刊，但不含该刊的《西湖》增刊。

样的期刊杂志？第二，在抗战前期创办并停刊的《越风》月刊如何在"民族主义"之文化背景下，用"借古讽今"之策略来完成"国难"语境中的"救亡"意义？第三，《越风》月刊在文学史、社会史与学术史上，应具有何种地位？

第一节 "以浙为主"与"昌明国粹"

国内研究界对《越风》月刊的关注，多半围绕着鲁迅而开展，提《越风》月刊几乎必提鲁迅，成为了关于《越风》月刊研究的一个特点。笔者认为此有失偏颇。因为鲁迅生前并未在该刊发表过任何一篇文章，只是在鲁迅逝世后不久，主编黄萍荪曾在第二十一期的封面上刊登了鲁迅的手迹并转载了他的遗稿，然后自己又在第五期上化名"冬藏老人"刊登了《雪夜访鲁迅翁记》，这篇文章主要描写自己冒雪匆访鲁迅，但约稿未遂一事——有学者认为这是黄萍荪杜撰的，因为鲁迅与黄萍荪根本未曾有过见面，只有通信。①

所以，对于《越风》月刊的研究必须要超越"鲁学"的范畴，抛却鲁迅、许广平与黄萍荪的私人恩怨进行史料性的探赜。只有这样才有可能获得对于《越风》月刊的真实理解。《越风》月刊创刊伊始并没有创刊词来显示该刊特色，唯在第一卷第一期有两个"迹象"，可以表明这个刊物的办刊特征。

一是在版权页上的"本刊赞助人题名"，名单包括人口学家马寅初、②

---

① 在 1981 年版的《鲁迅全集》中，对于黄萍荪有这样的描述"1902 年生，浙江杭州人。1933 年通过郁达夫向鲁迅索题词，鲁迅为之书五绝一首。1935 年编辑《越风》月刊时将此诗手迹刊登于该刊封面，进行招摇撞骗。1936 年又多次写信向鲁迅约稿，为鲁迅拒绝。"而这又是基于许广平对黄萍荪的斥责："我告诉他，那小子（黄萍荪）自称是青年，请求鲁迅给他写字。凡有青年要求，鲁迅是尽可能替他们办的。待寄出不久，鲁迅的字就被制版作杂志的封面了，而这杂志是替蒋介石卖力的。当时鲁迅看到如此下流的人，这样利用他的字来蒙骗读者，非常之忿恨，这忿恨之情，至今还深深印在我的脑海。"（许广平：《鲁迅在日本》，上海文艺，1956 年第 10 期）但事实上，刊登手迹时鲁迅已经病逝，不可能有见刊的"忿恨"之情，许广平在此为诬陷黄萍荪无疑。

② 马寅初（1882—1982）浙江嵊县（今嵊州市）人，中国当代经济学家、教育学家、人口学家。1949 年之后，他曾担任中央财经委员会副主任、华东军政委员会副主任、北京大学校长等职。1957 年因发表"新人口论"方面的学说而被打成右派，中共十一届三中全会后得以平反。

地方官员方青儒、^①篆刻名家陈伯衡、^②浙江省主席黄绍竑、^③国民党中央委员陈布雷、^④与著名报人胡健中^⑤等浙江名流，由此可知，该刊在办刊方式上基本上是一份"乡党刊物"，因为办刊地与赞助人的籍贯（或工作地点），均为浙江。

二则是在这份"赞助人题名"左边的一份"越风社同人信条"，信条有四："不张幽默惑众""不以巧言欺世""不倡异说鸣高"与"惟持真凭实据和世人相见"。

"真凭实据"与"不张幽默惑众"其实已经昭示了这份刊物的身份——并非是纯粹的文学期刊，所以《越风》月刊的思想性更大于其文学性。用纯粹的"文学杂志"来概括《越风》月刊其实并不一定准确。从《越风》月刊的另一个"迹象"来看，似乎也更能说明这个问题，那就是《越风》月刊第一期的"后记"，其实这应该算是《越风》月刊的办刊宗旨了，现将全篇（共两段）的第一段摘录如下：

---

① 方青儒（1907—1984）浙江浦江人，1931年5月起当选为中国国民党第三、四、五、六、七届全国代表大会浙江省代表。后任国民党浙江省党部第二至七届党部执行委员兼常委、书记长，并曾任中国政治大学教授。1945年5月当选为国民党第六届中央执行委员，1946年当选制宪国民大会代表。1949年去台湾，任"台湾省政府"顾问。

② 陈伯衡（1880—1961）字锡钧。江苏淮阴人，篆刻家。两江法政学堂毕业，曾任清江苏淮扬河道漕运、总督两署河工文牍，民国时期历任淮安、上海、北京、江宁、鄞县、杭县等审判厅民庭推事、杭、嘉等县烟酒税差，西湖博物馆历史文化专门委员、浙江省通志馆通纂，1949年之后为民革成员。任浙江省文管会常务委员。

③ 黄绍竑（1895—1966）字季宽。广西容县人。辛亥革命时参加广西学生军北伐敢死队。1927年后历任广西省政府主席兼留桂军军长、国民政府内政部长、浙江省主席、湖北省主席。抗日战争期间历任军事委员会作战部长、第二战区副司令长官。1947年任国民政府监察院副院长、立法委员。1949年作为国民政府和平谈判代表团成员赴北平参加国共谈判。谈判破裂后去香港，发表声明脱离国民党，旋出席中国人民政治协商会议第一届全体会议。中华人民共和国成立后，历任政务院政务委员、全国人大常委会委员、政协全国委员会委员、民革中央常委等职。"文革"期间不堪凌辱，悲愤自杀。

④ 陈布雷（1890—1948）原名陈训恩，号畏垒，字彦及，浙江慈溪人。1912年3月加入同盟会，1927年加入国民党。历任浙江省政府秘书长、省政府委员兼教育厅长、国民党中央党部秘书长、国民政府教育部副部长、国民党中央宣传部副部长等职，1948年11月13日在南京自杀。

⑤ 胡健中（1906—1993），原名经亚，字絜若，笔名蘅子。浙江余杭（今属杭州市）人，著名报人。1927年毕业于上海复旦大学新闻系。翌年起任《杭州民国日报》总编辑。1934年6月起主持杭州《东南日报》，成立东南日报股份有限公司，任常务董事兼该报社长。以民间报纸姿态，为国民党做宣传，被当时新闻界誉为"南北二胡"（北为《大公报》的胡政之）。抗战全面爆发后，继续在浙江省金华、丽水、云和等地主持报纸工作。1943年秋到重庆接任《中央日报》总社社长兼任《东南日报》社长。1949年4月携妻去台湾，曾任"中央日报"发行人、社长，"中央电影公司"董事长。1993年9月26日逝世于台湾。

近岁以还，云系中国出版界不振之年，各书局除翻刻大批古籍外，当推那些仿佛是应运而生的杂志小报了。杂志之中，尤以半月刊为是风行，若《论语》《太白》《人间世》以及新刊之《宇宙风》等，都为一般人所熟知，今本刊与世人相见，在外形上看来，也许有人要误会我们和《论语》《人间世》同轨，实则不然。本社同人，学德俱薄，断不敢张幽默以惑众，立巧言以欺世。若我们能力所及，只想介绍几篇不是徒托空言的文章给读者辨辨滋味。虽然，这当中隔昨的与新鲜的都有，但隔昨的绝非毫无依据，新鲜的也未敢故甚其词。好在读者自有眼力，操觚者可毋庸在此多赘。①

　　这一段话实际上写得非常之巧妙，它不但抬高了自己，而且还把同时代有着欧美留学生背景的文学期刊狠狠地讽刺了一顿，无论是《论语》《太白》还是《人间世》，在他们看来，都是"巧言幽默""欺世惑众"甚至"徒托空言"的"杂志小报"。《越风》月刊究竟要走哪一种路线，我们也就不难得知了。毕竟在《越风》月刊总共二十八期中，所发表的文章总量不少，在当时能够连续出版二十八期的同人刊物，确也比较少见。且这些文章基本上都是以文史考据、古体诗词为主。基本上与创刊时声称的办刊宗旨相吻合。（具体情况见下表。每一期有刊登旧体诗词的专栏"湖上文苑"，作者较多且杂，故下表不收在内，亦不含"选辑"之类）：

刊期与该期发稿量	后面括弧内为作者的笔名、真名或连载期号，作者真名系笔者考证所得，一些广为人知的笔名不做注释，部分难以考证的笔名则不再注明第一次笔者注真名之后，其后皆以原刊文前署名为主，若一篇文章在不同期中多次出现，则为连载之文。
第一期，十一篇	胡健中《李清照在金华》、胡怀琛《南社的始末》、郁达夫《记曾孟朴》、曾朴《哀文》、黄萍荪《越缦堂日记的作者李慈铭》（至第二期）、高乃同《谈蔡元培的启事》、余绍宋《归砚楼记》、金东雷《燕双楼诗话》、黄华《邹汝成之风波相》、陈万里《越蕃之史的研究》、黄萍荪《后记》
第二期，八篇	陈训慈《谈四明范氏天一阁》（至第三期）、徐一士《私访》、余绍宋《黄晦闻先生最后之诗》、项士元《慈圆丛谭》、陈大慈《忆罗浮》、秋宗章《庚子拳祸与浙江三忠》（至第四期）、冬藏老人《今古楼谈荟》（黄萍荪）、黄萍荪《后记》

　　①　《后记》，《越风》，第1卷第1期，1935年10月16日。

第三期，九篇	胡寄尘《几社与复社》、黄萍荪《贾似道与葛岭半闲堂》、徐一士《再谈私访》、郁达夫《王二南先生传》、陆丹林《光宣诗坛剑子手之二方》、冬藏老人《今古楼谈荟》、陈馥润《秋雪庵》、胡行之《关于保俶塔》、黄萍荪《后记》
第四期，十一篇	章太炎《黄晦闻墓志铭》、黄季刚《姜西溟文稿跋》（黄侃）、陆光宇《两晋士大夫清谈误国》、徐一士《谈徐世昌》、陆丹林《记康南海的老师》、求幸福斋主《夏禹的神话》（何海鸣）、郁达夫《王二南先生传》、胡行之《说西湖》、王冠青《浙江的人物与文献中之三王》、李朴园《人艺戏剧专门学校》、婴宁老人《后湖感十首》（陈屺怀）
第五期，十一篇	余绍宋《瞿兑之方志考序》、陆丹林《亡国之音哀且思》、胡伦清《刺客施全》、陈小蝶《湖上散记》、徐一士《谈徐世昌》、秋宗章《辛丑回銮记》、孙正容《海燕楼随笔》、忍庐《葛槐传》（包卓人）、自在《南社史料——驱朱鸳雏经过》（陆丹林）、唐玉虬《春池馆诗话》、冬藏老人《雪夜访鲁迅翁记》
第六期，十六篇	柳亚子《成立以前的南社——我和南社的关系第一章》、周作人《越中文献杂录》、谢兴尧《南宋时水浒传与忠义军》、童振藻《中法战役中之丁槐》、黄华《扬州十日与嘉定三屠》、胡怀琛《月泉吟社及其他》、陆丹林《侯承祖父子金山卫抗清记》、郁达夫《浙江的今古》、张天畸《明末的灯市》、徐一士《谈徐世昌》、凌霄汉阁主《关于杭州》（徐凌霄）、董世祯《纪明末鄞五君子之祸》、许宝驹《西湖梅品》、陈小蝶《湖上散记》、白蕉《春池馆诗话》、柳亚子《读南社补记后》
第七期，十二篇	柳亚子《我和朱鸳雏的公案》、陈子展《遗民的悲愤》、陈万里《越器图录自叙》、徐一士《谈徐世昌》（至第八期）、求幸福斋主《民元报坛识小录》、凌霄汉阁《文祥曾国藩之外交》（徐凌霄）、黄华《扬州十日与嘉定三屠》、唐玉虬《春池馆诗话》、陈小蝶《湖上三记》、陈蝶野《三国索隐》（至第十一期）、李朴园《北平的衣食住行》、白蕉《四山一研斋随笔》（至第十一期停，十四期、十九期复）
第八期，九篇	柳亚子《虎丘雅集前后的南社》、胡行之《清之禁书谭》、秋宗章《大通学堂党案》、王夫凡《龙山杂忆》、凌霄汉阁《三次覃恩中之不幸者》、陆丹林《柳亚子秣陵悲秋图本事》、高越天《忆秦琐记》（至第九期）、唐玉虬《春池馆诗话》、陈小蝶《湖上散记》
第九期，十一篇	柳亚子《南社大事记》、姜丹书《记弘一上人》、夏丏尊《我的畏友弘一和尚》、忍庐《台湾战史之又一页》、自在《清兵居十八甫》、秋宗章《大通学堂党案》、戚墨缘《梦余拾铺》、瞿兑之《苏小小》、一士《杭州旗营之陈迹》（徐一士）、陈小蝶《贡院话旧》、曾士莪《谈林文公》
第十期，十篇	陆树枬《雪苑社和望社》、黄季刚《梦谒母坟图题记》、曾啸宇《杭州与汴州》、丰子恺《生机》、申石伽《谭晚清金石大师吴大澂》、金石寿《温元帅的出身考》、瞿兑之《梦余拾铺》、金梁《杭州新市场古迹志异》、秋宗章《大通学堂党案》、郑际云《西台恸哭记的作者谢皋羽》

第十一期，十三篇	柳亚子《南社纪念会聚餐记》、徐彬彬《庚子之忠臣》、邵元冲《曼殊遗载》、张默君《读曼殊遗载后》、张天畴《晚明人的茶癖》、宜庐《鸡鸣狗叫之官》（胡行之）、卢冀野《"黑刘五体"》、项士元《慈圆丛谭》、余小可《闲话花坞》（陈大悲）、姚民哀《姑苏来鸿》、陆树枬《吴江仙子叶琼章》、唐玉虬《春池馆诗话》、郭子韶《关于太平话》
第十二期，十二篇	马小进《香江之革命楼台》、徐彬彬《庚子之忠臣》、吴召宣《清末浙江之哥老会》、郭子韶《和珅》、程凤鸣《文艺萃于一门的赵吴兴》、高越天《庚子拳祸之史诗》、杨济元《记浙西诗人厉樊榭》、金梁《旂下异俗》、陆费鎏《苏小小墓》、胡行之《王冕与梅花歌》、何鹏《雪涛小书》、项士元《慈圆丛谭》
第十三期，十九篇	白蕉《史事检讨》、谢兴尧《宋朝的外交和外交家》、味辛《五月史话》（何公超）、凌霄汉阁《恭读秘谕记》、徐蔚南《明代覆亡时上海的变动》、张慧剑《"不肯剃头"之下的牺牲者》、章文甸《读激昂慷慨悲壮凄凉之作》、王和之《金兵渡江屠明州》、陈训慈《四明万氏之民族精神》、胡行之《朱舜水之海外因缘》、黄华《记明末殉节之王思任》、陆丹林《王鼎翁生祭文文山》、张天畴《南宋时高斯得的气节及其作品》、董贞柯《张苍水革命始末》、弘一法师《惜福劳习持戒自尊》、周作人《关于童二树》、郁达夫《记富阳周云皋先生》、忍庐《崇祯之子与宏光之妻》、叶圣陶《记游洞庭西山》
第十四期，十八篇	本期为"柳（亚子）寿特辑"；严既澄《景山凭吊录》（至十四期）、高越天《纪念浙江的几个遗民》、胡怀琛《西湖八社与广东的诗社》、姜卿云《编印浙江新志的缘起》、张破浪《以身殉国的陈化成》、马小进《张丽人死因及生日考》、吴原《记尤少纨》、金石寿《题北魏神麀四年舍利塔砖砚》、张汶祥《刺马别闻》（程凤鸣）、戴传贤《序浙南游草》（戴季陶）、冬藏老人《瓜圃述异与金梁》、编者《越风和柳亚子先生的因缘》（《越风》月刊编辑部）、蒋慎吾《我所知道的柳亚子先生》、徐蔚南《郑佩宜夫人》、白蕉《谈到柳亚子先生》、胡怀琛《聊且偷闲学少年》、陆丹林《柳亚子先生》、吉光《柳寿纪闻》
第十五期，十二篇	高越天《钱塘江上一幕悲壮剧》、城南《谈谀墓》、味辛《崇祯朝的"官"与"匪"》、钱时言《醇酒妇人的陈老莲》、瞿兑之《约园旧事》、阿英《书画缘小传》、天虚我生《杭谚隽谈》（陈蝶仙）、孙正容《畏外心理》、一士《徐树铭与俞樾》（十六期无，第十八期）、沈逋翁《忆袁爽秋先生》、张人权《李渔意中缘两女画师》（至第十六期）、郭子韶《谭古人的姓名》
第十六期，十篇	张天畴《宋狂生的四书五论》、章文甸《独松关在南宋之史迹》、高越天《浙中祠墓史迹》、徐一士《关于章太炎》、陈豪楚《浙中结社考》（至第十七期）、周劭《杭世骏与全谢山》、王沉《跋〈德安守城录〉》、戚墨缘《再谈苏小小墓》、陈子展《摇橹与背纤》、何鹏《记〈晦村初集〉》、二陵《二陵谈荟》（真名不详，第廿期无，至第廿一、廿六、廿七、期复）

续表：

第十七期，九篇	高越天《贰臣汉奸的丑史与恶果》、马小进《留学生鼻祖容闳博士》、黄华《明末诸王兴替记略》（至第十八期）、曾士袞《谈左文襄》（至第十八期）、郑际云《画林两轶事》、李鼎芳《访陈武帝故宅下箬寺记》、王业《继朱舜水乞师海外之张非文》、弘一法师《论目集》（十八、廿期无，至十九、廿一期）、金石寿《纪奇才李傸》
第十八期，十一篇	张天畴《宋朝的傀儡戏》、冬藏《章太炎与曼殊和尚》、苏子涵《沈子凌》、洛卿《西湖佳话》（真名不详，为转载之文）；马小进《凌云海日楼诗钞》、陈友琴《过剑豁》、文廷式《知过轩随录》、陈豪楚《两浙结社考》（至第十九期）、汪民持《唐玉潜迁葬宋六陵的故事》、钱时言《谭剽袭》、忍庐《介绍碧血录》
第十九期，八篇	袁昶《袁爽秋致龙松岑书》、徐一士《谈段祺瑞》（廿五期无，至第廿六、廿八期复）、钱时言《纪晚清权臣荣禄》、周作人《关于邵无恙》、蒋大沂《周元吃肥皂的来源》、童振藻《读倪文正公诗有感》、黄布衣《嘉定屠城中的两个民族英雄》、陆费鍌《再谈苏小小》
第廿期，二十三篇	本期为"辛亥革命特号"；蔡元培《辛亥那一年》、柳亚子《辛亥光复忆语》、叶遐庵《辛亥宣布共和前北京的几段轶闻》蒋维乔《武昌起义前后之余与黄克强先生》、冯自由《辛亥开国时之张季直先生》、胡以曾《记逃督瑞澂·上》、徐一士《辛亥革命与冯段》、白蕉《辛亥革命史回顾》、忍庐《辛亥革命在贵阳》、郑螺生《武昌举义与南洋党人之行动》、求幸福斋主《武昌首义的由来》、欧阳瑞骅《武昌科学补习所革命运动始末记》、马小进《广州光复与周剑公》、二陵《清室灭亡前夕》、徐凌霄《从辛亥革命说到乾隆朝的侮辱汉人》、孙伏园《辛亥革命时的青年服饰》、茅盾《辛亥年的光头教员与剪辫运动》、宣阁《缒城小记》（刘麟生）、甘霖《半个月的民军营长生活》、黄萍荪《亡国士大夫叶昌炽日记所见》、谢兴尧《辛亥革命各省光复纪略》、吴原《辛亥革命在浙江》、瞿兑之《长沙城内》、林庚白《辛亥的回忆》
第廿一期，十一篇	黄萍荪《鲁迅是怎样的一个人》、鲁迅《鲁迅杂文选》、张破浪《评话家柳敬亭考证录》、蒋大沂《撒豆成兵》、右升《记荣登"二臣传"乙编之钱谦益》；蒋慎吾《读不共书》、汪民持《戊戌政变之刘裴村》、高越天《入蜀记》、马小进《谈余固卿先生》、叔范《忆西豁》（施叔范）、胡以曾《记逃督瑞澂·下》
第廿二至廿四期，九篇	黄萍荪《西安事变与明代之覆亡》、邵元冲《邵元冲先生绝笔诗》、胡怀琛《中国文社的性质》、胡行之《二百年前一篇排除天主教的重要史料》、秋宗章《纪庚子西狩首先迎驾之吴永》、王文莱《清末民初的上海新闻界》、施叔范《宋诗人高菊磵》、陈万里《唐代越器专辑引言》、赵景深《沈采的千金记》、鲍夫《说元室述闻（真名不详，至第廿六期）》

第廿五期，十五篇	叶溯中《中山先生之先世》、郑螺生《华侨革命之前因后果》、吴晗《后金之崛起》（至廿六期）、朱希祖《明海盐小瀛洲诗社考》、曹经沅《在龙场驿丞任内的王阳明》、周作人《记章太炎先生学梵文事》、二陵《袁世凯称帝与冯国璋》、邵潭秋《公祭陈独漉先生生朝记》、经亨颐《杭州回忆》、姜丹书《浙江第一师范回忆录》、田叟《纪所谓"博学宏词科"》、弘一法师《惠安宏法日记》、施晓湘《宋艺人郑所南之风骨》、兑之《庚申杂记》（瞿蜕园）、周弃子《龙门纪游》、石曾《满洲名士贻毂失官记》（李石曾）、秋霞《与叶誉虎先生一席谈》
第廿六期，十五篇	陆自在《中华银行与革命党》、许寿裳《章太炎先生革命文献的一斑》、徐彦《元正故事记》、田叟《咸丰时合州冤案始末记》（田叟口述、孟容记录）、汪民持《明末唐楼三沈》、戚墨缘《记平倭健将戚继光》、高越天《锦城片羽》、刘宣阁《燕居脞语》（刘麟生）、忍庐《说闲》、陆费鎏《南湖采风录》、徐凌霄《"乾隆"与"老康"》、邹可权与袁思永合著《题目屏记》、胜进《我也来谈弘一法师》、曾啸宇《杏山草堂诗话》、冬藏《明人笔记中之女骗局》
第廿七期，十三篇	陈大法《陆放翁的民族思想》、张江裁《汪精卫先生庚戌蒙难实录》（至第廿八期）、戚墨缘《明末浙江殉国烈士录》、吴稚晖《谈"杀头"与"讨好"》、马小进《黄花岗七十二烈士成仁别记》、蒋慎吾《庚子正气会案的余波》、章文甸《纪钱塘诗人汪水云》、陈无咎《西湖与我的驹荡》、王猩酋《野况》、雪庵《清代的尚书房》、施叔范《南宋诗人高菊磵的孤愤》、阙仲瑶《琵琶考》、陈柱尊《变风变雅诗话》（至第廿八期）
第廿八期，十三篇	蒋慎吾《京东国民报提要》、刘盼遂《中华人种西来新证》、翁春云《四库全书的错误与疏忽》、周作人《关于陶筕厂》、刘厚滋《纪史阁部死节事》、黄吉甫《清代福建状元谭》、王猩酋《曲阜泰山济南游记》、陈无咎《从狮子写到掁狲》、汪民持《吕水山》、俞陛云《西湖雅言》、林世堂《中法战役中之镇海炮手英吉人》、陈蝶野《东游诗草》、抑斋主人《清代后妃之位号与等级》（于志学）

通过此表我们可以看出，《越风》月刊有两个大的特点，一是"以浙为主"，二是"昌明国粹"。

首先，"以浙为主"主要体现在其描述内容以浙江风物为主，而非作者尽为浙江人。通过上表我们可以看到，除了章太炎曾给"湖上文苑"投给诗作之外，在撰稿者方面几乎云集了国内顶级的学者与作家——黄侃、叶恭绰、蔡元培、柳亚子、周作人、茅盾、吴稚晖、弘一法师、夏丏尊与郁达夫。这样强大的写稿阵容，当时其他刊物几乎是很难与之匹敌的。

发稿最多的几位如柳亚子（江苏苏州人，曾在浙江杭州发起"南社"，共发稿七篇，并有"柳寿"专号）、陆丹林（发稿八篇，广东三水人，"南社"成员）、白蕉（发稿五篇，上海人，曾长期在浙江生活，系柳亚子的门生）、秋宗章（发稿六篇，浙江绍兴人，秋瑾之弟），以及徐一士（发稿十一篇，山东人）、徐凌霄（发稿六篇）兄弟等等，他们并均是浙江本地人，有的只是在浙江生活过或者参与过一些浙江的历史事件。因此，鲁迅曾感叹"近年的期刊有《越风》月刊，撰人既非全是越人，所谈也非尽属越事，殊不知其命名之所以然"。[①]

"撰人既非全是越人"确实属实，但"所谈也非尽属越事"则有些苛刻了。当然这份刊物确实也刊载了一些"非越事"的稿子，但在总计318篇文章中，涉及浙江风土、人情、历史与文化的文章如《李清照在金华》《越器图录自叙》与《明末浙江殉国烈士录》等等则占到了256篇，占到了总发稿量的80.50%。过八成文章与"越风"有关，"以浙为主"的《越风》月刊亦不虚此名。

在这里，笔者顺带着提及一下"鲁迅与黄萍荪"的文坛公案。其实根据上表我们就可以看出，黄萍荪向鲁迅约稿，乃因鲁迅与茅盾、周作人等人一样，属于浙籍知名文人。但鲁迅却予以严词拒绝，其实这并算不得黄萍荪是"拉大旗作虎皮"，因为论影响来讲，鲁迅在当时的影响并不见得比戴季陶、章太炎、黄侃等《越风》月刊其他作者要大很多。而且，黄萍荪在鲁迅病逝之后，还将鲁迅的手迹印在封面上，并写了悼念文章以及转载了鲁迅的遗稿，算是对这位浙江文人的纪念。在《鲁迅是怎样的一个人》中，黄萍荪并未记"拒稿之仇"，而是如此盛赞自己这位同乡：

> 章士钊做官，现代派的唐有壬被刺死，徐志摩葬身云雾间，高长虹、李初黎（引者按：应为李初梨，原文如此）、成仿吾等则不知去向；而他们的作品，也早被卖花生米的老板拽的有影无踪，这便是所谓"空头文学家"的下场。唯鲁迅，犹存一线之光，犹能在吾人笔下回忆其往事，记述其生平。[②]

我们可以看到，在每一期《越风》月刊的封面上，都有名流的手迹，在带有追思鲁迅意义的"专号"上，封面也设置为鲁迅的手迹，其实根本算不得"招摇撞骗"，我们在这里看到的是许广平的小题大做——而且，鲁迅生前不也说过么？"既然说了，就不怕发表。"[③]那么笔者相信，若鲁迅地下有知，或许也不会苛责黄萍荪吧。

其次，作为该刊办刊宗旨之一的"昌明国粹"，显然有着自身特色与

---

① 晓角（鲁迅）：《立此存照·四》，《中流（半月刊）》，第1卷第3期，1936年10月5日。
② 黄萍荪：《鲁迅是怎样的一个人》，《越风》，第1卷第21期，1936年10月31日。
③ 鲁迅：《鲁迅选集·第10卷》，中国文史出版社，2002年，第423页。

可研究价值。在 20 世纪 30 年代中叶，作为丝毫不涉及西学译作、现代小说与新诗的"国粹"类文史刊物，能保证云集国内一流的作家学者，并争取较大的发行量与赞助，这相当难得。我们可以看到，《越风》月刊在"昌明国粹"与"争取影响"上，走出了一条在当时堪称独辟蹊径的路子。

正如上表所示，尽管当时学界、文坛"欧风美雨"，但在《越风》月刊所刊发的文章中，却无一篇译介文章、无一篇对于西方风土人情的介绍的文字。虽然如此，它还可以邀约到柳亚子、茅盾与周作人等一流文人的稿件。除此之外，我们还看到，在《越风》月刊中，经常可以看到浙江名医、律师的"名录"、各大银行的"揽储"宣传、商务印书馆的新书预告，以及杭州农商银行、交通银行、浙江实业银行与"胡庆余堂药号"的广告，这足以见得该刊的影响与档次了。

需要注意的是，"昌明国粹"与"顽固守旧"在这里并不是一回事，虽然从表面上看，《越风》月刊谈论的是文史掌故、史料钩沉，但《越风》月刊所云集的一批写作者们却有着一定的前瞻性的视野与"借古讽今"的表达范式——这种视野与表达范式在国难当头的救亡时期显得尤其重要，关于这一问题，笔者将在后文予以详述。

第二节　借古讽今：返祖民族主义、国难与救亡

在讨论《越风》月刊的"民族主义"大背景时，笔者意图先简要梳理一下"民族主义"这一思潮自晚清以来的嬗变过程：

> 中国民族国家的空间性和主体性，并不一定与西方所谓的"近代性"有关……而在宋代以后逐渐凸现出来的以汉族区域为中心的国家领土与国家意识，则使得"民族国家"相对早熟地形成了自己认同的基础……因此，这个几乎不言而喻的"国家"反过来会成为汉族中国人对历史回忆、论述空间和对民族、国家的认同基础。[1]

前文是葛兆光先生对于晚近中国"民族国家"这一概念形成的概述，在论述中国人传统观念中的"民族国家"关系时，葛兆光先生一针见血指出了中国人长期以来的观念：用"汉族"代替"民族"，而"民族"又可

---

[1]　葛兆光：《宅兹中国：重建有关"中国"的历史论述》，中华书局，2011 年，第 26 页。

以代替"国家"，这是因宋代以降逐渐凸现出来的以汉族区域为中心的国家领土、国家意识所决定的。

因此，中国历史上的汉族甚至中原政权人士与少数民族甚至边疆政权相斗争的史事，很容易被赋予"爱国英雄"或"民族英雄"的事迹而进行歌颂宣传。但实际上这仍是对"忠君爱国"这一观点的弘扬，而非现代意义上的爱国主义或民族主义。

鸦片战争之后，与"满清"政权相对立的"外国"这一概念被直接引入到中国，朝野上下颠覆了先前"反清复明""驱逐鞑虏"的观念，在"华夷之辨"中，中国知识分子阶层在民族观的层面上步履蹒跚地完成了"民族国家"（nation-sate）的现代性进化。这使得中国古代史中除了戚继光之外的"爱国英雄"如岳飞、文天祥等更是在官方的论说存在着"爱国"、"爱民族"的合法性争议①——尽管如此，但他们的事迹一直为民间所传诵。

刘禾（Lydia H.Liu）曾以"夷"字为例，来分析近代中国"民族国家"观念的形成与变迁。在鸦片战争爆发之前，"夷"曾长期是中原封建政权对周边少数民族的蔑称，但到了鸦片战争之后，"夷"却成为了对于欧美

---

① 在 1949 年之前，对于岳飞、文天祥等人是否为"爱国英雄"或"民族英雄"的争议其实并不多，孙中山尽管提出了"五族共和"的大民族观，但由于抗日的需要，岳飞、文天祥等人的事迹又重新被提上日程。笔者在此仅以对岳飞的评价为例：1928 年，国民政府颁布庙宇存废标准，在十二个官方受封的历史人物中，抗击侵略的武将仅岳飞一人，抗战期间，关于岳飞的话剧、戏曲与传记不胜枚举，毛泽东在《论持久战》中亦夸赞岳飞之贡献，但岳飞受到普遍争议却是在 1949 年之后不久的 1951 年，随着新政权的建立与新的民族政策的推行，大量文章对"岳飞是否是民族英雄"进行了广泛的争议。其中代表论文有邢汉三的《论岳飞到底算不算民族英雄（《历史教学》，1951 年第 1 期）与《论岳飞是不是民族英雄》（《历史教学》，1951 年第 7 期）、秦文分的《岳飞到底算不算民族英雄》（《历史教学》，1951 年第 5 期）、元真的《岳飞是民族英雄》（《历史教学》，1951 年第 1 期）、陈天启的《岳飞的民族英雄本色》（《历史教学》，1951 年第 9 期）以及艾思奇的《岳飞是不是一个爱国者？》（《历史教学》，1951 年第 6 期）等等。参与者有河南大学教授邢汉三、历史学家秦文分、著名教育家陈天启与哲学家艾思奇等人，在一年的时期内，如此大规模、高水准地讨论"岳飞是不是'民族英雄/爱国者'"的问题，这在之前是没有过的，可见新政权的民族政策的影响性与强制力。但这些文章对于岳飞的批评，多半集中在其"愚忠"的态度与捍卫没落封建王朝等行为上。但真正对岳飞、文天祥的"民族英雄"身份进行质疑批评则是在 50 年后的 2002 年，《北京青年报》刊载《岳飞不是"民族英雄"》一文，称岳飞、文天祥的"民族英雄"身份或将从中小学历史教学大纲抽掉，文章登出后舆论哗然，社会各界纷纷批评此举，教育部迫于压力，改在官颁《学习指导》中称"有学者提出岳飞为民族英雄是否会影响到某些民族的情感"。但这一事件后来亦不了了之。

国家的代名词。①而许倬云先生则认为，"在这一时期，中国的文化"他一我"，经历了极为吊诡的几度反复……"满人"事实上不再是一个可见的族群共同体时，汉人的"我"，相对于西方的"他"，遂扩大为"五族共和"，甚至将古代凝铸华夏共同体观念的炎黄始祖传说，搬来界定一个多族群的中华民族。"②

许倬云所指出的"这一时期"，便是鸦片战争至1949年这100年，在这百年中国里，"民族"这一概念曾有过现代性的进化，亦有过返祖性的退化。但无论如何我们必须关注的是，晚清70年中，国家政策的制定仍然奉行"自强""求富"与"变法改良"等治标不治本、非根本性的原则。但在这些假象下，清政府一直缺乏深入灵魂"亡国灭种"的忧患意识。但自"辛亥革命"以降尤其"五四"以来，随着民主、平等思潮的影响，中国积贫积弱、任人宰割的现实问题成为了当时现代知识分子的普遍心病。"救亡图存"遂成为国人的一个念兹在兹的口号。③

"九·一八"事变之后，国民政府的绥靖、纵容使得日本侵略者从东北、华北一路强占中国领土、屠杀中国民众，并扶持多个伪政权的建立，这不得不促使国民政府将如何解决"亡国灭种"之忧提上日程。

因此，在抗战前期这一特殊的历史关头，无论是代表官方的中央政府，还是代表精英的知识分子，抑或是来自于民间的普通民众，他们都普遍性地需要开始寻求一种战胜对手的精神动力。这种动力必然来自于中国历史上以"民族气节"而"战胜"之先例。但无论是"大破金军"的岳飞、韩

---

① [美]刘禾：《帝国的话语政治：从近代中西冲突看现代世界秩序的形成》，生活·读书·新知三联书店，2009年，第38页。

② 许倬云：《我者与他者：中国历史上的内外分际》，生活·读书·新知三联书店，2010年，第125页。

③ 实际上，中国的知识分子始终比官方在"救亡图存"这一问题上更具先知先觉。一次次的"先知"与"后知"之辨构成了中国近代史上无数次的"维新"与"守旧"之争。纵观自鸦片战争至1949年，几乎每一次抵御外侮的战争之后，都会出现一批知识分子精英，他们敏锐地发现了战争所形成的民族危亡感，而这些问题都被官方所故意忽视。譬如第一次鸦片战争之后，《南京条约》签订，林则徐、魏源等人就提出了"商战救国"的策略，但未被官方所采纳；第二次鸦片战争之后又导致《天津条约》签订，冯桂芬、华蘅芳、徐寿等一批有西学背景的知识分子亦提出要培养人才、引进西方政治制度，但这些想法只是被中央政府、洋务派官员所部分采纳后，才发挥一定的意义，其余未被采纳的部分只是知识分子的空谈；中日甲午战争之后，中日签订《马关条约》，这一事件直接引发了改良派知识分子的"戊戌变法"与"百日维新"，但由于侵犯到了官僚体制的既得利益，从而受到了官方的镇压；"庚子国变"之后的1901年，中国与十一国列强签订《北京议定书》，又称《辛丑条约》，一部分曾经意图维新的知识分子如孙中山、章太炎、陈天华等人，已看透了清政府的本质，放弃了对清政府的幻想，遂自行主张进行政治体制的革命。

世忠，还是宁死不屈的文天祥、夏完淳，他们都并非面对船坚炮利的"外侮"而是金戈铁马的"内寇"。但这些人却可以为抗战时期的中国知识分子提供有实际意义的精神武器——尽管这并不那么符合"中华民族"这个大民族观的一些准则。

之所以中国官方与知识分子会在抗战前期临时偷换"民族／国家"的概念，形成了在民族观上"返祖"性转折，其中很重要的原因乃是国民政府总裁蒋介石曾说过这样一段话：

> 总理曾说，美国只有一个华盛顿，但是这一个华盛顿，是要以无数的无名华盛顿来造成的。现在我们处在这一个内外夹攻，重重困难之中，我们唯有不顾成败利钝，秉我们的赤诚，为救亡御侮而牺牲。我们要以无数的无名岳武穆，来造成一个中华民国的岳武穆，我们对党国今日无他可恃，只有拿一片赤心，如诸葛武侯所说鞠躬尽瘁，死而后已的决心，来报答国家和我们的总理，和全国国民。①

这是 1931 年 11 月 23 日蒋介石在"国民党南京四全大会闭幕式"的讲话。②但正是这个讲话，却暴露出了一个本质性的变化——在国难之际提出了"岳武穆"的精神，而且，不知道是蒋介石记忆有误，还是借孙中山先生之名作势，至少在孙中山先生有案可查的文章中，并无"华盛顿"更无"岳武穆"这段文字。但据笔者考证，蒋介石所引用的这个说法来自于与孙中山曾并肩作战的另一位国民党元老、英年早逝的革命家邹容。

那么，邹容的原话又是怎么说的呢？

> 若华盛顿，若拿破仑，此地球人种所推尊为大豪杰者也，然一华盛顿，一拿破仑倡之，而无百千万亿兆华盛顿、拿破仑和之，一华盛顿何如？一拿破仑何如？③

---

① 蒋中正：《在国民四全大会闭幕式上的讲话》，见于荣孟源、孙彩霞：《中国国民党历次代表大会及中央全会资料，第 2 卷》，光明日报出版社，1985 年，第 60 页。

② 在"四全大会"上，国民党中央执行委员会通过决定设立"对日问题专门委员会"、"九·一八"为中国国难日、训令蒋介石立即北上收复失地，并设立"国难会议"共筹救国方略，确认马占山抗日为正当防卫等具体政策，并通过了《对日侵略暴行之决议》、《为日本侵略东三省时间对全世界宣言》等文告，但由于胡汉民、陈济棠与汪精卫等国民党内部派系的争权夺利，导致了这个大会所制定的一切成为了"口头抗战"，而且蒋介石在次月还迫于压力不得不选择"下野"。

③ 邹容：《革命军》，见于中国史学会：《辛亥革命资料丛刊》，上海人民出版社，1957 年，第 14 页。

在邹容的原话里，是"华盛顿"与"拿破仑"，一位是美利坚的民族英雄，一位是法兰西的民族英雄，这是与孙中山的大民族观相吻合的。但蒋介石却抽掉了拿破仑，换上了"岳武穆"。这个细微的变化反映了蒋介石在"训政"期间对"三民主义"的诠释——直接提出"三民主义"中的"民族主义"并加以重新定义，强调"民族"在"三民"中的重要地位，这一问题笔者已在"导论"中有过详细的叙述，在此遂不再重复。

须知这又与1930年由国民党中央宣传部所推行的"民族主义文艺"政策是紧密相连的，这一文艺政策最初用来对抗"弘扬阶级斗争"的"左翼"文学运动，孰料"九·一八"事变之后，"救亡"逐渐压倒"革命"，"民族主义文艺"随之改为"本位文化建设运动"① 随着抗战的全面化以及"本位文化"运动的进一步发展，甚至一些原属于中国左翼文学阵营的作家甚至改换门庭，转而开始"民族主义文艺"的文学创作，这点在前文已有叙述。当然，其中最具代表性的作者便是其中一批早已成名的剧作家，他们在抗战前期的创作多半"别求新声于古典"，以新历史主义的手段，创作出了一批"借古讽今"的作品。对这一问题，耿德华（Edward M. Gunn）认为"这是一个国家生死存亡问题比其社会问题更为重要的时期，剧作家们发现，他们能够通过历史剧来反映这两个问题，能够穿戴他们祖先的服装来摆脱上海的复杂局面和统一战线问题……1936年，战争显然已无法避免，国民党政府发起了"本位文化"运动（引者按：即"本位文化建设运动"），并且公布了被准许用于艺术作品的中国历代英雄人物名单。左翼作家和共产党作家也对利用传统的创作素材感兴趣，因为它对于中国社会各阶层都具有天生的感染力"。②

之所以会形成这样的"民族主义"——在此笔者在此暂称其为"返祖

---

① 1934年3月，国民党中央委员会发起中国文化建设运动，成立中国文化建设协会，由陈立夫任理事长。10月出版《文化建设》月刊，在创刊号上发表陈立夫《中国文化建设论》，提出所谓发扬固有文化，吸收西方文化来建设一新的文化体系。本位文化建设派呼吁"以文化养成民族性"、造成"自信心"。在此基础上的1935年，以王新命等十教授发起了中国本位文化的建设运动。他们在《中国本位的文化建设宣言》中宣示：要使中国能在文化的领域中抬头，要使中国的政治、社会和思想都具有中国的特征，必须从事于中国本位的文化建设。"本位文化建设运动"是"民族主义文艺运动"的精神赓续。

② [美] 耿德华：《被冷落的缪斯：中国沦陷区文学史（1937—1945）》，张泉译，新星出版社，2006年，第120—121页。

民族主义"（reve-nationalism），① 乃是有着多方面原因，既为了在国难之际为救亡图存提供精神武器，又可以保存本民族的精神文化遗产，而且还可以在不同的党派甚至外国殖民者的权力之间形成一种平衡，在这样的多重精神动因下，一批文学作品如周贻白的《苏武牧羊》、顾仲彝的《梁红玉》与阿英的《明末遗恨》等剧作均领军于后期"民族主义文艺运动"。而且，由秦腔名角耿善民主演的《还我河山》、由"四大名旦"之一梅兰芳与"四大须生"之一奚啸伯联袂排演的抗战大戏《生死恨》等取材于经典故事的戏曲作品大大鼓舞了战时的人心，形成了全国性的文化影响。借此，以"返祖民族主义"为核心的"新三民主义"之"民族主义"思潮在抗战前期中国的影响之大，可见一斑。

　　笔者之所以用如此多的笔墨审理"民族情结"在抗战前期的演变过程，乃是为了厘清国民政府缘何会突然在抗战前期重提岳飞、文天祥等"民族英雄"并形成"返祖民族主义"的深层次历史动因。一方面，从发展的眼光看，这是对孙中山"五族共和"现代民族观的反动，明显曲解了孙中山《三民主义》中的"民族主义"；② 另一方面，它又成为了抗战前期这一国难时刻鼓舞民心、救亡图存的有效精神武器。

---

① "返祖民族主义"中的"返祖"（reve）即英文的"reversion"一词，该词在英文中有"逆转、倒退"的意思。关于这一名词及其涉及的概念内涵，学界尚无准确定义与相关研究。笔者认为，这一政治现象在中国、西亚与中东等国家或地区中尤为明显。在这些国家或地区中，无论是哪种社会阶层，在民意表达、执政理念的过程里总会有在"民族主义"概念在使用上的反复与暂时性倒退。即会无意识地在先前狭隘的民族主义历史叙事中寻求"救亡""自强"的精神寄托，进而形成一种对自身历史的重构。

② 纵观孙中山的一生，他的"民族主义观"经历了三个阶段的进化，第一个阶段为最初级的形态：以"排异"为主导，即所谓"非我族类，其心必异"，一切以本民族为依归，对其他民族采取排斥主义，作为革命党的领袖孙中山，在酝酿推翻清政权这一时期，他的民族主义思想核心就是排满。1905 年 8 月，中国同盟会成立，便以"驱除鞑虏，恢复中华，创立民国，平均地权"为宗旨。十六个字中，有八个字是讲"反满"的民族主义；第二个阶段是孙中山民族主义思想演变的过渡形态：以民族权利为主导，即以建立近代民族国家为目标的民族主义，在同盟会成立以后，孙中山的民族主义已经开始具有近代民族主义的性质，但却很长时间未能完全摆脱"反满"的狭隘民族主义。我们可以把从同盟会成立到辛亥革命这段时间，看成是孙中山民族主义思想演变的过渡期；第三个阶段则是他的"民族主义观"的成熟期，即"三民主义时期"，主张以建立各民族平等的世界新秩序为主旨的民族主义，这是历史上最高形态的民族主义。孙中山在其就任临时大总统的宣言书中说："国家之本，在于人民。合汉、满、蒙、回、藏诸地为一国，即合汉、满、蒙、回、藏诸族为一人。是曰民族之统一。"民族统一的意思，照孙中山的说法，就是不分畛域，合汉、满、蒙、回、藏为一个统一的中华民族。他在不同场合谈到这个问题。1924 年 1 月，孙中山发表《关于建立反帝联合战线宣言》，其中说："我等同在弱小民族之中，我等当共同奋斗，反抗帝国主义国家之掠夺与压迫"。见耿云志：《怎样认识孙中山的民族主义》，《北京日报》，2006 年 11 月 21 日。

在抗战前期这一特定时刻，"返祖民族主义"一旦奏响了全民族的共同心声，就会在社会意识形态的各个方面产生影响，除却上文所述的文学创作、艺术创作之外，在学术理论、文史研究这些层面上，也有着不可忽视的意义，一批有着一定官方背景的刊物在这一特定的历史时刻开始寻求新的着手点，《越风》月刊便是其代表之一。

《越风》月刊虽"昌明国粹"，但既不"顽固守旧"，更不做"冬烘子遗"，我们可以看到，该刊与抗战前期中国所发生的一系列大事以及重要思潮，堪称联系紧密，可谓积极出世，成为了知识分子刊物进入社会时政话语的典范之一。笔者认为，在风起云涌的抗战前期，《越风》月刊积极地参与了"救亡"这个社会思潮主题话语的建构，尤其是对于"国难"的话语表述，使得对该刊的研究有了解读社会思潮史的意义。

1936 至 1937 年，全面抗战一触即发。《越风》月刊停刊不到三个月，卢沟桥事变爆发，次月"淞沪保卫战"又打响。因此把《越风》月刊看作"早期抗日文学期刊"理所应当。但在第二卷第四期的封底，却已刊登了第五期、第六期的预告，丝毫看不出要停刊的兆头。

但自"九·一八"事变以来，"国难"成为了中国人念兹在兹的一个社会主题。《越风》月刊虽"昌明国粹"，但是却没有忘记知识分子"载道"的职责，而且作为一个当时有官方背景，又云集一大批先进知识分子的文史期刊，它不可能"躲进小楼"，而必然有着明确的入世情怀。

正如上表所显示的那样，《越风》月刊刊载了一批抗金、抗元、抗清甚至抗八国联军的"驱逐异族"稿件，并发表了《贰臣汉奸的丑史与恶果》这一名文，该文作者高越天，1904 年出生，系浙江本地人，曾是《民国日报》主笔，且做过浙江地区的县长与专员，后赴台担任"中华纺织建设总公司"的董事长，1992 年病逝。

《贰》文虽是耻笑并批判投降清朝的洪承畴、吴三桂等人，但却在当时却明显有着时效性，并获得了鲁迅的首肯。在《立此存照·四》中，鲁迅引用了高越天的原文，并谈到了自己的观点：

> （《越风》月刊）十七期中，有高越天先生作的《贰臣汉奸的丑史和恶果》，第一节之末云："明朝颇崇气节，所以亡国之际，忠臣义烈，殉节不屈的多不胜计，实为我汉族生色。但是同时汉奸贰臣，却也不少，最大汉奸吴三桂，贰臣洪承畴，这两个没廉耻的东西，我们今日闻名，还须掩鼻。其实他们在当时昧了良心努力讨好清廷，结果还是'鸟尽弓藏，兔死狗烹'，真是愚不可及，大汉奸的下场尚且如此，许

多次等汉奸，结果自更属可惨。"……凡一班吃里爬外，枪口向内的狼鼠之辈，读此亦当憬然而悟矣。①

一向批判性强、看文章挑剔的鲁迅都首肯定这篇文章的警醒意义，可见《越风》月刊刊文之力度，决非一班老派书生的自说自话，而是有着振聋发聩的现实穿透力。当时全面抗战尚未爆发，《越风》月刊能有此洞见，实际上是针对"华北事变"中的汉奸殷汝耕、签订《何梅协定》的何应钦等人有感而发。在《贰》文的最后，高越天如是感叹：

现在外患严重之至，贰臣汉奸已发现不少，在他们何尝不自以为聪明，其实等于自杀，我想若黄帝有灵，应该救救这一群蠢人吧！②

当然，如《贰》文的"借古讽今"的共纾国难、弘扬气节的文章在《越风》月刊中屡屡可见，如《刺客施全》《亡国之音哀且思》《侯承祖父子金山卫抗清记》《扬州十日与嘉定三屠》《台湾战史之又一页》《"不肯剃头"之下的牺牲者》《金兵渡江屠明州》《四明万氏之民族精神》《记明末殉节之王思任》《以身殉国的陈化成》《陆放翁的民族思想》与《纪史阁部死节事》等等，堪称不胜枚举。据笔者统计，以"国难"为主题或涉及"救亡"的文章计共有三十篇，几乎占到了所有刊发文章的十分之一，并以散点状均匀地分散在不同期号当中。值得注意的是，这些文章并非是简单地列举史实，而是一针见血，直斥投日的汉奸走狗，且不像同时代的《夜莺》月刊般"戴着镣铐跳舞"，在文中含混地将日本以"××"代之，《越风》月刊基本上都是直接点名，毫不留情面，句句堪称掷地有声：

胡伦清在《刺客施全》中，虽是赞扬宋代刺杀秦桧的抗金将领施全，但却是对当时暗杀日伪的刺客进行赞赏：

那为公的，就和此不同了。他底动机很纯洁。他底行为，是站在民族和民众底公意立场上的。那当前所要暗杀的对象，其地位权势都是绝对优越，横暴恣肆，法律不能制裁，武力不能屈服，于大家敢怒而不敢言的时候，他竟能基于义愤，奋不顾身，干那轰轰烈烈的事情出来，这是很可敬佩而值得颂赞的……汉奸究竟是万万做不得的。③

① 晓角（鲁迅）：《立此存照·四》，《中流（半月刊）》，第 1 卷第 3 期，1936 年 10 月 5 日。
② 高越天：《贰臣汉奸的丑史和恶果》，《越风》，第 17 期，1936 年 7 月 30 日。
③ 胡伦清：《刺客施全》，《越风》，第 5 期，1935 年 11 月 16 日。

由此可知，该文所提倡的暗杀，属于爱国的"政治暗杀"，这在日后的"孤岛上海"成为了普遍且受到世人赞赏的爱国行为，但当时上海并未成为孤岛，暗杀之风尚未流行，该文的前瞻性可见一斑。确实，流行于"孤岛上海"的爱国性"政治暗杀"不但摧毁着驻沪甚至全国地区日伪的意志，更是以一种中国人最为传统的形式蔑视着代表外国租界的"工部局"之管辖权力，很快它成为一种颇受欢迎的反日形式，并风靡了全上海，一批著名刺客如王亚樵、林德福等成为当时中国青年们的偶像，而傅筱庵、唐有壬等高层伪公职人员正是在那一时刻遭到了爱国者们的正义暗杀。

这一切正如魏斐德（Frederic Wakeman, Jr.）在《上海歹土：战时恐怖活动与城市犯罪（1937—1941年）》所描述的那样"青年爱国者们放下麻将牌，离开位于市中心的旅馆，在马路上袭击一个又一个高级通敌分子，无意之中促使美国陷入了一场以美国深深卷入中国内战而告终的战争……在这场争斗中，上海的恐怖分子是第一个掷下骰子的"，[1] 久而久之，"政治暗杀在上海很快成为一种生、死方式，到处流传着杀人的消息"。[2]

除了颂扬刺客之外，《越风》月刊还刊登了一系列涉及其他抗日内容但也借古讽今的文章，——直刺汉奸行为，堪称掷地有声，譬如在《亡国之音哀且思》一文中，陆丹林这样说：

> 年来奔走关内外蛇行鼠伏之汉奸，如过江之鲫，恬不为耻，为虎作伥，其居心如何，非吾人所能深知。[3]

黄华在《扬州十日与嘉定三屠》中亦直接斥责日军屠杀国人的暴行，号召人民复仇：

> 盖虽越时三百年，事过境迁，而掩卷唏嘘，犹有余悸焉！因念今日科学昌明，新式杀人利器，月异而岁不同，毁灭城市，一举手，一投足，即可胜任愉快，无俟"十日"、"三屠"。往事如彼，今又如此。我国人各怀惕儆备，急起直追，合全民族之力以奋斗图存，今兹为三百年前扬州嘉定哀……[4]

---

① [美]魏斐德：《上海歹土：战时恐怖活动与城市犯罪（1937—1941年）》，芮传明译，上海古籍出版社，2003年，第296页。
② 同上，第8页。
③ 陆丹林：《亡国之音哀且思》，《越风》，第5期，1935年11月16日。
④ 黄华：《扬州十日与嘉定三屠》，《越风》，第6期，1936年1月16日。

在《侯承祖父子金山卫抗清记》一文中，陆丹林咬牙切齿之感叹令读者振聋发聩：

> 然其能杀者，为汉人之身，不能杀者，为汉人之心，心不死，则吾民族国魂即不死，终必有报仇雪耻一日也！[1]

陈子展在《遗民的悲愤》中索性将讽刺的矛头对准了国内的"不抵抗者"们：

> 你想，如今生这个白昼鬼魅横行的国度，喝苦茶，扯清淡的大名流小名士，还有念及关外拼命的义勇军而流愧汗的么？[2]

上述这类文字在《越风》月刊中几乎每期可见，笔者在此只是略具数例，意图管窥其办刊指导思想。由此可知，《越风》月刊所刊登的部分文章，绝非是"清谈"的国粹小品文，而是融入"时代精神"与"民族精神"的宏大叙事代言人。以"借古讽今"的方式来介入到"国难"话语体系，《越风》月刊堪称前无古人。一份刊物短期内刊登这样多的历史小品文、研究论文来参与共纾"国难"这一公共话语，在当时堪称独树一帜，这应为《越风》月刊的创举。除此之外，纪念"建国25周年"的"辛亥革命特号"则是该被注意的另一点，这个特号显示了《越风》月刊在国难之际对"革命"的重新认识，再次彰显出了其"借古讽今"的思想特点。

与同时代一批守旧国故类刊物不同，《越风》月刊的赞助者、办刊者与撰稿者绝大多数都有着官方背景，其中很多都是辛亥革命或浙江光复的主要参与者，如章太炎、黄绍竑、戴季陶与叶恭绰等人，在当时军界、政界均享有极高威望。该"特号"的刊名便由叶恭绰题写，扉页还印上了孙中山与黎元洪的合影。所收录之文，基本上都是开国元勋或当事人的回忆文章，这些文章在当下有着较大的历史价值，应被学界所重视。

而且，当时的文史类期刊鲜有介入到对官方活动的纪念，譬如与之同处于抗战前期的《呐喊（烽火）》《夜莺》与《絜茜》等刊物，虽也参与"文艺抗敌"，但却不涉及官方活动的纪念。《越风》月刊有一定的官方"赞助"，所以会推出"辛亥革命"的纪念特刊，这也不足为奇。值得注意的是，在宣传"革命"的同时，《越风》月刊并未忘记对"国难"的强调。

---

① 陆丹林：《侯承祖父子金山卫抗清记》，同上。
② 陈子展：《遗民的悲愤》，《越风》，第7期，1936年2月2日。

在黄萍荪的《不入目录篇》（即第 20 期的卷首语）一文中，开篇是这样一段话：

> 二十五年前的今日，吾人与满洲民族搏斗！为什么？为争取自由平等；二十五年后的今日，吾人与列强帝国主义搏斗！为什么？为争取自由平等！足见二十五年来，吾人不再被压迫下挣扎。虽然把大清皇帝赶跑了，但仍然不得安闲快乐的日子；且国际间不平等的待遇和不自由的束缚，尤甚往昔！ [1]

这样一段话，看似纪念辛亥革命，但却是在"借古讽今"，感叹当下时局艰难，国难深重。对于国粹的捍卫，实际上反映了当时主流知识分子的共同心理，一在借古讽今，二在对于"民族精神"的保护。而且，《越风》月刊中最隐藏但却最不可忽视的一篇文稿亦反映了其以"借古讽今"之策略表达民族主义之观念——即对"非基运动"的声援。这篇文章就是胡行之的《二百年前一篇排除天主教的重要史料》。

在即将抗战军兴的 1936 年，当时的一般知识分子已经不太关注"非基运动"。但《越风》月刊却可以刊登这样一篇文章，可见其用心之良苦，入世之敏锐。作者胡行之，为民国时期著名学者、诗人，系浙江奉化人，20 世纪 20 年代留学日本，曾出版有《中国文学史讲话》《文学概论》与《宜庐诗稿》等著作。曾任上虞春晖中学教师、浙江省图书馆馆员、中国农业银行经理与浙江西湖博物馆历史文化部主任等职，其子为当代著名曲学家胡忌。

在这篇文章中，胡行之审理了天主教在明代传入时被驱逐的经过，尤其是对于"天主堂改天后宫经过"这一碑记进行了重新整理挖掘并照抄在文中，使得整篇论稿有了独一无二的史料价值。在文中，胡行之认为天主教、基督教乃是"经济侵略、文化侵略之先锋也"，属于"反科学"的举动，并且在文后认为，自己发现的这块碑文乃是"一篇排除基督教的绝妙檄文"，[2] 其声援"非基运动"之民族主义情怀，溢于全文当中。

虽然"非基运动"影响大，但笔者尚未发现当时有学者以"借古讽今"的方式，借明清之际"驱基"之史实，来为当时的"非基运动"张目。由此可见，《越风》月刊虽"昌明国粹"但其隐藏在背后的目的却是"借古

---

① 黄萍荪：《不入目录篇》，《越风》，第 20 期，1936 年 10 月 10 日。

② 胡行之：《两百年前一篇排除天主教的重要史料》，《越风》，第 22—24 期，1936 年 12 月 25 日。

讽今"的入世情怀——并且在"国难"之际未曾落于人后，相反为当时中国知识分子参与社会公共话语，以文艺、学术进行"救亡"的形式打开了一扇新的窗口。

第三节 《越风》月刊之文学史、社会史与学术史地位

从办刊内容上看，活跃在抗战前期的文艺刊物，一般有三种，一为官办或党派刊物，即官方或党派的扬声器，为主流意识形态或党派之见摇旗呐喊；二为知识分子刊物，即走精英化的路线，强调同人杂志办刊的意义，不党不私，昌明学术或针砭时弊；其三便是通俗刊物，对市场关注较多，主要在新兴社会阶层产生反响，拥有较广泛的影响。

这三种刊物实际上代表了近代中国以来的三重社会意识形态——官方、精英与民间，这三重意识形态往往既会以互不干涉的形式存在，亦会以其中任意两种之"合谋"，来与第三种抗衡，这三种意识形态通常会以期刊这一形式来表现。笔者认为，能够同时在三者之间均获得一定平衡的刊物，在当时的中国社会中并不多见。就此而言，《越风》月刊在一定意义上显示了其平衡三者的独特之处。因此，对《越风》月刊的研究，也有利于重新审理这三种意识形态力量在当时中国的博弈。

根据上文审理，笔者认为，从《越风》月刊在抗战前期中国文学史、社会史与学术史的地位出发，应该有三点研究意义。

其一是文学史的意义，作为有官方背景的《越风》月刊，它并非狭义上的"知识分子刊物"，而是一份有着官方背景的期刊，但这并未削弱其文化价值，研究界从子虚乌有的"鲁黄之争"出发，进而否定《越风》月刊的积极贡献，这是不应该的。

诚然，《越风》月刊的赞助人如黄绍竑、陈布雷与许绍棣等人，在当时政坛确是大名鼎鼎的人物，也是当时国民党内的实权派。[①] 鲁迅拒绝给《越风》月刊写稿，很大一部分原因并非是仇恨这份刊物，而是仇恨这些赞助者。鲁迅曾这样说：

① 如黄绍竑在 1927 年"四·一二"事变之后，在广西率先"清党"，成为坚定的国民党右派；而陈布雷早在 1926 年就撰文抨击中国共产党，断言中国是"最不适于试行共产之国家"，中国革命"舍国民党莫属"，而受到蒋介石的重用；许绍棣为国民党 CC 派核心人物，20 世纪 20 年代曾任浙江省党部委员兼宣传部长。这些人在 20 世纪 30 年代均为国民党当中的实权派。

有黄萍荪者，又伏许、叶嗾使，办一小报，约每月必诟我两次，则得薪金三十，黄竟以此起家，为教育厅小宦，遂编《越风》月刊，函约名人撰稿，谈忠烈遗闻，名人逸事，自忘其本来面目矣。会稽乃报仇雪耻之乡，然一遇叭儿，亦复途穷道尽。①

　　"许"是许绍棣，而"叶"则是另一位浙籍官员叶溯中，鲁迅"恨屋及乌"，因为黄萍荪办《越风》月刊拿了这两个人的钞票，所以黄萍荪也被连带进来。这与前文所述鲁迅称赞《越风》刊登抗日之文判若两人之论，可见鲁迅所恨仍是许绍棣与叶溯中两人。那么，鲁迅为何恨许绍棣与叶溯中呢？
　　鲁迅在另一篇文章中曾这样评价这两个人：

　　　　当我加入自由大同盟时，浙江台州人许绍棣、温州人叶溯中首先献媚，呈请南京政府下令通缉，二人果渐腾达。许官至浙江教育厅长，叶为官办之正中书局大员。②

　　列举两段文字，原因不言自明，因为许、叶两人"举报"鲁迅加入"自由大同盟"，因此鲁迅与许、叶两人结下不可调和的私仇，鲁迅恨两人顺带着厌恶其"赞助"的《越风》月刊，这也倒符合鲁迅一向"不宽恕"的个性。笔者在此引用鲁迅"公报私仇"的原因一则为了阐明鲁迅与《越风》月刊结怨之文坛公案并非是《越风》月刊之缘故，而是因为许、叶两人赞助了《越风》月刊，若是《越风》月刊赞助名单中无这两人，鲁迅或为之写稿亦未可知——前文也提到过，鲁迅在另一篇文章中也对《越风》月刊所刊载的文字颇多赞誉；二则证明《越风》月刊与当时官方实权派来往之密切。
　　但这并未影响到《越风》月刊的办刊档次与知识分子操守，正如前文所述，《越风》月刊云集了当时中国一大批主流中坚学者、作家，并以整理国故、昌明国粹的形式、借古讽今的目的进入到"国难"、"救亡"这一公共领域当中，形成了"民族主义"思潮在抗战前期文学界的一个值得关注的反映亮点；而且《越风》月刊几乎在每一期都有银行、钱庄与药铺的整版广告，这从另一个侧面反映了《越风》月刊在新兴社会阶层尤其新贵

---

　　①　鲁迅：《鲁迅文集·第8卷》，人民文学出版社，2005年，第1页。
　　②　同上，第450页。

阶层中的影响力，因为仅凭这些"赞助人"，《越风》月刊就算没有广告也可以维持下去，但是事实上《越风》月刊却有本事拉来这么多广告，并腾出版面供广告刊登，这足以见得其发行量与影响在当时还算不错。因此，《越风》月刊在官方、精英与民间三者之间，画出了一道道优美的弧线，使得这一刊物成为早期抗日文学期刊中的一道亮丽风景线。

其次，是从《越风》月刊的社会史地位对其价值的认识。作为一份有官方背景的文学期刊，在特定历史背景下所参与的社会话语实践，实际上反映了抗战前期这一历史时期中国思想界、文艺界所呈现出的话语权力平衡。

这一切诚如前文所引耿德华之言，当时文学界有一批作家"穿戴他们祖先的服装来摆脱上海的复杂局面和统一战线问题"，而这种策略投射到政治、社会领域，便是在思想上"穿戴他们祖先的服装"，即《越风》月刊所关注的文史领域。该刊也知晓，这些问题确实"对于中国社会各阶层都具有天生的感染力"。①

通过对《越风》月刊的研究，我们不难发现，官方推行"民族主义文艺运动"发展到了后期变成"本位文化建设运动"乃是有着多重原因的，亦有着多种表现形式。这些原因既包括在国民党、共产党与其他在野党派中寻求一种话语平衡，也包括官方意图寻求一种朝野上下均喜闻乐见的形式，来在战时推广其"民族主义"思想，意图获得一种全民性的思想统一。

作为陈布雷、黄绍竑等国民政府要员赞助并有着强势官方背景的一份期刊，《越风》月刊势必在相当的程度上反映了国民政府在抗战前期的文化政策，这是不争的事实。但《越风》月刊却利用"穿戴祖先服装"的策略，捐弃了党派、阶级之争，转而将主要精力放在了对于"民族"存亡这一历史性问题的关注上。在文学创作、学术探赜中古为今用，积极共纾"国难"、投身"救亡"。这说明了"民族主义文艺运动"以及其后期的"本位文化建设运动"在相当程度上为抗战前期的文化建设起到了积极的作用，这是值得肯定的。

最后即《越风》月刊的学术史意义，若是深究下去，还有一点值得我们深思的是，《越风》月刊中对部分历史问题研究，采取的是"中体西用"的范式，即颠覆了清代为"学术而学术"的、以训诂考据、校勘为主的历史学研究，采用当时颇为前沿的研究范式，来研究中国史料中的新问题，

---

① [美]耿德华：《被冷落的缪斯：中国沦陷区文学史（1937—1945）》，张泉译，新星出版社，2006年，第120—121页。

他们所探究的问题与方法，在现在的史学界在来看甚至都有一定的启示意义。①

在此，笔者仅举三例，一文为黄萍荪的《西安事变与明代之覆亡》，一文为张天畴的《晚明人的茶癖》，一文为刘盼遂②的《中华人种西来新证》，这三篇文章在历史研究上各具特色：一文用明亡的史实反思"西安事变"，另一文从晚明时代文人的"茶癖"入手，来从"私人领域"与"日常生活"来解读明代覆亡的历史原因，最后一篇则是用语言学的新证来论证拉克伯里的"中国人种西来说"，这三篇论文在研究方式上均具备一定的前瞻性眼光。刘盼遂一文还被收入到了2002年由北京师范大学出版社出版的《刘盼遂文集》当中。

在《西安事变与明代之覆亡》（此为目录标题，正文标题为"明代之覆亡"）中，黄萍荪开篇这样感叹：

> 要知世间最惨之事，莫过于自残，这种愚蠢的行为，既见于敌人，在今日，避免之不暇，又岂可从效？难道三百年后，我们的智慧识见，依然一点没有长进？仍须受所谓"历史循环"之说的支配，而不能加以控制？③

黄萍荪剑指中国传统史学研究的核心——"历史循环说"，这实际上也反映了他自己的历史观。他不相信明亡之教训竟会在三百年后重演，因此他断然也不相信西安事变会导致中国灭亡。根据黄萍荪的理解，明亡的原因乃是有二，一是崇祯帝用人有误，二是地方军阀拥兵自重，导致国家有难谁也不肯"勤王"。但"西安事变"之后，国民党内确实出现了两股

---

① 中国传统史学研究源远流长，简而言之是从宋明以来的"金石之学"衍变而来的考据、校勘之"辨章学术、考镜源流"，即单纯强调新发现史料与具体某件史实的关联与意义，这一研究范式最大的问题是忽视大历史的全局观，弱化了政治、文化甚至自然环境对于历史自身的影响，提倡纯粹的历史研究。如章太炎便是此传统方法的沿用、发展者，侯外庐曾说："（章）太炎继承了清代学者的诸子研究，融会贯通，卓然成一家之言。最有价值的部分，在于他能考镜源流。"陈寅恪在章太炎之后提出了"诗史互证"的研究范式，将文学研究引入历史研究，与章太炎相比这又进了一步，而顾颉刚将地理学引入历史学研究，形成了新的历史研究范式。在《越风》月刊中，笔者发现一批学者已经开始用比较先进的研究方式研究、解读历史，这在当时是难能可贵的。

② 刘盼遂（1896—1966），河南淮滨人，早年毕业于清华研究院，为著名文献学家、历史学家，1946年起任北京师范大学中文系教授，1966年"文革"爆发时，康生为霸占刘盼遂家中的文物古籍，竟指使红卫兵在家中将其殴打致死，并将遗体投入水缸中伪装自杀假象，成为第一批在"文革"中冤逝的著名知识分子。

③ 黄萍荪：《西安事变与明代的覆亡》，《越风》，第20至22期合刊，1936年12月25日。

与当时明末政局很相似的政治势力——即主张轰炸西安、激化矛盾的"何应钦派"与主张自保、说风凉话的"阎锡山派"，黄萍荪认为，他们一方面勾结日本人，一方面拥兵自重，两边都属于造成中国社会的"不稳定因素"，这是极需要警惕的。

在文末，黄萍荪这样说：

> 执笔者之中也出了不肖的汉奸，他们一面私通外邦，一面结欢盗寇，下笔每以煽惑暴动，鼓倡自残为能，陷害祖国于万劫不复之地。另有一帮，比较消沉，喜欢站在不是中国人的地位上说风凉话，写俏皮文章，那挑巧轻浮的文风，颇有当年阮大铖辈写《桃花扇》的风气。若辈不是为虎作伥，就是使民气趋于浇薄，其为恶与盗贼国贼，同着一例。①

虽然套路还是"借古讽今"，而且这种研究范式也只能算是"历史比较研究"(Comparative study of history) 而离当时在西方正为兴盛的"比较史学"(Comparative history) 尚有一定距离，但在当时看来，这种比较性的历史研究范式仍然有着其自身的积极性。

而张天畴的《晚明人的茶癖》则是一篇从"日常生活史"入手，来解读一个宏大历史课题的论稿。"日常生活史"是目前海内外社会史学界最为热门的一种研究范式。当下学界一般认为"日常生活史学于20世纪70年代中期兴起于德国和意大利"。②实际上通过对《晚明人的茶癖》这篇文章的解读，我们就显而易见地发现，张天畴其实不自觉地使用了"日常生活史"研究法。

当然，张天畴并无出国留洋背景，且此文写成的1936年，西方尚无"日常生活史"这一研究方式，但这篇文章却符合"日常生活史"的研究准则则是不争的事实："日常生活史"要求"研究对象微观化"——这篇文章恰恰从晚明文人对于"茶"的爱好这一微观问题而入手的；"日常生活史"要求研究内容"包罗万象"——张天畴以"茶癖"这一新奇的问题入手，堪称独辟蹊径；"日常生活史"的研究旨在"重建全面史"——该文虽从"茶癖"入手，但旨在阐述"明亡"这一宏大历史课题，无疑是对"全面史"的重建；而"日常生活史"的研究原则是基于史料的"'他者'立场"——张天畴确实凭借深厚的史料基础，客观地进行阐释，做到

---

① 黄萍荪：《西安事变与明代的覆亡》，同上。

② 刘新成：《日常生活史：一个新的研究领域》，《光明日报》，2006年2月14日。

了"研究历史最重要的是理解，理解了古人也就理解了自己"。①

《晚明人的茶癖》一文通过对一手史料——明代文学家、曲学家张之长（即张大复）的《笔记》（即《梅花草堂笔谈》）的解析，认为晚明士大夫对于品茶的过分讲究、追求，已经到了"神经质"的地步。结合史料分析认为，"中国古来士大夫阶级的私生活是最会享乐的"，并进一步分析，"此种私生活，若是从好的方面说，是懂得生活趣味"、"倘若从坏的方面来讲，这显然是充分地暴露着自私的小我之表现，觉得个人以外无宇宙。"②且该文并不只是就事论事，而是主动地将这一问题进行史学层面的比较："这种现状乃是世纪末的流行症，古今中外相同，如法国马赛革命和苏联十月革命之前夕"。最后得出结论，"于是玩物丧志，寄壮志于茗碗之间，自然国事则更不堪设想矣！"③

在"九·一八"爆发的前几个月，张天畴撰写此文无疑有着讽刺当局沉溺于声色犬马的时政意味，但我们也应该看到该文在"日常生活史"上的独特研究范式。笔者在此并非牵强附会、认为这一当下主流史学研究法在中国便"古已有之"，而是为了证明：在抗战前期这样动乱的时局下，一批人文社科学者仍可以不畏炮火，且还能爬梳史料、运用一些在当下看来都不过时的研究方法来进行学术探索，充分反映了前辈史学家们扎实的学术功底与敏锐的前瞻性视野，这不得不说是《越风》月刊作者群赋予当下的一个重要启迪。

除上述两文之外，刘盼遂的《中华人种西来新证》则在另一层意义上为法国人类学家拉克伯里（Terrien de Lacouperie，1844—1894）的"中华人种来自巴比伦说"提供了佐证，拉氏的说法当时深受梁启超、章太炎等

---

① 如上引用来自于刘新成的《日常生活史：一个新的研究领域》，但"日常生活史"这一具体理论体系则是来自于哈贝马斯（Jüergen Habermas）的"私人／公共领域"理论、亨利·列伏斐尔（Henri Lefebvre）的"日常生活审美化"理论、约翰·斯道雷（John Storey）的"文化消费／日常生活"理论与英国伯明翰学派"文化研究"等理论集结之后，并在新兴的法国的年鉴学派、意大利的微观史学派与英国的个案史学派影响下融合而成，其代表人物有格茨（Goetz）、米歇尔·德塞图（Michel De Certeau）等等。笔者所引之理论准则，正是来源于构建"日常生活史学"这一框架中的若干理论。

② 张天畴：《晚明文人的茶癖》，《越风》，第 11 期，1936 年 4 月 2 日。

③ 同上。

"维新"学者赞同。①

刘盼遂与当时其他学者如刘师培、缪凤林与何炳松②等人不同,他没有运用民俗研究、史料考证等方式来研究,而是别出心裁地从自己熟悉的文字学入手,以古文字中的偏旁部首为出发点,认为中华人种来自西方。

简而言之,《中》文核心的观点就是:根据对上古文字偏旁部首的考证,就有"西方"招魂的说法,人死了"归西",而此时佛教尚未传入中国,不存在"西天极乐世界"一说,为什么要归"西"呢——因此"归西"也就可以理解为"回老家"——中华民族来自西方,在此不言自明。并且,他还反驳了颜师古的西方为佛教所言之西方的观点。

因此,在文末就有了这样令人绝倒的一段:

> 按西征亦即归西、西迁之意,是时佛乘未入中土,故知非西方接引一事,赋文据实陈词,未假况譬。故知颜(颜师古)氏,日喻之释,亦非谛也。③

笔者在此举上述三篇文章为例,实则为证明《越风》月刊所采取的学术研究范式及其学术眼光,是值得赞赏的。现在看来他们的观点或许有些过时甚至可笑,但事实上,在 20 世纪 30 年代,他们已经是学术界"先行一步"的先驱者了。

因为近似子虚乌有的"鲁黄之争",《越风》月刊被打入现代文学研究

① 拉克伯里认为,公元前 23 世纪左右,原居西亚巴比伦及爱雷姆(Elam)一带已有高度文明的迦克底亚 – 巴克民族(Bak tribes),在其酋长奈亨台(Kudur Nakhunte)率领下大举东迁,自土耳其斯坦,循喀什噶尔,沿塔里木河以达昆仑山脉,辗转为今甘肃、陕西一带,又经长期征战,征服附近原有之野蛮土著部落,势力深入黄河流域,遂于此建国。奈亨台即中国古史传说中的黄帝(Huang Di),Huang Di 是 Nakhunte 的讹音;巴克族中的 Sargon 即神农,Dunkit 即苍颉,这便是拉氏认为中华人种西来的实证。该书以《早期中国文明的西方起源》书名在 1894 年出版后,旋即由日本学者白河次郎、国府种德改写为《支那文明史》由东京博文馆于 1900 年在日本出版,1903 年,《支那文明史》被上海竞化书局译为中文出版。同年,蒋智由开始在《新民丛报》上连载《中国人种考》,其中的一节《中国人种西来之说》用了相当的篇幅,介绍拉氏学说。至此,拉氏之学说,在中国广泛传播。
② 缪凤林的《中国民族西来辨》(《学衡》第 37 期,1925 年 1 月)、何炳松的《中华民族起源之新神话》(《东方杂志》,第 26 卷第 2 号,1929 年 1 月 25 日)与刘师培在《中国民族志》《攘书》《论中国对外思想之变迁》《思祖国篇》《古政原始论》《论孔子无改制之事》《中国历史教科书》等论著发表的观点一道,构成了当时宣扬中华人种西来最为知名的一批中国学者的研究成果。部分内容参见李帆:《中国人种、文明自巴比伦而来的学说》(《西南民族大学学报(人文社科版)》,2008 年第 2 期)。
③ 刘盼遂:《中华人种西来说新证》,《越风》,第 28 期,1937 年 4 月 30 日。

界的"另册"，进而被否定、被遗忘，直至近年来对其的"重新发现"都无法走出"鲁学"的影子，这不得不说是《越风》月刊以及其所刊载的一批优秀文稿之悲哀。借此，笔者只想通过对该刊的整体性研究，力图"还原文学现场"并重新审理《越风》月刊的内容、贡献及其可思考之处，这也是笔者将《越风》月刊纳入到本论中的初衷。

"越风东南清，楚日潇湘明。试逐伯鸾去，还作灵均行。"这是唐代诗人孟郊的《下第东南行》，黄萍荪是否因为这首诗而将刊物命名为"越风"，笔者尚未可知。但通过上文的分析，我们可以清晰地看到，《越风》月刊确实不但是抗战前期中国期刊界的一朵"东南清"的奇葩，更是百年中国文学史中一个不可忽视且有着重新发现价值的研究个案。所以，对《越风》月刊的重读，也许还有着更加深远的意义。

第五章　人道主义文学期刊的文化立场

——《呐喊（烽火）》周刊研究

　　《呐喊》是茅盾、巴金于 1937 年 8 月 25 日在上海联合创立的文学期刊，这份刊物出刊两期后旋即更名为《烽火》，第十三期改由广州出刊，终刊于 1938 年 10 月 11 日，期间曾因战乱先后以周刊、旬刊的形式出版过。该刊曾因销量不错，一度同时在重庆再版印刷。

　　作为一份有着人道主义知识分子背景的文学期刊，《呐喊（烽火）》周刊对于"国难"的书写集中反映了中国进步知识分子在抗战前期这一特定时刻的精神追求。这种精神追求既有别于强调阶级斗争"左联作家"们的文学主张，也不同于"第三党"人士的政治功利主义，当然与官方的"民族主义"策略亦不尽相同。简单地说，《呐喊（烽火）》周刊对于"国难"这一问题的书写，集中反映了当时中国进步知识分子的现代社会批判意识与"天下兴亡、匹夫有责"的传统士大夫精神之结合。

　　本章的主旨在于，借胡风对于《呐喊（烽火）》周刊的偏见，从客观、具体的史料出发，以《呐喊（烽火）》周刊为支点，试图审理其在"抗战文学"中的独特价值与文化贡献，澄清现代文学界对于这一刊物的偏见与误解，从而进一步审理人道主义知识分子所办的文学期刊在抗战前期文学界的历史意义。

　　因此，在本章中，笔者力图解读三个问题：首先，《呐喊（烽火）》周刊是否如胡风所批判的那样，是一份"缩小""观念性""内容比较空洞"甚至"不符合时代要求"的刊物？其次，作为"人道主义知识分子"集合的"《呐喊》作者群"究竟有什么样的特点？最后，《呐喊（烽火）》周刊所刊载的内容又具备什么样的特色？

第一节　一份真实的《呐喊（烽火）》周刊

在本节中，笔者主要从第一章中所论及胡风的那段话为引子，来从三个方面初论《呐喊（烽火）》周刊的特征。

这一切正如"创刊号"所显示，《呐喊（烽火）》周刊创刊于 1937 年 8 月 25 日，在创刊前的十二天，日本海军陆战队登陆上海宝山并截断淞沪铁路，发动震惊世界的"八·一三"事变，淞沪战争爆发。炮火喧天的战争持续了三个多月。其中，最猛烈的一次便是 8 月 23 日清晨日军上海派遣军第三、第十一师在强大火力的掩护下，于川沙河口、狮子林、吴淞一带强行登陆的"吴淞登陆战"，由于中国守军人少装备差，使得日军强行进入上海境内，"孤岛上海"失守。为挽救危局，次日由陈诚、罗卓英、薛岳、关麟征、何柱国与李仙洲等组成前敌总指挥部的国民革命军第十五集团军先后分批赶至上海，向登陆入城之敌发起猛烈反击。由于上海是由街道、弄堂组成的城市，两军无法进行炮战与空战，只有进行巷战与白刃战，战争持续竟达半月。

由于驰援的国民革命军来自于武汉、四川等地，不熟悉上海地形，因此并不擅长巷战。为了解决这个问题，在"上海各界抗敌后援会筹募委员会主任"杜月笙的组织下，上海"青帮"、总工会与学生团体临时组成了由戴笠、杜月笙联合领导的"苏浙行动委员会别动队"，这支数千人的民间武装为驰援主力部队起到向导的作用，并在淞沪保卫战中几乎全部牺牲，当中包括"上海南市救火会"的货车司机胡阿毛，其事迹被列入了中国大陆官方"人教版"的中学历史课本。由是可知，中国军民在这场战役中均伤亡惨重。整个淞沪保卫战也堪称抗日正面战场上牺牲最为壮烈的战役之一①——正是在"吴淞登陆战"之后的第三天，《呐喊（烽火）》周刊创刊了。

在 1937 年之前的上海，各类文学刊物可谓是蔚为大观，随着日军的进犯，一批不愿意投敌从事"和平运动"的作家与出版人遂开始从事"抵

---

① 纵观整个"吴淞登陆战"战局，其中发生于 1937 年 10 月 26 日的"大场防线保卫战"尤为惨烈，即国民革命军第 88 师 524 团副团长谢晋元指挥的"八百壮士死守四行仓库"一役。该役成为当时整个亚洲、太平洋战场当时最壮烈、最具国际影响的战斗之一，国军在此役中的悲壮之举震惊国际媒体。战役爆发后，英文《大美晚报》发表社论："吾人目睹闸北华军之英勇抗战精神，于吾人脑海中永留深刻之印象，华军作战之奋勇空前未有，足永垂青史。"英国伦敦《新闻纪事报》也指出："华军在沪抵抗日军之成绩，实为任何国家史记中最勇武的诸页之一。"1941 年，作为国际反法西斯英雄的谢晋元遭到日本特工的暗杀。遇难后，谢晋元被国民政府追授陆军步兵少将军衔。

抗文学"，但这并不能从根本上阻止一批文学杂志的被迫停刊甚至遭遇恐怖迫害，在创作上，"绝大多数杂文作家完全停止了写作"，[①]一系列刊物相继停刊、终刊，如黄源主编的《译文》月刊（1937年6月停刊）、鲁少飞主编的《时代漫画》（1937年6月停刊）、卞之琳等主编的《新诗》（1937年7月10日停刊）、钱瘦铁等主编的《美术生活》（1937年8月1日停刊）、朱光潜主编的《文学杂志》（1937年8月1日停刊）、黎烈文主编的《中流》（1937年8月5日停刊）、洪深与沈起予主编的《光明》半月刊（1937年8月10日停刊）、傅东华主编的《文学》月刊（1937年11月10日停刊）尤其在1939年日本特务对于《大美晚报》文艺副刊《夜光》编辑朱惺公的暗杀，将军事殖民统治对抵抗文学的迫害推向了高潮。

在这样的语境下，《呐喊（烽火）》周刊的创刊显然有着非同一般的意义。抛开内容不谈，其刊名亦是有着强烈的政治指向，甚至可以说是因为战争而成立的一个定向刊物。出刊的目的就是为了宣传抵抗，而且就在日军进犯之下的上海出刊。

在创刊号的发刊词里，"《呐喊》周报同人"这样说：

> 沪战发生，文学、文丛、中流、译文等四刊物暂时不能出版，四社同人当此非常时期，思竭棉薄，为我前方忠勇之将士，后方义愤之民众，奋其秃笔，呐喊助威，爰集群力，合组此小小刊物，倘蒙各方同仁，惠以文稿及木刻漫画，无任欢迎，但本刊排印纸张等经费皆同人自筹，编辑写稿，咸尽义务。对于外来投稿除赠本刊外，概不致酬，尚祈共鉴。[②]

而在郑振铎（署名"郭源新"）执笔的《站在各自的岗位（创刊献词）》中，有这样一段话：

> ……我们一向从事与文化工作，在民族总动员的今日，我们应做的事，也还是离不了文化——不过，和民族独立自由的神圣战争紧紧地配合起来的文化工作；我们的武器是一支笔，我们用我们的笔，曾

---

① 本段部分引文与史料数据来源于 Edward M，Gunn Jr.（耿德华）：*Unwelcome Muse: Chinese Literature in Shanghai and Peking*，1937-1945，New York：Columbia University Press, 1980, Christian Henriot：*Shanghai 1927-1937: Elite locales et modernization dans la Chine nationaliste*，Boston：The Regents of the University of California, 1993。

② 《发刊词》，《呐喊》，创刊号，1937年8月25日。

经描下汉奸们的丑脸谱，也曾经喊出了在日本帝国主义铁蹄下的同胞的愤怒，也曾经申诉着四万万同胞保卫祖国的决心和急不可待的热诚……我们的能力有限，我们不敢说我们能够做得好，但我们相信我们工作的方向没有错误！ ①

由是可知，《呐喊（烽火）》周刊决非是胡风所言"剩下来"的刊物。就史实而论，茅盾始终是抗战期间"抵抗文学"中的重要活动家，无论重庆的《文艺阵地》杂志，或上海的《呐喊（烽火）》周刊，以及后来香港的《笔谈》杂志，若无茅盾的鼎力相助与亲力亲为，这些刊物断然不可能出现。尤其在鲁迅逝世之后，茅盾在当时左翼文学界的影响力，除郭沫若之外，几乎无人可堪匹敌。而在《呐喊（烽火）》周刊的办刊过程中，具体负责编务工作的又是人道主义作家巴金，这使得《呐喊（烽火）》周刊真正地捐弃了党派之见、阶级之争与狭隘的民族之恨，从而在战争洋溢着人道主义的光泽。

由此可知，《呐喊（烽火）》周刊之所以能够出刊，并非是"剩下来"的缘故，也不是"缩小的刊物"。须知此刊乃是由巴金和靳以主持的"文季社"、黎烈文主持的"中流社"、黄源主持的"译文社"与郑振铎主持的"文学社""四社合并"办刊的结果。这四个文学社在当时的"孤岛文坛"都有着自己独立发行数年的刊物与固定的读者群体，已然是颇具规模的文学机构。而且巴金、郑振铎等人在当时文坛的影响力，亦非一般作家所能匹敌，而茅盾作为"总盟主"形成的"四刊合一"的期刊出版业"康拜恩"，乃实至名归的强强联合。

在发刊词中，刊物的立意说得很明确。为"忠勇之将士"与"义愤之民众""呐喊助威"，这乃是《呐喊（烽火）》周刊创刊的缘由所在，而且"四社合并"系人力资源合并，在当时经济崩溃的上海，根本无法有多余的资金为作者发放稿酬，这在发刊词中也说得很明了。

在办刊内容上，《呐喊（烽火）》周刊体现了出了多样化的一面，除了小说、诗歌、论文、时评、散文、报告文学等不同文体均存在之外，甚至在每一期还有木刻作品——自第二期开始，每一期的封面都是不同风格但均具震撼力、号召力的抗战人物木刻，这显示出了作为文学期刊的《呐喊（烽火）》周刊，既起到了宣传抗战、鼓舞士气的作用，又真正地做到了"以文艺为本"的文学实践。

---

① 郭源新：《站在各自的岗位》，同上。

说到底，这种摈弃狭隘的仇隙、以文艺为本的办刊方式，恰是人道主义知识分子在民族存亡关头的必然选择。自"五四"新文化运动以来，吸收了西方自由主义、人道主义思潮的中国的知识分子便开始了积极在社会公共生活寻求角色扮演的实践。以巴金为代表的人道主义作家，对于战争的痛恨、在烽火中的呐喊，显示出了他们对于文学事业、国家、民族与全人类的深沉热爱：

> 几年前，在一九三二年的"一·二八"事变中，住在闸北的巴金就亲身遭受了外敌入侵的灾难。那时，他去南京看望吴克刚、卫惠林、缪崇群等几位朋友，就在他离开上海的那几天，爆发了"一·二八"事变，他在闸北的家被烧毁，他回到上海时，从被日军炸毁的住宅里抢回了一些残余的书籍，只好暂住在亚尔培路（今陕西南路）步高里五十二号朋友家中，他在那里写完了中篇小说《海的梦》。现在，他再一次遭受到了帝国主义给中国人民（包括他自己）造成的祸害。他的心被一团愤怒的火燃烧着……他又同茅盾一起主持了《呐喊》和《烽火》这两个抗战刊物（引者按：此处叙述有误，《呐喊》为《烽火》为一个刊物的两个不同阶段的名字）……从八月到十二月，他写了许多散文、杂文和诗……巴金从拉都路（今襄阳南路）敦和里迁到霞飞路（今淮海中路）霞飞坊五十九号友人索非（引者按：即胡适的外甥索非）家三楼，他在这里继续写作在战前就开始写的"激流三部曲"之二《春》……①

上述这段话反映了处于抗战前期巴金的两面：作家与编辑家。在这样危急的局面下，巴金不但没有停止创作，而且还创办并主持了一份刊物，这殊非易得。事实上，我们在《呐喊（烽火）》周刊中所看到的史实也是如此——巴金在这一阶段创作的"许多散文、杂文和诗"一共有16篇，其中9篇发表于《呐喊（烽火）》周刊上，占到了总量的56.25%的绝大多数，并且在1937年11月，由《呐喊（烽火）》周刊的主办方"烽火社"出版了自己的杂文集《控诉》。作为一位爱惜自己作品的作家，只有真正地热爱这份刊物，才会将自己的文字贡献给它。因此，我们完全有理由相信，巴金对于《呐喊（烽火）》周刊所倾之心力，决非敷衍了事，胡风仅是基于与茅盾的私仇便批判该刊"不符合时代的要求"，这对于以巴金为

---

① 马嘶：《1937年的中国知识界》，北京图书馆出版社，2005年，第150—151页。

代表的人道主义作家以及该刊所刊发的这些作品来讲，无疑非常不公平。

因此，作为有代表性的早期抗日文学期刊，《呐喊（烽火）》周刊有着非常特殊的意义，在大批刊物停刊的环境下，它创刊了——而且是"吴淞登陆战"期间创立于上海一份抗日期刊。值得一提的是，胡风的《七月》杂志创刊于同年的 9 月 11 日，其时不但晚于《呐喊（烽火）》周刊，甚至比《烽火》还要晚 6 天，此时"吴淞登陆战"已经基本结束，国民政府国防部已开始向上海开始大量增兵，蒋介石亲自担任负责沪杭地区的第三战区总司令，并将顾祝同、朱绍良、张发奎与刘建绪等部悉数调往上海，战争进入到了相持阶段，上海本地的局势也有所稳定。

第二节 "《呐喊（烽火）》作者群"

在整个 30 年代，在日本侵略的日益危险日益加深的情况下，备受困扰的政府似乎更着意于平息内部的批评，而不是面对外部的敌人，许多中国学生，大量学者，这个国家最有威望和才华的人，比如鲁迅，都逐渐"左倾"。从那时开始的知识和文化生活的持续集化，在整个抗战时期和后来的内战中，继续聚集着力量……实际上，所有人都在西方或日本受过教育，或至少是有西方教育背景者的学生，许多人对英美政治、社会、教育观念和理想的直接或间接的影响都很重视。[1]

贾祖麟（Jerome B. Grieder）所言中国知识分子在抗战前期的"左倾"，恰恰是"《呐喊（烽火）》作者群"所反映出的一个大趋势。因此，该论在这里有着较强的借鉴意义并反映了关于当时中国知识分子在身份转型时的三个问题，这其实也是"《呐喊》作者群"所集中表现的特点：第一，因为时局的变动、战争的发生而导致进步知识分子——其中主要包括人道主义、自由主义知识分子在思想上的"左倾"，这种"左倾"不但会影响到当时一批从"五四"走来的知识分子，更会渗透到下一代当中，从而形成梯队性的效应，但这种"左倾"的本质仍未脱离人道主义；第二，《呐喊（烽火）》周刊所云集的一大批的写作者，包含先前的各个思想阵营、政治派别，因为全民族的抗战，都云集到了人道主义的旗号下，这种"空前团结"的时代景观反映了国难当头之际中国知识分子的大局观；第三，《呐

---

① [美]贾祖麟（Jerome B. Grieder）：《知识分子与现代中国》，单正平译，南开大学出版社，2002 年，第 392 页。

喊（烽火）》周刊在用稿时尽量避免"近亲繁殖"而是最广泛地邀约社会稿件，使得不同的作者在杂志上都有刊登自己文章的机会，从而形成尽量广泛的、持续性发展的作者梯队，这使得该刊在后来爆发出强大的后劲，这也是当时一批进步知识分子期刊所热衷于使用的约稿范式，这种范式还有一个最大的好处就是可以尽量地使得具备公共性的知识分子在特定的区域与时间段里可以获得进一步扩大影响力的机会。而且《呐喊》乃是真正在最艰苦、最危险的时日里创办的一份抗日文学期刊，这是其他刊物所不能比拟的，《呐喊（烽火）》周刊辗转多个城市办刊并体现出极强的时效性与影响力，恰恰为这三点因素起到了铺垫性的作用。

首先是作者群的"名家云集"以及对下一代青年作家的培养，既传递了抵抗的思想，亦将左翼文艺思潮在抗战前期这一历史阶段完成了代际相传，这在主观上为"抗战文学"提供了新鲜血液，在客观上起到了健全1949年之后中国文学创作者梯队的意义。

虽然每期文章不多，看似薄薄一册——《呐喊》创刊号仅为小32开本，15页，且均不给付稿费，但其中每一个作者都是在当时中国文坛具备极高知名度的人物，如第一期里的文章全部由郑振铎、巴金、萧乾、王统照、靳以、黎烈文、黄源、胡风与茅盾这九人所写。其中，黄源是当时翻译屠格涅夫的著名翻译家，亦是1949年中国作家协会的创始人之一；而黎烈文则是《申报》副刊"自由谈"的主编，其余的作者的知名度更是不用赘述。

这样由名家主办且由其他名家一起撰稿的刊物，在当时烽火连天的上海非常鲜见。且撰稿作家群相对固定，在第二期中，亦还是同样一批作者（除胡风之外，其中巴金用笔名"余一"）。我们可以毫不怀疑地说，只有人道主义作家巴金才有这样的影响力，且仅在抗日救亡这样战争语境下，大多数作家才可以这样团结起来——包括已经和茅盾有了不愉快回忆的胡风。

在其后的《烽火》杂志中，文学名家、青年才俊们更是层出不穷、竞相来稿——许广平、郁达夫、郭沫若、丰子恺（漫画稿）、叶圣陶、端木蕻良、刘白羽、芦焚、骆宾基、田间、陆蠡、蔡若虹、艾芜、鲁彦、赵家璧、施蛰存、碧野、唐弢、阿垅（署名"SM"）、蹇先艾、杨朔等等与《呐喊》的发起人茅盾、萧乾、靳以、巴金及王统照等人一同构成了"《呐喊》作者群"，如此庞大、如此豪华的阵容，在抗战前期的文学期刊中当是风头正健，决非胡风所称的"缩小的刊物"。

这些作家都很重要，但更应该看到的是，虽处于战争，但《呐喊（烽火）》并非放弃对于文学创作多元化的重视与青年作家的培养，其中既有丰子恺、郭沫若、茅盾、巴金、施蛰存与叶圣陶这样早已成就斐然的作家，亦有鲁彦、骆宾基、王统照与塞先艾这样的"文坛边缘人"，其中更重要的是，像碧野、刘白羽、杨朔、施继仕与邹荻帆这样刚刚20岁左右的年轻作家，[1]亦在《呐喊（烽火）》杂志上获得了发稿的机会——在战争动荡的20世纪30年代末，伴随着大量文学杂志的停刊，"和平主义"附逆杂志的盛行，一批热血文学青年亟待获得培养与平台——《呐喊（烽火）》为碧野、刘白羽等人提供了一个走上文坛与名家一起亮相的平台。正因此，刘白羽的小说、碧野的诗歌与杨朔的散文，恰恰成为1949年之后中国大陆新文学在主流创作题材在风格上的典范之作，[2]这从一个相当重要的角度反映了：在全面抗战爆发之后，中国共产党对于抗战文学乃至抗战文艺的影响与干预已经相当成熟。

正如王德威（David Der-wei Wang）对何其芳与冯至的分析一样，抗战使得一批人道主义、自由主义知识分子开始认同并倾向中国共产党领导的左翼政治。[3]他们认识到中国共产党在抗日洪流中的中流砥柱之意义，《呐喊（烽火）》虽非由中共直接领导，但其主编与主力撰稿人一大半成为1949年之后中国文艺界的领导者。从这一点来看，该刊虽是人道主义期刊，但证明了中国共产党及其主张在抗战时期对文艺界的积极影响，见证了中国共产党及其政治宣传在抗战时期所扮演的重要角色。

其次，是这份杂志本身的发展与影响，见证了"抵抗文学"在上海一地甚至全民抗日战争中所做出的抗争与努力，体现出了人道主义的包容性与人道主义知识分子的大局观。

上海沦陷之后，包括巴金等一批人道主义作家并未选择第一时间撤出上海。就当时中国的整个大局而言，他们在上海的短暂性坚守，客观上却为上海一地的抗战文学起到了播撒火种、赓续文脉的重要意义——纵然《呐喊（烽火）》周刊最终不得已南迁广州，但仍然有一批作家留驻上海继

---

① 刘白羽于1938年12月参加中国共产党，碧野虽然在1980年才加入中国共产党，但他却是在抗战爆发之后就投身中共领导的文艺运动；而杨朔在1937年底已经抵达延安；施继仕在1946年英年早逝，但其遗言是"不去上海，到苏区去"；邹荻帆在抗战伊始时就投身中共领导的抗战文学运动，可见《呐喊（烽火）》的相当一批青年作者在当时都是与中国共产党有密切联系并且认同其抗战主张的。

② 当然，因为战争而导致的左翼思潮还反映《呐喊》与"左翼文学"的渊源关系上，但是它的意义更在于对于中国新文学作家作品的培育，值得注意的是，该刊物与当时的中共组织也有着一定的直接联系。譬如在第17期曾出现了署名"易河"的一篇报告文学《陇海东行》，而"易河"正是新四军文化干部杨仲康的笔名，杨于1945年遭日军杀害。

③ David Der-wei Wang：*The Lyrical in Epic Time: Modern Chinese Intellectuals and Artists through the 1949 Crisis*，Columbia University Press，2014年，第96页。

续创作，并为改名后的《呐喊》——即《烽火》杂志撰稿。

在史景迁（Jonathan D. Spence）看来，这种"坚守"的决定原因有两个，一个是作为主观原因的"思想倾向"，一个是作为客观原因的"从属关系"：

> 当然，对许多人来说，落脚点是由个人的从属关系或思想倾向所决定的……虽然南京几乎被毁了，但上海仍是许多作家和艺术家的天然避风港……这个城市仍是活跃的知识分子基地，一批有才华的作家生活在这里，为热心的读者们写作。[①]

由是可知，《呐喊》作者群一开始之所以集中在上海，有着两重原因，一是作家们自身的选择，无论是巴金，还是郁达夫、赵家璧或王统照等人，这些作家的"从属关系"或"思想倾向"尽管有一定"左倾"，但在当时看来都是无党派的人道主义作家，他们并无任何党派与政治背景，因此"坚守"在上海不是受迫或是基于某种利益，而是纯粹性的思想指使。因此，对于这一批人道主义作家们"坚守"的选择，我们完全可以看作是一种基于民族感情、自发的文化选择。[②]

当然，我们在这里还可以举另外一例以作说明，即当时"坚守"在上海并被日伪特工暗杀的著名人道主义知识分子刘湛恩（Herman C. E. Liu）。刘湛恩是一名虔诚的基督教徒，自哥伦比亚大学获得教育学院哲学博士学位后被沪江大学校董会主席、校长魏馥兰（F.J White）提名为接班人，遂成为沪江大学首位华人校长。期间因他曾一度履行国民政府禁止学生游行的命令而受到学生的批评。但随着上海沦陷，奉行人道主义的刘湛恩积极投身抗日救亡运动，被推选为"上海各界救亡协会主席"。由于他的激进行为与社会影响，在 1938 年 4 月就遭到日军暗杀。但吊诡的是，没有任何政治身份的刘湛恩在遇难后先后受到两个对立政权的褒奖——国民政府赐予其"国葬"，1949 年之后中华人民共和国民政部又追认其为"烈士"，但事实上刘湛恩生前却不属于任何党派，甚至没有任何政治头衔，他唯一

[①] [美]史景迁：《天安门：知识分子与中国革命》，尹庆军译，中央编译出版社，1998 年，第 278 页。

[②] 傅葆石曾以王统照为研究中心，认为"《呐喊（烽火）》作者群"是"自由人道主义团体，他们视抗战为正义之战，这符合'五四'的传统，因为抗战的终极目标是自由和解放"、"此战的终极目的，是要激起日本人民推翻军国主义专政。"从历史角度来说，本论之观点与傅论殊途同归（[美]傅葆石：《灰色上海，1937—1945：中国文人的隐退、反抗与合作》，张霖译，生活·读书·新知三联书店，2012 年，第 34 页）。

的身份就是受到美北浸礼会（American Baptist Missionary Union）所指派、任命的基督教沪江大学校长，但作为人道主义者的他却受到了当时社会各界的公推，成为战时上海抵抗日军侵略的主要社会活动家之一。

通过对刘湛恩事迹的粗略介绍可以看出，人道主义知识分子及其刊物在战时上海的影响力与现实意义是被全民族所公认的，而且无论是国民党，还是共产党都会认可这种身份——但这种身份很容易成为"国民党眼里的左倾，共产党眼里的右派"。①这也是《呐喊（烽火）》周刊一度被大陆研究者视作"左倾"刊物的原因所在。但事实上，《呐喊（烽火）》周刊培养出刘白羽、碧野与杨朔等在"十七年文学"中获得名声的作家并非是其办刊的主观意图，而恰由抗战的"全民族性"这一宏大的历史语境及其所产生的强大民族凝聚力所决定。

最后，《呐喊（烽火）》周刊之所以"越办越大"的原因乃是在于用稿时尽量集中各阶层的优秀作家——包括曾经有过"左联"背景的作家，也包括与官方有关系的"民族主义"作家，同时亦囊括了其他拥护各类中间思潮的作家。这种包容性由他们"左派谓之右倾，右派谓之左倾"的独立性所决定，更为该刊日益发展壮大提供了强大的后劲。

在解析这个问题之前，笔者意图初步审理《呐喊（烽火）》周刊从无到有、日益发展壮大的全过程，借此才可以总结出上述结论。《呐喊》创刊号虽然名家云集，但从装帧上看仅仅 15 页，8 张纸。由文化生活出版社、上海杂志公司、开明书店与立报馆四家书店代售，定价每册两分。无怪乎胡风要说这是一份"缩小"的杂志。但到了第二期，由卜五洲主持的"五洲书报社"与邹韬奋主持的"生活书店"也参与到"代售"即分销的书店当中；及至更名《烽火》后，"分销"与"代售"均独立出来，成立了自己的发行部门——这是一份报刊从"同人"走向"市场"的显著标志。其发行处为"上海城内西仓桥街三号"（今上海市黄浦区西仓桥街近河南南路与复兴东路交界处），这是上海自开埠以来至今的闹市区，可见其办刊规模已经扩大。且"代售处"也不是之前的区区六家，而是"全国各书店各报贩"；到了《烽火》第四期，已经有了"杭州总经售东南图书公司"与"重庆总经售文化生活社重庆分社"，这种蒸蒸日上的趋势一直持续到

---

① 人道主义知识分子在贾祖麟看来是"左倾"的，这当然是站在国民政府的立场上，认为这些知识分子有"亲共"的嫌疑，譬如李公朴、闻一多等人就曾遭到国民政府暗杀，但是在 1949 年之后，这些人道主义知识分子如罗隆基、巴金、储安平等人却又被当时官方认为是"右倾"而被打成右派或是在"文革"中受到残酷迫害，其中甚至株连包括刘湛恩的遗孀刘王立明。人道主义知识分子陷入"左派谓之右，右派谓之左"的尴尬局面固然可悲，但却显示了他们自身在思想、政治与社会批判上的独立性。

南迁广州的第 13 期。

　　该刊于 1938 年 5 月 1 日南迁广州之后，改为旬刊，但其影响力有增无减，始由巴金主持的"文化生活出版社总经售"，在"上海汉口广州重庆"均有分售，并且开明书店、生活书店与上海杂志公司均有"代售"，定价也由 2 分涨到了 5 分。

　　在南迁广州之前，该刊没有稿费制度，采取的是"欢迎投稿，暂以本刊为酬"这一"样刊抵酬"的方式，但南迁广州之后，在"本刊启事"中，有这样的两条：

　　　　一，本刊自第十三期起移在广州发行……又本刊并未委托外埠书店翻印，倘有此类情事发生，当提出严重交涉，希各地书业注意。
　　　　二，本刊为文学社、文季社、译文社、中流社联合刊物，经费亦由同人自筹……外稿一经刊载，当略付薄酬……①

　　这个启事说明了两个问题，第一，这是南迁广州的第一份刊物，但是已经提出了对于盗版者的抨击，这说明在上海办刊时，虽然条件艰苦，却出现了盗版，这足以说明其销量与影响力是相当大的；第二，《烽火》开始实行稿费制度，证明了该刊的经济状况已经好转，不再是之前那份在资金上捉襟见肘的刊物了。

　　《烽火》第十三期的《复刊献词》这样写道：

　　　　……国军退出淞沪大上海完全沦陷以后，我们还竭力使我们的"烽火"燃烧在敌人的阵地，但我们的发行处却已经成为灰烬了。接下来的禁止和封锁断绝了我们和许多作者读者的关系，我们不能够在中立区域里自由地扬起我们的呼声，但我们也不愿让敌人永远窒息了他。现在经了一些时日努力的结果，我们又在自己的土地上重燃起我们的"烽火"……②

　　《复刊献词》所表现的是，虽然办刊地点变了，但是其主旨、核心没变，还是之前的那个《烽火》，甚至在这篇《复刊献词》的后面，还加上了当时郑振铎所写的《呐喊》发刊词《站在各自的岗位》，以表现两种刊物的一脉相承性。但是毋庸置疑的是，此时的《烽火》，虽不说是"财大

---

① 《本刊启事》，《烽火》，第 13 期，1938 年 5 月 1 日。
② 《复刊献词》，同上。

气粗"但至少日子也好过许多，25 页的页码，加上从未有过的书刊广告，随着该刊南迁广州，也顺利地完成了从"同人杂志"向"商业杂志"的基本转型，其影响力的扩大亦不言而喻。

如上可充分说明，该刊的不断发展壮大，已经吸引更多的作家尤其是青年作家与社会评论家的积极响应，由之前"群贤毕至"的"群英会"，变成了"少长云集"的"百花园"，而且越到后面几期，广告越多，若是没有足够的发行量，是决然不会腾出版面刊载广告，也不会有商家愿意在上面投放广告的。

上述史实印证了《呐喊（烽火）》周刊崛起的全过程，从无钱支付稿酬的"同人刊物"到可以支付稿酬的"商业刊物"，《呐喊（烽火）》周刊的作者群实际上不断扩大。从一开始利用巴金、茅盾的私人关系约稿到后来可以靠自然来稿来丰富稿源，这恰也说明了《呐喊（烽火）》周刊的壮大其实是自身稿源与影响力从"卖方市场"向"买方市场"顺利过渡的发展必然。

一份刊物，从战火纷飞的上海创刊，到最后移师广州，成为一份日益壮大、影响深远的文学期刊，它在国难当头之际，不但集中了郭沫若、茅盾、巴金与郁达夫等当时中国最优秀的作家的优秀稿件，更培养了刘白羽、碧野、杨朔等青年作家，若是说他是"剩下一个""日益缩小"的刊物却是是有违史实的。正因此，对于《呐喊（烽火）》周刊的重新挖掘与研究，不但有了"辨章学术"的史学价值，更亦有着"考镜源流"的正本清源之意义。

第三节 《呐喊（烽火）》周刊所刊发文章之特色

保罗·约翰逊（Paul Johnson）曾如是评价二战前期的"知识分子"阶层：

> 30 年代是一个充满大大小小谎言的时代，比本世纪任何一个年代都更多。纳粹和苏维埃政府利用巨大的财政资源，并雇用成千上万的知识分子，说了无数谎话。那些曾经献身于真理而被人赞颂和崇敬的机构，现在在处心积虑地压制真理。[①]

---

① ［英］保罗·约翰逊：《知识分子》，杨正润等译，江苏人民出版社，2000 年，第 379 页。

此论对于抗战前期的中国知识分子界，亦有着借鉴性意义。就当时而言，确实充斥着大量的"谎言"——即投靠于政治并陷入政治权力之争的语言，这是与先前"献身真理"的"五四"精神相违背的。尤其是随着日本军队对于中国东北、华北的侵占，中国共产党控制的"解放区"势力范围逐渐强大，先前一批信奉人道主义的自由知识分子开始慢慢地向当时中国"三权分立"政治权力阵营分流——一是投靠日伪政权即"附逆"；二是主动亲近官方即成为"御用文人"，三则是走向中共中央所在地延安变身为"文艺工作者"，这种"三岔路口"的选择甚至会使得原本处于同一思想领域知识分子走向分道扬镳。

因此，人道主义作家如果选择抵抗，则会不由自主地成为官方或是左翼的阵营一员，这是无可厚非的惯性选择。如何避免自身陷入政治漩涡当中而不能自拔？这也是摆在当时许多知识分子面前的问题。借此，当时许多属于"抵抗文艺"的期刊，要么有着官方的背景，属于后期民族主义文艺或"文化本位运动"之成果，抑或就是选择与中国共产党靠拢，形成一种近似于在野党性质的左翼抵抗文艺——这两者便是即前文所述的《越风》与《夜莺》，因两者尽管都属于"抵抗文艺"，但却在政治背景上有所不同。但是，若是能够办一份两者兼顾，并跨越党派之争、门户之见的文学期刊，则是一件殊非易得之事。从这个层面上看，《呐喊（烽火）》周刊便成为了这类期刊中的佼佼者。

借此，本节拟从《呐喊（烽火）》周刊所刊发的文章内容之特色出发，试图审理《呐喊（烽火）》周刊的办刊特色。笔者认为，《呐喊（烽火）》周刊所刊发文章的内容具备三个鲜明的特点，一是"以战为主"，另一为"左而不偏"，其三则是"体裁全面"。

首先是"以战为主"。《呐喊（烽火）》周刊创刊伊始，确实看似内容片面，几乎每篇文章都是宣传抗战之论，及至后来在广州办刊，亦显示出了关心战事、以战为主的内容，但这却不是"陷入"了某种境地，而是主编有意而为之。

期刊杂志作为现代主义文学与现代传播媒介的文本载体，其本身还有着除了文学之外的社会、政治与意识形态因素。尤其是在都市文化勃兴的上海，这一点尤为明显。当"八·一三"事变爆发以后，日军对于上海的报馆、杂志社所采取的办法是"收买"加"封杀"，利用杂志尤其是文学杂志成为鼓吹"大东亚共存共荣"谎言的工具，并命名为"和平文学"运动（在华北沦陷区则命名为"新民文艺"运动）。伪政权配合日本占领军在沦陷区范围内发行的一系列杂志如上海的《新世纪》《中国与东亚》《众论》《新申报》《远东月刊》《国民新闻》，北京的《中国文艺》《朔风》以及南京的《同声》等等，堪称臭名昭彰。

在抗日与亲日二元对立的政治语境下，此时的文艺刊物很难超然二者而存在。看一份刊物究竟是否片面，除了观察其内容之外，更要审理其办刊人、办刊宗旨与主要作者究竟为何，作为之前有过丰富办刊经验的茅盾与巴金，决然不是政治吹鼓手，也不是初出茅庐的文学青年，之所以在《呐喊》中，茅盾和巴金将"抗日"当作主旋律来对待，甚至招致"片面性"的置喙

称《呐喊（烽火）》周刊乃是"以战为主"毫不过分，在共计 22 期《呐喊（烽火）》周刊中，抗战宣传性文章如下：

表二 《呐喊（烽火）》周刊所刊载作品总表

刊期 与该 期发稿量（含 美术作品） 涉及抗敌宣传性文章	后面括弧内为作者真名、体裁与连载时间，作者真名系笔者考证所得，一些广为人知的笔名不做注释，第一次笔者注真名之后，其后皆以原刊文前署名为主，若一篇文章在不同期中多次出现，则为连载之文。此处"抗敌"特指反法西斯的"第二次世界大战"。
总第 1 期，9 篇	编辑部《站在各自的岗位（创刊献词）》、郭源新（郑振铎）《我翱翔在天空》、巴金《一点感想》、萧乾《不会扳抢的干什么好？》、靳以《夜深沉（上海抗战之前夕）》、黎烈文《伟大的抗战》、黄源《空军的处女战》、胡风《"做正经事的机会"》、茅盾《写在神圣的炮声中》
总第 2 期，11 篇	巴金《给死者》、王统照《冲动与镇定》、靳以《我们的血》、郑振铎《为士兵们做的文艺工作》、黄源《俘房》、黎烈文《略谈慰劳工作》、萧乾《莫怪外国报纸》、郭源新《杂感》、余一《应该认清敌人》（巴金）、必时《"精神胜利"》、茅盾《"恐日症"时不易断根》
总第 3 期，9 篇（《烽火》第一期算作总第三期）	王统照《上海战歌》、刘白羽《家乡》、巴金《所谓日本空军的威力》、蔡若虹《血的哺养》（漫画）、端木蕻良《青岛之夜》、芦焚《战儿行》、周文《说和做》、茅盾《战神在叹气》、谢挺宇《决心》
总第 4 期，6 篇	巴金《摩娜·里莎》、陈烟桥《全民一致》（木刻）、胡风《同志》、靳以《集中与分散》、骆宾基《救护车里的血》、端木蕻良《中国的命运》

总第 5 期，9 篇	靳以《失去爹妈的根子》、王统照《死与生》、茅盾《今年的"九一八"》、田间《我诅咒》、巫蓬《我们能任敌人屠杀么？》（木刻）、黄源《西站行》、骆宾基《"我有右胳膊就行"》（报告）、沈自在《谣言与毒面》（杂感）、叶陶圣（原文如此，应为"叶圣陶"之笔误）《花木兰》（原文如此，应为"木兰花"）（补白）①
总第 6 期，6 篇	巴金《给山川均先生》、陆蠡《覆巢》、夏蕾《八月的风暴》、蔡若虹《"我的牲口，我的牲口！"》（漫画）、黎烈文《三个伤兵》（速写）、骆宾基《在夜的交通线上》（报告）
总第 7 期，7 篇	王统照《阿利曼的坠落》、周文《京沪途中》（报告文学）、靳以《他们是五百个》、巴金《给山川均先生》、艾芜《我怀念宝山的原野》、芦焚《事实如此》（杂感）、佚名《突破》（木刻）
总第 8 期，8 篇	王统照《她只有二十六年》、鲁彦《今年的双十节》、赵家璧《明年的双十节》、靳以《双十节》、骆宾基《阿毛》（报告）、摘梅《在湖南》（真名不详，通讯）、余荼《掘战壕的行列》（报告文学）、佚名《在投奔前线的途中》
总第 9 期（"鲁迅先生周年祭"专号），10 篇	同人《纪念鲁迅先生》、王统照《又一年了》、景宋（许广平）《周年祭》、郑振铎《悼鲁迅先生》、孟十还《念鲁迅先生》、克夫《没有做成的"二三事"》、黄源《"鲁迅先生纪念集"》、方之中《鲁迅先生还没有死》、靳以《告中国的友人》、骆宾基《拿枪去》（报告文学）
总第 10 期，6 篇	陆蠡《秋稼》、王统照《徐家汇所见》、周文《慰劳》（报告）、蔡若虹《火山口》（漫画）、力群《从湖州归来》（郝立群，报告文学）、刘白羽《战争已经展开了》（杂感）
总第 11 期，6 篇	郑振铎《失书记》、孙钿《给敏子》（郁钟瑞，长诗）、徐晴《在伤兵医院》（报告文学）、慧珠《在伤兵医院中》（报告文学）、鄂鄂《事实果真如此吗》（杂感）、萧无《古城通信》（刘萧无）
总第 12 期，8 篇	靳以《火中的孤军》、蔡仪亭《一个苦力的日记》、陈烟桥《战士的雄姿》（木刻）、巴金《给日本友人（一）》、林珏《老骨头》、芦焚《但愿如彼》（杂感）、余荼《轰炸中旅行》（通信）、力群《透过死神的罗网》（通信）
总第 13 期，8 篇	碧野《夜行军》、唐弢《中国在斗争着》、田间《诗二首》、王统照《忆金丝娘桥》、孙钿《没有忘掉》（散文）、邹荻帆《死之颂》、力群《被炸掉的难民》（木刻）、王斯琴《敌机威胁下的杭州》（内地通信）
总第 14 期，6 篇	骆宾基《大上海的一日》、茅盾《非常时代（一）》、蔡若虹《火中的凤凰》、巴金《给日本友人（二）》、鄂鄂《带着期待的眼光的弃儿》（报告）、方家达《战时的长沙》（内地通信）

① 目录的作者名与文章名均出现了笔误，但是在正文中，却是署名"圣陶"的《木兰花》的小令，并注明是"叶陶圣先生寄示王统照先生的"。

总第 15 期，11 篇	《复刊献词》、骆宾基《一星期零一天》、茅盾《苏嘉路上》、白曙《我爱祖国的绿原》（陈白曙）、靳以《孤岛的印象（一）》、钱君匋《幸免者》、田间《周围》、SM《周围》（阿垅）、艾青《最后的一课》、王西彦《给一个朋友》、巴金《一个西班牙战士的死》（译文）
总第 16 期，11 篇	刘火子《热情的祖国》、黄鼎《暴》（漫画）、孙陵《从台儿庄来》、靳以《孤岛的印象（二）》、杨朔《潼关之夜》、黄源《打回老家去》、田间《中国在射击着》、李伟涛《我在俘虏中》、邹荻帆《南风来了》、朱信学《东北兵》
总第 17 期，9 篇	青萍《中国的弟兄努力罢》（施蛰存，译文）、黄鼎《我的家》（漫画）、佘一甫《九委员》、杨朔《成仿吾先生》、钱君匋《轰炸中回故乡》、憾庐《上海的一些现状》（林憾庐）、田间《星期》、征军《战士底剑》（施继仕）、李若川《战争在春天里》、方伯玉《回乡》、巴金《一个国际志愿兵的日记》（译文）
总第 18 期，8 篇	吴风《梵兰特尔的原野》（译诗）、黄鼎《为了自由》（漫画）、芜军《搭车》（方健鹏）、钱君匋《流亡的开始》、司马文森《祝福》、邹荻帆《血的哺养》、斐儿《致晋南的友人》①、骆方《战歌》
总第 19 期，12 篇	丰子恺《敌马》（漫画）、靳以《关于国旗的话》、郁达夫《黄河南岸》、郭沫若《诗二章》、白嘉《祖母》（田家）、孙用《前线的后方》、萧乾《忠告》、易河《陇海东行》（杨仲康）、施颖洲《海外的卖报童》、一文《血的记忆》、朱雯《第一颗炸弹》、李伟涛《樱花票》
总第 20 期，12 篇	黄伟强《纪念八一三》（漫画）、加斯特拉《埋葬》（西班牙漫画）、邹荻帆《今天我站在潢川的城头》、茅盾《也谈谈"周作人事件"》、丰子恺《大义灭亲》与《有纸如牢》、靳以《轰炸之后》、甘运衡《战鸟》、雨田《我怀念这城市》（许粤华）、骆宾基《失去了巢的人们》、方霞光《五月最末一天》（日记）、童晴岚《风沙天》

---

① 抗战前期，"斐儿"是一个很活跃的作家，曾发表了许多关于抗战的小说与散文，其代表作为 1936 年第 1 卷第 4 期《永生》周刊上的《给一九三六年诞生的儿子》，在当时曾一度引起轰动。但"斐儿"究竟是谁，仍有待考证。譬如唐弢曾在《影印本申报·自由谈序言》（《新文学史料》，1981 年 3 期）中谈到《申报·自由谈》上发表了许多"美丽的诗一样的散文"时说："我以为这方面首先应当提到的是艾芜，他以岳萌、刘明、斐儿等笔名……"但毛文却在《"斐儿"不是艾芜的笔名》（《新文学史料》1982 年第 4 期）一文中指出，斐儿并不是艾芜的笔名。因此，"斐儿"究竟为谁，至今依然是现代文学研究界之谜。

总第 21 期，13 篇	黄伟强《惨痛的回忆——纪念九一八》、吕亮耕《两半球上的烽火》、李石锋《"自我救亡"》、丰子恺《警钟》、刘火子《笔》、齐同《禁书杂感》（高天行）、骆宾基《夏忙》、塞先艾《塘沽的三天》、孙钿《奴隶》、芜军《广州受难了》、李育中《战斗的广州》、容默《空袭》、巴金《在轰炸中过的日子》
总第 22 期，10 篇	白曙《旗》、骆宾基《落伍兵的话》、靳以《关于"血的故事"》、杨朔《征尘》、向长青《横过湘黔滇的旅行》、罗洪《这个时代》、一文《一份报纸》、黎彦节《挽牺牲的战士》（译文）、D.F.《商城通信》（邹荻帆）、靳以《纪念"九一八"十周年》

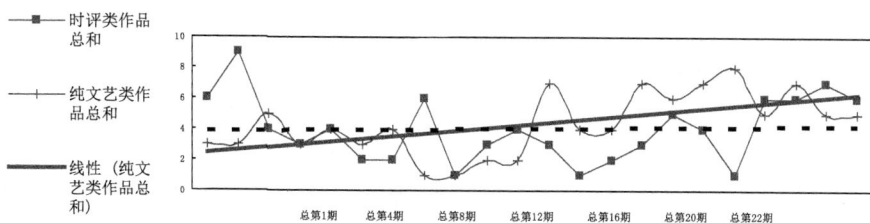

图一《呐喊（烽火）》周刊总 22 期所刊载文体分布趋势图

结合该刊总共 22 期中作品所占该期全部文不同文体比重的变化，笔者再将其根据时效性与文学意义这两重指标分类为时评类作品、与纯文艺类作品等两大类（不含广告、预告与鲁迅逝世专号），特做了相关的统计（见图一），左立轴为文章篇数，横轴为从总第 1 期至总第 22 期的矢量线。

透过表二、图一不难看出，在《呐喊（烽火）》周刊办刊的过程当中，一方面一直在矢志不移地在抗战前期这一特殊的历史时刻宣传抗战、呼吁御敌，每一期所涉及的"抗战题材"作品都几乎达到该期发稿量的百分之百，"时评"作为最常用的范式一直在该刊诸多文体为理所应当的主流，因此，该刊发表的内容为"以战为主"一说当不过分，但该刊在发展壮大的趋势中亦不断调整办刊思路。

正如上表依据 SPSS V13.0 统计软件所自动产生的二阶线性趋势线所反映的那样，从《呐喊（烽火）》周刊总二十二期的总趋势来看，所刊载包含"杂感""速写""报告"与"短论"等文体的"时评类作品"一直不多不少地保持基本主流性的定量，但包含"小说""诗歌""散文"与"信札日记"等"纯文艺类作品"的总量在所有文章比重中确实也在明显地陆续增加，并且从总趋势上看，后来也已经居上赶超、一举越过"时评类作品"的数量。这一趋势也正表明了《呐喊(烽火)》周刊的编辑者们的良苦用心——既没有忽视对"抗战"的宣传、对民族救亡的时代性呼吁,又没有忽视该刊的本质属性乃是"文学期刊",必须要遵循文艺的发展规律与路数,这也是缘何《呐喊(烽火)》周刊可以在读者中不断产生新影响力、销量一路增加的另一个重要原因。

其次,"左而不偏",是《呐喊(烽火)》周刊的办刊精神。

1930年4月,茅盾曾当选为"左联"执行书记,虽作为"左联"乃至中共的早期主要成员,但茅盾一直没有卷入党内的路线斗争。1936年"左联"自动解散之后,两年后茅盾就主编《呐喊(烽火)》周刊,可他并未向当时的左联核心作家约稿。所以,在整个《呐喊》以至于后期的《烽火》中,始终未曾见到周扬、冯雪峰、田汉、徐懋庸、楼适夷、阳翰笙、王任叔与阿英等人的名字。

尽管如前文所述,《呐喊(烽火)》周刊因为时代原因,在一定程度上有着"左倾"的一面,但上述这些早在20世纪30年代初就已经扬名国内文坛的"左翼文学猛将"却未在名家云集、新人辈出的《呐喊(烽火)》周刊上露脸,按道理茅盾、巴金不会不认识他们,而且作为一份抗日刊物,没有这些激进的"左联文学家"也是说不过去的。但是事实上,整份杂志虽然充满了抗战的激昂,但却没有"左联"的党派之争,作者以巴金、郁达夫、黎烈文、孟十还、施蛰存与叶圣陶等无党派人道主义作家、翻译家为主,其中,孟十还还在1949年之后去了台湾,成为台湾地区著名比较文学专家。

当然,我们完全可以认为这一切皆拜《呐喊》的另一位主编、人道主义作家巴金所赐,因为巴金始终没有进入到"左联"体系的内部。中国的抗日战争作为一次全民甚至全人类的正义战争,既是救亡图存的战争,也是第二次世界大战反法西斯的主要战场,其并不以某种意识形态、党派的利益为出发点,这亦是《呐喊》创刊的缘由。

在全刊所发表的文章中,完全看不到阶级斗争、对国民政府的辱骂与讽刺,取而代之的是对国民政府抗战的大力支持,尽管在1937年至1938年间,中国军队在华东正面战场上屡屡受挫,造成南京、上海的相继失守,给作家们带来了颠沛流离的深重灾难,但我们在《呐喊(烽火)》周刊中,看不到牢骚,看不到"左翼文人"惯有的"不宽恕"立场与尖刻语句,更看不到对国民政府、中国军队丢城失地的抨击——我们看到的是,他们始终站在国民政府这一边,高度认同中国军队屡败屡战的精神并予以了强烈的鼓励与支持。笔者相信,这不只是巴金、茅盾、叶圣陶等作家们的想法，更代表了当时一大批人道主义知识分子们的观点。曾经是政府"反对派""在野党"的他们，在全民族抗战的历史关键时刻，毅然捐弃前嫌，与曾经迫害、压制过他们并在战争伊始表现得并不太积极的国民政府站到了同一边，人道主义者的胸怀器量、知识分子的爱国情结，全在这一篇一句之间。

而且，他们还以一种国际主义的泛爱胸怀，将人道主义表现得淋漓尽致，这在《呐喊（烽火）》周刊的《创刊献词》里被郑振铎写得明明白白：

> 向前看！这里有炮火，有血，有苦痛，有人类毁灭人类的悲剧；但在这炮火，这血，这苦痛，这悲剧之中，就有光明和快乐产生，中华民族的自由解放！只有采取独立自由的中国，就能保障东亚的乃至世界的和平！同胞们，坚决地负起你们自己解放的任务！被压迫的日本劳苦大众和被驱遣到战场上来的中国士兵们，也请认清了你们的地位，坚决地负起你们自己解放的任务。①

这段话的立场，在抗战军兴的"抵抗文学"中其实颇为罕见。人道主义精神昭然于纸上，反日本政府不反大和民族，呼吁"被压迫的日本劳苦大众"甚至"被驱遣到战场上来的中国士兵"一起投入到反法西斯的战斗当中，这种博大的胸怀，在民粹民族主义泛滥的当下，理应有着超越文学史的现实意义。

但值得注意的是，《呐喊（烽火）》周刊又始终未刊登过苏雪林、梁实秋、邵洵美、陈西滢、凌叔华与林语堂等自由主义作家们的稿件。《呐喊（烽火）》周刊显示了当时中国知识分子们积极的入世情怀，但又意图以一种超越阶级、超越国家的人道主义精神实现自己在政治选择上的"中立"，我们可以说他们在政治立场上是中立的。但他们所表现出来的"抗日主旋律"恰恰又符合人道主义的立场，而非如之前的"左联"文学那般片面、偏激并过分强调阶级性。

最后，《呐喊》体裁全面，既考虑到了战争叙事的需要，亦照顾到了其办刊的文学追求。

《呐喊（烽火）》周刊创刊，本是应战争之景，属于"定向出刊"，这一点无可厚非。若是批评其"内容比较空洞"，比起一些政论刊物、生活杂志来，《呐喊》位列文学期刊毫不逊色，尤其在其后出版的《烽火》杂

---

① 郭源新：《站在各自的岗位》，《呐喊（创刊号）》，1937 年 8 月 25 日。

志，不但作家梯队层级分明，而且体裁丰富，文体全面，纯文学类作品不断增加，且不说胜于抗战期间的口号性、时政类刊物，纵然是"后五四"时期纯文学刊物如《语丝》《新月》等刊物亦未必有此刊之文学追求。

在此顺便说明一下，从文体上看，中国现代文学的主潮实际上是中国文学体制现代化进程的体现，而这个进程同时有三种形式存在：一种是以俄苏、日本为师的左翼现实主义文学，其作品讲求政治功利性，充满了小林多喜二、契诃夫与果戈理的讽刺精神，在现代中国则以鲁迅及其杂文为代表；而另一种则是以欧美为师的自由主义以及浪漫主义、唯美主义文学，其风格雅驯清丽，主张王尔德的"为艺术而艺术"，作家直接从美国南部文艺复兴作家与毛姆（William Somerset Maugham，1874—1965）、罗瑟蒂（Dante Gabriel Rossetti，1828—1882）等英国随笔作家那里吸取文体营养，在现代中国则以梁实秋、林语堂等人的美文为代表，而第三种则是从中国左翼文学发端，在延安得到丰富、以赵树理、周立波为主的"延安派"文学，其创作实践则是左翼文学思想与中国传统的文学叙事，其理论则是来自于毛泽东的《在延安文艺座谈会上的讲话》。

鲁迅及其杂文风格在中国左翼文学体系中有着不可撼动的地位，在鲁迅之后，萧军、聂绀弩、巴人与王实味等人高扬"鲁氏杂文"大旗——虽然他们在之后并未因为自己接过了鲁迅的大旗而受到新政权的青睐，[①] 但是在鲁迅之后，杂文已然构成了左翼文学的"投枪匕首"，因为从论战、笔谈等方面来看，杂文语言确实有着不可替代的力量，在左翼刊物如《北斗》《朝花》中，杂文占了相当多的篇幅，但是在 22 期《呐喊（烽火）》周刊中，杂文（包括短论与杂感）平均下来却只有区区 46 篇，占到总共 187 篇文章的 24.6%，大约与诗歌、小说、散文（报告文学）等其他体裁的发稿量持平，而这还是《呐喊（烽火）》周刊调整办刊思路，积极增加纯文学作品分量的结果。借此从这点来看，《呐喊》并不是一个斗争味十足、"空洞"的口号性期刊。

由是可知，《呐喊》虽然诞生于炮声隆隆的战争年代，作为一份旨在"呐喊助威"的期刊，但其并不失文学家办刊的激情，亦有着一份文学刊物应该具备的文学精神，它不依靠任何党派，不做任何政治势力的传声筒，这是《呐喊（烽火）》周刊所传递的精神所在。但是，他对于抗战的呐喊，对于人类和平的呼吁，这恰恰不是其"空洞"的表现，而是战争叙事的必然。

---

① 王实味在延安整风时被处死，聂绀弩在"反右"时被判处无期徒刑，而巴人与萧军在"文革"时也遭遇了不同程度的迫害。从广义的文体上看，姚文元可勉强算是鲁迅杂文的继承者，但是他的结果也不好。

第四节 《呐喊（烽火）》周刊之历史地位问题

作为建立在新文学重要史料上的研究，重审《呐喊（烽火）》周刊的历史地位显然有着较为重要的学术意义。但笔者认为，《呐喊》只是一个支点，研究者的力度不应该仅仅只是作用在具体的文本、史料之上，而是应该全面、客观地把握"左倾文学"（并非单纯意义上的左翼文学，而是被"极左"思潮所控制，以派系利益、山头主义为核心的文学规制）与"抗日文学"（或曰抵抗文学）的关系，进而探索《呐喊（烽火）》周刊之历史地位问题。

首先，"抗日文学"与"左倾文学"并无本质联系。

"抗日文学"，是一个特定时间下的语汇，即专指第二次世界大战期间在中国地区以鼓舞全体国人士气为主要目的的文学体系，而"左倾文学"，则是片面地以极左意识形态为主导的一种文学样态。中国的"左倾文学"是中国左翼文学的畸形化，它最大的特征就是强调阶级斗争、以简单的二元对立的思维方式与政治工具论这一原则来创作、评价文学作品。[①] 纵观中国新文学史，自 20 世纪 20 年代以来，"左倾文学"不但未曾因为时代的推移而消亡，反而日渐壮大，甚至还在一定的历史时期内形成了自己创

---

① "左倾文学"早期的理论奠基人是郭沫若，1926 年 5 月，他在《创造月刊》发表的《革命与文学》一文中，就曾这样断言："文学的这个公名中包含着两个范畴：一个是革命的文学，一个是反革命的文学"、"文学是永远革命的，真正的文学是只有革命文学的一种。"在这次关于"革命文学"的论战中，一些革命作家，往往习惯于从简单的阶级论视角出发，将其他大部分作家推到了自己的对立面，给予了彻底否定。作为这场论争的主要引发者的冯乃超，在 1928 年 1 月 15 日《文化批判》创刊号上发表的《艺术与社会生活》一文中，流露出来的便是一种横扫一切、"唯我独革"的"极左"情绪。文章指责叶圣陶"是中华民国的一个最典型的厌世家，他的笔尖只涂抹灰色的。'幻灭的悲哀'"是"非革命的倾向"；指责鲁迅"常从幽暗的酒家的楼头，醉眼陶然地眺望窗外的人生"，"反映的只是社会变革期中的落伍者的悲哀。"出于纯然的革命动机，当时的一些"革命文学"论者，忽视或彻底排斥了文学固有的艺术功能，而只是一味强调文学的政治斗争、阶级斗争的工具作用。王独清宣称："每个阶级的文学家便是每个阶级的代言人，而每个阶级的文学便是每个阶级保护自己的利器……我们的文学便是我们革命的一个战野，文学家与战士，笔与迫击炮，可以说是一而二二而一的东西。""左联"成立后，不仅仍以"工具论"支配文学活动，而且进而发展到否定文学存在的程度。"左联"本来是一个文艺团体，但却正如周扬在晚年的回忆中所说，实际上"成了第二党"。当时的"左联"领导层，并没有把主要精力用在文学艺术活动中，而是热衷于组织发动示威游行、飞行集会、写标语、散传单、到工厂鼓动工人罢工等各种激进的政治活动。相反，谁要是热心在报刊上发表文章，就被说成是"作品主义"；谁要是热心想做作家，就被说成是"作家主义"，就会被视为"右倾"。见杨守森：《"极左"思潮与 20 世纪中国文学》，《青年思想家》，1999 年第 2 期。

作风格、理论体系、批评法则与风格流派。有学者认为，由于抗战的爆发，"左倾文学"虽然没有在中国文坛上再度形成大的声势，但实际上作为强硬的思想枷锁，一直在匡拘着文学艺术的发展。[①] 而且在早期抗日文学中，就有作家开始抛弃"左联"文学中的教条主义，而将目光投向了泛人类意识下的战争叙事。[②] 因此，《呐喊（烽火）》周刊虽为当时抗日文学杂志之冠，但却未曾陷入"左倾文学"之窠臼。

譬如曾任《夜莺》月刊主编的方之中，在纪念鲁迅时，对于抗战殉国的国军将领姚子青更是讴歌赞颂，并认为鲁迅先生之伟大，堪与姚子青相比：

> 他（引者按：即鲁迅）"打落水狗"，更打"爬山虎"，为了中华民族，"让他们怨恨去，我一个都不宽恕"，这种坚毅不屈的精神，只有在宝山殉难的姚子青营长才能比并……谁说鲁迅死了？并且死了一周年了？他没有死，他或者，活在为民族解放而英勇抗战的战士的精神中！每个抗战的人都是他的肉体，每颗抗战的心都是他的灵魂！他像丛林中的夜莺，他像池塘边的怒蛙，含泪喷血，一刻不停地警告时代的儿女，现在他可以安息地等待胜利的消息到来了！[③]

姚子青是国民革命军第十八军九十八师五八三团第三营中校营长，9月7日的"宝山保卫战"中姚子青及所部皆阵亡。中华民国中央军事委员会追赠他为陆军少将，时任上海市长俞鸿钧将上海市宝山县改名为"子青县"。对于这样一位国军将领，方之中将其与左翼文坛的已故旗手鲁迅相提并论，借此亦可看出方之中自始至终的民族主义选择，亦可窥得《呐喊（烽火）》周刊"左而不偏"的办刊理念。

在《呐喊（烽火）》周刊中，有相当多的篇幅，歌颂正面战场上中国军队的功绩——尽管屡战屡败，但也一直坚持屡败屡战，堪称虽败犹荣。

---

① 杨守森：《"极左"思潮与20世纪中国文学》，《青年思想家》，1999年第2期。

② 其中最有名的作品是葛琴的《总退却》，鲁迅曾为该书撰序，称该书中"人物并非英雄"（见于赵家璧：《编辑生涯忆鲁迅》，人民文学出版社，1981年）；而另一位女作家杨之华（笔名文君，1901—1973）的《豆腐阿姐》亦是另外一部出自左翼文学但主张泛人性论的"抵抗文学"，杨是中共早期领导人瞿秋白第二任妻子，在瞿秋白的推荐下，《豆腐阿姐》亦受到鲁迅的关照，并在"当天下午便改妥，而且还改正了里面的错字，分别写出楷体和草书。然后用纸包好送回。"见于陈铁键：《从书生到领袖：瞿秋白》，上海人民出版社，1995。

③ 方之中：《鲁迅先生没有死》，《呐喊（烽火）》，总第9期（即《烽火》，第7期），1937年10月17日。

除上文之外，在《呐喊》第一期中，还有黄源的《空军的处女战》一文，在第二期里，又有郑振铎的《为士兵们做的文艺工作》以及黎烈文的《略谈慰劳工作》，充分反映了编者、作者捐弃党派纷争的胸襟。

此外，还有不少的文章歌颂日本民众的勤劳，诅咒日本军国主义对日本人民的愚弄与驱使，而且更重要在于，巴金还邀约了热爱和平的日本诗人久能正一（Shoichi Kuno）为该刊撰写反法西斯的稿件——《呐喊（烽火）》周刊在此证明了：不但无论是中国人、日本人还是其他国家的民众，只要是热爱和平、反法西斯的，都是同一条战线上的战友，大家共同的敌人是代表法西斯轴心国的日、德、意与匈牙利、罗马尼亚、保加利亚、芬兰以及中国的伪满政权与汪伪政权等仆从力量。这种"反法西斯"的斗争，已经超越了"中华民族"与"大和民族"之间的搏斗，而是热爱和平的人类与反人类的法西斯之间的较量。借此，我们可以窥得《呐喊》作者群"以全人类利益为重的人道主义视野，丝毫不见之前"左倾文学"中的偏激与狭隘。

在这里，笔者在试图厘清"战争"与"人道主义"的关系。众所周知，"生存权"是最基本的人权之一，所以为生存权而进行斗争自然是建立在人道主义精神之上的。包括抗日战争的第二次世界大战，本身就是为世界人民争取生存权、反对法西斯帝国主义屠杀的一次人道主义战争，是人类第一次跨越阶级、种族、民族与政治意识形态的人道主义合作。国际红十字会主席、西班牙历史学家苏亚雷斯（Juan Manuel Sufirezdel Toro Rivero,1952—   ）就曾提出，"在世界任何地方，保护无辜百姓都构成发动正义战争的正当理由。"该观点被西方学界称之为"人道主义干预"理论。[①]

在中国古代，就有"义战""讨不义""诛有罪"等朴素的人道主义军事观。在经历"西学东渐"的思想欧化尤其是近代民族、国家这一系列概念被引入之后，这一人道主义军事观又重新获得了定义与完善。据笔者考证，在现代中国，最早诠释"人道主义"与"战争"之间关系的，是"中国社会党"早期领袖、笔名为"马二先生"的知名戏剧理论家冯叔鸾，在他看来，一个国家的"人道主义"便应"永无战争，既不侵略他国土地，他国亦无侮之"，但也不是简单意义上的"中立"，换言之，所谓人道主义，

---

① 魏宗雷、邱桂荣、孙茹：《西方"人道主义干预"理论与实践》，时事出版社，2003 年，第 6 页。除此之外，王若水也曾提出"革命人道主义"的观点，革命人道主义，应当是以坚决维护和平、反对战争为基础的，但我们进行的战争如果是革命的战争、正义的战争的话，那么其目的是解放人民、拯教民族，其最后目的是消灭一切战争，达到人类的永久和平。见王若水：《为人道主义辩护》，生活·读书·新知三联书店，1986 年，第 237 页。

一方面反对战争，一方面也不惧怕战争。①

但稍晚于冯叔鸾的早期人道主义学者蔡元培，对于这一问题则有着影响更大、也更细致的诠释。在他看来，战争是"人道主义"与"帝国主义"之间的冲突，那么人道主义也可以大大超越民族与国家这两重内涵的：

> 帝国主义国家以民族或国家为单位，故德惟知有日耳曼民族，有德意志国家，其宣言则曰世界有强权而无公理……盖以强人即可淘汰弱种，将来全世界之人，不难以德国管领之。而行动之合于道德与否不愿也。人道主义以人为单位……不能以自己力图生存之故，仇视国以外人之战……总而言之，德以帝国主义破坏人道主义者也，法以人道主义抵抗帝国主义者也。以公例言，法终当获胜……夫使国际间政府与政府、人民与人民共抱此人道主义，互相联合、互相提携，则情意既合、猜嫌自泯。中国于此时，虽不致如欧所云黄祸……然立于地球之上，而能不受人欺，巍然独立为一大国，斯又人道主义之终战胜已！②

蔡元培"主张以人道主义消灭军国主义，使世界永久和平"③的理念，影响了"五四"一代知识分子，从蔡元培到茅盾、巴金，人道主义的信念彰显出了作为"五四"两代知识分子的共同精神理想，这是在他们面对战争时的崇高抉择。

作为办刊的主旋律，除了前文举隅之郑振铎的《创刊献词》之外，茅盾的《写于神圣的炮声》显示出了撰稿者人道主义的气量与胸怀：

> 我读过小泉八云④的著作，我觉得日本和日本人有很多可爱之处。我在日本住过年半，我对于日本民众的勤奋耐苦，有组织，守秩序，更是由衷地赞美：但我也看清了日本的统治阶级怎样用军国主义教育麻醉毒害那些良善的日本民众，并且为了准备他们侵略的武力又怎样压迫榨取那些良善的日本民众，我于是更加憎恨帝国主义的日本及其统治阶层！⑤

---

① 冯叔鸾：《社论：中国社会党人语》，《人道周报》，第 5 期，第 2 版，1931 年 3 月 2 日。
② 蔡元培：《蔡元培全集·第 18 卷》，浙江教育出版社，1998 年，第 211—212 页。
③ 蔡元培：《蔡元培全集·第 3 卷》，中华书局，1984 年，第 4 页。
④ 小泉八云（Koizumi Yakumo，1850—1904），原名帕切科·拉夫卡迪奥·何恩（Patrick Lafcadio Hearn）日籍希腊裔作家、学者，著有《怪谈》《阴影》等作品。
⑤ 茅盾：《写于神圣的炮声中》，《呐喊》，第 1 期，1937 年 8 月 25 日。

在文章中，茅盾热情对日本民众予以人道主义的赞颂，但是也表示"但是为了争取独立自由，我无条件地拥护个人对环境的、民族对外来侵略的战争。中国民族现在被迫得对日本帝国主义作决死的斗争，我觉得是无上的光荣。"①

《呐喊（烽火）》周刊的主要编辑者茅盾、巴金在1949年之后身居中国大陆文艺界最高领导地位，但历史地看，他们又是比较纯粹的人道主义者。因此，他们一以贯之的人道主义情怀，在《呐喊（烽火）》周刊中便可窥得一二。

而且我们必须注意一点，在《呐喊（烽火）》周刊的封面上，时常可以看到"发行者茅盾、编辑者巴金"的字样，由此我们可以得知，若是将《呐喊（烽火）》周刊社比喻为一个股份公司的话，茅盾是代表出资方的董事长，而巴金则是办实事的总经理。因此，对这份刊物下最大气力、最能代表自己思想的，并非是有着左翼文学家背景的茅盾，而是曾经的无政府主义者、现在的人道主义者巴金。

其二，"抵抗文学"更符合"时代的要求"，而这恰恰是"左倾文学"并不具备的。

笔者曾在前文中提到，左翼文学内部曾在抗战前期分化为"国防文学"与"民族革命战争的大众文学"两大阵营，周扬认为，"（国防文学）将暴露帝国主义的侵略战争的狰狞面目，描写各式各样的民族革命战争的英勇事实……使它（中国）成为真正独立的国家。"②但是，在另一位作家周立波心目中崭新的"国防文学"是"帮助民族意识的健全成长，促成有着反抗意义的弱国的国家观念，歌颂真正的民族英雄。"③

在本著的第三章笔者曾论述，在这场论争中，所暴露出来的就是以冯雪峰、胡风等一批左翼文学作家对于"大众文学"的推崇，甚至还意图让"大众文学"作为一个总口号，来统领包括国防文学、救亡文学甚至抗日文学在内的所有文学，而周扬等人却对"大众文学"这个强调阶级性的口号是不赞同的，他本人则更倾向于"国防文学"这个强调民族性的口号。历史地看，这两大口号的论争，实际上是左翼文学内部宗派主义、山头主义矛盾的总爆发。但是，在巴金、包天笑、林语堂、周瘦鹃、陈望道、郭沫若与鲁迅共21位各派作家代表在1936年10月1日发表《文艺界同仁为团结御侮与言论自由宣言》之后，这场论争才真正在逻辑上宣告结束。

① 同上。
② 企（周扬）：《"国防文学"》，《大晚报·火炬》，1934年10月27日。
③ 立波（周立波）：《关于"国防文学"》，《时事新报·每周文学》，1935年12月21日。

自此之后，"抗日文学"成为中国文艺界全民族性的主潮。

中国现代的"左翼文学"被迫让位给"抗日文学"使其成为20世纪30年代中期至40年代中期中国文学的主潮，此为不争的史实，实际上这也反映了"大众文学"这一口号的失败。这便是《呐喊（烽火）》周刊缘何会"低开高走"的外部原因。在移师广州的《烽火》杂志中，办刊者始终在保持"抵抗性"的前提下不失时机地增加纯文学作品的分量，譬如小说、散文的篇幅的递增，甚至还推出了"烽火小丛书"，主要是以小说散文为主，其作者群为茅盾、巴金、靳以、王统照与茅盾等文学大家，"烽火"大有燎原之势，这足以见得胡风贬低《呐喊（烽火）》"不符合时代要求"纯粹是个人恩怨作祟，亦是"大众文学"这一口号在败给"国防文学"近半个世纪之后的"反戈一击"，只是这一击来得太迟，并且不惜歪曲史实，这不得不说是其人格的悲剧。

《呐喊（烽火）》周刊符合"时代的要求"还在于他们办刊策略的先进性，之于绝大多数作家、学者而言，他们并不善于经营，若是没有专门的赞助商，就常常会将一份刊物办得入不敷出。在抗战军兴时代，想创办一份政治正确的刊物并在没有任何资助的情况下将其办大、办好，并能赢利，这是相当困难的。《呐喊（烽火）》周刊之所以可以在后期变成一份"畅销刊物"，从出版传播学的角度看，这实际上又与其优秀的经营方式密切相关。

其实，通过对全刊的把握并不难发现，走进"《烽火》时代"的《呐喊》后期的畅销与巴金经营的"文化艺术出版社"不无关系，在抗战艰难环境下，一份刊物可以从发不出稿费，仅仅数页的"同人刊物"发展为插有广告、厚达数十页并有较大销量的市场类刊物，这也见得了《烽火》的生命力——同时，高喊"大众文学"并带有派系利益、山头主义的"左倾文学"在这最为艰苦的时刻却销声匿迹了。顺应时代需求者是时代的先锋，站在全民族利益之上的《呐喊（烽火）》周刊奏出了人道主义的最强音，这声音不但可以消弭炮火之噪，还能洞穿历史，颠覆一切来自于暗处的非议。

第六章　结语：超阶级、民族救亡与人道主义
——论战争语境下的话语权力及其书写范式

　　上文所述四种文学期刊，实际上反映了抗战前期四种社会力量依靠办刊这一形式对于自己所持意识形态的宣传，其中既有政治党派，亦有文学社团。我们看到的是，若无抗战军兴这一语境，四种社会力量的宣传势必会自说自话，甚至互相倾轧。但因全民族的战争，使他们放弃了"众声喧哗"而选择了"统一战线"。

　　宣传自身意识形态的主张有多种方式，办刊只是其中之一。从传播学的角度看，办刊者为信息的施者，而读者才是信息的受者，当刊物上所刊载的信息被受众阅读完毕之后，遂完成了一次信息传播。而且，上述四家文学期刊，又非只给特殊群体阅读的机关内部刊物或专业性学术刊物，而是面向大众、公开销售的文艺刊物，其中《夜莺》月刊与《呐喊（烽火）》周刊还在当时属于颇为畅销的期刊。

　　由是观之，这几份期刊的意义，便是凭借大众传播的模式介入当时普罗大众日常生活[①]，整个过程是通过信息的传播与接受来完成的。办刊者目的很明确，为自己的意识形态在普罗大众中赢得更多的席位，只因抗战军兴缘故，使得他们的主张在更广阔的维度上出现了趋同——即在话语表现上进行对于共纾国难、民族救亡的书写。

　　但这种趋同并不能改变他们办刊的初衷，即对受众日常生活的干预。

---

　　① 本章所称的"日常生活"一般来说是英文"everyday life"，该词组与 daily life 都可以翻译为"日常生活"，但在西方学界这两个英文词组却指着两个截然不同的概念，西美尔（Georg Simmel）、本雅明（Walter Benjamin）与列伏斐尔等人所沿袭的观念认为，"everyday life"主要是指涉"都市生活"而"daily life"主要是"乡村生活"，两者的差异在于人类对时间与空间的认知也发生本质性的变化后，对实际生活的特殊经验的结合。另一位历史学家海默尔（Ben Highmore）则认为，everyday life 一词应该用来特指现代性情境中的生活文化，而不能当作一个可以跨越历史差异，放之四海皆准的普遍范畴。见连玲玲：《典范抑或危机？——日常生活在中国近代史研究的应用及其问题》，《新史学》，14 卷第 7 期，2006 年 12 月。

之于绝大多数办刊者而言，尽管他们是在进行一种大众传播，但实际上由于其立场——尤其是上述四股力量中的三种政治力量，本身就是代表中国不同的利益阶级。因此，它们所主导的信息传播变成了针对不同阶层受众的分众传播。毕竟，这些刊物在当时而言无一可代表社会各阶层所有人的利益。

从本质上讲，这几种刊物的类属基本上与当时上海、江浙一带知识分子的分类又是吻合的。在许纪霖看来，当时上海一带知识分子乃是"人以群分"：

> 30年代的上海知识分子，因着各种不同的地缘、学缘、惯习和自身占有的资源，构建起不同的交际网络，形成了相对稳定的知识团体，置身上海城市空间的这些知识团体，为着自身的生存并对社会发挥影响，通过各种管道将他们的声音传递到社会。在此过程中，他们通过创办刊物、出版书籍、组织团体等方式营造出许多新的表达空间，活跃了上海的文化氛围，扩充了知识文化人生存的文化空间。与此同时，不同的知识群体因为自身交往网络不同，占有资源及生存的物理空间和文化空间也因之不同，这些不同导致了他们能够影响的民众群体和对社会发生影响的作用模式以及因此导致的于上海社会的关系都存在根本区别。[1]

在此，许纪霖指出了如方之中、柔石、周扬等"左联"作家的"漂泊者"身份、巴金、郑振铎、茅盾等"开明书店派"作家的"务实和宽容"、"不会将自身置于同政府和社会的直接对立面"，[2] 以及黄萍荪、柳亚子与徐一士等江浙地方文化名流与"学界、报界、政界、军界和金融实业界的头面人物"[3] 的交往，而这种分类大致也应了《絜茜》《夜莺》《越风》与《呐喊（烽火）》办刊者的分类。尽管他们的立场不同，时代不同，来源不同，会导致他们的政见不同——他们同属于早期抗日文学期刊的编者，但他们却是在"无序中探索有序"的"求同存异者"。在全民族战争爆发、全人类团结一致反法西斯的特殊历史语境下，他们自身的话语权力及其书写范式无疑有着自身规律。这既是本著的结语，亦是本章所重点阐释的内容。

---

① 许纪霖：《近代中国知识分子的公共交往（1895—1949）》，上海人民出版社，2008年，第284页。

② 同上，第285页。

③ 同上。

借此，笔者在本章拟结合前文所分析的内容，并从传播学、社会学等相关理论来解读《絜茜》《夜莺》《越风》与《呐喊（烽火）》这四份早期抗日文学期刊对于阶级性、民族救亡与人道主义的表达方式，进一步审理早期抗日文学期刊与中国现代社会思潮的具体关系，旨在归纳并回答战争语境下话语权力如何实现其书写范式这一问题。

第一节　对"阶级性"的超越

在全面抗战爆发前，中国政治家几乎普遍认为：中国国内最为尖锐的矛盾并非是帝国主义列强与中华民族之间的矛盾，而是代表底层民众的中国共产党与代表官僚、资本家的中国国民党之间的矛盾，借此，国共两党相继提出了自己的口号："全世界无产者，联合起来"与"攘外必先安内"。

但事实上，阶级矛盾的呈现，又与帝国主义的侵略不无关系，自1840年第一次鸦片战争以来，中国国内曾经既定的阶级分层被打破，"自耕农"阶层被逐步瓦解，形成了具备现代性的商业人员、技术人员与行政人员群体，即所谓买办、产业工人、新型知识分子与政客官僚阶层。这一新兴阶层首先萌芽于开埠通商的口岸城市，尔后在全国各大城市均有出现。他们使得中国原本固有的"士农工商"阶级格局被重构，新的阶级矛盾随之被呈现。①

从"新阶层"向"新阶级"的过渡意味着新社会格局的诞生，随着封建帝制的瓦解，不同的阶级代言人组成了新的政党与利益集团，他们都蓄谋在纷乱的政治格局中分得一杯羹。这便是民国初肇至20世纪40年代之间国内政党派系林立、军阀混战的深层次社会动因。因此，《絜茜》《夜莺》《越风》与《呐喊（烽火）》这四家期刊，实质上也在一定程度上代表了当时中国四种不同"阶级"的声音。

正如前文所述，有着"第三党"背景的《絜茜》月刊，刊登了大量底层劳苦工农的稿件，并提出了以"呐喊诗"为核心的"平民文艺"主张，当然从表面上看办刊人乃至"第三党"有意成为平民阶层的代言人，但"第三党"本身缺乏政治远见，且又不吸收底层工农入党，主政者、办刊

---

① 阶层（stratification）与阶级（class）是社会学的两个名词，前者指一个社会透过社会阶级、权力、财富等各种形式而造成的一个等级性差异，这种分层很多时都是依照个别社会的特质而形成，未必是稳定、规律性的；但后者则是在这种等级差异的基础上所形成的制度性差异，相对于前者而言，后者要稳定、规律一些。

者皆为上流社会的官僚与知识分子。因此，《絮茜》所代表的阶级是模糊的，这也是该刊以及该党缘何一直在现代中国政治史、文学史领域中缺乏应有影响力的缘故。

与《絮茜》不同在于，《夜莺》月刊尽管定位明确，立足左翼政治立场，关怀以产业工人为代表的底层阶级（"左联"许多作家都是产业工人出身，这点前文已有表述）。但由于整个"左翼文学运动"过于强调阶级性，使得提倡民族救亡的《夜莺》在左翼期刊阵营中成为"一枝独秀"，这并不能改变20世纪30年代中国左翼文学的整体格局，仅仅只展示了以鲁迅、茅盾与方之中等人为代表的中国左翼文学家们在抗战前期所做的努力——包括"国防文学"口号的提出。

前两份期刊无疑都是有着"在野党"的背景，但《越风》月刊显然是站在"执政党"的立场之上，即从阶级上看，它有着官僚、资本家与阶级背景——当然也包括一些有着社会地位与影响力的高级知识分子。虽然云集了大量的知识分子与知名作家、学者，但该刊的政治背景使得了它与官方思潮密不可分的联系性。因此从一定程度上看，它是"后期民族文艺运动"尤其是"文化本位运动"的重要产物，但由于它诞生于抗战军兴的1936年，它的出现也反映了当时官方对于全民抗日这一合理诉求的反应。

与上述三种刊物相比，《呐喊（烽火）》周刊并不受具体哪个党派的领导，代表当时"进步知识分子"《呐喊（烽火）》周刊，实际上是当时一批具备独立批判精神与"入世情怀"知识分子——包括大学教师、出版社编辑、自由撰稿人、青年学生这一新兴阶级为主力撰稿人的。因此甫一开始，该刊是主要面向知识分子阶层的"同人刊物"，但到了后期则转变为"全民刊物"，开始从分众传播进步为大众传播。

由是可知，这四家期刊一开始所代表的是不同的社会阶级——官僚、产业工人与新兴知识分子，这些阶级与产业化出版、消费文化与政治党派等一样，都属于新兴的社会因素，他们构成了一个充满矛盾的社会——因为在20世纪前半叶，错综复杂、重重叠叠的"阶级矛盾"几乎被中国社会各阶层共同视作全社会的主要矛盾。

但我们必须也要发现一个问题，本著对于四份刊物的排列——《絮茜》《夜莺》《越风》与《呐喊（烽火）》，乃是按照存在的时间顺序进行线性排序的。1931年创刊的《絮茜》，时值抗战前期的初期阶段，而1936年创刊的《夜莺》《越风》则已进入了抗战前期的中后期，1937年创刊的《呐喊》已是"卢沟桥事变"甚至"八·一三事变"发生之后的事情，从时间上看，处于抗战前期的"后期阶段"。

从纵向上看，这些刊物所代表的社会思潮，实际上是历时性而非共时性的。虽然同为抗战前期的文学期刊，但却有着前后出现的时间差。在20 世纪 30 年代，每一年甚至每个月都会发生意想不到的政治变局。1931年，日军只是侵占东北，侵略上海，但到了 1937 年，日军已经蚕食整个华北、山东，并且威胁到了中华民国的首都南京。因此必须注意到，尽管这些刊物的背景不同、所代言的阶级也不同，但是从《絮茜》到《呐喊》，办刊者的传播策略、对象（即针对受众）已然发生了变化——这便是本章所重点关注的一个问题：从《絮茜》《夜莺》《越风》再到《呐喊》，虽是不同的四份刊物，但它们同为抗战前期的文学期刊，从传播学的角度看，在办刊模式、表达范式上，会出现什么样的实质性变迁？

从 1931 年的"九·一八"事变至 1937 年的"卢沟桥事变"，正处于"十四年抗战"的前六年，但这并不意味着中国的期刊业萎缩与停顿，其中，恰经历了中国期刊出版史最鼎盛的"杂志年"即 1934 年。

有学者这样评价这几年光景之于中国出版史的重要意义：

> 中国期刊发展到三十年代，出现了一个"期刊热"或"杂志热"。尤其是一九三二年上海"一·二八"战事以后，期刊数量猛增，一直发展到一九三四年有了"杂志年"的称谓。之后期刊的发展方兴未艾，"（民国）二十三年之所谓杂志年，不过是个开端，二十四年而大进，二十五年则渐将而进入安定状态亦未可知。"（舒新城，《两年来之出版界》，载《中国新论》第三卷，第四、五期合刊）事实就是这样，当然，期刊的发展并非直线前进的，在二十年代末已露端倪，九一八事变后大小刊物如雨后春笋般茁起，中间经过"一·二八"战事的沉重打击，然后在废墟中迅速勃兴，一九三五年是中国三十年代"杂志热"的巅峰，直到一九三六年，杂志增长的势头才有所收敛。据统计，一九三三年，全国总计出版杂志二百四十八种，上海出版一百七十八种，一九三五年，全国共计出版杂志一千五百一十八种，上海出版三百九十八种。①

战争刺激期刊的出版，这便是 20 世纪 30 年代之所以会形成"期刊热"的缘故，本著所涉及的四家期刊，就是"期刊热"中具备代表性的产物。在下文中，笔者将依次从四家期刊入手，从宏观格局上详叙它们在话语权

---

① 李惠敏：《文学生产与文学传播——商业化视境中的中国现代文学（一九二八—一九三七）》，河北人民出版社，2008 年，第 19 页。

力书写上的变迁。

就《絜茜》月刊而言，称其"对象模糊"甚至不知道自己究竟该为哪个阶级代言，毫不过分，乃是有着它自身的一些言论为证。譬如在该刊的创刊号中，有"通信"一栏，系张资平给一位名叫"作梅"的"社友"的回信，所谓"社友"便是《絜茜》月刊社自己发起的一个"读者俱乐部"的成员，入社费用为银元一块。在这封信的开头，便是这样几句话：

> 我始终没有忘记你，也曾想为你设法，但现在的我个人是无能为力。介绍职业一层，会替你向各方面留心，但又多是于你的性质不合，故仍无头绪……你切不要斤斤以你的那些未成熟的作品为念，你只当作你自己付了火算了。我劝你尤不可希望利用人情或友谊去发表那些不成熟的作品，或眼近地图些微的报酬……①

由是可知，《絜茜》月刊所针对的主要读者，便是"作梅"这种寻不到工作但又有一定文化水准且热爱文艺的失业青年。笔者相信，倘若这个"作梅"是真存在的活人而非张资平导演出来的双簧，那么他看到了张资平这封回信一定会气的晕过去。因为从常理出发，若是不到万不得已任何人一般都不会恳请一位素不相识的知名作家帮自己找工作的，"作梅"肯写此信，可见确实走投无路。结果当时的"作家首富"且担任"第三党"中央宣传委员的张资平却在回信中称"我个人是无能为力"——是否真的"无能为力"此处姑且不论，或许张资平确实不想帮忙。但一个正在贫穷中的青年，写点文章换点稿费为谋生计，这岂又有可置喙之处？想来这位"作梅"的社友在来信中或许也曾提了第二个要求——请求张资平帮他推荐发表一些稿件，结果张资平竟然批评其不要"利用人情或友谊去发表那些不成熟的作品"甚至还讽刺人家初出茅庐写的东西等于"付了火"，人家辛苦卖文谋生在张资平看来竟是"眼近地图些微的报酬"。

不管是贫弱的文学青年，还是腰缠万贯的富翁作家，《絜茜》月刊社都"童叟无欺"地收取"社友"一块银元作为"入社费"——一块银元在1931年可以购买什么呢？根据相关资料记载，20世纪头30年的中国以银元为本币（1根金条为10两，1两黄金相当于大约100块银元，1块银元大约等于0.7两白银），在这一历史时期，以银元为本币（银本位）的币值是比较坚挺的。以上海一地而论，在抗战之前的10年间的上海地区，大

---

① 张资平：《通信》，《絜茜》，第 1 期，1931 年 12 月 21 日。

米平均为每市石 (160 市斤) 折合 10.2 块银元，也就是一块银元可以买 16 斤大米。除此之外，当时 1 块银元还可以请两位客人吃西餐，或者可以买 20 张公园门票，而要看戏的话，一块钱可以则买 3 张左右的平常入场券，或 1 张贵宾票。[①]

这笔费用之于当时"文坛富豪"张资平来说，不算什么，但是对于一个没有工作的失业青年来说，这确实是一笔省吃俭用的"天价"。"作梅"被逼到绝境，不得不低三下四向张资平求救，张资平非但不怜悯，还公开地对缴纳"社费"的失业青年说出这样尖酸刻薄的话，实在令人心寒。《絜茜》月刊是否真的在行为上做到了"平民文艺"？是否真的能争取更多的底层青年来真心地拥戴它？这些问题，亦不难回答了。

与张资平的为人悭吝刻薄、办刊导向模糊相比，《夜莺》及其主编方之中明显要成熟、清晰得多。在该刊第一期的"编后"中，有这样一段话：

> 本刊是一把扫帚，在这民族垂亡的紧迫关头，不管老的，新的，有形的，无形的垃圾砖块障碍我们救亡的进路，他将无情地给以清除，如果遇着铁桩石块，我们也不惜以大刀板斧来迎击，只要我们的能力许可的话。[②]

对于"障碍我们救亡的进路"的一切阻碍要坚决地予以清除，这是方之中办《夜莺》月刊之初衷，并非是为了卷入派系斗争，而是为了救亡需要。《夜莺》月刊创刊于 1936 年，与《越风》几乎是同时办刊的。

作为"左联"刊物之一的《夜莺》月刊虽然未曾明文写下该刊服务于何种阶级，但作为"左翼"期刊其"底层意识"已经在刊登的作品与一以贯之的文学精神中有了明示，而且方之中办《夜莺》本身走的是商业化的路子，那么主要受其影响的受众自然是上海的市民阶层——且看该刊的广告，均为日用橡皮器物、结婚礼服、医院、肥皂与平价旅店等等，多半系平民日常消费品，而上海的平民阶层又主以底层的产业工人、贫苦知识分子为主，这些问题已在前文有了较为详细的叙述，于此不再赘言。

作为官方背景的《越风》月刊无疑与"底层"关系不大，因为赞助人、办刊背景，使得这份刊物的办刊指导思想倾向于精英主义的路子。但从该

① 如上数据摘自凤翰主编，胡文生、张林副主编，彤新春编著的《民国经济》（中国大百科出版社，2010 年）、熊月之的《上海通史·民国经济卷》（上海人民出版社，1999 年）。
② 编者：《编后》，《夜莺》，第 1 期，1936 年 3 月 5 日。

刊所刊登的广告看，则是以银行投资、揽储或聘请律师等等针对"有钱阶层"的供求信息为主，而不针对一般市民尤其是底层平民。而且，《越风》月刊从不刊登通俗小说，只刊登文史随笔，这大大限制了读者的文化水平，将未受过较高教育、水平一般的阅读者挡在了该刊的读者群之外。

而且值得注意的是，《越风》月刊的办刊地并非是上海地区，而是在一个工业并不发达但金融业却很发达的城市杭州。纵观20世纪30年代的杭州，其实贫富分化并不严重。由于浙江地域狭小，资源匮乏，除却通商口岸宁波有少许工厂之外，其余地区基本上无现代工业企业，大量浙商均在上海投资办厂，而借贷放款这一套资金流通的程序则在以杭州为中心的浙江地区完成。当时以银行、钱庄或票号为主的金融业在浙江极其发达，因此，该地并不似上海般有稳定、发展的新兴底层平民阶层。① 故而《越风》月刊所意图影响的，当是一批杭州地区的有闲有钱且有阅读能力的高层人士。这样一批人不但讲究生活品质，更讲究阅读的质量。

若从受众的角度来看，《呐喊（烽火）》周刊或许是最具变化性的一种。一开始属于"知识分子办刊"，又是"四社合并"的"同人办刊"，起初主要针对的受众是与编者、作者们一样的进步知识分子。但由于是战争期间办刊，既缺乏经费，又要鼓励更多的人投身抗日救亡的洪流中，后期的《呐喊（烽火）》周刊不得不走商业化的路径，即开始向大多数读者的阅读偏好"妥协"，但这又不意味着该放弃了应该坚守的原则，如对于民族独立的呼吁、对于战争的谴责等等，办刊者只是非常明智地增加了纯文学作品的分量，使得该刊逐步更具备可读性。

因此，这些刊物背后话语权力的所有者，在全民族抗战爆发之前，亦是站在自身阶级的立场上进行呼吁，力图让自身阶级的意识形态有着更多的追随者，但随着全面抗战的爆发，抗战前期逐渐走向"抗战中期"，大片国土随之沦陷，这些政党、阶级都不得不重新修正自身的政治话语，开始逐渐超越自身的阶级性，形成当时中国共产党所主张"抗日统一战线"

---

① 本处所援引资料来自于陶水木：《浙商与中国近代工业化》（中国社会科学出版社，2009年）。值得注意的是，姚会元也认同"江浙财团"是指以上海为基地、以江浙籍资本家为主体的大资本集团，它不仅包括金融资本集团，还包括工商资本集团；它不只是单纯的银行资本，而是银行资本、钱庄资本、商业资本、工业资本相互结合、相互渗透、相互融合的资本集团。因为"江浙财团"以上海为基地，支配着上海钱庄业、商业团体和各大商号、多数工业企业及主要航运公司、商业银行及各类买办和经纪人，成为影响上海政治、经济生活的重要因素，为避免在"华洋杂居"的上海受到政治管制，这些财团首脑多半将银行、票号设在浙江地区，当时闻名全国的"南三行"浙江兴业银行、浙江实业银行和上海商业储蓄银行有两个就是在浙江的兴办的（姚会元：《"江浙金融财团"形成的标志及其经济、社会基础》，《中国经济史研究》，1997年第3期）。

的短暂性团结。这种对于自身阶级性的超越，落实到办刊的策略上，就是从"分众传播"向"大众传播"的变迁——即办刊不再夫子自道或服务少数派。

从《掇茜》月刊的"对象模糊"到《呐喊（烽火）》周刊的"对象变迁"足以证明：一开始，办刊者其实原本期望自己的刊物可以服务于自己的阶级，这也是他们的话语习惯所决定的，但由于主客观的因素，使得抗战前期不同的办刊者在办刊过程中不得不服从于"超阶级"的民族利益，即从在自身阶级中寻找受众逐步走向在全社会中寻找受众，从"不知道自己为哪个阶层代言"到为"全民族代言"。这种变迁明显因战争的爆发而在办刊的路数上超越了自己所属的阶级属性。

第二节　实质性的变化：从"民族救亡"到"人道主义"

前文所陈述的史实，反映了早期抗日文学期刊从"阶级"到"超阶级"进而形成大众传播式发展乃是全民族救亡运动使之然。包括热衷于与政府"唱对台戏"的现代知识分子阶层，在抗战军兴的时候都与国民政府站到了同一边——尽管在抗战胜利之后他们又不断发起学潮、游行等示威活动对抗政府，但在抗战八年中，除了部分附逆文人外，绝大部分的中国知识分子都是与官方积极抗战的精神保持一致的。

问题回到本章的开篇，无论以何种形式针对受众，实际上都是办刊者意图凭借所刊载文章的影响与期刊出版这一广泛性的传播形式介入到受众的"日常生活"领域当中，进而影响更多的人。20 世纪 30 年代恰恰是民众意识形态多元化、急需重新建立指导思想的大变革时期，这一切正如沈松侨所描述的那样：

> 一九三零年代，中国面临内外交迫的深重国族危机，一般民众的日常生活样态，因而也成为各类知识权威进行凝视、论述与教化等文化实践的目标；更成为各种意识形态迥异、利益与立场截然不同的政治力量，从事政治动员来形塑特定国族认同的重要场域……在这样的社会氛围与心理状态下，如何针对中国社会大众的生活样貌提出一套完整的叙事，有效解释其所以陷入绝境的症结祸源，指出可能的出路

与努力方向，自然成为众所瞩目、亟待解决的重要课题。[1]

事实上，在战事越来越紧迫的 20 世纪 30 年代，旨在"型塑特定国族认同"[2]并对"一般民众的日常生活样态"的介入、改造的这一举措逐渐成为不同阶级知识分子的共同心声。那么，无论是《絜茜》还是《呐喊（烽火）》，他们对于抗战文学作品的刊登与对侵略者的义愤，实际上并非是自说自话、文人牢骚，而是凭借杂志这一传播形式，意图影响到自己所属阶层的日常生活，从而尽可能地产生最大的影响力——完成自己作为知识分子在公共领域里使用理性的社会职责。

只是，在民族矛盾尚不尖锐的 1932 年，中国的期刊业尚处于初创期，《絜茜》月刊连自身所代言的阶级、受众读者群都判断模糊，更遑论强调民族救亡？到了《呐喊（烽火）》所处时代，中国的期刊业已经相对发达、成熟，中国知识分子已经可以熟练运用期刊这一工具进行意见表达——即进行媒介议程设置，兼之民族矛盾已然上升为主要矛盾，此时《呐喊（烽火）》周刊在传播的范式上已然超越了《越风》与《夜莺》，形成了真正意义的大众传播，这便是我们看到"实质性变化"之表象。

我们可以这样初步总结这种实质性变化：从强调阶级性但也对民族救亡有所觉醒的《絜茜》月刊，到力图从阶级性抽身、意图回到民族救亡的《夜莺》月刊，再到强调民族救亡的《越风》月刊，最后再到从民族救亡升华到人道主义的《呐喊（烽火）》周刊，实质上反映了抗战前期中国知识界思想主潮的变革走向。在这个过程中，作为知识分子的办刊者亦在不断地在超越自己所代言的阶级——《絜茜》月刊意图面向平民，但却无法摆脱自己所处阶级的精英本性，而《夜莺》月刊与《越风》月刊都是立足于自己所处的阶级试图进行全民族的呼号，只有《呐喊（烽火）》周刊超越了自己的阶级，进行了全民族的大众传播式辐射，实现了人道主义与民

---

① 沈松侨：《中国的一日，一日的中国——1930 年代的日常生活叙事与国族想象》，《新史学》，第 20 卷第 1 期，2009 年 3 月。

② 所谓"国族认同"，是"民族"逐步"国家化"的现代性理念，即对先前狭隘的民族观的捐弃，重新审视作为现代性产物的"国家"与自身"民族"的复合体——即"国族"（nation）的关系。学界一般认为，"国族化"应表述为民族的国族化。指不同的民族融合为统一的"大民族"——国族的过程。其实质是实现从民族认同到国族认同的转变……国族化并不排斥各个民族的特性而是更注重在同一政治与地域空间单位内相互依存同生共荣的共性……国族化过程是一个不断地增进权力共管、国家统一、政治文化同质的过程……民族认同是国族认同的起点，国族认同是国家利益的重要组成部分，从某种意义上说，是国家存在和延续的关键。实现从民族认同到国族认同的嬗变过程，也是民族的国族化过程（刘泓：《国族与国族认同》，《学习时报》，2006 年 12 月 19 日）。

族救亡的历史对接。

这种变迁是以民族救亡为核心的嬗变——即从"忽视民族救亡"到"超越民族救亡"的精神涅槃。充分反映了当时中国知识分子积极入世的责任意识与大局观。藉此，笔者根据上述内容，结合前文的审理分析，初步回答前一节所提之核心问题：从传播学的角度看，同为早期抗日文学期刊的《絜茜》《夜莺》《越风》与《呐喊（烽火）》，在办刊模式、表达范式上出现实质性变化的因素究竟为何？

笔者认为，导致实质性变化的因素有二。首先是内因，这是作为办刊者的知识分子们不断觉醒、不断探索的必然结果，这种变化与他们自身的批判意识、责任感息息相关。史实也证明了，人道主义是抗战文学发展的必然选择。

前文研究表明，《絜茜》月刊及其主编张资平应该算是"抗战文学"的"先知先觉者"，但是这一刊物却最短命、影响力最小。抛却"第三党"自身的局限性不说，这也与当时知识分子如何进入"救亡"这一领域的手段生疏、缺乏经验也有必然联系。当时上至"国联"、国民政府，下至普通民众，几乎都未曾认为日本会成为未来中国的最大威胁，很少有人想到一场抗战会打十四年。因此，"九·一八"事变之后，国民政府甚至多次幻想用"调停"这一外交手段来化解冲突，譬如陶德曼（Oskar Paul Trautmann）①、高君武、孔祥熙等人先后都曾策划过"中日调停"，但对于企图侵占中国全国的日本当局来说，调停无异于与虎谋皮。② 而且由于左翼政治思潮在工人阶级中的传播与 1929 年全球性经济危机的蔓延，当时国内阶级矛盾异常尖锐。因此，包括"第三党"在内的各类知识分子多半将目光聚集在此，《絜茜》月刊显示出经验不足之软肋，亦不足为奇。

尽管《絜茜》的英文名字为"Cathay"即为"中国"之意，③ 意在强调

---

① 陶德曼（1877—1950）德国外交家，曾任德国驻日本大使助理，1935 年任德国驻华大使。

② 杨奎松：《蒋介石抗日态度之研究——以抗战前期中日秘密交涉为例》，《抗日战争研究》，2000 年第 4 期。

③ Cathay 原义为"契丹"，曾为旧时英国对北中国的蔑称，在英语词典中，该词有"骗子"的含义，后来该词逐渐为古英语中对于中国的通称，"然而值得注意的是，外来的观察者——马可·波罗即是一例——对这种基本的中国共同体并不理解。对于 14 世纪的欧洲人来说，Cathay——它是由契丹种族的名称派生而来的一种称呼，意为'北中国'——是一个与 Manzi（蛮子，南中国）不同的国家。只是到了 16 世纪的'大发现时代'，欧洲人才开始明白 Cathay 与 Manzi 实际上是我们现在所称的中国这个更大的共同体的组成部分。"（[德] 傅海波（Herbert Franke）、[美] 崔瑞德（Denis Twitchett）等：《剑桥中国辽西夏金元史》，史卫民等译，中国社会科学出版社，1998 年）。

民族救亡，但它却不能摆脱自身过于强调阶级斗争的局限性，因此这便是《絮茜》月刊在抗战前期发先声但却无法持久之原因，《夜莺》发现了整个"左联"普遍以"阶级斗争"为纲的局限问题，一方面带着镣铐跳舞，一方面主动寻求打破"阶级斗争"的藩篱，力图实现"民族救亡"的呼号，这一点实际上与几乎同时代的《越风》杂志是近似的，只是两者的阶级立场不同罢了——归根结底，两者都不能真正完全地超越自己所处的阶级。

《呐喊（烽火）》周刊创刊时，"卢沟桥事变""一二·八事变"已经相继爆发，局部抗战逐渐转向全面抗战，此时各大党派、政治力量基本上都结成统一战线，谁再片面地强调阶级斗争，显然就有"破坏抗战"之嫌。因此"超阶级"上升成了当时中国社会的主旋律，这时大部分中国知识分子也捐弃了自己先前的阶级立场，而茅盾、巴金等一批当时最优秀的作家本身又较有前瞻性眼光——超越党派、阶级之争的他们，用自己所信仰的人道主义作为旗帜，这是比民族救亡更有超越性的指导思想，是更能获得广泛统一战线的精神武器，因此《呐喊（烽火）》周刊的意义，在于对民族救亡的超越，在于对人道主义的弘扬，因此，它也在当时最具影响力，可以从无到有，由弱变强。

其次则是外因，即当时中国全民族的抗战洪流促使了这些刊物出现了这样的进化。这是真正的决定性因素。顺应时代发展的刊物，完成了启迪民众、发展自我的历史使命，不顺应时代发展的刊物，势必要被历史所淘汰。

我们还必须看到一个史实，1930 年至 1935 年，是国共斗争最为激烈的五年，在军事上的多次"围剿"便集中在这几年里，当时中国已经有许多正处于萌芽期的期刊，他们大多短命。其中很大原因是国共两党争夺话语权，导致国民政府不断查禁宣传阶级斗争的"进步刊物"——这一行为被一些中国大陆的学者称之为"文化围剿"。与此同时，中共领导的宣传机构又不断出版、印刷新的期刊意图与国民政府的新闻禁令相抗衡，造成"越封越多，越多越封"的循环局面。这在一定程度上造成了当时刊物的繁荣表象。

在"你争我夺"的语境下，国民党中央宣传委员会不得不连续颁布并更新《中央取缔社会科学反动书刊一览》文件，在 1931 年，国民政府根据《出版法》公布查禁的书刊有 228 种，其中"共党宣传刊物"、"鼓吹阶级斗争"的有 140 种，在 1932 年又补充查禁"共党刊物"40 种，在此基础上，1933 年继续"补充查禁"含《生活》周刊在内的刊物 34 种，1934年又新增 60 种，1935 年又查禁、查扣《路灯》半月刊、《民族战线》等新增刊物 44 种，在不断查禁的过程中，中共领导的宣传机构又不断更换刊名，创办冒名的新杂志如《新时代国语教科书》《经济月刊》《少女怀春》《佛学研究》《摩登周报》等等，一时形成"你方唱罢我登场"的办刊热潮。①

如上热闹的争夺，无非"阶级性"的斗争而已，前文已经写明，1935年之前，因为全球性经济危机与中国共产党对于阶级斗争的宣传，促使国内工人运动与农民革命风起云涌，大时代背景下导致全社会开始对于"阶级"这一问题进行足够的重视。《絜茜》月刊崇尚阶级性，忽视民族性正因此而有外因的影响，但它本身由具备时代的敏锐性，对日本的侵略行为有着颇为清醒的认识。于是，在阶级与民族的双重矛盾之下，办刊者实难做出正确的判断，这显然又与时代背景有着密不可分的联系了。

1935 年"华北事变"之后，国内时局一度危急，民众对于政府抗日的诉求与日俱增，国民政府对红军的武装"围剿"又获得了胜利，使得其在可以在一定程度上"安内"的前提下进行"攘外"，但实际上国民政府已经错过了还击日军的最佳时期，而且由于当时近五年的接连罢工运动与1929 年的全球性经济危机，导致许多为军工服务的民族重工业受到了重创，大量工厂面临破产倒闭，根本无法在短期内生产足够的军火与物资用来武装与日军抗衡的前线军队。②

政府的战斗实力越差，民众的抗日激情越高，旨在为政府鼓劲加油，这既是当时中国各界呼吁救亡的真实写照，也是广大国民意图进行民族救亡、不甘心做亡国奴的无奈之举。在这重语境下，《夜莺》与《越风》试图主动从自身的阶级中挣脱出来，成为一份宣传民族救亡的抗日救亡期刊，这是大环境所逼迫形成的。但是到了 1937 年，国共两党已经走向了联合，阶级斗争之论早已是明日黄花，民族救亡的救亡思潮已然成为社会生活的主题。

摈弃政见、党派与意识形态之间的冲突，以人类的人道主义对抗法西斯的残暴凶恶，既是全人类整个族群进行自救这一求生欲的表现，亦是世界各民族相互提携扶持、共同超越阶级这一社会属性、进而获得自由这一自然属性的人类本能之展示。因此这决非中国独有。譬如二战爆发后，同盟国各成员就彼此放弃了各自的政见，进行反法西斯的通力合作，英国首相丘吉尔（Winston Leonard Spencer Churchill）与美国总统罗斯福

---

① 张静庐：《中国现代出版史料·乙编》，中华书局，1955 年，第 205-254 页。
② 郑大希：《三十年代中国民族工业破产与半破产原因浅析》，《中国社会经济史研究》，1994 年第 2 期。

（Franklin D.Roosevelt）都曾与苏联共产党中央委员会总书记斯大林有着堪称完美的军事配合，共同完成了欧亚大陆战场上的东线、西线的联合作战。罗斯福称斯大林为"乔叔叔"（Uncle Jo."乔"即斯大林姓氏"约瑟夫"的缩写），而丘吉尔则称斯大林为"老好人乔"。这种跨越阶级、意识形态的合作，本身是人类的共同诉求，这一诉求投射到中国便是抗日统一战线的建立——在军事力量、意识形态与经济文化上，基本上完成了对敌阵线的统一。

但这重社会思潮的背景却是以人道主义为依托的。因此，《呐喊（烽火）》周刊的出现，实际上就有在思想境界上超越之前三种刊物的意义。人道主义之于民族救亡来说，显然有更先进之处。《呐喊（烽火）》周刊不止刊登一篇文章呼吁日本广大民众团结起来，推翻法西斯军国主义政权，并认为日本广大民众甚至包括被强迫来到中国的日本士兵与中国民众一样，是侵略战争的受害者，这样先进的人道主义理念，在先前的三种期刊中无论如何看不到，而这恰恰是《呐喊（烽火）》可以在没有党派支持，没有赞助人扶持，并在战火纷飞中辗转两地连续出刊 22 期的深层次原因——我们可以看到，《絜茜》《夜莺》的总期加起来尚且没有《呐喊（烽火）》的期数多（当然《夜莺》是遭到了官方查禁），《越风》虽然比《呐喊》多出几期，但覆盖面与影响力显然无法与《呐喊（烽火）》相提并论，而且，上述三份刊物办刊时的时局，远远不如《呐喊（烽火）》办刊时艰难危险，这已是不争的事实。

第三节　媒介议程/公共议程：战争语境中话语权力之书写范式

正如前文所述，人道主义的胜利显示出了抗战前期抗日文艺的发展趋势，当然这并不意味着救亡受到了旁落。在民族救亡被超越的同时，我们绝不能忽视民族救亡同时更被认同这一基本事实。准确地说，《呐喊（烽火）》周刊所奉行的人道主义并非空洞的人道主义，而是建构在民族救亡之上的人道主义，是先前社会思潮层积累积、发展深入的结果。《絜茜》《夜莺》与《越风》的发展，实质上反映了当时中国知识分子在社会思潮的参与上不断成熟、不断进步的过程，前者所积累的经验与教训，以及独特的时局变革，造就了《呐喊（烽火）》周刊之人道主义思潮的胜利。

本节所着重讨论一个前文曾经提及的问题——在从民族救亡向人道主

义衍变的大趋势下，文学期刊的办刊者如何凭借大众舆论来影响、干预受众日常生活？落实到具体范畴上，便是两个具体的问题：在战争语境中，话语权力是如何形成的？它又是如何被书写的？

为了更好、更充分地说明并回答上述问题，笔者将引入"议程设置理论"（agenda-setting theory）[1]这一研究范式。该研究范式着重关注于"媒介议程"对"公共议程"的影响。所谓媒介议程，简而言之就是在某一特定时段，媒体按照重要程度所展示的一些话题或事件，而这多半又由一些特殊的利益团体所推动；而公共议程是指一种利益、要求或社会问题会引发公众的广泛关注的议论，从而形成舆论（public opinion）的过程。在传播学界，"议程设置理论"被认为"是本领域最具活力的研究模型之一"，[2]它的普适性还在于"在这些广泛的效果中，让很多人感到吃惊的是在媒介的议程效果发生的地理与文化背景之间存在较大差异。"[3]议程设置尤其对于政治语境内话语权力的影响力有着较有效的研究价值。而且，"议程设置理论"研究范式可以有效地回答四个问题，实质上也构成了本著的结语。这四个问题依次是：《絜茜》等四份早期抗日文学期刊因什么条件会产生相应什么样的舆论效果？这些刊物在塑造不同时期媒介议程时的力量是什么？刊物所刊载的信息在传播的过程中，先后曾受到哪些具体因素的影响？这些刊物先后设置的媒介议程对于不同时期公共议程又造成了何样的影响？[4]

当然，这种结语亦非最后的定论，毕竟任何历史的问题都无法通过一次研究获得终结性的答案，就整个研究论题而言，笔者意图根据一手新发现的史料还原一个当时的文学场，回答"战争语境下的话语权力及其书写范式"的生成、方式问题——这是整个研究论题的核心，而该问题恰又由

---

[1] 所谓"议程设置理论"是由美国传播学家 M.E. 麦库姆斯（Maxwell, E, Mccombs）和唐纳德·肖（Donald L.Shaw）于 1972 年提出的一个大众传播的效能理论，他们认为，包括报刊、电视在内的大众传播往往不能决定人们对某一事件或意见的具体看法，但可以通过提供给信息和安排相关的议题来有效地左右人们关注哪些事实和意见及他们谈论的先后顺序。大众传播可能无法影响人们怎么想，却可以影响人们去想什么。本章所研究的"大众传播如何介入受众日常生活"即可引入"议程设置理论"进行探讨归纳。

[2] Gerald Kosicki: Problems and Opportunities in Agenda-setting research，Journal of Communication，第 43 卷第 2 期，1993 年。

[3] M.E. 麦库姆斯：《议程设置：大众媒介与舆论》，郭镇之、徐培喜译，北京大学出版社，2008 年，第 42 页。

[4] 此处所述四个问题，实际上是从 M.E. 麦库姆斯提出关于"议程设置理论"的四个核心问题演化而来：第一，产生舆论效果的条件是什么？第二，塑造媒介议程的力量是什么？第三，媒介信息传播的过程中会受到哪些具体因素的影响？第四，媒介议程影响公共议程的各种结果又是什么？（同上，第 4 页）。

上述四个分支问题所共同搭建。

首先，因为时局的变化与办刊者自身的完善，从《絮茜》到《呐喊（烽火）》这四份早期抗日文学期刊，整体发展趋势是：影响越来越大，也越来越畅销，遂产生了渐大的影响。

正如前文所言，这种利好的整体趋势，并非只是办刊者"灵光"，也不只是谁捡到了便宜。我们必须承认方之中、黄萍荪未必比"多角恋爱小说家"张资平更善于经营，茅盾是一流的作家但或许并不是一流的书商，而且这四种刊物基本上全是由当时名噪一时的图书（杂志）公司代售。如果不幸刊物影响小、全亏损，也不能全怪图书公司没有出力，哪家图书公司也希望自己代售的刊物可以赚钱。所以刊物的影响确实由办刊者这一"内因"与发行者这一"外因"的合作所决定。

如果单纯地从这四家刊物与受众的关系即媒介议程对公共议程的影响程度来看，作为一份期刊必须要争取更多的受众。因此只能团结大多数，孤立少部分，否则就会流失大量读者，造成销量下滑，若沦落至此，那刊登广告、拓宽影响渠道更是奢谈。但事实上张资平在办《絮茜》月刊时，一方面高喊"平民文艺"表示出对政府的不满，一方面又张扬出"抗日情绪"，而且还对自己的忠实读者冷嘲热讽，三个拳头打人，一方都不讨好，这样的刊物是断然不会有顽强生命力的；《夜莺》月刊则是在"内讧"中艰难前行，一方面上了国民政府的"黑名单"，一方面又陷入"左联"的内部斗争——而且该刊还在一个新闻管制相对苛刻的特定时间与地点里宣传抗日，如此看来，该刊尽管在短期内会畅销，但内外因素都不利于该刊的持续性发展。

《越风》月刊有官方背景，且强调民族救亡、借古讽今主张抗日，这是其争取受众的一个重要方面，但可惜它所刊登的文章太高雅，导致曲高和寡、受众变少、可以干预的读者日常生活范畴太有限，只能算是"精英刊物"，因此该刊作为媒介议程对公共议程的影响，是不太强的。

时势造英雄，英雄亦适时，这便是《呐喊（烽火）》缘何可以比其他三份刊物显示出更强大生命力的缘由。《呐喊（烽火）》周刊在民族危亡之际，在上海这个"万国之城"高扬人道主义大旗，显然可以获得更多受众的响应，或许甚至还包括居住在北四川路日租界、静安寺德租界的轴心国反战侨民。因此，《呐喊（烽火）》周刊之所以可以从"一家经营"变为"多家经营"，从上海一地辐射至全国，乃与该刊所弘扬人道主义的包容性所造成影响力息息相关。

因此，称《呐喊（烽火）》周刊在巴金"出版家"这个身份中曾扮演过极其重要的角色，洵非过誉。史实证明，作为人道主义作家的巴金，在经历了抗战之后，逐渐吸收了相关的经验，确实从一位单纯的作家成长为一名卓越的出版人。《呐喊（烽火）》的成长也见证了巴金自己经营的"文化生活出版社"由弱到强的全过程。在抗战之前，这所由巴金担任总编辑的出版社并没有太好的经济效益。但依托对《呐喊（烽火）》周刊的经营经验，"文化生活出版社"逐渐一改局面，从只编辑出版图书的小公司发展为图书、杂志等多种出版品均可编辑出版甚至代售发行的大型出版机构。在该社逐渐壮大之后，1938 年 5 月，巴金决定将原本由文化生活出版社、上海杂志公司、开明书店与立报馆四家书店代售的《呐喊（烽火）》周刊归于"文化生活出版社"总经售，该社当时还出版或总经售《新艺术丛刊》《烽火小丛书》与《文丛》等出版物。《呐喊（烽火）》停刊后，巴金还将该社从广州移师桂林——甚至他还曾委托黎烈文寻找开办台北分社的房子。

1949 年 12 月，在上海的巴金又拉着几位朋友开办了专门从事于世界文学名著译介的平明出版社，巴金任董事长兼总编辑。此时的巴金已经成为了一位卓越的出版人，"平明"吸引了众多优秀的翻译家。[①] 这在后来竟成为批判巴金"明火执仗同党的出版事业争夺阵地"的口实[②]——但此实际也反映了《呐喊（烽火）》周刊的畅销对巴金成长为一个出版家的重要意义。

其次，这四家刊物在塑造不同时期媒介议程时，所凭借的力量，也是来自于内外两个方面，一个是自身对于时局的判断力，一个是受到大环境的影响。

我们看到的这四家刊物在设置媒介议程的现象是，从《絮茜》月刊到《呐喊（烽火）》周刊，"抗战题材"的内容，一方面在逐步增加，一方面又在逐步鲜明，这两个"逐步"显示了时代的变化，更显示了"后五四"

[①] 譬如当时卞之琳不惜和领导闹翻，也要把稿子抽回交给巴金的平明出版社出版；焦菊隐则表示"十分愿意尽微薄之力帮'平明'，以后有稿子当尽先选好的送'平明'"。焦菊隐有一封信为巴金出谋划策："'新华'的发行网大，'平明'将会受点影响，但，他们的译本不太好，也就无关了……这得等批评家和读者来决定了。"见于郭汾阳、丁东：《书局旧踪》，江西教育出版社，1999 年。

[②] "文革"时，"经营出版社"成为了巴金的一大罪状，但这也证明了通过抗战的洗礼，巴金已经成长为一位卓越的出版人，"他先当文化生活出版社的总编辑、总经理，解放以后，又野心勃勃，联合了他的两个弟弟，搞了一爿李家的平明出版社。巴金的出版社，大肆贩卖精神鸦片烟，大肆兜售西欧 18、19 世纪资产阶级古典文艺作品，以及俄国的赫尔岑、车尔尼雪夫斯基之类的资产阶级文艺评论家的著作，和党争夺出版阵地"（巴金专案小组：《巴金是反动的文化资本家》，《文学风雷》，1967 年第 2 期）。

一代知识分子的文化自觉性。这便是他们对时局的判断力——即从"阶级斗争"到"民族救亡"再到"人道主义"的时局观——这为后来"自由主义"在中国的盛行提供了精神养料与思想基础。结合外部环境的变化，在这样的语境下，一批知识分子在二战后迅速崛起并受西方自由主义思潮的影响，形成了20世纪三四十年代蔚为大观的"自由主义中国知识分子群"。①

从大环境上说，这种媒介议程的设置实质上显示了当时整个社会环境的变化。一方面，无论是作为执政党的国民党，还是作为在野党的共产党，都捐弃前嫌合作抗日、一致对外，不再片面强调阶级斗争，国民政府也减少了对于持不同政见者的迫害，这为当时许多进步知识分子提供了一个相对宽松且先前所不具备的言论土壤。从本质上看，作为社会力量、意识形态代言人的文学期刊，他们自身的"话语权力"其实不断获得增加，进而形成越来越大的影响力。与《絮茜》月刊的人微言轻、不知所措相比，《呐喊（烽火）》周刊可以堂而皇之地站在民族救亡的高地上，高扬人道主义旗帜，从上海到广州为全人类的反法西斯战争鼓与呼，这种声音在国共合作之前断然不会出现，也没有哪一份刊物在那时有这样做的能力与影响力。

再次，与其他任何通过媒介传播的信息类似，这四家刊物所刊载的信息在"传播／接受"的过程中，先后曾受到不同具体因素的影响。这既会影响信息的生产方式，也会决定信息的传播效能，更会干扰信息的意义与价值。简而言之，这些因素既会影响话语权力的生成，也会影响其书写范式。笔者认为这些因素可分为三种。

一种是自身因素，这与办刊者的思想密不可分。即办刊者的价值观、政治嗅觉、文化判断力等多重因素，这是决定性的。伟大人物不能创造历史，但一定可以影响历史的发展进程，文学史也不例外，很多刊物成败须臾之间，虽受大时局限定，但皆与办刊者有关。本著的第二章便曾提及，

---

① 1944年，美国总统罗斯福所颁布的国情咨文中提到了"四个自由"，遂构成了"当代自由主义"的精神渊薮，时称"美国第二个《权利法案》"，其后的1946年，美国驻华大使司徒雷登在中国"双十国庆日"发表了自己的政治演说（罗梦册等：《让我们来促成一个新的革命运动》，《新自由》，1946年第1卷第4期），使得代表美国政治意识形态（即"普世价值"）的当代自由主义在战后中国形成较大的政治影响，作为二战之后席卷中国甚至世界的"自由主义思潮"，对当时的中国知识界与文学期刊产生了较大的影响。抗战结束前后国内虽没有太多的期刊、杂志创刊，但就在这少数期刊中，多半却以自由主义知识分子为主的刊物如上海的《观察》《时与文》，南京的《世纪评论》以及北京的《新自由》等为主，在自由主义思潮的干预下，思想界开始讨论"中国在战后应该建立怎样一种社会文化秩序"这一问题。

张资平虽文笔不差且有政治洞察力，但却为人孱弱、唯利是图，兼之促狭刻薄，最后竟委身于汪伪，堕落为文化汉奸。此外，黄萍荪、方之中等人都算不得纯粹的作家，只能算是有一定党派背景的文学组织者或文学活动家，因此《越风》和《夜莺》两家期刊也都还可以基本上保持不错的导向，甚至还在一定程度上超越了当时自身的阶级局限性。与茅盾、巴金两位新文学史的巨擘相比，上述这些办刊者无论如何也无法在办刊的文学精神上超越甚至企及《呐喊（烽火）》周刊。

另一种是政治因素，这是受到当时社会环境制约的。"七·七事变"之前的 20 世纪 30 年代，本身是一个大变革时期，此时政治之错综程度几乎到了政府、人民所能承受之极致，内外交困、派系争斗、华洋杂治等诸多因素构成晚清以来中国历史上罕见之乱局，甚至在同一个号称统一的国家里，竟有着四套同时存在的货币发行流通系统——中国共产党领导的"晋察冀边区银行"、伪满政权的"满洲国中央银行"、汪伪政权的"中央储备银行"与国民政府的"中央银行"等等——这还不包括各省独立发行的"流通券"。在如此乱局下，各类政权、党派之间的斗争甚至更为复杂激烈，报禁、书禁风潮层出不穷。这使得当时的办刊者在办刊的过程中不得不谨小慎微，以免一不小心触犯当局，便被横遭法办。

"话语权力"的大小，实际上与办刊者的身份有着密切关系，也与时局有着密切联系，这一问题，我们将《夜莺》月刊和《越风》月刊的命运进行比较便可得知，尽管两家刊物都是宣传抗日的文学期刊，但《夜莺》却在四期之后遭遇停刊，而《越风》却可安享赞助人的扶持，一直办了二十多期，这便是差异所在。平心而论，《夜莺》月刊并未刊登过"赤色宣传"或强调阶级斗争的文字，甚至在提及"日本"或"日军"时，还用"××"代替，因此在宣传抗日这个层面上尚不如《越风》月刊剑拔弩张、直接点名，而且论销量，《夜莺》月刊也大于"自办发行"的《越风》月刊，那为何《夜莺》月刊还被停刊呢？原因很简单，当时的"国民党中央宣传委员会"并不全然知晓"左联"内部的权力倾轧与思想发展状况，他们从主观判断：既然《夜莺》月刊有着"左联"的背景，而且其前身《海燕》杂志便是被官方查禁而停刊，那么《夜莺》月刊被查封也是顺理成章的事情了。事实上，"左联"的一些刊物到了后期基本上也都为抗日的"国防文学"而呐喊，并不再为"阶级斗争"做宣传。对于此事，鲁迅亦曾抱怨感叹，"《海燕》系我们几个人自办，但现已以'共'字罪被禁，续刊与否未可知，此次所禁者计二十余种，稍有生气之刊物，一网打尽矣。"[①]

《呐喊（烽火）》周刊虽在政治上有左翼倾向并与中国共产党有千丝万缕的联系，但当时是国共合作阶段，又属于在沦陷区办刊，纵然推出了"鲁迅纪念专号"，仍未被官方打压，这便是因为政治因素"话语权力"变迁的结果。相对宽松的政治环境，无疑会提升媒体的话语权力，改变他们的书写范式，不再遮遮掩掩、避重就轻，而是真正地按照自己的理念来设置媒介议程进而给公共议程造成更为广泛而又有力的影响。

最后需要谈到的是，《絜茜》等四家刊物先后设置的媒介议程对于不同时期公共议程造成的影响问题。笔者认为，这种影响实际上可以分为两个部分来阐释，一部分是现象性（phenomenal）的，另一部分则是趋势性（tendency）的，前者是后者作为结论的前提，而后者则是前者作为铺垫的升华。

所谓现象性的影响，即四家刊物在不同时期分别对不同时代受众日常生活的干预、影响。这种影响是表象的。一份作为公共媒介的期刊，考察其对当时受众日常生活的干预程度，一般有如下五种衡量指数：办刊地、定价、销量、广告与所刊内容。[②]我们通过这五种指数的分析，可以反观该刊在当时的影响力，这一问题在前文中已有了详述，在此不再重复。借此，笔者主要谈谈这四种刊物所展示的趋势性影响。

正如前文所述，从强调阶级斗争到弘扬人道主义，是从《絜茜》月刊到《呐喊（烽火）》周刊在办刊思想上的一个总趋势，也是一批知识分子从不成熟到成熟的崛起，战争在这里起到了一个催化剂的作用，而这也是以民族救亡为中心思想涅槃。事实上，1931年至1937年，也是现代中国社会思潮的重要的嬗变期。

这一时期体现了中国知识分子的一种文化自觉意识，即试着用人道主义来诠释民族救亡，这是对孙中山民族主义思想的再超越，也是自晚清以来从"驱逐鞑虏"到"华夷之辨"的进一步升华。所产生的直接影响已经不只是"驱逐外侮"进而获得抗战的胜利，而是建立现代性的"民族—国家"及其文化系统。但该目标的实现，则恰恰需要超越民族救亡并寻求相应的思想武器。

① 鲁迅：《鲁迅全集，第4卷》，人民文学出版社，2005年，第41页。
② 期刊对受众日常生活的干预程度的衡量指数在不同的观点中说法是不一的，但这五种指数基本上包括了目前学界所有的观点。参见黄升民的《中国传媒市场大变局》（中信出版社，2003年）、徐柏容的《期刊编辑学概论》（辽海出版社，2001年）、陈仁凤的《现代杂志编辑学》（中国人民大学出版社，1995年）与铭传大学新闻系主编的《新闻原理与编辑》（秀威资讯科技，2010年）等著作。

汪晖曾以发生于 1938 年的"民族形式大讨论"为研究对象就这一问题做了探索，他认为，在一个自身"民族"尚未完全被认识的半殖民半封建国家，单从一般性的"民族救亡"或"民族性"入手，是很难解决根本性、长远性的问题，而且还会滋生出新的矛盾。只有超越先前的一个民族或是多个民族的观念，意图寻求一种文化共识，才是长久之道：

> 第三世界民族国家的形成是现代性的历史成果之一。在对抗帝国主义的殖民活动中，新的、超越地方性的民族及其文化同一性逐渐形成，为独立的、主权的现代国家创造了条件……就中国而言，建立现代国家的过程，并不仅仅是一个民族自决的过程，而且也是创造文化同一性的过程，即创造超越并包容地方性和汉族之外的其他民族的文化同一性……"民族形式"既不是"地方形式"，也不是"旧形式"，既不是某个多数或少数民族的形式，也不是某个阶级或阶层的形式……在帝国主义的殖民体系中，中国作为一个"民族"既不是某个地区，也不是某个种族，而是一个现代国家的共同体。[1]

《呐喊（烽火）》周刊的进步性，便在于它对阶级性、民族性的超越。除了前文所述茅盾等人的话语之外，弘扬人道主义、化解民族仇恨的观点在该刊中可谓比比皆是，巴金在《给日本友人》中就曾提到，"民族间本无所谓仇恨，一切纠纷皆由少数野心家挑拨煽惑而起"、[2]"我相信你们大部分人的忠厚与诚实"、"希望你们起来和我们共同组织那破毁人类繁荣的暴力"。[3]除此之外，田间亦有着在精神上相似的诗作："起来／朝鲜的民众／台湾的民众／生长于亚细亚土地惨苦的民众／一起吧／向帝国主义战争"[4]甚至日本诗人久能正一也在《呐喊（烽火）》周刊里有着超越民族的呼声："酷爱和平的阿凡尼西亚的弟兄们／已经惨毙在它们的毒牙之下／自由之光——伊比利亚的居民／现在将被他们蹂躏完了／呵！这恶魔——法西斯。"[5]

这是《呐喊（烽火）》周刊的办刊精神使之然也，该刊之所以可以畅销、壮大且有着先前三种刊物难以具备的影响力，乃是因为所刊登的文章

① 汪晖：《现代中国思想的兴起·下卷》，生活·读书·新知三联书店，2003 年，第 1498 页。
② 巴金：《给日本友人（一）》，《烽火》，第 10 期，1937 年 11 月 7 日。
③ 巴金：《给日本友人（二）》，《烽火》，第 12 期，1937 年 11 月 21 日。
④ 田间：《中国在射击着》，《烽火》，第 14 期，1938 年 5 月 11 日。
⑤ ［日］久能正一：《中国的兄弟努力罢》，青萍译，《烽火》，第 15 期，1937 年 5 月 21 日。

洋溢着人道主义的光泽，而这又适应了当时中国社会思潮总体发展趋势。

我们还必须承认的是，《呐喊（烽火）》周刊提携刘白羽、杨朔、碧野等一大批文坛新人，进而形成了较为完善的文学梯队。而在《絮茜》《夜莺》与《越风》中，我们很少看到这样的"薪火相传"——借此，我们并不难管窥人道主义穿越代际的影响力。在人道主义的大旗下，《呐喊（烽火）》周刊设置任何形式的"媒介议程"，都会受到受众们的欢迎，这在无形中增加了办刊者的话语权力——不但是国共两党的有识之士，更包括侨居在中国的国际友好人士，而这恰是前面三种期刊并不具备的优势。与《呐喊（烽火）》周刊相比，《夜莺》月刊中不少文章对于当局不抗日的讽刺、《越风》月刊中意图以"返祖民族主义"来唤醒民族救亡的策略，或多或少地反映了自身阶级的局限性，因此其提出"民族救亡"的口号亦不那么响亮，唯有《呐喊（烽火）》周刊，以超越民族救亡的高度，在人道主义层面进行更为响亮的呼喊。

若说反法西斯的、国际主义背景下的人道主义在抗战中期所扮演的主要角色与发挥的巨大作用已然超越了阶级与民族的沟壑，成为了第二次世界大战远东战场上最耀眼的光泽，此说并非溢美。1938 年 10 月，进入到"相持阶段"的抗战中期，日本军国主义政府开始不断在国内征兵，进而补充中国战场上的兵力，这样造成了一大批无辜日本青年成为了中国军队的战俘。为了改造这些战俘，1940 年 7 月，国民革命军陆军第八路军总政治部以朱德、彭德怀的名义发布了《中国国民革命军第八路军司令部命令》。其中特意提到"日本士兵乃是日本劳苦大众的子弟，在日本军阀和财阀的欺骗和强制下，才被迫和我们作战"、"严禁伤害或侮辱日本俘虏，对伤病日俘应给予特别照顾，凡欲回归本国或原来部队者应给予一切可能的便利。"[1] 在此基础上，1940 年 3 月，曾经参加创建日本共产党的野坂参三（Nosaka Sanzo）随周恩来到了延安，开始协助中国人民的抗日战争。5 月 1 日发表了《在华日本人反战同盟会延安支部成立宣言》，宣告在延安的第一个日本人反战组织成立。同年 7 月，经由国民政府行政院同意，在国统区的重庆成立了"在华日本人反战同盟会"，三个月后，在延安建立了改造日本战俘的日本工农学校。[2] 在国统区、边区相继成立的这些由日本战俘、日侨组成的社团、学校，意在对无辜被胁迫参战的日本青年进

---

[1]　中央档案馆：《中共中央文件选集，第 10 辑》，中共中央党校出版社，1985 年，第 367 页。

[2]　杜维泽、张小兵：《和谐之音：抗战时期的延安日本工农学校》，《中国延安干部学院学报》，2009 年第 2 期。

行反战教育与人道主义思想改造。其中一批被改造好的日本战俘如前田光繁（Maeda Mitsushige）、山田一郎（Ichiro Yamada）与小林宽澄（Hirosumi Kobayashi）等人，至今仍自愿奔走于中日两国之间，成为为两国间促成和平、相互信任而努力的友好使者。在整个抗战过程中，中国人所显示出的人道主义胸襟，成为了世界二战史上最荡气回肠的篇章。

　　总而言之，文学归根结底是人学，人道主义是文学的永恒法则，这也是早期抗日文学期刊发展到黄金期的精神展现，符合人道主义思想的文学，才能够在任何时间——包括充满着屠杀、灾难的战争年代都释放出巨大的魅力。这一切正如阿诺德·汤因比（Arnold Toynbee）所说，"战争让文明越发文明，因为人类归根结底是向善的。"①

---

① ［英］Arnold Toynbee：*The World and the West*，Oxford：Oxford University Press，1953年，第33页。

尾声：1938 年以后

在《呐喊》杂志停刊十日之后的 1938 年 10 月 21 日，由古庄干郎（Furushou Motoo）[①] 大将率领的侵华日军陆军第 21 军属下第 18 师团、第 104 师团与海军第五舰队在大亚湾（今广东省惠州市东南）登陆，不久广州沦陷；四日之后，侵华日军第 11 军第 6 师团在师团长稻叶四郎（Inaba Satoru）[②] 中将的指挥下，占领了汉口岱家山（今湖北省武汉市江岸区），武汉又相继沦陷。

武汉的沦陷意味着持续了四个半月武汉会战正慢慢走向尾声，这是二战远东战场上最旷日持久、伤亡人数最多、波及领土面最广的战役，中国国军动用了海军、空军与陆军对来犯之敌进行全方位的还击。据战后统计，整个会战中国军队阵亡将士达 25 万余人。这场会战不但意义重大，更惨烈无比，而且国民政府早有预料。1938 年 8 月 21 日，中国战区最高指挥官蒋介石接见英国伦敦《每日先驱报》驻华记者金生时曾称"扬子江阵线之一，不久即将展开剧战，此战将为大决战。"[③] 武汉会战的结束，意味着抗日战争进入了战略相持阶段，抗战前期也开始逐渐过渡到"抗战中期"。

随着大量知识分子的外迁与两次事变的摧残，曾经中国出版的中心——即《絮茜》《夜莺》《越风》与《呐喊（烽火）》的发行地上海，已经渐渐为日军所完全掌控。一度繁盛数十年的上海出版业，顿时一落千丈。

在上海沦陷后的第七个年头，出版人蔡漱六在《七年来的上海杂志事业》一文中如是哀叹上海出版业的崩溃：

[①] 古庄干郎（1882.9.14—1940.7.21）日本熊本县人，侵华日军主要战犯之一。曾任台湾军司令官兼第 5 军司令官，武汉会战时他作为第 21 军司令官率部侵略广东省。

[②] 稻叶四郎（1885.12.15—1948.3.13）日本大阪市人，侵华日军主要战犯之一。在武汉会战、南昌会战、第一次长沙会战中担任日军第六师团长。

[③] 李勇、张仲田主编：《蒋介石年谱》，中共党史出版社，1995 年，第 148 页。

最近我们常听人谈起，上海的出版界几乎可说是停顿。文艺单行本不出，学术研究专著更是绝无。掌握这出版界门面的还是只有若干种杂志……近年学术研究空气完全等于零的时期。[①]

尽管出版业受到重创，但中国的知识分子阵营并没有因为大片国土的丧失而分崩瓦解，相反，其中一部分不愿意附逆或在"孤岛"以及沦陷区冒着生命危险的知识分子如巴金、茅盾、郭沫若、老舍、罗隆基、洪深、王力、陈寅恪、吴晗、梁实秋、张伯苓、梁思成等等相继开始从南京、上海、广州、北平、武汉等地"西迁"——其中一部分是自发的，另一部分则跟随自己所供职的大学而迁徙。

实际上，早在"八·一三"事变刚刚爆发的 1937 年 8 月 28 日，国民政府教育部为保全科研力量、防止高校与科研院所遭受战火荼毒，就设立了让知识分子与高校陆续"西迁"的计划，曾分别授函南开大学校长张伯苓、清华大学校长梅贻琦和北京大学校长蒋梦麟，指定三人分任"长沙临时大学"筹备委员会委员，三校在长沙合并组成长沙临时大学。任命胡适为文学院院长，顾毓琇为工学院院长，直至 1938 年 4 月，长沙临时大学才因战事紧迫搬迁到了云南昆明，并改名为西南联合大学。

最终，昆明成为抗战中期之后中国知识分子们真正的集中地——他们有的经广州、香港乘船到越南的海防市，再从陆地上进昆明，如陈寅恪等人；有的因在桂林避难，然后从桂林进入昆明，如冯友兰、朱自清等人；有的直接从长沙转移，参加了堪称"文化长征"的"湘黔滇旅行团"，其中包括曾昭抡、闻一多、袁复礼等人，他们的目的地都是昆明。

自此之后，一个被称之为"大后方"的西南地区成为战时的文化中心——其中以昆明为核心，包括桂林、重庆、乐山、贵阳、蒙自、柳州、叙永、宜宾等西南城镇，当然也包括被英国殖民管辖的香港，一批宣传抗战、弘扬人道主义的刊物如《笔谈》（香港）、《文讯》（贵阳）、《文艺新哨》（桂林）、《青年音乐》（重庆）、《当代文艺》（桂林）与《当代评论》（昆明）等等，在那些城市里又开始复刊或重新办刊——他们的撰稿人包括但不限于茅盾、巴金、丰子恺、欧阳予倩、田汉、老舍、熊佛西、沈从文、雷海宗、冯友兰等等。此时，以中央研究院、中央博物馆、中国营造学社、金陵大学、同济大学、广西大学、武汉大学与西南联大为核心的大后方知识分子们又开始积极组织文学创作甚至演剧活动。

---

① 漱六：《七年来的上海杂志事业（上）》，《文友》，第 26 号（第 3 卷第 2 期），1944 年 6 月 1 日。

经历了抗战前期的中国文艺界知识分子更加懂得了如何表达自己的民族救亡观，亦逐步厘清了"阶级""民族"与"国家"的内在关系。随着抗战进入到相持阶段，他们对于建立"民族国家"的渴望越来越强，仿佛预感到了战后重建的用人之迫，因此，一批知识分子在大后方开始准备投身政治——一部分人去了延安，一部分人为国民政府所用，其中也包括曾经为《絮茜》《夜莺》《越风》与《呐喊（烽火）》等刊撰稿的作者，当然还有一部分知识分子远离政治，坚守纯粹学者的立场，值得注意的是，持民族主义、精英主义的知识分子基本上还是留在了他们所属阶级的内部，而一批人道主义尤其是左翼知识分子，开始逐渐受马克思主义的影响甚至直接投奔延安。

这种选择预示了战后知识分子的继续分化，和抗战爆发时前后一样，在战后，选择不同政治立场的知识分子又分为两大阵营——只是，他们不再只是不同阶级的代言，而变成了各为其主的针锋相对。

我们必须承认的是，经过抗战前期的酝酿，中国的知识分子虽然在战争中获得了极为短暂的团结并凝聚了不同党派之间的共识，这种团结与共识显然是可贵的——它重申并弘扬了人道主义，为知识分子们进一步明确了"民族""阶级"与"国家"等一系列概念的内涵与意义与重新建立新的文学精神奠定了重要的思想基础——尤其是《呐喊（烽火）》周刊的主编巴金及其所张扬的人道主义这一关键性理念，对未来中国文学之深远影响已大大超越了抗战前期抗敌文学期刊办刊者与读者们的想象，这应是当初所有人都始料不及的。

参考资料

（本著所援引的四种以研究为目的的期刊不列入"参考资料"）

报刊杂志所刊载论文类：

1. [日]丸山升：《由〈答徐懋庸并关于抗日统一战线问题〉手稿引发的思考——谈晚年鲁迅与冯雪峰》，《鲁迅研究月刊》，1993年第11期。

2.《民族主义文艺运动宣言》，《前锋周报》，第2—3期，1930年6月29日—7月6日。

3. Gerald Kosicki：Problems and Opportunities in Agenda-setting research，Journal of Communication，第43卷第2期，1993年。

4. 巴金专案小组：《巴金是反动的文化资本家》，《文学风雷》，1967年第2期。

5. 曹万生，李琴：《中国"抗战文学"特点之再思考》，《四川师范大学学报（社会科学版）》，2007年第3期。

6. 曾今可：《在战乱中》，《读书杂志》，1932年第4期。

7. 德娟：《张资平怕走北四川路》，《现代文学评论》，第1卷·第1期，1931年。

8. 狄克：《我们要执行自我批判》，《大晚报·火炬》，1936年3月15日。

9. 杜丽燕：《西学东渐中的人道主义》，《"2006·学术前沿论坛"北京市哲学会分论坛论文集》，2006年。

10. 杜维泽、张小兵：《和谐之音：抗战时期的延安日本工农学校》，《中国延安干部学院学报》，2009年2月。

12. 方之中：《记〈夜莺〉月刊》，《新文学史料》，1982年第1期。

13. 冯叔鸾：《社论——中国社会党人语》，《人道周报》，第5期·第2版，1931年3月2日。

14. 甘阳：《走向"政治民族"》，《读书》，2003年第10期。

15. 耿云志：《怎样认识孙中山的民族主义》，《北京日报》，2006年11

月 21 日。

16. 胡风：《鲁迅先生》，《新文学史料》，1993 年第 1 期。

17. 李帆：《中国人种、文明自巴比伦而来的学说》，《西南民族大学学报（人文社科版）》，2008 年第 2 期。

18. 李忠杰：《90 年党史"以史鉴今、资政育人"》，《瞭望》，2011 年 5 月 8 日。

19. 立波（周立波）：《关于"国防文学"》，《时事新报·每周文学》，1935 年 12 月 21 日。

20. 连玲玲：《典范抑或危机？——日常生活在中国近代史研究的应用及其问题》，《新史学）（中国台湾），14 卷第 7 期，2006 年 12 月。

21. 刘泓：《国族与国族认同》，《学习时报》，2006 年 12 月 19 日。

22. 刘新成：《日常生活史：一个新的研究领域》，《光明日报》，2006 年 2 月 14 日。

23. 刘之江：《一打一捧，本相暴露》，《中央民族学院学报》，1977 年第 2 期。

24. 鲁迅：《答徐懋庸并关于抗日统一战线问题》，《作家（月刊）》，第 1 卷第 5 期，1936 年第 8 期。

25. 鲁迅：《论现在我们的文学运动》，《现实文学》，第 1 期，1936 年 7 月。

26. 陆咏梅：《论左联的亚政治文化特质》，《浙江师范大学学报（社会科学版）》，2001 年第 6 期。

27. 罗梦册等：《让我们来促成一个新的革命运动》，《新自由》，1946 年第 1 卷，第 4 期。

28. 毛文：《"斐儿"不是艾芜的笔名》，《新文学史料》，1982 年第 4 期。

29. 毛泽东：《在延安文艺座谈会上讲话的简介》，《新华日报》，1944 年 1 月 1 日第 6 版。

30. 倪墨炎：《来自本阵营的冷箭：田汉周扬为何跟鲁迅过不去》，《文汇报》，2006 年 1 月 10 日。

31. 逄增玉：《"九一八"国难与东北抗战文学中的长篇小说》，广东社会科学，2016 年第 6 期。

32. 企（周扬）：《"国防文学"》，《大晚报·火炬》，1934 年 10 月 27 日。

33. 秦弓：《鲁迅对 20 世纪 30 年代民族主义文学的评价问题》，《南都学坛》，2008 年第 3 期。

34. 沈松侨：《中国的一日，一日的中国——1930 年代的日常生活叙事与国族想象》，《新史学》（中国台湾），第 20 卷第 1 期，2009 年 3 月。

35. 漱六：《七年来的上海杂志事业（上）》，《文友》，第 26 号（第 3 卷第 2 期），1944 年 6 月 1 日。

36. 苏雪林：《多角恋爱小说家张资平》，《青年界》，1934 年 6 月，第 6 卷第 2 号。

37. 唐弢：《影印本申报·自由谈序言》，《新文学史料》，1981 年 3 期。

38. 田军：《八月的乡村》，人民文学出版社，1954 年。

39. 吴伟强，李怡：《中国抗战文学研究的新的可能》，《西南师范大学学报（人文社会科学版）》，2006 年第 11 期。

40. 吴永平：《〈七月〉与〈呐喊〉（〈烽火〉）周刊合评》，《江汉论坛》，2007 年第 11 期。

41. 夏衍：《一些早该忘却而未能忘却的往事》，《文学评论》，1980 年第 1 期。

42. 晓角（鲁迅）：《立此存照·四》，《中流（半月刊）》，第 1 卷第 3 期，1936 年 10 月 5 日。

43. 谢韬：《民主社会主义模式与中国前途》，《炎黄春秋》，2007 年第 2 期。

44. 许广平：《鲁迅在日本》，《上海文艺》，1956 年第 10 期。

45. 杨奎松：《蒋介石抗日态度之研究——以抗战前期中日秘密交涉为例》，《抗日战争研究》，2000 年 4 月。

46. 杨守森：《"极左"思潮与 20 世纪中国文学》，《青年思想家》，1999 年第 2 期。

47. 姚会元：《"江浙金融财团"形成的标志及其经济、社会基础》，《中国经济史研究》，1997 年第 3 期。

48. 殷夫：《过去文化运动的缺点和今后的任务》，《列宁青年》，1930 年 2 期。

49. 张庚：《半个世纪的战斗经历》，《戏剧论丛·三》，中国戏剧出版社，1957 年。

50. 张资平：《中日有提携的必要和可能吗》，《东方杂志》，第 34 卷第 1 号，1937 年。

51. 赵稀方：《形式主义：从西方到中国》，《中国现代文学研究》（韩国），2000 年第 9 辑。

52. 赵英：《一件总想否定但又否定不了的事实》，《鲁迅研究动态》，1980 年第 3 期。

53. 郑大希：《三十年代中国民族工业破产与半破产原因浅析》，《中国社会经济史研究》，1994 年 2 月。

54. 周东华：《联共（布）档案所见中共与 1922 年"非基"运动关系辨析》，《宗教学研究》，2009 年 2 期。

55. 周楠本：《这两篇文章不应再算作鲁迅的作品》，《博览群书》，2009 年第 9 期。

56. 周小仪、申丹：《中国对西方文论的接受：现代性认同与反思》，《中国比较文学》，2006 年第 1 期。

57. 周燕：《方之中：从潇湘大地走出来的文人武将》，《湘潮》，2007 年第 4 期。

58. 周燕：《文人武将方之中》，《百年潮》，2004 年第 2 期。

59. 周扬、陈漱渝：《周扬谈鲁迅和三十年代文艺问题》，《百年潮》，1998 年第 2 期。

60. 周扬：《周扬同志来信》，新文学史料，1980 年第 1 期。

61. 周允中：《鲁迅〈三月的租界〉发表内情》，《世纪》，2002 年第 11 期。

62. 左文、毕艳：《论左联期刊的非常态表征》，《文学评论》，2006 年第 3 期。

图书专著类：

1. [德] 顾彬 (Wolfgang Kubin)：《二十世纪中国文学史》，范劲译，华东师范大学出版社，2008 年。

2. [德] 卡西尔 (Enst Cassirer)：《人论》，甘阳译，上海译文出版社，1985 年。

3. [德] 马克思、恩格斯：《马克思恩格斯全集》，人民出版社，1957 年。

4. [法] 安克强 (Henriot Christian)：《1927—193 年的上海——市政权、地方性和现代化》，张培德译，上海古籍出版社，2004 年。

5. [加] 威尔·金里卡（Will Kymlicka）：《当代政治哲学导论》，刘莘译，台北联经出版，2003 年。

6. [美] M，E，麦库姆斯 (MaxwellMc)：《议程设置：大众媒介与舆论》，郭镇之、徐培喜译，北京大学出版社，2008 年。

7. [美] 费正清 (John King Fairbank)：《剑桥中华民国史》，杨品泉、孙开远、黄沫译，中国社会科学出版社，1998 年。

8. [美] 傅葆石：《灰色上海，1937—1945：中国文人的隐退、反抗与合作》，张霖译，生活·读书·新知三联书店，2012 年。

9. [美] 耿德华 (Edward M，Gunn Jr，)：《被冷落的缪斯：中国沦陷区文学史（1937—1945)》，张泉译，新星出版社，2006 年。

10. [美] 海斯（Carlton Hayes)：《国族主义论丛》，蒋廷黻译，新月书店，1930 年。

11. [美] 洪长泰：《到民间去：1918—1937 年的中国知识分子与民间文学运动》，董晓萍译，上海文艺出版社，1993 年。

12. [美] 贾祖麟（Jerome B. Grieder)：《知识分子与现代中国》，单正平译，南开大学出版社，2002 年。

13. [美] 刘禾：《帝国的话语政治：从近代中西冲突看现代世界秩序的形成》，生活·读书·新知三联书店，2009 年。

14. [美] 史景迁 (Jonathan D.Spence)：《天安门：知识分子与中国革命》，尹庆军译，中央编译出版社，1998 年。

15. [美] 舒衡哲（Vera Schwarcz)：《中国启蒙运动：知识分子与五四遗产》，刘京建译，新星出版社，2007 年。

16. [美] 魏斐德 (Frederic Evans Wakeman Jr.)：《上海歹土：战时恐怖活动与城市犯罪（1937—1941 年)》，芮传明译，上海古籍出版社，2003 年。

17. [美] 许倬云：《我者与他者：中国历史上的内外分际》，生活·读书·新知三联书店，2010 年。

18. [美] 叶文心：《上海繁华：都会经济伦理与近代中国》，王琴、刘润堂译，台北时报出版，2010 年。

19. [英] 保罗·约翰逊 (P. Johnson)：《知识分子》，杨正润等译，江苏人民出版社，2000 年。

20. [中国台湾] 王德威（David Der-wei Wang)：The Lyrical in Epic Time: *Modern Chinese Intellectuals and Artists through the 1949 Crisis*，Columbia University Press，2014 年。

21. [英]Henry St.John.Lard Viscount Bolingbroke，*Letters on the study and use of history*，London Cadell Press，1779 年。

22. [英]Raymond William，*The Country and the City*，London Chatto & Windus，1973 年。

23. [英]Arnold Toynbee，*The world and the West*，Oxford University Press，1953 年。

24.《纪念季方》，中国农工民主党、中央党史资料研究委员会，1990 年。

25.《马克思、恩格斯、列宁、斯大林论文艺》，人民文学出版社，

1980 年。

26.《中共中央文件选编》，中共中央党校出版社，1989 年。

27.《中国农工民主党历史参考资料》，中国农工民主党党史资料委员会，1982 年。

28. 巴金：《巴金选集》，四川人民出版社，2003 年。

29. 北京师范大学中国现代史教研室：《中国现代史：1919—1949》，北京师范大学出版社，1983 年。

30. 蔡尚思主编：《中国现代思想史资料简编》，浙江人民出版社，1983 年。

31. 蔡元培：《蔡元培全集》，浙江教育出版社，1998 年。

32. 曹清华：《中国左翼文学史稿（1921—1936)》，中国社会科学出版社，2008 年。

33. 曾宪林、万云主编：《邓演达历史资料》，华中理工大学出版社，1988 年。

34. 陈独秀：《陈独秀著作选》，上海人民出版社，1993 年。

35. 陈仁凤：《现代杂志编辑学》，中国人民大学出版社，1995 年。

36. 陈铁键：《从书生到领袖：瞿秋白》，上海人民出版社，1995 年。

37. 陈瑛、许启贤主编：《中国伦理大辞典》，辽宁人民出版社，1989 年。

38. 邓演达：《邓演达文集》，人民出版社，1981 年。

39. [苏联] 杜勃罗留波夫（николай але ксандрович добролюбов）：《杜勃罗留波夫选集》，上海文艺出版社，1959 年。

40. 凤翰主编、胡文生、张林副主编、彤新春编著：《民国经济》，中国大百科出版社，2010 年。

41. [德] 傅海波（Herbert Franke）、[美] 崔瑞德（Denis Twitchett）等：《剑桥中国辽西夏金元史》，史卫民等译，中国社会科学出版社，1998 年。

42. 高狄主编：《马克思恩格斯列宁斯大林毛泽东著作大辞典》，长春出版社，1991 年。

43. 葛兆光：《宅兹中国：重建有关"中国"的历史论述》，中华书局，2011 年。

44. 顾卫民：《中国天主教编年史（635—1949)》，上海书店出版社，2003 年。

45. 郭汾阳、丁东：《书局旧踪》，江西教育出版社，1999 年。

46. 胡风：《胡风全集》，湖北人民出版社，1999 年。

47. 胡汉民：《胡汉民先生文集》，"国民党党史会"（中国台湾），1978

年。

48. 胡经之主编：《中国古典美学丛编》，中华书局，1988 年。

49. 胡适编：《中国新文学大系·建设理论集（1917—1927 年)》，上海文艺出版社，2003 年。

50. 胡伟希、高瑞泉、张利民：《十字街头与塔：中国近代自由主义思潮研究》，上海人民出版社，1991 年。

51. 胡月伟：《四一二，上海滩：炮打张春桥事件揭秘》，香港：新秀出版社，1987 年。

52. 黄升民：《中国传媒市场大变局》，中信出版社，2003 年。

53. 季方（署名方述）：《拾脚印》，中国农工民主党中央委员会，1983 年。

54. 霁楼：《革命文学论文集》，上海书店出版社，1986 年。

55. 李大钊：《李大钊文集》，人民出版社，1984 年。

56. 李惠敏：《文学生产与文学传播——商业化视境中的中国现代文学（一九二八——一九三七)》，河北人民出版社，2008 年。

57. 李永东：《租界文化与三十年代文学》，三联书店，2006 年。

58. 李勇、张仲田主编：《蒋介石年谱》，中共党史出版社，1995 年。

59. 林伟民：《中国左翼文学思潮》，华东师范大学出版社，2005 年。

60. 刘保昌：《聂绀弩传》，湖北辞书出版社，2008 年。

61. 鲁迅：《鲁迅论创作》，上海文艺出版社，1983 年。

63. 鲁迅：《鲁迅全集》，人民文学出版社，2005 年。

63. 陆弘石：《中国电影史：1905—1949》，文化艺术出版社，2005 年。

64. 马良春、李福田主编：《中国文学大辞典》，天津人民出版社，1991 年。

65. 马嘶：《1937 年的中国知识界》，北京图书馆出版社，2005 年。

66. 毛泽东：《毛泽东论文艺》，人民文学出版社，1992 年。

67. 茅盾：《茅盾全集》，人民文学出版社，1988 年。

68. 铭传大学新闻系：《新闻原理与编辑》，秀威资讯科技（中国台湾)，2010 年。

69. 彭明主编：《中国现代史资料选编》，上海社科院出版社，1989 年。

70. 彭湃：《彭湃文集》，人民出版社，1984 年。

71. 皮明庥：《近代中国社会主义思潮觅踪》，吉林文史出版社，1991 年。

72. 钱理群、温儒敏、吴福辉：《中国现代文学三十年》，北京大学出版社，1998 年。

73. 丘挺、郭晓春：《邓演达的生平与思想》，甘肃人民出版社，1985年。

74. 邱钱牧：《中国民主党派史》，浙江教育出版社，1987年。

75. 瞿秋白：《瞿秋白选集》，人民出版社，1985年。

76. 荣孟源、孙彩霞：《中国国民党历次代表大会及中央全会资料》，光明日报出版社，1985年。

77. 宋益乔：《梁实秋传》，天津：百花文艺出版社，2005年。

78. 苏雪林：《抗战时期文学回忆录》，台北文讯月刊回忆录，1987年。

79. 孙绍谊：《想象的城市——文学，电影和视觉上海（1927—1937)》，复旦大学出版社，2009年。

80. 孙中山：《孙中山全集》，中华书局，1985年。

81. 唐弢：《西方影响与民族风格》，人民文学出版社，1989年。

82. 陶水木：《浙商与中国近代工业化》，中国社会科学出版社，2009年。

83. 汪晖：《现代中国思想的兴起》，生活·读书·新知三联书店，2003年。

84. 王寰鹏：《左翼至抗战：文学英雄叙事的当代阐释》，齐鲁书社，2005年。

85. 王嘉良等：《中国现当代文学史》，上海教育出版社，2004年。

86. 王进、齐鹏飞、曹光哲主编：《毛泽东大辞典》，广西人民出版社，1992年。

87. 王若水：《为人道主义辩护》，生活·读书·新知三联书店，1986年。

88. 王宗华：《中国现代史辞典》，河南人民出版社，1991年。

89. 魏宗雷、邱桂荣、孙茹：《西方"人道主义干预"理论与实践》，时事出版社，2003年。

90. 吴雁南等：《中国近代社会思潮》，湖南教育出版社，1998年。

92. 夏衍：《懒寻旧梦录（增补本）》，生活·读书·新知三联书店，2006年。

93. 熊武一、周家法、卓名信、厉新光、徐继昌等：《军事大辞海》，长城出版社，2000年。

94. 熊月之《上海通史·民国经济卷》，上海人民出版社，1999年。

94. 徐柏容：《期刊编辑学概论》，辽海出版社，2001年。

95. 徐懋庸：《徐懋庸回忆录》，人民文学出版社，1982年。

96. 许纪霖：《近代中国知识分子的公共交往（1895—1949)》，上海人民出版社，2008年。

97. 严中平：《中国棉纺织史稿》，科学出版社，1955年。

98. 杨大金：《现代中国实业志》，商务印书馆，1940年。

99. 姚辛：《左联词典》，光明日报出版社，1994年。

100. 叶永烈：《张春桥浮沉史》，时代文艺出版社，1988年。

101. 余克礼、朱显龙主编：《中国国民党全书》，陕西人民出版社，2001年。

102. 张承志：《无援的思想》，华艺出版社，1995年。

103. 张大明：《国民党文艺思潮：三民主义与民族主义文艺》，台北秀威资讯科技股份有限公司，2009年。

104. 张觉民：《现代杂志编辑学》，中国书籍出版社，1987年。

105. 张静庐：《中国现代出版史料》，中华书局，1955年。

106. 章诒和：《往事并不如烟》，人民文学出版社，2004年，第301页。

107. 章诒和：《最后的贵族》，台北时报文化出版公司，2002年。

108. 赵福生、杜运通：《从新潮到奔流》，河南大学出版社，1992年。

109. 中共中央党史研究室第一研究部、中国人民抗日战争纪念馆编、李忠杰主编：《中国抗日战争图鉴》，湖南人民出版社，2005年。

110. 中国历史唯物主义研究会、中国社会科学院历史唯物主义研究室主编：《马克思恩格斯列宁斯大林毛泽东论历史唯物主义》，北京师范大学出版社，1983年。

111. 中国社会科学院文学研究所《左联回忆录》编辑组：《左联回忆录》，中国社会科学出版社，1982年。

112. 中国社会科学院文学研究所现代文学研究室主编：《"两个口号"论争资料选编》，人民文学出版社，1982年。

113. 中国社会科学院中华民国史研究室：《胡适来往书信选》，中华书局香港分局，1983年。

114. 中国史学会：《辛亥革命资料丛刊》，上海人民出版社，1957年。

115. 中央档案馆：《中共中央文件选集·第10辑》，中共中央党校出版社，1985年。

116. 周传儒：《甲骨文字与殷商制度》，开明书店，1934年。

后 记

这是我正式出版的第 16 本书，但同时它也是我最难忘的一本书。

如果问我，哪本书自己最满意？我答不上来。但是要问我哪本书付出心力最多？当然是这本。

从几篇小论文充实为博士论文，再脱胎换骨为一本二十多万字的学术专著，这本书前前后后修订了十九次，总共历时七年，才有目前大家看到的这个小册子。

首先感谢深圳大学校长李清泉教授、南方科技大学党委副书记李凤亮教授、周建新教授、王占军博士、田启波教授、黄玉蓉副教授、秦晴博士、伏思羽女士诸位领导、同事在为该著申报国家课题以及修订书稿时对我的鼎力支持；当然，亦要向中国科学院自然科学史研究所袁萍书记、张柏春所长、刘钝教授、王扬宗教授、罗桂环教授、张宗鹤主任诸师友所赋予给我自由而宽松的科研空间而由衷致谢，正因此才使我有足够的时间完成这项工作的前期准备，此外，向九州出版社周春博士、李文君女士致谢，是诸君的努力，才让这部稿子有成书的可能。

在这本书完成的过程中，业师武汉大学樊星教授曾多次提出指导性的修改建议并为之欣然代序，这是我极大的荣幸；已故中国史学泰斗阿里夫·德里克先生临终前抱病读完了我的书稿并专程复信给我，这是我终生矢志学术的前行力量。而张隆溪教授、魏若冰（Robin Visser）教授、乐钢教授、李金铨教授、赵毅衡教授、杨联芬教授、黄心村教授、陆敬思（Christopher Lupke）教授、孙康宜教授、许祖华教授、王德威教授、陈子善教授、刘剑梅教授、何锡章教授、吴秀明教授、令狐萍教授、邝可怡教授、叶维丽教授与王达敏教授等学界前辈均为拙著的写作提出了重要的修改建议与及时的帮助或为其定稿、出版付出了颇多心血，当中数位教授专程致信给予好评，王德威教授特意为敝著的出版撰写推荐短序，学界前辈们对我的关爱，惠我良多，使我铭感至深；最后，向吾妻张萱博士表示最诚挚的谢意，虽然我们在学术上向来"各自为政"，但这本书的完成，得益于她为我营造一个适合读书向学的生活空间。

学术著述，读者不过寥寥，抗战文学，更是冷门中的偏门，读到此书的，无疑都是知己。毛锥虽陋，毕竟心血凝结，野人献曝，亦为敝帚自珍，笔者不揣浅陋，恭请诸方家斧正，是非真理，当越辩越明。理性探讨，砥砺争鸣，自是学术研究的乐趣所在。

韩晗
岁次戊戌清明，定稿于深圳南山西海明珠花园寓所